Ausgerechnet
Signore molto blödi!

Sara Lea Fuentes

Ausgerechnet Signore molto blödi!

Liebeskomödie

*Bibliografische Information der Deutschen Nationalbibliothek:
Die Deutsche Nationalbibliothek verzeichnet diese Publikation
in der Deutschen Nationalbibliografie; detaillierte
bibliografische Daten sind im Internet über http://dnb.dnb.de
abrufbar.*

© 2019 Sara Lea Fuentes
1. Auflage 2019

Herstellung und Verlag:
BoD – Books on Demand, Norderstedt
ISBN 9-783-7494-9713-3

Es war einer dieser Morgen, an denen du die Augen aufschlägst und in dieser Sekunde schon weißt, dass du diesen Tag absolut nicht leiden kannst. Reichte es nicht schon, mit einer absolut miesen Laune aufzuwachen, ließ der Anblick des ganzen Chaos in meinem Apartment meine Laune in unendliche Tiefen rutschen. Himmeldonnerwetter noch mal! Wieso nur war ich nicht in der Lage, wenigstens andeutungsweise so etwas wie Ordnung zu halten? Es sah aus wie nach einem Bombeneinschlag.

Mir dafür jedoch alleine den Schwarzen Peter zuzuschieben, war unfair. Mochte meine Freundin Caro auch tausend Mal behaupten, das ganze Chaos läge an meiner Unfähigkeit, mich überhaupt von irgendetwas trennen zu können, der wahre Schuldige war der Architekt, der mein Apartment entworfen hatte. Statt vierzig hätte dieser Doofkopf lediglich achtzig Quadratmeter dafür verplanen müssen und alles befände sich im grünen Bereich.

Für meine zusammengewürfelte Einrichtung konnte er zwar nichts, doch in diesem Mauseloch war mir *praktisch* weitaus wichtiger als Optik. War ja klar, dass Caro deshalb einen Überredungsversuch nach dem anderen startete, dass ich doch wenigstens etwas Stil oder System in das einzige Zimmer meiner Wohnung bringen sollte. Sie hatte leicht reden. Es ging einfach nicht und damit basta!

Abgesehen davon war ich ja einsichtig und gab es unumwunden zu: Ich war ein Chaot, würde es immer bleiben und obendrein hatte ich nicht das Bedürfnis, mich zum Sklaven meiner Wohnung zu machen. Zwangsläufig sah es auch dementsprechend aus.

Heute jedoch ging mir meine eigene Unordnung tierisch auf die Nerven. Ich räumte erst mal die Klamottenberge, die sich die ganze Woche über regelmäßig ansammelten, zur Seite und schleppte dann den Staubsauger ins Zimmer. Leider wanderte dabei mein Blick zum Fenster. Draußen lockte ein wolkenloser, blauer Himmel und strahlender Sonnenschein. Es war Samstagvormittag und ich musste heute ausnahmsweise nicht arbeiten. Unordnung hin oder her, sollte dieses Apartment aufräumen, wer wollte. Ich wollte jedenfalls nicht. Nicht heute und bei so einem Wetter schon gar nicht.

"Du kannst mich mal!", knurrte ich vor mich, schaltete den Staubsauger wieder aus und schnappte mir stattdessen Rudi, meinen Teddy-Rucksack. Mochte er vielleicht auch nicht besonders erwachsen wirken, ich liebte ihn heiß und innig, obwohl mich deswegen nicht nur Caro immer auslachte. Aber wen interessierte das schon? Mich jedenfalls nicht. Rudi und ich waren seit Ewigkeiten ein eingeschworenes Team und daran würde sich nichts ändern.

Das herrliche Wetter wollte ich keineswegs damit beleidigen, indem ich heute zur Putzhexe mutierte. Kurz entschlossen ließ ich alles stehen und liegen und fuhr in die City. Und tatsächlich, es wirkte Wunder: Kaum saß ich im Auto, verbesserte sich meine Laune schlagartig.

In der Fußgängerzone schlenderte ich eine Weile ziellos umher. Irgendetwas Spezielles hatte ich nicht geplant, sondern wollte einfach nur nicht zu Hause sitzen. Vor dem Eiscafé *Santorio* warf ich mich in einen der ausladenden Korbstühle. Mit einem Seufzer streckte ich die Beine unter dem Tisch aus, zog meine Zigaretten aus Rudis Bauch und lehnte mich entspannt zurück. Genau so stellte ich mir einen gemütlichen Samstagvormittag vor.

Während ich auf meinen Cappuccino wartete und mit geschlossenen Augen die warme Frühlingssonne genoss, schaltete ich mein Kopfkino ein. Ich stellte mir vor, in einem italienischen Straßencafé zu sitzen, mitten in Venedig, direkt am Markusplatz. Dort war ich zwar bislang noch nicht gewesen, aber den Bildern nach, die ich kannte, musste es herrlich sein: die unzähligen Tauben, der Canale Grande, die Gondeln ...

"Das gibt es doch nicht. Julia? Julia Seidel?", hörte ich plötzlich jemanden neben mir säuseln.

Diese Stimme kam mir bekannt vor. Leider. Sie erweckte in mir äußerst unangenehme Erinnerungen. Das konnte doch nicht wahr sein, oder doch? Mit einer unguten Vorahnung öffnete ich die Augen und sah mich kurz um. Tatsächlich, meine alte Erzfeindin aus Schulzeiten stand vor mir, mit einem scheinheiligen Lächeln auf dem knallrot geschminkten Mund.

Blitzschnell musterte ich sie. Sie war zwar, genauso wie ich, älter geworden, doch trotzdem war sie nicht weniger aufgetakelt als damals: schneeweißes Extremminikleid, ein Leopardenmustertuch um die Schultern geschlungen, riesige goldene Kreolen an den Ohren. Offenbar Dauergast im Solarium. Lockenmähne immer noch bis fast auf die Hüften, nur inzwischen gefärbt. Statt früher Feldmausbraun nun Blauschwarz. Lieber Gott, wie lächerlich war das denn? Wasserstoffblond hätte tausend Mal besser zu ihr gepasst, bei diesem Spatzenhirn ...

"Na, wenn das mal nicht unsere Carmelita ist." Ich heuchelte freudige Überraschung und stemmte mich widerwillig hoch. Von Carmen mal ganz abgesehen, ihre theatralische Begrüßungszeremonie, die sie scheinbar immer noch nicht abgelegt hatte, hasste ich noch weitaus mehr: Küsschen links, rechts, links. Ich ließ es heute jedoch über mich ergehen und behauptete nicht ganz hohnfrei:

"Du hast dich kein bisschen verändert."

3

"Wie lieb von dir", bedankte sich Carmen zuckersüß. Ihr Blick wanderte dabei sehr langsam und auffällig über mich. "Du auch nicht, Julchen. Immer noch zerfledderte Jeans und Männerklamotten. Bist du bei der Army oder arbeitest du als Flugzeugmechanikerin?"

"Ha ha ... Und immer noch genauso witzig", setzte ich mit eingefrorenem Lächeln nach. Wieso unterhielt ich mich überhaupt mit ihr? Mich juckte es schon jetzt, nach nur ein paar Sekunden gewaltig in den Fingern, dieses Biest mit ihrem eigenen Tuch zu erdrosseln. Zu meiner Verwunderung beherrschte ich mich jedoch - auch Giftnattern besaßen schließlich ein Recht auf Leben - und schlug in der Hoffnung, dass meine Erzfeindin das Angebot ablehnen würde, vor: "Setz dich doch und lass uns ein wenig plaudern."

Als ich Carmens seltsam beunruhigten Blick kurz umherhuschen sah, unterdrückte ich mühsam ein Grinsen.

"Du hast doch nicht etwa Angst, dir in meiner Gesellschaft deinen Ruf zu ruinieren?", spöttelte ich. Dass dieser sich seit Schulzeiten gebessert hatte, hielt ich allerdings für ausgeschlossen.

Carmen ließ ein glockenhelles Lachen der Marke Obertussi ertönen und säuselte:

"Nicht doch, Julchen. Ich habe ein Herz für Bedürftige."

Nach einem prüfenden Blick auf den Korbstuhl setzte sie sich vorsichtig und stellte die Beine geschlossen nebeneinander. Etwas anderes blieb ihr bei diesem Stofffetzen auch nicht übrig, wenn sie nicht Einblicke gewähren wollte, die keinen interessierten.

"Wir haben uns bestimmt seit Ewigkeiten nicht mehr gesehen, Liebes", fuhr sie fort. "Erzähl mal, womit verdienst du dir deine Brötchen?"

Liebes? Dass Carmen nicht ganz richtig im Kopf war, wusste ich schon früher. Inzwischen war sie wohl komplett übergeschnappt oder sie hatte zu viele dieser widerlichen

4

Zickensoaps im Fernsehen gesehen. Betont lässig lehnte ich mich zurück, zündete mir eine Zigarette an und blies ihr demonstrativ den Rauch ins Gesicht.

"Ich?", fragte ich lang gezogen und überlegte blitzschnell. Dass ich als Malerin für eine Raumgestaltungsfirma arbeitete und langweilige Häuser in Schmuckstücke verwandelte, brauchte ich Carmen nicht auf die Nase binden. Dämliche Kommentare waren damit nämlich vorprogrammiert von Miss Überkandidelt und danach war mir absolut nicht. Die Arbeit machte mir riesigen Spaß, doch Carmen mit unzähligen Farbtechniken und handwerklichem Geschick zu beeindrucken, erschien mir genauso unmöglich, wie heute noch ein Date mit Chris Hemsworth zu bekommen.

"Ich arbeite als Innenarchitektin", log ich. "Und was machst du so ... außer shoppen?", fügte ich nach einem Blick auf ihre glänzende *Versace*–Lacktüte hinzu, die auf dem Stuhl neben ihr stand.

Carmen seufzte theatralisch auf.

"Heute hatte ich schon grauenhaften Stress." Sie deutete flüchtig auf die Lacktüte. "Das hier ist nur für die Party heute Abend."

Bitte was? Ich musste mich eben verhört haben.

"Was hattest *du* denn für Stress?", hakte ich verblüfft nach. Carmen und Stress passten ungefähr so gut zusammen wie Chris Hemsworth und Shrek.

"Du hast ja keine Ahnung", antwortete sie und schob einen weiteren Seufzer nach. "Heute Morgen musste ich ein paar wichtige Dinge erledigen, dann hatte ich Termine bei meiner Kosmetikerin und beim Friseur, und bis ich das passende Kleid für die Party heute Abend fand ... Es war einfach furchtbar. Du hast ja keine Ahnung, wie schwierig das ist!"

"Was? Zum Friseur zu gehen?"

Carmen rollte mit den Augen.

"Das richtige Kleid zu finden, Julchen. Ich ... *Mein Mann* wollte unbedingt eines in Rot."

"Sag bloß, dein Mann trägt Kleider?", fragte ich glucksend. Alleine schon die Vorstellung!

"Ach Julchen." Carmen schüttelte tadelnd den Kopf. "Das Kleid ist natürlich für mich, aber mein Mann findet mich in Rot einfach umwerfend. Er wird begeistert sein."

"Dann zeig ihm mal besser nicht das Preisschildchen."

"Wieso denn?" Sie tat überrascht. "Mein Mann sagt, für mich ist ihm nichts zu teuer."

"Dann verdient er wohl recht gut, *dein Mann*."

Statt einer Antwort lächelte sie nur süßlich und warf einen prüfenden Blick auf ihre knallrot lackierten, extrem langen spitzen Fingernägel.

"Nun stell dich nicht so an, Carmelita. Sag schon, was arbeitet er? Dealt er mit Drogen, ist er Zuhälter oder überfällt er Banken?"

All das erschien mir keineswegs abwegig, kannte ich sie doch lange und gut genug. Geld war das Einzige, das für sie zählte. Deshalb stylte sie sich auch seit jeher auf High-Society-Tussi. Trotzdem war sie nichts anderes als ein billiges und berechnendes Luder.

"Weder noch", antwortete sie nun doch. "Aktien und so etwas."

Nein, das konnte doch nicht sein! Ein Börsenhai? Sollte ausgerechnet diese Giftnatter das große Los gezogen haben?

"Und was arbeitest du, Carmelita?"

"Ich und arbeiten?" Carmen warf mir einen beinahe fassungslosen Blick zu. "Wozu denn bitte? Mein Mann verdient schließlich mehr als genug, als dass ich es nötig hätte."

"Was tust du dann den ganzen Tag? Ich meine natürlich, außer so immens lebenswichtigen Dingen wie etwa zur Kosmetikerin und zum Friseur zu gehen."

"Ich genieße mein Leben." Meine Erzfeindin seufzte genießerisch auf. "Es ist einfach herrlich!"

"Ach ja?" Ich gähnte verstohlen. "Wie aufregend."

"Und du, Julchen? Was macht *dein* Mann?" Über ihr Gesicht huschte ein geringschätziges Lächeln. "Oder hast du etwa noch immer keinen abbekommen?"

Ich hatte es geahnt, dass diese dämliche Frage kommen würde, durfte ich sie mir doch auch ständig von meiner Mutter und meiner gesamten Verwandtschaft anhören.

"Gesetzt den Fall, ich wäre Single, was wäre so schlimm daran?", schoss ich zurück.

"In deinem speziellen Fall gar nichts, Liebes. Du hattest doch mit Jungs schon in der Schule kein Glück."

Kein Wunder! Diese hinterlistige Schlange hatte sie mir allesamt abspenstig gemacht, einen nach dem anderen, als bestünde daraus ihre Lebensaufgabe. Doch den Triumph, mich als mannlose alte Jungfer zu outen, würde ich ihr nicht gönnen. Ich war nicht nur bei meiner Arbeit kreativ, sondern auch bei anderen Dingen. Und schon zuckte mir eine Idee durch den Kopf.

"Das war vor Tausenden von Jahren, Carmelita. Die Zeiten ändern sich und irgendwann hat jeder einmal einen Volltreffer, *Liebes*." Diesmal war ich es, die theatralisch aufseufzte. Ich setzte ein verträumtes Lächeln auf, stellte mir vor meinem geistigen Auge Chris Hemsworth als meinen Ehemann vor und log wild darauf los: "Er sieht einfach fantastisch aus, ist ein absoluter Schatz und hat Geld wie Heu."

"Oh, wie reizend", säuselte Carmen. "Und so einer hat ausgerechnet *dich* genommen?"

"Das könnte ich dich auch fragen", schlug ich zurück. "Du wusstest in der Schule ja noch nicht einmal, wie man Aktie buchstabiert."

Wieder einmal ignorierte Carmen meinen Kommentar völlig und setzte ein unübersehbar geheucheltes,

7

strahlendes Lächeln auf.

"Was hältst du davon, wenn wir mal alle zusammen essen gehen, Julchen? Habt ihr eigentlich Telefon?"

"Natürlich nicht, wir geben immer noch Rauchzeichen", spöttelte ich. "Du kannst mich aber auch auf dem Handy anrufen, *Liebes*."

"Also kommt ihr?"

"Selbstverständlich, Carmelita. Ich möchte doch schließlich diese bedauernswerte Kreatur kennenlernen, die dich in völlig geistiger Umnachtung geheiratet hat."

"Dito", konterte Carmen und speicherte sich meine Nummer in ihrem Handy ab. "Ich melde mich die Tage, Julchen. Nun muss ich aber los. Du weißt doch, die Party." Sie erhob sich so übertrieben würdevoll, als wäre sie Queen Elizabeth höchstpersönlich und hauchte mir schon wieder Küsschen auf die Wangen. "Eines noch, Liebes. Du solltest die Kleiderfrage unbedingt überdenken. Wir gehen schließlich in keine Imbissbude und wollen doch vermeiden, dass dich die anderen im Restaurant für den Hausmeister halten. Schönen Tag noch", flötete sie und stöckelte auf ihren High Heels mit betontem Hüftschwung davon.

Kopfschüttelnd sah ich ihr nach, während es in mir brodelte wie im Inneren eines Vulkans. Carmen war immer noch das gleiche, hinterhältige, gehässige Biest wie eh und je. Ich hätte es wissen sollen, bevor ich meine Zeit sinnlos mit ihr vergeudete. Hoffentlich blieb sie mit ihren Absätzen in irgendeinem Gullydeckel stecken und brach sich beide Beine. Am besten mehrmals!

"Zieh dich schon mal warm an, du Giftnatter", knurrte ich vor mich hin. "Denn diesmal werde ich diejenige sein, die zuletzt lacht."

Während ich auf die Kellnerin mit der Rechnung wartete, dämmerte mir allmählich, in welche mittlere Katastrophe mich mein ständig vorschnell plapperndes Mundwerk hineinmanövriert hatte. Lieber Himmel, war ich eigentlich noch zu retten? Welchen *Volltreffer* sollte ich Carmen denn präsentieren? Ich kannte absolut keinen Mann, nicht mal entfernt, der höher als in der Kategorie Trostpreis rangierte. Kneifen ging allerdings nicht mehr, denn dann würde Carmen sofort den falschen Braten riechen, den ich ihr vorhin auftischte.

Meine einzige Hoffnung war, dass Caro die zündende Idee hatte, woher Mann nehmen und nicht stehlen. Kurz entschlossen schickte ich ihr einen Hilferuf aufs Handy. Wir mussten uns abends unbedingt treffen und uns etwas einfallen lassen, bevor mir die Zeit davonrannte.

Himmeldonnerwetter noch mal! Warum nur hatte ich meine Klappe nicht gehalten? Doch mir selbst nun Vorwürfe zu machen, war überflüssig. Es lag ausschließlich an Carmen, die seit jeher das Talent besaß, mich zur Weißglut zu treiben und - wie ich eben feststellen durfte - sie schaffte es auch heute noch.

So sehr ich diese Giftnatter auch verabscheute, eines musste ich leider zugeben: Carmen war schon zu Schulzeiten bildhübsch gewesen. Als rassige, südländische Schönheit dank ihres spanischen Vaters schmachteten sie alle Jungs an. Egal wo sie auftauchte, sie liefen ihr blind nach wie die Ratten dem Flötenspieler aus Hameln. Kein Wunder, sah sie doch damals wirklich zuckersüß aus mit ihrem lustig wippenden Pferdeschwanz, den hinreißenden Kleidchen und der olivbraunen Haut. Wenn sie dann noch mit ihren langen Wimpern klimperte, die so wie ihre Augen pechschwarz waren, konnte ihr von den Jungs kaum einer widerstehen.

Tja, damit konnte ich leider nicht konkurrieren. Ich war keineswegs hässlich, nur eben das absolute Gegenteil dieser eingebildeten Schnepfe. Sie war eines dieser

9

putzigen Mädchen, bei denen jeder in Verzückung ausbrach. Mich hielten die meisten Leute für einen Jungen. Nicht nur dank meiner Aufmachung, sondern auch wegen meiner burschikosen Art. Kleidchen, Zöpfchen und Pferdeschwänzchen hasste ich wie die Pest und schrie jedes Mal Zeter und Mordio, wenn ich so herumlaufen sollte. Meiner Mutter reichte es irgendwann von meinem Theater und gab es auf, aus mir ein *richtiges Mädchen* machen zu wollen.

Darauf hatte ich nur gewartet. Ich tauschte meine nervigen Rattenschwänze gegen eine Struwwelpeterfrisur und die verhassten Kleidchen gegen meine heiß geliebten Jeans, weite T-Shirts und Turnschuhe aus und fühlte mich endlich wohl.

Nur in einem konnte ich eindeutig Carmen gegenüber punkten, und das waren meine weitaus besseren Noten. Das interessierte jedoch kaum jemanden. Obwohl sie dümmer als Knäckebrot war, stand sie jedes Mal auf dem Siegertreppchen und ich rangierte unter: *Gibt's die auch noch?*

Herr im Himmel, schon damals hasste ich Carmen aus tiefstem Herzen. Bis heute hatte sich daran nichts geändert. Umso mehr ärgerte ich mich darüber, dass ausgerechnet diese dumme Schnepfe nun das große Los gezogen haben sollte. Falls das tatsächlich der Fall war, stand es schon wieder 1 : 0 für sie.

Doch diesmal würde ich mich von ihr nicht wieder in die Verliererecke abschieben lassen. Selbst wenn ich in der Hölle nach ihm suchen musste, ich würde ihr meinen Volltreffer präsentieren, und zwar einen, der dieses Biest grün vor Neid werden ließ. So einfach war das, vorausgesetzt, ich fand ihn noch rechtzeitig.

2

Caro ließ sich neben mich auf meine knallrote Bettcouch plumpsen und sah mich skeptisch an.

"Erzähl schon, Julchen. Was hast du ausgefressen? Da du mir *Mayday Mayday SOS!!!* geschrieben hast, schwant mir Übles."

"Na ja ..." Ich druckste etwas herum und stellte ungefragt eine Tasse mit dampfendem Kaffee vor ihr auf dem Couchtisch ab. "Eigentlich ist es gar nicht so schlimm. Mir lief heute Vormittag Carmen im *Santorio* über den Weg."

"Carmen? Welche Carmen?" Caro runzelte die Stirn und schien kurz nachzudenken, dann stöhnte sie auf. "Etwa Carmen, die Giftnatter?"

Ich nickte nur.

"Lieber Gott, aus welchem Loch ist diese Schlange denn gekrochen? Ich habe sie schon ewig nicht gesehen ... Verrätst du mir auch, was passiert ist? Nur weil sie dir über den Weg lief, wirst du nicht gleich *Mayday* und *SOS* texten, oder?"

"Na ja, nicht so ganz. Sie musste sich unbedingt zu mir an den Tisch setzen, versprühte wie immer ihr Gift und obendrein protzte sie noch mordsmäßig herum. Da ist mir einfach die Hutschnur durchgebrannt", fügte ich etwas kleinlaut hinzu.

"Das ist bei dir ja nichts Neues", konterte meine Freundin staubtrocken. "Weiter!"

Auf dieses Stichwort hin platzte alles aus mir heraus.

"So, und nun brauche ich für das Abendessen einen Ehemann, und zwar einen, der ihren bei Weitem übertrumpft", sagte ich abschließend.

Caro lachte auf, brach dann mittendrin ab und schüttelte missbilligend den Kopf.

"Sag mal, spinnst du eigentlich total? Wie konntest du ihr nur so einen Bockmist erzählen?"

"Spar dir deine Moralpredigten", brummte ich. "Diese Giftnatter hat es doch förmlich provoziert. Du musst mir unbedingt helfen, einen zu finden."

"Wenn es weiter nichts ist ... Versuch es doch mal in den Gelben Seiten."

"Caro, die Sache ist todernst!", beschwerte ich mich. "Ich brauche unbedingt einen Mann!"

"Dann bedien dich doch", antwortete Caro grinsend und deutete aufs Fenster. "Da draußen laufen doch scharenweise Männer herum. Worauf wartest du also?"

"Wieso bin ich nicht selbst darauf gekommen?", spöttelte ich. "Soll ich etwa auf den nächstbesten Typen zulaufen und ihn bitten, für einen Abend meinen Ehemann zu spielen? Der hält mich doch für komplett bescheuert!"

"Na ja, unrecht hätte er damit nicht."

"Dummes Huhn!", schimpfte ich. "Hilf mir lieber! Was ist mit den Jungs bei dir auf der Uni?"

"Vergiss es", ächzte Caro und verzog das Gesicht. "Die sind alle nicht tageslichttauglich."

"Na großartig", murrte ich und rollte mit den Augen. Das durfte doch nicht wahr sein! Zutiefst frustriert verpasste ich Rudi, der neben der Bettcouch auf dem Boden lag und doof vor sich hin glotzte, einen Tritt.

"Normalerweise sollte ich dich ja auflaufen lassen, Julchen. Du hast dir die Suppe eingebrockt, dann kannst du sie auch auslöffeln. Allerdings ist es höchste Zeit, dieser Giftspritze mal eins auszuwischen. Wir haben uns früher viel zu viel von ihr gefallen lassen, das schreit förmlich nach Revanche. Also lass uns mal in Ruhe überlegen." Caro zog die Stirn kraus und fing an, mit den Fingern auf die Sitzfläche zu trommeln. "Um Carmen auszustechen,

12

brauchst du einen Mann mit einem vernünftigen Job und guten Umgangsformen, intelligent, natürlich optisch der Hammer und mit viel Moos unterm Hintern. Porsche erwünscht. Passt das in etwa?"

"Exakt so", bestätigte ich ihr. "Er soll ja der Volltreffer schlechthin sein."

"Schon klar, nur ... Ein bisschen viel auf einmal. Findest du nicht?"

"Ich weiß", gab ich missmutig zu. "Notfalls streichen wir eben die Intelligenz und den Porsche. Wir können ja mit Fridolin fahren."

"Und *damit* willst du Carmen und ihren Börsenhai beeindrucken?", gluckste meine Freundin.

"Meine Güte, dann ist sein Porsche eben in der Werkstatt!"

"Samt Intelligenz und allem."

Himmeldonnerwetter noch mal! So kamen wir keinen Deut weiter. Erneut zuckte mir die Idee von vorhin durch den Kopf, die ich jedoch sofort wieder verworfen hatte. Caro finanzierte sich ihr Studium nämlich damit, dass sie gegen Bezahlung mit Männern ausging. Nicht für Sex oder so etwas, sondern total seriös. Eine Schulfreundin von ihr führte eine Begleitserviceagentur und Caro sprang eben ab und an als Begleiterin für Geschäftsleute und so weiter ein.

Männliche Begleiter arbeiteten dort natürlich auch. Wahnsinnig attraktive sogar, behauptete sie mit verklärtem Blick, als sie mir damals von ihrem neuen Job erzählte. Mir einen dieser Männer für einen Abend zu mieten, war bestimmt die einfachste Lösung, mit Sicherheit aber auch die teuerste. Bevor ich das tat, wollte ich jedoch erst einmal sämtliche anderen infrage kommenden Alternativen prüfen.

"Also gut." Voller Tatendrang sprang ich auf. "Du sagtest, da draußen wären die Männer. Dann lass uns ausgehen und sie finden. Ich brauche ja keine Horde,

13

sondern nur *einen*."

"Meinetwegen. Wo willst du hin?"

"Das fragst du *mich?*", stieß ich überrascht aus. "*Du* hast doch gesagt -"

"Ja ja, schon gut." Beschwichtigend hob sie die Hände. "Dir ist hoffentlich klar, dass es schwierig sein wird, so einen zu finden, noch dazu auf die Schnelle. Ganz ehrlich, Süße: Ich habe in letzter Zeit nur Quasimodos gesehen mit dem IQ einer Nacktschnecke. Oder lief dir etwas Ansprechenderes über den Weg?"

"Im Gegenteil! Egal, der Versuch soll es mir wert sein."

Caro grinste nur breit, sagte aber nichts dazu.

"Spar dir das!", raunzte ich sie an. "Die Sache ist wirklich ernst."

"Ich weiß, Julchen", lenkte sie ein. "Allerdings bezweifle ich, dass du auf diese Art findest, was du brauchst."

"Nun hör schon auf damit!" Allmählich franste mein Geduldsfaden aus. "Wenn du eine bessere Lösung hast, nur her damit, du Schlaumeierin."

Meine Freundin zuckte mit den Schultern und schwieg einen Moment.

"Wie wäre es, wenn du ein Inserat aufgibst?", schlug sie dann vor. "*Suche Ehemann mit Geld und Porsche für einen Abend.*"

"Bist du wahnsinnig?", ächzte ich. "Dann habe ich lauter Perverse oder Irre am Hals."

"Ach Julchen, nun stell dich nicht so an", schimpfte Caro. "Du brauchst ihn doch nur für den einen Abend. Somit reicht es völlig, wenn er gut aussieht und ansonsten so tut als ob."

"Blödsinn", knurrte ich.

"Blödsinn? Lieber Gott, wer hat denn so einen Mist erzählt?", brauste meine Freundin nun auf. "Lässt dich von dieser Zimtzicke provozieren und lügst wie ein Waschweib." Sie verschränkte schmollend die Arme vor der

Brust. "So, und jetzt zieh los und such dir deinen Ehemann selbst."

"Kommst du mit?", fragte ich sie vorsichtig.

"Wohin?"

"In die City ... du beste und liebste aller Freundinnen", schob ich süßlich nach und warf ihr dabei einen treuherzigen Blick zu.

Caro zögerte noch einen Augenblick, dann gab sie sich kichernd geschlagen.

"Also gut." Sie seufzte auf und zwinkerte mir zu. "Wenn *du* kein Glück hast, finde *ich* ja vielleicht etwas Passendes."

Eine halbe Stunde später flanierten wir durch die Innenstadt und klapperten sämtliche Cafés ab, aber nicht ein einziger, halbwegs diskutabler Mann war zu entdecken. Nur Alltagslemuren im Angebot, sonst nichts.

"Das gibt es doch nicht", murrte ich frustriert. "Nur Sumpfkröten unterwegs und die halbwegs Annehmbaren haben irgendwelche Weiber im Schlepptau."

"Wieso fragst du nicht eine, ob sie dir ihren Mann ausleiht? Sonst schnatterst du doch auch ohne Hirn und Verstand los", spöttelte Caro.

"Ja, schon gut", maulte ich. "Lass uns gehen. Wo auch immer mein genialer Ehemann sich versteckt hat, hier jedenfalls nicht."

"Das darf doch nicht wahr sein", stöhnte ich später im Eiscafé *Santorio*. "Die reinste Krötenwanderung. Was tun wir jetzt?"

"*Wir?* Wir machen gar nichts, denn *ich* will jetzt nach Hause", sagte Caro entschieden. "*Du* kannst ja noch weiter suchen."

"Spielverderberin."

"Nein, bin ich nicht, doch für heute reicht es. Morgen ist auch noch ein Tag."

"Ja schon, aber -"

"Diese Art der Suche bringt ohnehin nichts. Du solltest wirklich ein Inserat aufgeben."

"Und was soll ich schreiben?"

Caro zuckte lässig mit den Schultern.

"Streng dein kleines Hirn mal an. Sonst fällt dir auch immer genügend Quatsch ein, wie man sieht." Sie zog ihren Geldbeutel aus der Handtasche und winkte dem Kellner. "Für mich ist heute jedenfalls finito. Fahren wir?"

Ich überlegte ein Weilchen, doch im Grunde war mir ebenfalls klar, dass ich so vermutlich nie den passenden Mann finden würde, und schon gar nicht unter Zeitdruck. Die Kneipen auf der Suche nach einem passenden Opfer abzuklappern konnte ich zwar nebenbei tun, doch einfacher und schneller ging es vermutlich wirklich über ein Inserat.

3

Sonntagvormittag saß ich mit Block und Stift bewaffnet auf meinem Balkon. Vielleicht war die Idee mit dem Inserat wirklich die ultimative Lösung, nur was sollte ich schreiben? *Suche Mann für einen Abend. Bedingung: gut aussehend, vermögend, Porsche. Nur mit Bild!* Nein, das war Blödsinn, selbst wenn es den Fakten entsprach. So primitiv, wie Männer dachten, verwechselten sie mich noch mit einer Edelprostituierten. Außerdem war der Text viel zu lang. Das würde ein Vermögen kosten. *Eilt: Suche Mann, ca. 30, attr., verm., Porsche, für Party. Nur mit Bild. Chiffre ...*

Grübelnd kaute ich auf meinem Kugelschreiber herum. Das war alles Bockmist. Es musste so formuliert werden, dass es seriös klang, dass aber meine Forderungen auch unmissverständlich erfüllt wurden. Mir Briefchen von irgendwelchen Ignoranten oder Dummschwätzern durchzulesen, dazu fehlte mir sowohl die Zeit als auch die Lust.

Ich überlegte hin und her, kritzelte meine Einfälle aufs Papier, strich alles wieder durch und schleuderte irgendwann entnervt den Block in die Ecke. Mir kam einfach nicht die zündende Idee. Vielleicht hatte meine Nachbarin sie ja. Wir waren ungefähr im selben Alter und wir verstanden uns eigentlich ganz gut. Kurz entschlossen klingelte ich bei ihr.

"Sag mal, Kerstin", überfiel ich sie nach einer knappen Begrüßung, kaum dass sie ihre Wohnungstür öffnete. "Was würdest du tun, wenn du einen Mann suchen würdest?"

"Suchst du einen?"

"Das war eine rein hypothetische Frage", wiegelte ich ab. "Also?"

Kerstin zog die Augenbrauen nach oben.

"Rein hypothetisch? Seit wann willst du denn irgendetwas rein hypothetisch wissen, Julchen?"

Sie fing an zu grinsen und ich wusste in dieser Sekunde ganz genau: Ich war ertappt. Sie kannte mich offenbar doch zu gut.

"Nun sag schon!", knurrte ich. "Wo würdest du suchen?"

"Na ja, wenn du einen suchst ... rein hypothetisch natürlich", schob sie mit einem leicht spöttelnden Unterton in der Stimme nach. "Wie wäre es mit einer Partnervermittlung, die sich auf komplizierte Fälle wie dich spezialisiert hat?"

Bitte was? Das war ja wohl eine Unverschämtheit ohnegleichen. Ich war absolut *kein* komplizierter Fall, sondern wusste eben nur haargenau, was ich wollte und was nicht. Ausnahmsweise hatte ich mein Mundwerk jedoch unter Kontrolle und schluckte den empörten Kommentar, der mir schon auf der Zunge brannte,

17

hinunter. Zuerst wollte ich Antworten von ihr und über den Rest würden wir uns ein anderes Mal unterhalten.

"Wenn ich heiraten wollte, dann ja", warf ich ein. "Will ich aber nicht. Ich suche nicht den Mann fürs Leben, sondern für kurz und bündig. Soll heißen, nur für einen Abend."

"Verstehe!" Kerstin grinste breit. "Mach doch abends mal den Fernseher an. Da kommt mehr als genug Werbung für Sexdating."

"Lieber Gott, doch nicht so etwas!", stöhnte ich auf. "Ich suche einen ganz normalen Kerl."

"Für einen Abend?" Meine Nachbarin sah mich ziemlich begriffsstutzig an. "Willst du nur mal testen, wie es mit einem Mann so ist, abends auf der Couch?"

Das durfte doch nicht wahr sein! Wieso hatte ich sie überhaupt gefragt? Ich rollte mit den Augen und ignorierte ihre dämliche Frage, auf die sie - so wie ich sie kannte - durchaus eine Antwort erwartete.

"Ich brauche ihn eben nicht für länger. Jetzt sag schon!"

Kerstin verneinte ganz entschieden.

"Erst wenn du mir gesagt hast, wozu du ihn brauchst."

"Für ein Abendessen. Also?"

"Wieso das denn? Kannst du dir selbst keines mehr leisten?"

"Ach Blödsinn!", brauste ich nun doch allen guten Vorsätzen zum Trotz auf. "Ich brauche ihn, weil ich sagte, ich hätte einen."

"Moment mal. Du hast ..." Sie zog irritiert die Augenbrauen zusammen und schüttelte verständnislos den Kopf. "Was für einen Unsinn hast du diesmal wieder angestellt, Julia?"

"Gar nichts... Nicht wirklich jedenfalls", versuchte ich die Sache herunterzuspielen, als ich Kerstins skeptischen Blick bemerkte. "Eigentlich sagte ich nur, ich wäre verheiratet und das war es auch schon."

"Ach, wenn es weiter nichts ist", meinte meine

Nachbarin und seufzte übertrieben auf. "Wieso fragst du nicht einfach einen deiner letzten fünfzig Verflossenen?"

Bitte was? Wofür hielt sie mich? Für einen männerfressenden Vamp? Ich schnappte nach Luft.

"Also hör mal! So viele waren es niemals. Außerdem brauche ich einen, mit dem man Eindruck schinden kann und keinen, mit dem man nur an Halloween aus dem Haus gehen darf."

"Du hattest sie dir doch ausgesucht", gluckste Kerstin.

"Hör bloß auf", ächzte ich. "Da muss ich im Delirium gewesen sein."

"Vermutlich." Sie zwinkerte mir zu. "Nun mal Klartext, Julchen. Was hat das mit dem Abendessen auf sich, für das du einen Mann suchst?"

Der Grund, weshalb ich bei Kerstin klingelte, war der, dass sie mir Anregungen für das Inserat gab und nicht etwa, um ihr die ganze Geschichte zu erzählen. Nur leider hatte ich dabei ihre Neugier vergessen. Widerstrebend erklärte ich ihr also in ein paar Sätzen mein selbst gebackenes Dilemma.

"Verstehe", meinte sie dann. "Dir bleiben also noch etwa zwei Wochen Zeit, um deinen Ehemann zu finden. An deiner Stelle würde ich es wirklich über Kontaktanzeigen versuchen. Das ist der schnellste und einfachste Weg. Falls du bei den suchenden Männern nicht fündig wirst, nimm mal die Anzeigen von Frauen auf Männersuche unter die Lupe und lass dich von deren Texten inspirieren, bevor du selbst ein Inserat aufgibst. Erwähne aber nichts davon, dass du ihn nur für ein Abendessen brauchst. Entweder sie verstehen das völlig falsch oder es meldet sich gar keiner."

"Die Befürchtung hege ich auch", musste ich zugeben. "Die Idee, selbst ein Gesuch aufzugeben, schlug mir Caro schon vor. Den richtigen Text dafür zu finden, ist jedoch alles andere als einfach."

"Dann schnapp dir die Zeitung und fang an zu stöbern",

19

versuchte Kerstin mich zu motivieren. "Allerdings ... Mal angenommen, du findest auf diese Weise wirklich einen. Was machst du, wenn der Typ dann mehr von dir will?"

"Darüber brauchen wir uns keine Gedanken zu machen", winkte ich lässig ab. "Sobald er seinen Zweck erfüllt hat, schieße ich ihn ab. Glaub mir, nach dem Essen wird er den Göttern danken, mich los zu sein."

"Das glaube ich gerne. Ich kenne dich lange und gut genug." Kerstin zwinkerte mir zu. "Trotzdem ist das, was du da vorhast, schon ein bisschen unfair, rein objektiv betrachtet."

"Ach was! Sobald wir aus dem Restaurant sind, bekommt er von mir das Geld fürs Abendessen zurück. Damit hatte er keinerlei Kosten und obendrein einen schönen Abend. Was will Mann mehr?"

"Darum geht es doch gar nicht, sondern ... Irgendwie kann er einem leidtun, denn du veräppelst ihn ja nur."

"Nun spiel nicht den Moralapostel", moserte ich. "Wenn du Angst hast, nass zu werden, darfst du nicht duschen gehen."

Kerstin nickte gemächlich, dann zuckte sie kurz mit den Schultern.

"Irgendwie hast du recht, Julchen. Immerhin kann dir keiner im Voraus sagen, ob es bei einem Date funkt oder nicht."

"Eben!", bestätigte ich ihr. "Wenn du über Kontaktanzeigen jemanden suchst, gehst du immer das Risiko ein, zuerst jede Menge Frösche zu küssen, bevor du auf den Froschkönig triffst. Oder auf die Froschkönigin in seinem Fall."

"Und? Wo suchen wir deinen Ehemann heute?", fragte Caro später gut gelaunt, als sie sich auf meine Couch setzte.

"Gute Frage. Hast du Lust auf ein Eis?"

"Bei dem Mistwetter heute?", ächzte sie. "Nein danke, mir ist schon kalt genug."

"Kein Wunder, wenn du so herumläufst", lästerte ich nach einem Blick auf ihr dunkelblaues, figurbetontes Kostümchen.

"Arbeitskleidung. Ich darf um zehn einen Kunden zu seinem Geschäftsessen begleiten. Wir müssen uns also sputen", warnte Caro vor.

"Na großartig", murrte ich. "Dann lass uns ins *Santorio* gehen. Das ist fast um die Ecke."

Dank Caros Termin später fuhren wir diesmal getrennt. Auf Anhieb fanden wir beide einen Parkplatz ganz in der Nähe des Eiscafés. Ich deutete das als gutes Omen, genauso wie die Tatsache, dass das *Santorio* trotz der kühlen Temperaturen gut besetzt war. Direkt neben der Eingangstür war ein Tisch frei. Ein guter Platz, fand ich, denn von dort aus konnten wir jeden Besucher gleich unter die Lupe nehmen.

Es dauerte jedoch nicht lange, bis wir den Entschluss, uns dorthin zu setzen, ziemlich bereuten. Strategisch war der Platz sicher gut, doch sobald die Eingangstür geöffnet wurde, wehte ein eisiger Lufthauch herein.

"Mein Kunde wird denken, ich komme direkt aus dem Eiskeller", murrte Caro mit mühsam unterdrücktem Zähneklappern. "Vorausgesetzt, dass ich bis dahin noch nicht erfroren bin."

"Meine Güte noch mal, nun sei nicht so empfindlich",

schimpfte ich sie verhalten, obwohl ich die gleiche Befürchtung wie sie hegte. "Falls sich Eiszapfen an deiner Nase bilden, sage ich dir Bescheid. Kuck mal, der hier sieht doch sehr ehemanntauglich aus."

Ich deutete auf einen attraktiven Mann um die Dreißig, an dessen Tisch ein kleines Mädchen saß und sich in Rekordgeschwindigkeit riesige Berge Eis in den Mund schaufelte.

"Das findet seine Frau sicher auch", sagte Caro trocken und deutete auf die schick gekleidete Frau, die ihn soeben mit Küsschen begrüßte und sich zu den beiden setzte.

"Das ist doch wieder typisch", brummte ich. "Die Guten sind immer vergeben. Nur die Ausschussware läuft noch herum."

"Nun ja, Julchen, vergeben bist du auch nicht."

"Das ist doch etwas ganz anderes", wischte ich ihren boshaften Kommentar zur Seite und ließ meinen Blick über die anderen Gäste wandern. Es war frustrierend. Nichts, was auch nur annähernd für mich infrage kam. "Lass uns gehen. Hier ist heute tote Hose."

"Und draußen ist scheußliches Wetter." Caro verzog das Gesicht. "Lass uns einfach noch ein bisschen warten. Vielleicht gibt es ja Männernachschub."

Das bezweifelte ich zwar zutiefst, andererseits wusste ich ohnehin nicht, wo ich noch nach meinem Ehemann suchen sollte. Ein Blick durch die deckenhohe Glasfront auf den Regen, der von den heftigen Sturmböen herumgepeitscht wurde, genügte allerdings und ich war überredet. Seufzend bestellte ich noch eine Runde Cappuccino und zwei Grappas zum Aufwärmen.

Die nächste halbe Stunde tat sich rein gar nichts. Als dann doch die Eingangstür aufging, sah ich automatisch hinüber und erstarrte.

"Das ist er", flüsterte ich Caro zu, während sich meine

Finger in ihren Unterarm krallten. "Dieser Mann ist der pure Wahnsinn. Den will ich haben!"

"Ja, würde mir auch gefallen", gab diese zu und nickte anerkennend. "Stürz dich auf ihn und versuch dein Glück."

"Das werde ich, nur was soll ich zu ihm sagen?"

Meine Freundin zwinkerte mir zu.

"Ich bin klein, mein Bett ist rein, soll niemand drin liegen, als wir zwei allein."

"Du bist unmöglich!", zischte ich ihr zu. Für dumme Kommentare war jetzt keine Zeit. Ich atmete tief durch und stand dann auf. Langsam ging ich hinüber zu dem Tisch, an dem mein künftiger Ehemann soeben Platz genommen hatte. Irgendetwas würde mir schon einfallen, wie immer.

"Hallo", begrüßte ich ihn mit einem strahlenden Lächeln.

Er sah auf.

"Hallo."

"Ich würde dich gerne etwas fragen", fing ich an und setzte mich ohne zu zögern auf den freien Stuhl an seiner Seite.

"Setz dich doch", sagte er schmunzelnd. "Was gibt es denn?"

Mit der Tür ins Haus zu fallen, war sicher nicht die ideale Lösung, doch für langes Geplänkel fehlte mir die Zeit.

"Gehst du gerne zum Italiener?"

"Oh ja, ich liebe Pizza und Pasta. Wieso?"

"Bist du verheiratet?"

Er sah mich einem Was-will-diese-Person-eigentlich-von-mir-Blick an.

"Nein, bin ich nicht. Erklärst du mir nun bitte, wozu du das alles wissen möchtest?"

"Ja, klar. Ich frage nur, weil ..." Lieber Gott, wie sollte ich es ihm erklären, ohne von ihm sofort in die Kategorie *Flüchtige Irrenhausinsassin* geschoben zu werden? "Ich bin zum Abendessen verabredet und dazu fehlt mir noch ein

Begleiter", versuchte ich es vorsichtig.

"Aha. Dachtest du dabei etwa an mich?"

"Ganz genau", bestätigte ich ihm mit einem Lächeln, das hoffentlich nicht meine Hintergedanken verriet, und schob nach: "Du siehst nämlich aus, als ob man mit dir eine Menge Spaß haben kann."

Er lachte scheinbar amüsiert auf, schüttelte den Kopf und meinte:

"Du kennst mich doch gar nicht."

"Kein Problem, das können wir ja ändern", säuselte ich. Dass er mir kein rigoroses Nein um die Ohren schmetterte, war schon einmal die halbe Miete. "Übrigens, das Essen ist übernächsten Samstag. Ich bin mit einer alten Schulfreundin und ihrem Mann verabredet. Nur essen und ein bisschen quatschen, also völlig stressfrei."

Mein Ehemann in spe zog ein süßsaures Gesicht.

"Und wo ist der Haken?"

"Nirgendwo", schwindelte ich mit einem harmlosen Lächeln. "Ich lade dich selbstverständlich ein. Sagte ich schon, dass wir uns im *Castello Barocco* treffen?"

"Nein, aber das finde ich cool!", antwortete er begeistert. "Da wollte ich mit meinem Freund immer schon mal hin. Hat nur noch nie geklappt. Kann er vielleicht mitkommen?"

"Na klar", stimmte ich rasch zu. Wir waren nur noch eine Haaresbreite von einem Ja entfernt. Was seinen Kumpel betraf, würde mir für Carmen schon eine passende Erklärung einfallen. "Das ist überhaupt kein Problem."

"Das ist ja klasse. Okay, ich frage ihn. Er kommt ohnehin gleich."

"Hervorragend!", jubelte ich verhalten, um unnötiges Aufsehen zu vermeiden, obwohl ich am liebsten einen Freudentanz aufgeführt hätte. "Ich warte so lange bei meiner Freundin. Bis gleich!"

Mit einem triumphierenden Lächeln marschierte ich

zurück zu unserem Tisch. Wenn das mal nicht spielend einfach gegangen war!

Caro fieberte meiner Antwort förmlich entgegen.

"Und? Sag schon, Julchen!"

"Geschafft! Er kommt mit. Allerdings mit seinem Freund zusammen."

"Mit seinem Freund?", stieß sie überrascht aus. "Wieso das denn?"

"Frag mich nicht, wieso, aber wenn er meint, meinetwegen." Ich zuckte gelassen mit den Schultern. "Du wirst es nicht glauben. Dieser Zwillingsbruder von Chris Hemsworth ist *nicht* verheiratet. Was sagst du nun?"

"Gar nichts mehr", ächzte Caro und warf mir einen verblüfft-bewundernden Blick zu. "Ich fasse es nicht. Wie kann man nur so ein Glück haben?"

"Na, das wurde ja auch endlich Zeit." Ich seufzte genießerisch auf. "Ich glaube, den behalte ich anschließend."

Ein eiskalter Windstoß traf uns, als die Eingangstür erneut aufging. Meine Freundin sah hinüber und raunte mir zu:

"Wenn *das* hier sein Freund ist, dann komme ich auch mit. Nicht, dass der Süße sich einsam fühlt."

Verstohlen taxierte ich den attraktiven, schlanken Mann, der soeben hereingekommen war und auf den Tisch meines Ehemannes in spe zusteuerte.

"Abgemacht", murmelte ich grinsend, ohne die beiden Männer aus den Augen zu lassen. Caros Süßer setzte sich und umarmte meinem Ehemann kurz zur Begrüßung. Mich traf beinahe der Schlag, als ich zusehen musste, wie beide sich zärtlich auf den Mund küssten. Völlig entgeistert starrte ich Caro an, der der Schock ebenfalls ins Gesicht geschrieben stand.

"Herr im Himmel!", stöhnte ich leise. "Das darf doch nicht wahr sein! Ich habe einen Schwulen angebaggert!"

25

Caro fing sich, ganz im Gegensatz zu mir, überraschend schnell und begann plötzlich lauthals loszugrölen, bis ihr die Tränen übers Gesicht liefen.

"Hör auf damit und lass uns sofort verschwinden", zischte ich ihr mit knallrotem Kopf zu, zerrte einen Geldschein aus Rudi und warf ihn auf den Tisch. "Peinlicher geht es ja wohl nicht mehr!"

Mein schwuler Ex-Ehemann winkte mir nun auch noch fröhlich zu und deutete an, dass ich zu ihm kommen sollte.

Ich ignorierte beides, schließlich hatte ich mich schon genug blamiert.

"Komm endlich, ich muss hier raus!"

Meine dämliche Freundin interessierte das scheinbar nicht im Geringsten, denn sie gackerte völlig ungerührt weiter.

"Hey du, sollen wir dich nun zum Italiener begleiten?", hörte ich den Typen zu allem Überfluss mir quer durchs Eiscafé zurufen. *Na großartig!* Nun wusste es wirklich jeder hier, was ich vorhin von ihm wollte.

Wieso nur tat sich der Fußboden nicht unter mir auf und verschlang mich? Ohne weiter auf Caro zu achten, riss ich meine Jacke von der Garderobe und stürzte hinaus ins Freie. Hastig schloss ich Fridolins Fahrertür auf und ließ mich ächzend in den Sitz fallen. Peinlicher ging es wirklich nicht!

Himmeldonnerwetter noch mal! Wie hätte ich auch ahnen können, dass ausgerechnet dieser Traum aller Schwiegermütter schwul war? Nie im Leben hätte ich so etwas bei ihm vermutet! Eines stand für mich jedenfalls fest: Das *Santorio* konnte ich nun nicht mehr betreten, nicht, nachdem ich mich derart blamiert hatte.

Ich schrak zusammen, als die Fahrertür aufgerissen wurde. Caro grinste mir mit desolatem Make-up entgegen.

"Was ist los, Julchen? Wolltest du diesen Traummann nicht behalten?"

"Hör bloß auf", knurrte ich. "Was soll ich mit einem schwulen Ehemann?"

"Zum Vorzeigen für Carmen ist er doch perfekt", prustete Caro. "Außerdem musst du bei ihm nicht befürchten, dass er dir ungewollt an die Wäsche geht."

"Ach sei doch still! Kümmere dich lieber um deine Kriegsbemalung oder das, was davon noch übrig ist."

"Ach herrje, stimmt." Sie warf einen kurzen Blick auf ihre Armbanduhr. "Ich muss gleich los. Machst du noch weiter?"

"Auf keinen Fall", antwortete ich entschieden. "Mir reicht es für heute."

Auf schnellstem Wege dirigierte ich Fridolin nach Hause. Die Tatsache, dass dieser Chris-Hemsworth-Klon homosexuell war, interessierte mich im Grunde nicht. Meinetwegen konnte jeder tun, was und mit wem er wollte. Dass ich ausgerechnet einen Homosexuellen angemacht hatte, war zwar unheimlich peinlich, aber irgendwie zu verschmerzen.

Mich schockierte etwas anderes viel mehr, denn dank dieser Schlange namens Carmen musste ich mich mit dem Thema Mann einmal ganz konkret auseinandersetzen. Das Ergebnis meiner Suche nach einem, der für mich wenigstens halbwegs infrage kam, war niederschmetternd: Sämtliche attraktiven Männer im passenden Alter waren bereits vergeben - oder schwul.

Ich hatte eindeutig den Zug verpasst, stand nun auf dem Abstellgleis und würde mit hundertprozentiger Sicherheit eines Tages als alte, vertrocknete Jungfer das Zeitliche segnen. Wenn das nicht großartige Aussichten waren!

5

Als ich Samstagmorgen zur Arbeit fahren wollte, traute ich kaum meinen Augen. Noch vor drei Tagen war es herrlich frühlingshaft mit beinahe sommerlichen Temperaturen gewesen, und heute? Dichtestes Schneegestöber! Der April machte dieses Jahr seinem Namen alle Ehre. Ich hoffte nur inständig, dass der Schnee nicht liegen blieb. Immerhin hatte ich schon auf meinem heiß geliebten Fridolin, einem knallroten Mini, Sommerreifen montieren lassen, weil er mit den Alufelgen und Breitreifen einfach nur umwerfend aussah.

Während der Fahrt grübelte ich über mein aktuelles Männerproblem. Es wurde wohl höchste Zeit für mich, einzusehen, dass ich zu lange gewartet hatte. Die Kerle, die noch frei herumliefen, taten es deshalb, weil sie keiner haben wollte. Allesamt Gestörte oder Quasimodos. Der Rest war schon längst unter der Haube. Mein Schicksal als ewiger Single war somit besiegelt.

Trotzdem hegte ich die minimale Hoffnung, dass ich in den Kontaktanzeigen doch ein passendes Exemplar Mann fand, wenn schon nicht zum Behalten, dann wenigstens für den Abend im *Castello Barocco*. Kurz entschlossen hielt ich an der Tankstelle und nahm mir einen Stapel Zeitungen mit. Sofern einer wenigstens präsentabel war, sollte mich der Rest nicht interessieren. Mochte er auch noch so gestört sein, nichts war schlimmer als Carmens Triumphgeheul, wenn ich ihr beichten musste, dass ich sie belogen hatte.

Der Vormittag verging wie im Flug. Mein Kollege und ich mussten nur ein paar Zimmer in einer Altbauwohnung streichen. Gegen eins waren wir bereits fertig und ich fuhr nach Hause.

Noch während ich die Treppen nach oben zu meiner Wohnung lief, zog ich das Handy aus meiner Hosentasche und wählte Caros Nummer. Es klingelte mehrmals, bis sie sich ziemlich verschlafen meldete.

"Sag bloß, du warst noch im Bett", schleuderte ich ihr kichernd statt einer Begrüßung um die Ohren.

"Ja, war ich." Caro gähnte ausgiebig. "Nur weil du arbeiten musstest -"

"Schon gut. Zieh dich an und komm her. Wir müssen Zeitungen wälzen", fiel ich ihr ungeduldig ins Wort.

"Hetz mich nicht so. Ich muss zuerst unter die Dusche und Frühstück wäre auch nicht übel."

"Beides kannst du hier haben. Ich war eben beim Bäcker. Also beeil dich."

"Alles klar. Lass schon mal eine große Kanne Kaffee durchlaufen." Wieder gähnte Caro ausgiebig. "Bin gleich da."

Das klang gut. Bevor jedoch Caro wieder herummeckern würde (und das würde sie tausendprozentig!), dass es bei mir wie nach einem Bombeneinschlag aussah, schaffte ich in Bad und Wohnzimmer oberflächlich Ordnung und verwandelte mein Bett wieder zur Couch. Zumindest sah es nun einigermaßen aufgeräumt aus.

Meine Freundin war in dieser Hinsicht leider das genaue Gegenteil von mir. Ihre Wohnung war zwar nicht viel größer als meine, sah aber immer picobello aus, so wie in diesen Möbelkatalogen. Alles in Chrom, Leder und Acryl, alles hatte seinen Platz und nirgends lagen irgendwelche Haufen herum. Wie sie das zustande brachte, war mir ein Rätsel. Vielleicht brauchte man dafür gewisse Hausfrauengene, die mir leider völlig fehlten.

Etwa zwanzig Minuten später klingelte es an meiner Tür. Caro stand draußen im Jogginganzug, in der Hand eine kleine Reisetasche.

"Hallo, Schlafmütze." Amüsiert deutete ich auf die Tasche. "Willst du hier einziehen?"

Caro zuckte gähnend mit den Schultern.

"Wäre vielleicht das Einfachste. Du hättest dann aber Höllenzeiten, denn zuerst mal stünde eine riesige Aufräumaktion an."

"Ach sei still, ich habe aufgeräumt", winkte ich lässig ab. "Sag mir lieber, was du zuerst willst: Duschen oder Frühstück?"

"Duschen. Vielleicht wache ich dann auf. Gestern Abend war ich noch mit einem amerikanischen Geschäftsmann und seiner Frau unterwegs, quasi als Reiseführerin. Die zwei wollten unser Nachtleben kennenlernen. War zwar ganz lustig, aber ich war erst heute Morgen gegen fünf zu Hause."

"Um fünf?", fragte ich völlig überrascht nach. "Was habt ihr denn so lange angestellt?"

"Hör bloß auf", ächzte sie. "Ich bin fix und alle. Wir waren vermutlich in jeder Kneipe der Stadt. Die beiden hatten eine Ausdauer, einfach bewundernswert. Ist der Kaffee schon durch?"

"Schon ewig."

"Okay, bin gleich da."

Caro trottete ins Bad, ließ jedoch die Tür einen Spalt breit offen.

"Was willst du eigentlich in den Zeitungen suchen?", rief sie mir zu.

"Na, denk mal nach! Meinen Ehemann natürlich."

"In der *Zeitung*?"

"Wieso nicht? Bevor ich ein Inserat aufgebe, könnte ich doch mal die Kontaktanzeigen durchforsten. Auf die Idee hat mich Kerstin gebracht."

"Nicht übel, nur suchen diese Männer keine Frau für einen Abend. Außer natürlich, du suchst in den

Sexanzeigen."

"Ach was, ich muss es ihm doch nicht gleich auf die Nase binden. Wir treffen uns, gehen zum Essen und danach passen wir eben nicht zusammen. Ganz einfach."

"Findest du das nicht unfair?"

"Lieber Gott, jetzt redest du schon wie Kerstin!", stöhnte ich auf. "Sieh es doch einfach mal realistisch: Wenn du jemanden kennenlernst, musst du dir den Typen erst mal in Ruhe ansehen und genau unter die Lupe nehmen. Zwangsläufig trifft man dabei auf irgendwelche Nieten, ob nun über Inserate oder sonst irgendwie. Was ist daran also unfair? Außerdem gibt es ja durchaus die minimale Chance, dass vielleicht der Richtige dabei ist."

Caros Antwort ging im Prasseln der Dusche unter. Eine Weile später erschien sie in einen flauschigen, schneeweißen Bademantel gehüllt und ein Handtuch um den Kopf gewickelt auf der Bildfläche.

"Was sagtest du?", hakte ich nach.

"Dass ich dir grundsätzlich recht gebe. Trotzdem finde ich es in diesem Fall unfair. Du spielst dem armen Mann nämlich nur etwas vor."

"Und wenn schon. Der Zweck heiligt die Mittel", brummte ich und schenkte uns Kaffee ein.

Caro schnappte sich ein Croissant, biss hinein und setzte sich mit untergeschlagenen Beinen auf die Couch.

"Vielleicht solltest du doch besser selbst ein Inserat aufgeben", sagte sie kauend.

"Mir fällt kein passender Text ein. Außerdem läuft mir die Zeit davon. So, und jetzt lass uns mal in den Angeboten stöbern."

"Also bitte!", schimpfte Caro. "Du klingst, als ob du ein Auto suchst ... Reich mal die Zeitung rüber."

Eine Weile studierten wir schweigend die Kontaktanzeigen, dann klopfte Caro mit dem Finger auf ihre Zeitung.

"Wie findest du den hier? *36, 178 cm, attraktiv, vermögend, geschieden, sucht sie bis 30, schlank, sportlich, zum Pferdestehlen. Gerne mit Kind.*"

"Ich weiß nicht. Wenn er so ein toller Hecht ist, wieso ist er dann geschieden? Sonst noch einer?"

"*Der zweite Versuch. Männlich, 42, attraktiv, selbständig, aufgeschlossen* -"

"Aufgeschlossen! Wenn ich das schon höre ... Hak es ab und lies weiter!"

"Hast du nichts?"

"*Schmusetiger, 35, sportlich, romantisch, sucht Schmusekatze bis 40 zum Verwöhnen.*"

Caro gackerte los und meinte dann:

"Och Julchen, was willst du denn mit *so* einem? Du bist nicht romantisch."

"Kann sein, aber gegen *Verwöhnen* hätte ich nichts einzuwenden", antwortete ich mit einem vielsagenden Schmunzeln. "Da ist einer! *Akademiker, 39, 182 cm, gut aussehend, vielseitig interessiert, naturverbunden, sucht Frau bis max. 25 ... für erotische Abenteuer!* Nur Irre unterwegs", knurrte ich kopfschüttelnd. "Ich glaube, eher finden wir einen Samba tanzenden Eskimo als einen normalen Mann."

"Wieso denn? Unser kleiner, vitaler Akademiker scheint doch nicht übel zu sein", feixte Caro.

"Ach was! Das ist doch nur ein triebgesteuerter Idiot!"

"Und wenn schon! Du brauchst ihn doch nur für einen Abend."

"Trotzdem nein!", beharrte ich. "Außerdem bin ich *über* fünfundzwanzig. Thema erledigt."

Eine halbe Seite Inserate später schleuderte ich entnervt die Zeitung in die Ecke und murrte:

"Vergiss es einfach. So wird das nie etwas und außerdem ist mir das zu blöd. Lass uns lieber noch mal um die Häuser ziehen. Es muss doch irgendwo einen Mann geben!"

"Mit Sicherheit gibt es den. Die Frage ist nur, ob er uns über den Weg läuft und dann auch noch mitspielt", warf Caro ein und sah mich zweifelnd an.

"Wieso nicht?"

"Wieso doch?"

"Ganz einfach. Ich binde ihm ja nicht auf die Nase, dass ich ihn nur für den einen Abend brauche. Er geht also davon aus, dass mehr läuft und genau deshalb macht er mit. Hast du denn schon einmal einen Kerl gesehen, der es auf Dauer ohne Frau aushält und sich um alles selbst kümmert?"

"Oh ja", gluckste Caro. "So einen hast du doch neulich erst angebaggert!"

Ich wusste, worauf sie anspielte und verdrehte die Augen.

"Erinnere mich bloß nicht *daran*! Also, was ist? Gehen wir?"

Ich sprang auf, schnappte mir Rudi und blieb auffordernd vor Caro stehen. Doch die verzog das Gesicht.

"Ach Julchen, ich habe keine Lust, noch einmal von vorne anzufangen. Wenn es in dieser Stadt wirklich einen Mann gäbe, der dir gefällt, dann hättest du ihn doch schon längst."

"Möglich, aber vielleicht ging er mir durch die Lappen, weil er genau an diesem Abend zu Hause herumsaß. Komm schon, zieh dich an und lass uns fahren."

"Unsinn", brummte meine Freundin, machte keine Anstalten aufzustehen, sondern schmökerte weiter in der Zeitung.

"Hier, *das* klingt doch gut!", stieß sie plötzlich aus. "*Arzt, 38, geschieden, attraktiv, vermögend, sucht Frau bis 30 für die schönen Dinge des Lebens.* Schau dir mal sein Foto an!"

Uninteressant klang das tatsächlich nicht. Mit einem Arzt als Ehemann konnte ich die Giftnatter sicherlich beeindrucken. Neugierig geworden ging ich zu Caro und warf über ihre Schulter hinweg einen kurzen Blick auf das Inserat.

"Nicht schlecht", murmelte ich, nachdem ich es selbst kurz überflogen hatte. "Der könnte mir wirklich gefallen. Nicht nur für das Essen."

"Siehst du?", triumphierte Caro und schob sofort nach: "Behaupte du noch einmal, es gäbe keine passenden Männer. Also setz dich wieder und lass uns weitersuchen. Na bitte, hier ist der Nächste. *Selbstständiger Fotograf, 33, 180 cm, blond, sportlich, sucht Frau bis 35 zum Pferdestehlen*."

"Meine Güte, wenn ich das schon höre", stöhnte ich auf. "Zum Pferde stehlen. Was sie nur immer mit ihren doofen Pferden haben ... Fiel dir eigentlich schon mal auf, dass es immer der gleiche Text ist? Pfui, was sind diese Kerle doch einfallslos."

"Immerhin fällt ihnen weitaus mehr ein als dir. Also Ruhe!"

"Schon gut", winkte ich ab. "Der Fotograf und der Doktor kommen in die Endrunde. Chiffre oder Telefon?"

"Beide Male Handy. Los, mach schon, ruf an."

Lust dazu hatte ich nicht sonderlich. Sich auf solche Inserate zu melden, kam purer Verzweiflung gleich. Doch um ehrlich zu sein, traf das bei mir im Moment den Nagel auf den Kopf. Ich war durchaus verzweifelt, denn die Zeit drängte. Ohne Ehemann im *Castello Barocco* aufzutauchen, konnte ich mir nicht erlauben, wenn mich Carmen nicht zum Gespött der ganzen Stadt machen sollte.

Ohne lange zu überlegen, schnappte ich mir mein Handy und wählte die Nummer des Doktors. Seine Mailbox sprang an. Ich hinterließ ihm eine kurze Nachricht samt meiner Nummer und rief gleich im Anschluss bei dem diebischen Fotografen an. Bereits beim ersten Klingeln hob er ab, als hätte er nur auf meinen Anruf gewartet. Allerdings wusste ich schon nach ein paar Sätzen, dass er nicht infrage kam.

"Keine Chance!", sagte ich entschieden, nachdem ich auflegt hatte.

"Wieso?" Caro sah mich verwundert an. "Du hast dich doch mit ihm verabredet!"

"Proforma, ja. Treffen werde ich mich mit ihm jedenfalls nicht", knurrte ich.

"Wieso? Was ist los?"

"Ich habe nicht mal die Hälfte dank seines Slangs verstanden. Was glaubst du wohl, was Carmen -"

"Wieso? Was für ein Slang? Ist er Ausländer?"

"Ja, aber frag mich nicht, woher. Für das Inserat hatte er wohl einen Übersetzer beauftragt."

"Na ja, aber -"

"Nein, Ende der Diskussion!", beharrte ich. "Wie soll ich bitte Carmen glaubhaft verklickern, dass er mein Ehemann ist, wenn ich kein einziges Wort seines Gebrabbels verstehe? So dämlich sie auch ist, eins und eins kann sogar sie zusammenzählen."

Bevor meine Freundin noch etwas erwidern konnte, klingelte mein Handy. Hastig nahm ich ab und erzählte ihr ein paar Minuten später die guten Neuigkeiten.

"Ich habe ein Date mit dem Doktor. Carmen wird vor Neid sicher grün im Gesicht werden, wenn sie erfährt, dass ich mit einem Arzt verheiratet bin."

"Das wäre natürlich fantastisch, doch warte erst einmal ab", bremste Caro meinen Begeisterungssturm ein. "Nur weil ihr euch trefft, heißt das noch lange nicht, dass du -"

"Blödsinn", wischte ich lässig ihren Einwand zur Seite. "Es wird klappen. Dafür sorge ich schon."

6

Wie immer, wenn ich tagelang auf etwas warten musste, das mir extrem wichtig war, verging die Zeit im Schneckentempo. Meine Nervosität dagegen nahm mit jeder einzelnen Minute zu, mit der es näher auf den Termin zuging. Dieser Doktor aus dem Inserat musste einfach passen. Etwas Besseres als einen Arzt würde ich in den paar Tagen, die mir noch bis zu dem Abendessen mit Carmen blieben, garantiert nicht mehr kennenlernen.

Am Montagabend war es endlich soweit. Ich jagte Fridolin quer durch die Stadt zum Café *Fantasy*. Natürlich hatte ich mich in meine üblichen Freizeitklamotten geworfen. Der Doktor sollte immerhin mein wahres Ich kennenlernen, redete ich mir ein. Die Tatsache, dass ich gar keine anderen Klamotten im Schrank hängen hatte, spielte dabei nur eine unbedeutende Nebenrolle.

Ich war etwas zu früh dran, setzte mich deshalb gleich an einen freien Tisch mit Blickrichtung auf den Eingang und wartete ungeduldig. Wehe, wenn er mich versetzen würde!

Es dauerte jedoch nicht lange und die Tür ging auf. Für den Bruchteil einer Sekunde blieb mir die Luft weg. Da war er nämlich, mein Doktor und sah in echt noch viel besser aus als auf dem Zeitungsfoto. Was für ein Mann! Carmen würde Bröckchen spucken vor Neid. Begeistert winkte ich ihm mit der zusammengerollten Zeitung, unserem vereinbarten Erkennungszeichen.

Mit einem freundlichen Lächeln kam er auf mich zu und streckte mir zur Begrüßung die Hand entgegen.

"Julia?"

"Sebastian?", vergewisserte ich mich, während ich in die Höhe schnellte und ihm die Hand schüttelte.

"Ja. Auch nass geworden?"

"Na ja, die Dusche kann ich mir heute jedenfalls sparen", flachste ich.

"Das ist wirklich das reinste Mistwetter", pflichtete er mir bei und nahm mir gegenüber Platz. "Schön, dass Sie so spontan waren und auf die Schnelle Zeit hatten."

Ich legte alles, was ich an Liebenswürdigkeit in mir fand, in mein Lächeln. Unwillkürlich streifte mein Blick seine Hände. Typische Arzthände: gepflegt mit langen, schmalen Fingern. Oh ja, ich musste zugeben, dass ich mich von diesen Händen auch gerne untersuchen lassen würde ... nachts ... zu Hause ...

Wir betrieben eine Weile, quasi zum Aufwärmen, Smalltalk. Die von Caro befürchtete Riesenmacke konnte ich bislang nicht entdecken, ganz im Gegenteil. Er wirkte auf mich sehr sympathisch. Grund genug, um endlich zu den wichtigen Dingen zu kommen.

"Sie sind geschieden?", fragte ich zielstrebig.

"Ja, schon seit einem Jahr."

"Waren Sie lange verheiratet?"

"Wenn man vom Trennungsjahr absieht, gerade mal ein knappes Jahr."

"Oh!"

Das war ziemlich kurz, fand ich. Vielleicht stimmte ja doch etwas nicht mit ihm?

"Es hat einfach nicht gepasst", sagte er nüchtern. "Durch meinen unregelmäßigen Dienst haben wir uns fast nie gesehen. Was machen Sie denn beruflich?"

Ich erzählte ihm ausführlich von meinem Job als Malerin und auch von den ganzen Projekten, die bei mir und meinem Kollegen derzeit auf dem Plan standen. Vielleicht war es nur Einbildung, doch es sah beinahe so aus, als ob währenddessen ein leicht spöttischer Zug um seine Lippen auftauchte und nicht mehr verschwinden wollte.

"Verblüffend", sagte er anschließend. "Dass Ihnen das

solchen Spaß bereitet, den ganzen Tag einen Pinsel zu schwingen und sich mit Farbe zu bekleckern ..."

"Ja, es macht Spaß", bestätigte ich ihm nachdrücklich. "Ein bisschen Farbe an den Wänden sieht nicht nur toll aus, sondern trägt auch entscheidend zum Wohlfühlfaktor bei."

"Nun ja." Er räusperte sich kurz. "Kunterbunte Wände sind für Kinder, ob nun faktisch oder intellektuell gesehen, sicherlich das Passende. Ich bevorzuge auf jeden Fall ein klares, dezentes Weiß."

"Nun ja", machte ich es ihm nach, spöttischer als beabsichtigt. "Nicht nur Kindsköpfe umgeben sich gerne mit ansprechenden Farben, sondern auch Menschen mit Geschmack."

Abwehrend hob er die Hände.

"Über Geschmack lässt sich bekanntlich streiten, über Stil noch viel mehr und ..." Sein Blick huschte kurz über mich. "Über klassische Eleganz ebenso."

Was für ein unverschämter Mensch! Er sagte zwar nichts direkt über mein Outfit, sein Gesichtsausdruck allerdings sprach Bände. Ich zwang mich jedoch, ruhig zu bleiben und keinen blöden Kommentar abzugeben. Noch bestand ja die Hoffnung, ihn als meinen Ehemann Carmen zu präsentieren.

"Haben Sie eigentlich Kinder?", fragte ich schnell, um vom Thema abzulenken.

Sebastian schüttelte entschieden den Kopf.

"Nein, das war für mich von Anfang an klar und darüber gab es auch von meiner Seite aus keinerlei Diskussion. Haben oder möchten *Sie* denn welche?"

"Ich habe keine, aber was nicht ist, kann noch werden. Kinder sind doch etwas Tolles", log ich und sah ihn herausfordernd an. Kinder interessierten mich zwar kein bisschen und Lust darauf, mich zu vermehren, hatte ich überhaupt nicht. Doch das war im Moment völlig egal. Denn so langsam rückte Carmen in den Hintergrund, genauso wie der Sinn und Zweck dieses Dates. Stattdessen überfiel mich nun zunehmend Streitlust, denn er gehörte zu genau der Sorte Mann, die ich absolut nicht ausstehen konnte: Eingebildete und überhebliche Machos!

"Wenn man keinen Wert auf seine Karriere legt, sicherlich", antwortete er mit einem äußerst süffisanten Lächeln, das ich ihm am liebsten aus dem Gesicht geschlagen hätte. "Und ich nehme mal an, speziell bei Ihrem Job wird es überhaupt kein Problem sein, eine Weile zu pausieren, um den Nachwuchs zu hätscheln und zu tätscheln."

Allmählich reichte es mir von seinen Spötteleien und ich wusste todsicher, dass ich mich nicht mehr lange würde beherrschen können. Um also weder entsprechend zu kontern noch loszubrüllen, blieb mir nur eines übrig, nämlich wieder einmal das Thema zu wechseln.

"Was für ein Arzt sind Sie denn überhaupt?"

"Pathologe", antwortete er knapp, mit einem merkwürdigen Leuchten in den Augen.

"Klingt interessant", heuchelte ich, obwohl mich der bloße Gedanke, mit einem Leichenfledderer verheiratet zu sein, mehr als anekelte. "Was machen Sie da genau?"

"Ich arbeite in der Gerichtsmedizin, mache also Autopsien und Obduktionen bei Suizid- oder Mordverdacht, unbekannten Todesursachen und so weiter."

"Das heißt also, Sie zerlegen jeden Tag Leichen in ihre Einzelteile."

Sebastian zuckte gelassen mit den Schultern.

"Wenn Sie das so simplifizieren wollen, ja. Um die genaue Todesursache feststellen zu können, bleibt mir nichts anderes übrig, als das Opfer zu sezieren."

"Bei so einer Arbeit kommt ja richtig Freude auf, oder nicht?", spöttelte ich. Was er konnte, konnte ich schon lange!

39

"Es ist auf jeden Fall hochinteressant", korrigierte er mich. "Natürlich ist es manchmal ein bisschen unangenehm, gerade wenn der Verwesungsprozess schon fortgeschritten ist. Letzten Monat zum Beispiel hatte ich eine Frauenleiche auf dem Tisch, die schon wochenlang in der Isar getrieben war."

Oh mein Gott! Mir verweste Leichen vorzustellen, war schon widerlich genug. Dass er jedoch mit beiden Händen darin herumwühlte ... Ich winkte entsetzt ab.

"Bitte keine Details!"

Scheinbar bereitete es diesem Leichenfledderer diebisches Vergnügen, mich zu ärgern, denn er fuhr völlig ungerührt fort:

"Letzte Woche hatte ich eine männliche Leiche auf dem Tisch, die schon ein paar Jahre unter der Erde lag. Allerdings *ohne* Sarg. Mordopfer. Vom Tierfraß mal abgesehen, durch die Feuchtigkeit des Erdreichs war der Körper schon ziemlich ..."

Nun war es eindeutig genug! Ich vermied es grundsätzlich, mir Horrorfilme anzusehen, da ich danach dank meines ausgeprägten Kopfkinos tagelang nicht schlafen konnte. Mir jetzt detailgetreue Geschichten über *Leichen* anzuhören, würde mit Sicherheit den gleichen Effekt haben. Noch dazu begann schon bei *Tierfraß* mein Magen leicht zu revoltieren. Hastig sprang ich auf und rannte fast zu den Toiletten. Dort atmete ich ein paar Mal tief durch, bis der Würgereiz allmählich nachließ und versuchte dabei, mein Kopfkino auszuknipsen.

Mir war es schlichtweg unbegreiflich, wie jemandem dieser Beruf Spaß machen konnte! Gab es irgendeinen Job, der ekliger war und ... *Oh mein Gott!* Ich hatte ihm auch noch die Hand geschüttelt! Natürlich sah man im Fernsehen oft genug in diesen Gerichtsmedizinerserien, dass die Herren während ihrer Arbeit Handschuhe und Schutzkleidung trugen. Trotzdem: Er schnippelte an und puhlte in *Leichen* herum! *Verwesten Leichen!*

Mochten mir damit auch die Optionen ausgehen, auf die Schnelle einen Ehemann zu finden, dieser arrogante Doktor Frankenstein kam nicht infrage. Unter keinen Umständen würde ich mit ihm essen gehen. Am Ende fuhr er beim Abendessen mit Carmen fort, weiter seine Horrorgeschichten zu erzählen und ich spuckte am Ende noch meinen ganzen Mageninhalt mitten auf den Tisch. Nein, niemals! Nicht in einer Million Jahre!

Ich musste also wieder zurück und diesen Leichenfledderer schnellstmöglich loswerden, denn auf ewig konnte ich nicht hier in der Toilette sitzen bleiben. Ein letztes Mal atmete ich tief durch, dann gab ich mir einen Ruck und marschierte entschlossen zurück zu unserem Tisch.

Sebastian hatte sich inzwischen mit vor der Brust verschränkten Armen zurückgelehnt und erwartete mich mit seinem spöttischen Markenlächeln.

"Na, geht es wieder?"

Dieser Mann war wirklich unglaublich. Während ich vorhin ganz gekonnt Freundlichkeit und Verständnis heuchelte, tat er nichts dergleichen. Er bemühte sich nicht einmal und seine Frage klang in keiner Weise auch nur annähernd nach Anteilnahme. Ganz im Gegenteil.

"Ja, alles bestens", behauptete ich rasch. "Ich muss wohl gestern etwas Falsches gegessen haben."

"Ach so, und ich dachte schon, ich hätte Sie schockiert."

"Aber nicht doch. So empfindlich bin ich wirklich nicht", versuchte ich ihm vorzugaukeln.

"Sehr gut", lobte er gönnerhaft. "Nachdem ich Ihnen jetzt die ganze Zeit Rede und Antwort gestanden bin, Julia, sind Sie nun an der Reihe. Erzählen Sie doch mal ein bisschen von sich."

Das war das perfekte Stichwort für mich, denn damit

hatte er sich eben selbst die Büchse der Pandora geöffnet. Ich ließ meiner Fantasie freien Lauf und log, dass sich die Balken bogen. Scheinbar war ich wirklich überzeugend, denn schon nach ein paar Sätzen schnellte eine seiner Augenbrauen nach oben und kurz darauf die zweite.

Er hörte mir noch eine Weile schweigend zu, dann räusperte er sich und sah kurz auf seine Rolex–Imitation. Oder war es doch eine echte? Wie auch immer, es interessierte mich kein bisschen.

"Das war alles sehr interessant und unterhaltsam, Julia, und ich hätte gerne weiter mit Ihnen geplaudert. Leider fiel mir gerade ein, dass ich noch etwas sehr Dringendes erledigen muss", sagte er überaus höflich und stand auf. "Sie sind mir doch hoffentlich nicht böse, wenn ich mich nun verabschiede?"

"Nein nein, natürlich nicht." Ich schenkte ihm ein völlig geheucheltes, zuckersüßes Lächeln. "Wir können unsere Unterhaltung gerne ein anderes Mal fortsetzen."

"Oh ja, sehr gerne", antwortete er rasch. "Auf jeden Fall. Ich melde mich bei Ihnen."

Höchst zufrieden grinste ich in mich hinein, denn ich wusste genauso gut wie er, dass dieser Tag niemals kommen würde. Den Leichenfledderer war ich los, ein für alle Mal, nur leider verschwand mit ihm auch die letzte Chance, Carmen einen passenden Ehemann zu präsentieren.

"Julia, du bist wirklich total bescheuert", schimpfte mich Caro später bei mir zu Hause aus, als ich mit meinem detaillierten Bericht über dieses missglückte Horrordate fertig war. "Hat irgendjemand verlangt, du sollst ihn heiraten? Lieber Gott, es wäre doch nur für ein Abendessen gewesen! Mit ihm hättest du Carmen auf jeden Fall beeindruckt."

"Möglich, aber er wühlt in *verwesten Leichen* herum!", beharrte ich trotzig, während mich erneut schauderte. "Und ihm macht das auch noch Spaß! Du hättest ihn beim Erzählen hören sollen! Außerdem ist er widerlich arrogant, überheblich und -"

"Das ist doch alles völlig egal", fiel Caro mir ins Wort.

"Nein, ist es nicht! Alleine schon bei dem Gedanken ..."

Mir stellten sich schon wieder die Nackenhaare auf und ich schüttelte mich angewidert.

"Meine Güte! Die Chance, dass er beim Italiener eine Leiche zum Zerlegen findet, ist vermutlich sehr gering", höhnte Caro. "Tja, Chance vertan. Was machst du jetzt?"

"Keine Ahnung", gab ich kleinlaut zu. "Sag du es mir."

Meine Freundin zuckte ratlos mit den Schultern. Eine Weile schwiegen wir beide nachdenklich, dann schlug sie vor:

"Was, wenn du dich doch mit diesem Fotografen triffst?"

Ich verschluckte mich fast an meiner Cola.

"Um Gottes willen, Caro!"

"War ja nur ein Vorschlag. Vielleicht bringt er doch irgendwie ein verständliches Deutsch zustande und -"

"Nein! Wenn du willst, kannst *du* ihn gerne haben. Ich schenke ihn dir."

"Was bist du wieder großzügig", gluckste Caro. "Aber kein Bedarf, ich kann warten."

Warten. Das war ein Stichwort, das mir - von den Erzählungen des Doktors einmal abgesehen - die nächste Übelkeit verursachte.

"Lieber Gott", stöhnte ich händeringend auf. "Was soll ich nur machen, wenn ich bis Freitag keinen Ehemann finde?"

43

"Selbst schuld, Lügenbaroness", antwortete Caro trocken.

"Ach spar dir deine Moralpredigten und hilf mir lieber", knurrte ich sie an. "Irgendwo in dieser Stadt muss doch einer herumlaufen! Apropos, hast du heute noch ein Date?"

"Nein, heute nicht."

"Gut, dann schwing die Hufe und lass uns losziehen", sagte ich kurz entschlossen. "Vielleicht haben wir heute Abend Glück. Mir reicht schon ein *einziger*, halbwegs normaler Mann."

Seufzend stemmte sich Caro von meiner Couch hoch.

"Also gut. Gehen wir nochmals in *Santorio*? Vielleicht ist heute -"

"Nie wieder!", platzte es aus mir heraus.

"Wieso? Ist es dir dort zu warm?", stichelte meine Freundin mit einem derart provozierenden Grinsen, dass ich mich nicht beherrschen konnte und sie dafür kräftig in die Seite kniff.

"Ja, vor allem die Männer!"

Wie erwartet, gackerte sie los und meinte dann:

"Lass uns doch einfach nur essen gehen, ohne Männerjagd und den ganzen Schnickschnack. Ich habe Hunger wie ein Raubtier und wer weiß, ob uns dabei nicht doch noch die zündende Idee kommt."

Ihr Vorschlag half mir zwar nicht bei meinem eigentlichen Problem, war jedoch gar nicht so übel. Mein Magen knurrte ebenfalls schon seit einiger Zeit bedenklich und forderte Nachschub. Und möglicherweise hatte mein Ehemann in spe denselben Einfall.

Mit Fridolin fuhren wir zu unserem Lieblingsitaliener. Während wir auf unsere Lasagne warteten, ließ ich meinen Blick durchs Restaurant schweifen. An einem Fenstertisch saß eine junge Familie etwa in meinem Alter, der kleine Junge in der Mitte war etwa vier. Ich beobachtete die Drei eine Weile.

"Denk nicht mal dran", raunte mir Caro warnend zu.

"Was denn?", entrüstete ich mich. "Ich kucke doch nur."

"Ich kenne dich doch, Julchen, also gib es schon zu. Du überlegst gerade, ob du nicht hingehen und ihn fragen sollst. "

"Blödsinn", log ich, denn exakt dieser Gedanke war mir soeben durch den Kopf geschossen. "Bin ich bescheuert? Sein Hausdrachen sitzt doch neben ihm."

"Als wenn *dich* das abhalten würde", knurrte Caro. "Vergiss es einfach, ja?"

"Was wäre denn schon dabei, wenn sie ihn mir einen Abend ausleiht? Sie darf ihn ja behalten."

"Und was, wenn er Carmen mal zusammen mit seiner Frau über den Weg läuft? Das dürfte dann wohl ziemlich peinlich werden."

"Stimmt auch wieder", gab ich kleinlaut zu.

"Siehst du? Sag ich doch", brummte meine Freundin zufrieden. "Nur mal so nebenbei erwähnt: Du brauchst dich gar nicht über Carmens Spatzenhirn lustig zu machen. Hättest du deines mal eingeschaltet, bevor du wie die Baroness von Münchhausen zu schnattern begonnen hast, säßest du jetzt nicht in diesem Schlamassel. Selbst wenn du ihr beim Essen deinen gezinkten Ehemann präsentierst, fliegt der ganze Schwindel über kurz oder lang ohnehin auf, Julia. Und dann?"

Gute Frage und vor allem eine, die ich mir auch schon bestimmt tausend Mal gestellt hatte, ohne auch nur eine halbwegs befriedigende Antwort darauf zu finden.

"Das überlege ich mir, wenn es so weit ist", wiegelte ich trotzig ab. Wozu sollte ich mir jetzt schon darüber Gedanken machen? Dazu war später immer noch Zeit genug. Im Augenblick war nur eines wichtig: Es musste ein Mann her, und zwar am besten auf Knopfdruck!

Unser Ober kam zurück und servierte uns zwei Teller mit

dampfender Lasagne. Sie sah richtig lecker aus, trotzdem stocherte ich eine Weile darin herum. Mir ging die Idee von vorhin einfach nicht aus dem Kopf.

"Weißt du, rein informativ fragen könnte ich doch mal", sagte ich vorsichtig und schielte zu Caro hinüber, ohne den Kopf zu heben.

Sie legte demonstrativ und betont langsam das Besteck aus der Hand und sah mich strafend an.

"Wenn du das tust, Julia, dann stehe ich sofort auf und gehe."

"Ach Caro, nun sei doch nicht so."

"Nein, Julia. Wenn du lügst, dass sich die Balken biegen, ist das *eine* Sache. Aber *das* ist unmöglich!"

"Ja, schon gut, also hör auf, den Moralapostel zu spielen", knurrte ich und schob einlenkend nach: "War ja nur so ein Gedanke."

"Gut", brummte sie zufrieden und nahm ihr Besteck wieder in die Hand. Während sie ein Stückchen von der Lasagne absäbelte und auf ihre Gabel schob, schlug sie vor: "Hol dir einfach einen aus der Agentur, Julchen."

Diese Möglichkeit hatte ich mir auch schon überlegt. Schneller und problemloser kam ich schließlich zu keinem präsentablen Mann, jedenfalls nicht für einen Abend. Allerdings war diese Lösung ziemlich kostspielig, weshalb ich den Gedanken daran bislang immer zur Seite schob. Doch so, wie es nun aussah, würde mir vermutlich nichts anderes übrig bleiben.

"Ja, vielleicht sollte ich das wirklich tun. Einfacher wäre es allemal."

"Auf jeden Fall und glaub mir, einer ist hübscher als der andere. Du wirst begeistert sein. Die meisten sind zwar schon vergeben, doch das spielt ja keine Rolle."

"Wieso spielt das keine Rolle?"

"Du brauchst ihn doch nur für einen Abend. Oder dachtest du etwa an mehr?"

Caro zog eine Augenbraue hoch und sah mich lauernd an.

"Ach was, niemals! Andererseits weiß man ja nie, wann und wo einen die Liebe anspringt."

"Julchen!" Caro lachte amüsiert auf. "Suchst du tatsächlich einen Mann?"

"Blödsinn!", wehrte ich rasch ab und schob mir den Rest meiner Lasagne in den Mund. "Nur allmählich glaube ich, dass wir beide die einzigen Single-Frauen der Stadt sind", raunte ich ihr kauend zu. "Und jünger werden wir schließlich auch nicht."

"Och Süße, hast du etwa Torschlusspanik?"

"Das nicht, aber schau dich doch mal um. Wo du auch hinsiehst, man sieht nur Pärchen. Wenn das mal nicht frustrierend ist."

"Bisher hat dich das nie gestört. Heiraten und Familie waren für dich doch immer der blanke Horror." Ihr neugieriger Blick durchbohrte mich beinahe. "Was ist passiert, Julchen?"

"Nichts, nur ..." Ich seufzte tief auf und gab leicht verlegen zu: "Mir ist das bisher nie derart aufgefallen wie in den letzten Tagen. Das Gefühl wird immer stärker, dass alle guten Männer bereits vergeben sind. Ich sehe uns schon als alte Jungfern auf einer Parkbank sitzen und Enten oder Tauben füttern. Außerdem habe ich nie gesagt, dass Heiraten, Familie und so weiter für mich nicht infrage kommen. Ich -"

"Ach nein, Baroness von Münchhausen?" Sie zwinkerte mir spitzbübisch zu. "Du wüsstest doch gar nicht, was du mit Mann und Kind anfangen solltest. *Du* nicht."

"Wenn es der Richtige wäre?"

"Der Richtige? Der müsste extra für dich gebacken werden. Jeder andere würde dir spätestens nach ein paar Wochen auf die Nerven gehen. Zu langweilig, zu wenig Action, zu wenig Abwechslung. Du müsstest Rücksicht

47

nehmen, Kompromisse schließen und lauter andere Dinge, die du weder kannst noch magst."

"Blödsinn. Jeder kann sich ändern."

"Ja. Jeder kann es, aber *du* nicht."

"Kann ich wohl", antwortete ich trotzig. "Du wirst es ja sehen."

"Was hast du vor? Soll etwa aus der frechen, vorlauten, respektlosen Schnodderschnauze eine brave, kinderliebe und romantische Ehefrau werden?"

"Ach, du bist doof!", brummte ich mit glühend heißen Wangen. "Übertreib doch nicht immer gleich so schamlos. Warte einfach ab."

"Das werde ich auch. Und vor allem: Ich werde dich daran erinnern."

8

Nach dem Italiener fuhren Caro und ich noch in ihre Begleitservice-Agentur, in der ich auf die Schnelle die Fotos der Herren sichtete. Meine Wahl fiel auf Florian, auch wenn er zwei Jahre jünger war als ich. Doch das sollte niemanden großartig interessieren und dass Carmen den Ausweis meines Ehemannes sehen wollte, schloss ich einfach mal aus.

Florian war umwerfend und total mein Beuteschema: eins fünfundachtzig, dunkelblonde Haare, strahlend blaue Augen und ein Lächeln, das mich dahinschmelzen ließ. Mit ihm an meiner Seite würde der Abend nicht nur Spaß machen, sondern er war der perfekte Ehemann, mit dem ich die Giftnatter auf jeden Fall beeindrucken konnte.

Lediglich die Tatsache, dass sie einen Tisch beim *Nobelitaliener* reserviert hatte, störte mich ganz gewaltig.

Natürlich wunderte mich das nicht, denn Miss Ich-bin-zwar-blöd-aber-eingebildet-für-drei musste doch damit herumprotzen, dass ihrem Aktienhai *für sie nichts zu teuer* war. Für mich bedeutete das allerdings eine mittlere Katastrophe. Nicht etwa, weil ich mich beim Essen besabberte oder nicht wusste, wie man mit Messer und Gabel umging, sondern vielmehr des passenden Outfits wegen. In meinen üblichen, saloppen Klamotten würden sie mich dort vermutlich nicht einmal ins Lokal lassen.

Was sollte ich nur anziehen? *Hübsche Kleidchen*, wie meine Mutter immer sagte, gab es in meinem Schrank nicht. Wenn ich aber neben Carmen nicht wie ein Müllmann aussehen wollte, musste ich mir so einen Kram unbedingt zulegen.

Nachdem ich am Mittwoch bereits nachmittags mit der Arbeit fertig war, rief ich Caro auf dem Nachhauseweg an und überredete sie, mit mir zum Shoppen zu fahren. Immerhin kannte sie sich mit schicken Klamotten aus, und das nicht nur ihres Nebenjobs wegen.

Zu Hause hatte ich mir die Shoppingtour noch ganz simpel vorgestellt. Ich ging davon aus, wir würden zu *Karstadt* fahren, ein bisschen kucken, einen dieser bunten Fetzen schnappen und gehen. Weit gefehlt. Caro zerrte mich von Boutique zu Boutique, schließlich - so meinte sie - sollte ich an diesem Abend mit Carmens typisch extravaganter Aufmachung konkurrieren können. Mit einem Zwanzig-Euro-Kleidchen aus dem Kaufhaus würde ich neben der überkandidelten Giftnatter höchstens wie deren Haushälterin beim Frühjahrsputz wirken, mehr aber auch nicht.

Mein ohnehin riesiger Hass auf Carmen nahm mit jedem einzelnen Klamottenladen, den wir ohne Fummel verließen, zu. Es reichte schon, dass ich diese widerliche Zimtzicke einen ganzen Abend ertragen sollte, aber dann

49

noch aufgerüscht und in *hübschem Kleidchen*!

Es war der blanke Horror. In jeder Boutique schob Caro mich sofort in die Umkleidekabine. Ich durfte dort warten, bis sie mir nach einer Weile einen ganzen Haufen Kleider in die Hand drückte mit dem Kommentar: "Halt die Klappe und zieh dich um!" Jegliche Einwände meinerseits prallten an ihr ab, denn - so knallte sie mir an den Kopf - ich hätte von schicken Klamotten ohnehin keine Ahnung.

Nach teilweise heftigen Debatten mit ihr ergab ich mich meinem Schicksal und ließ mich von ihr zu einem schlichten, schwarzen Etuikleid samt dazu passender Pumps überreden. Lieber Gott, was kam ich mir darin dämlich vor! Ich in einem Kleid war schon schlimm genug, aber dann noch *Pumps*?

Wenigstens war Caro begeistert und davon überzeugt, dass ich so einen hervorragenden Eindruck und Carmen sprachlos machen würde. Wirklich überzeugt war ich davon nicht, doch ich verließ mich auf das fachmännische Urteil meiner besten Freundin. Ich wusste ja, dass sie, was Stil betraf, weitaus bewanderter war als ich und ein klein wenig Vorfreude auf das Essen kam in mir auf, wenn ich nur an Carmens dämliches Gesicht bei meinem Anblick dachte.

Doch leider freute ich mich zu früh. Donnerstagabend rief mich nämlich Florians Mutter an, um mir mitzuteilen, dass ihr Sohn am Vormittag beim Joggen unglücklich mit dem Fuß umgeknickt wäre und sich eine Kreuzbandzerrung eingefangen hätte. Am Samstag könne er unter keinen Umständen mitkommen.

Das durfte doch nicht wahr sein! Mein ganzer schöner Plan drohte zu scheitern. Total schockiert und aufgelöst rief ich Caro an.

"Hast du das von Florian gehört?"

"Ja, ich habe es vorhin gerade in der Agentur erfahren. So ein Mist aber auch!"

"Das darfst du laut sagen. Wieso muss der Trottel unbedingt joggen gehen, wenn er zu doof dazu ist?", schimpfte ich lautstark. "Kannst du nicht einem anderen Bescheid sagen, dass er -"

"Sorry, aber die sind alle schon ausgebucht für Samstag."

"Na und? Dann soll eben einer umbuchen. Ich brauche ihn dringender."

"Geht leider nicht, Julchen. Ich kann höchstens nachfragen, ob nicht zufällig einer frei geworden ist, und rufe dich anschließend zurück."

Ungeduldig tigerte ich in meiner Wohnung auf und ab, bis endlich mein Handy bimmelte. Caro überbrachte mir allerdings die Hiobsbotschaft, dass keiner von ihren Kollegen verfügbar war.

Nun fiel ich beinahe in Ohnmacht. Damit konnte ich meinen Triumph vergessen. Mir blieb nichts anderes übrig, als mir bis übermorgen für Carmen eine überzeugende Ausrede auszudenken, weshalb ich *ohne* Ehemann im *Castello Barocco* antanzte. Ihr die Wahrheit einzugestehen stand völlig außer Frage. Ich würde mich komplett lächerlich machen!

Am späten Freitagnachmittag ging ich nichtsdestotrotz zum Friseur, doch ich hätte es besser wissen sollen. Wie jedes Mal wurde ich Unmengen Geld los und durfte mir tolle Sprüche anhören, wie stylisch und doch pflegeleicht die neue Frisur wäre. Trotzdem sahen meine Haare genauso bescheuert aus wie vorher, nur einen Tick anders. Und ein Stückchen kürzer.

Hinterher, auf dem Weg zum Supermarkt, schoss mir die ultimative Ausrede durch den Kopf: Ich würde Carmen ganz einfach etwas von einem wichtigen Geschäftstermin erzählen, den mein Mann absolut unerwartet hereinbekommen hätte. Das klang doch glaubwürdig!

Anderseits kannte ich Carmen zur Genüge. Diese aufgetakelte Schnepfe würde am Ende noch vorschlagen, dass er nachkommen sollte. In diesem Fall war ich eindeutig geliefert.

Wütend hieb ich mit der Faust aufs Lenkrad. Das alles war nur Florians Schuld! Wäre er nicht zu dämlich zum Joggen gewesen, hätte alles bestens funktioniert. So ein Trottel aber auch!

Missmutig schob ich meinen Einkaufswagen durch den Supermarkt. Vor dem Weinregal blieb ich stehen und starrte auf die Flaschen, ohne sie wirklich zu sehen. Meine Gedanken kreisten nämlich immer noch unablässig um dieses dämliche Abendessen morgen. Was sollte ich Carmen nur erzählen?

"Kann ich dir helfen?", riss mich eine angenehm dunkle Stimme mit einem leicht ausländischen Akzent aus meinen Grübeleien.

Ich drehte mich um. Hinter mir stand ein Mann etwa in meinem Alter. Südländer vermutlich, dem Aussehen nach.

"Meinst du mich?", fragte ich ihn irritiert.

"Ja. Kann ich dir helfen?"

Schon wollte ich verneinen, nahm ich ohnehin immer den gleichen Rotwein mit. Doch plötzlich kam mir eine Idee. Absolut abwegig zwar, Caro würde mich sicherlich für übergeschnappt halten, doch ich steckte bis zum Halskragen in einer Notsituation und da heiligte der Zweck die Mittel.

Die Begeisterung vielen Frauen für südländische Männer konnte ich nie verstehen. Mein Beuteschema unterschied sich davon gravierend. Allerdings musste ich zugeben, dass dieser hier gar nicht übel aussah, so generell jedenfalls und Mann war immer noch Mann. Vielleicht musste ich morgen Abend ja doch nicht alleine gehen.

Ich knipste also mein bezauberndstes Lächeln an.

"Schon möglich. Kennst du einen guten, trockenen

Rotwein, der einem die Zungenspitze kräuselt und wie Öl die Kehle hinabrinnt?"

"Certo. Uno momento." Zielstrebig griff er ins Regal und hielt mir eine Flasche entgegen. "Nimm den hier. Den habe ich immer zu Hause. Einfach nur traumhaft."

Ohne auf das Etikett und das Preisschild zu achten, stellte ich diese Flasche und noch zwei weitere in meinen Einkaufswagen.

"Danke."

"Brauchst du noch etwas?", wollte er mit einem einnehmenden Lächeln wissen.

Möglichst unauffällig musterte ich ihn von Kopf bis Fuß. Ich schätzte ihn auf höchstens eins achtzig, eher kleiner. Die rabenschwarzen, etwas längeren, lockigen Haare hatte er mit Gel nach hinten getrimmt. Halbe Tube schätzungsweise. An seinem linken Ohrläppchen blitzte ein kleiner Brillant auf, um den Hals baumelte eine Goldkette, daran hing ein großes Kreuz. Beides sah ziemlich echt und teuer aus. Ganz unsportlich schien er auch nicht zu sein, wie das anliegende weiße T-Shirt und seine braun gebrannten Arme erahnen ließen.

Nicht übel, nur leider eigentlich gar nicht mein Typ. Doch diese nachtschwarzen Augen und dieses Lächeln ... Er hatte etwas.

"Hast du morgen Abend schon etwas vor?", fragte ich ohne Umschweife. Was konnte ich schon verlieren? Im schlimmsten Falle hielt er mich für übergeschnappt.

"Ob ich morgen Abend ...? Wieso?" Verblüfft sah er mich an.

"Na ja, weil ich ... Glaub mir, es ist eigentlich nicht meine Art, wildfremde Männer im Supermarkt anzuquatschen, aber ..."

Ich hätte mich in diesem Moment selbst ohrfeigen können. Sonst schnatterte ich einfach darauf los und ausgerechnet jetzt fehlten mir die richtigen Worte.

53

"Aber?"

"Die Sache ist so: Ich bin morgen Abend zu einem Abendessen verabredet und soll meinen Mann mitbringen."

"Aha. Und wieso fragst du mich dann?"

"Weil ... Ich habe keinen", gab ich kleinlaut zu.

"Das verstehe ich jetzt nicht."

"Zugegeben, das Ganze ist auch etwas kompliziert."

"Sieht ganz so aus", stellte er grinsend fest.

"Hast du fünf Minuten Zeit? Ich würde es dir gerne erklären und dann kannst du dir immer noch überlegen, ob du mitkommst oder nicht."

Er nickte und stützte sich mit den Ellbogen auf dem Griff seines Einkaufswagens ab.

"Also, erzähl."

"Nicht hier. Gleich nebenan ist eine Eisdiele. Können wir nicht hinübergehen?", bat ich ihn und setzte mein schönstes Lächeln auf.

"Wieso nicht?", antwortete er zu meiner Überraschung ohne zu zögern. "Ich mache noch meinen Einkauf fertig und danach treffen wir uns dort. Va bene?"

Ich war begeistert. So einfach hatte ich mir das nicht vorgestellt. Wenn er nun auch noch mitspielte, was ich ganz stark hoffte, da er nicht sofort abgewinkt hatte, war alles in trockenen Tüchern. Mein Traumehemann war er zwar nicht gerade, doch immerhin konnte ich Carmen einen präsentieren und das war alles, was zählte.

Rasch schob ich meinen Einkaufswagen durch die Gänge, packte alles Notwendige hinein und hetzte zur Kasse.

Achtlos warf ich meine Sachen auf Fridolins Rückbank. Dazwischen sah ich immer wieder hinüber zum Supermarktausgang. Was, wenn mein Ehemann in spe es sich inzwischen anders überlegt hatte, einfach in sein Auto stieg und davondüste? Dann war ich geliefert, denn er war meine letzte Chance, von Carmen nicht als Lügenbaroness enttarnt zu werden.

Etwas beunruhigt, da er immer noch nicht aufgetaucht war, ging ich hinüber zur Eisdiele und blieb abwartend vor den paar Tischchen im Freien stehen. Den Supermarktausgang ließ ich jetzt nicht mehr aus den Augen, während ich ein Stoßgebet nach dem anderen zum Himmel schickte. Auch wenn ich es als schamlose Lügnerin nicht verdiente, dort oben gehört und vor allem erhört zu werden, verdiente Carmen es weitaus weniger, wieder einmal den Siegerpokal davonzutragen.

Dann endlich, nach einer gefühlten Ewigkeit, sah ich ihn aus dem Supermarkt kommen. Während er seinen Einkaufswagen über den Parkplatz schob, nahm ich ihn noch einmal ausführlich unter die Lupe: Cremefarbene Bundfaltenhose, weißes T-Shirt, Goldkette, Duftwolke (Er roch übrigens verdammt gut, als er vorhin neben mir stand!), Sonnenbrille. Ich grinste ins mich hinein. Er war der typische Italiener, so wie man ihn sich vorstellte. Jede Wette, dass er obendrein ein absoluter Casanova war, doch für den einen Abend spielte das keine Rolle. Natürlich vorausgesetzt, er fing im *Castello Barocco* nicht mit irgendwelchen Weibern das Flirten an - oder gar mit der Giftnatter!

Nachdem er seine Einkäufe im Auto verstaut hatte und den Kofferraumdeckel schloss, hielt ich vor Anspannung eine Sekunde die Luft an. Doch er drehte sich tatsächlich um und steuerte gemächlich auf mich zu. Scheinbar waren meine Gebete tatsächlich erhört worden.

"Hallo!", begrüßte ich ihn fröhlich und streckte ihm die Hand entgegen. "Ich bin Julia. Julia Seidel."

Sein Händedruck war warm und kräftig, meine Hand war hinterher jedoch noch einsatzfähig. Eine kleine Windbrise trieb mir einen Hauch seines Aftershaves in die Nase und verursachte ein seltsam kribbeliges Gefühl im Bauch.

"Ciao! Freut mich. Riccardo Avagnano, aber sag einfach Ricco. Setzen wir uns?"

Er deutete auf ein freies Tischchen, ging voraus und rückte mir einen Stuhl zurecht. Nun war ich sprachlos, denn so etwas hatte ich bislang noch nie erlebt. Sollte dieses Benehmen der uralten Schule vielleicht der Grund sein, weshalb so viele Frauen auf italienische Männer standen? Doch wie in aller Welt passte das mit ihrem typischen Machogehabe zusammen?

Diese Südländer würden mir den Rest meines Lebens ein Rätsel bleiben. Da lobte ich mir die deutschen, männlichen Flegel, die sich allesamt so tölpelhaft benahmen wie der sprichwörtliche Elefant im Porzellanladen. Bei ihnen wusste man nämlich schon im Voraus, was man von ihnen erwarten konnte: gar nichts!

Ricco bestellte sich einen doppelten Espresso und ich einen Cappuccino mit viel Milchschaum. Zu viel Koffein brauchte ich im Moment nicht. Meine Anspannung war schon groß genug. Immerhin entschied sein Ja oder Nein darüber, ob ich morgen Abend als Lügenbaroness bloßgestellt wurde!

Während ich in meiner Tasse herumrührte, um den riesigen Berg Milchschaum unterzuheben, musste ich an Caro denken. Jede Wette, dass sie die Hände über dem Kopf zusammenschlagen und mich für verrückt erklären würde, wenn ich ihr erzählte, dass ich mitten im Supermarkt einen wildfremden Mann angequatscht hatte. Doch damit konnte ich mich später beschäftigen. Im Augenblick war nur eines wichtig, nämlich die Blitzhochzeit mit dem Mann, der mir gegenüber saß.

Ich kramte meine Zigaretten aus Rudis Bauch und steckte mir eine an.

"Willst du auch eine?", fragte ich ihn, als ich seinen Blick auf der Schachtel ruhen sah.

"Eigentlich hatte ich mir vorgenommen, mit dem

Rauchen aufzuhören." Er zögerte einen Moment, dann schnappte er sich meine Zigaretten, steckte sich ebenfalls eine an und zwinkerte mir zu. "Morgen ist auch noch ein Tag. Allora, Julia, du wolltest mir doch erzählen, was es mit diesem Abendessen auf sich hat."

"Ja, richtig. Weißt du, es ist etwas verzwickt", gab ich zu. "Das ganze Unheil fing damit an, dass mir zufällig meine Erzfeindin aus Schulzeiten über den Weg lief."

"Mamma mia! Was ist passiert?"

"Im Grunde ist nur dieses Miststück an allem schuld", knurrte ich und erzählte ihm das Wichtigste in Kürze von dem Gespräch mit Carmen, meiner Schwindelei und dem Missgeschick mit Florian.

"Tja, und morgen Abend wollten wir uns zum Essen im *Castello Barocco* treffen. Falls ich dort dann nicht mit Ehemann auftauche, blamiere ich mich bis auf die Knochen", sagte ich abschließend und sah ihn abwartend an, während ich mir in Gedanken sämtliche Daumen drückte.

Der Anflug eines Grinsens huschte über sein Gesicht.

"Und wieso ausgerechnet ich?"

"Pure Verzweiflung", gab ich offen zu. "Mir gehen die Optionen aus."

"Mille grazie. Das schmeichelt mir ungemein", spöttelte er.

"So war das nicht gemeint", stieß ich hastig aus und verpasste mir gedanklich eine kräftige Ohrfeige. Wie blöd konnte ich eigentlich sein? "Ich meinte nur, mir rennt die Zeit davon. Ich hatte mich auf Florian verlassen und nun ..." Entschuldigend zuckte ich mit den Schultern. "Nun brauche ich dringendst Ersatz für ihn, sonst fliegt der ganze Mist auf."

"Schon gut", antwortete er knapp und drückte seine Zigarette im Aschenbecher aus.

Mein Blick fiel dabei zufällig auf seine Hände. Schwer

arbeitete er sicher nicht, sie waren nämlich schön gepflegt, stellte ich fest. Mich störte nur der breite, goldene Siegelring am linken Ringfinger.

"Bist du -"

"Nein, nicht mehr. Das ist nur ein Familienerbstück", erklärte er mir. Scheinbar war ihm mein Blick aufgefallen. "Du willst also, dass ich deinen Ehemann spiele?"

"Das wäre absolut bombastisch."

"Und warum sollte ich?"

"Na ja, weil ..." Gute Frage, und zwar eine, auf die mir nicht wirklich eine plausible Antwort einfiel. "Ein Abendessen umsonst im *Castello Barocco*?"

"Kein gutes Argument. Das kann ich mir auch selbst leisten."

Den Eindruck machte er durchaus auf mich, wenn ich ihn mir so ansah. Die Markenemblems auf seinem Shirt und der Sonnenbrille, die er abgenommen und auf den Tisch gelegt hatte, sprachen schließlich für sich. Die einzige Art, wie ich ihn überreden konnte, war wohl die reine Wahrheit und nichts als die Wahrheit, so wahr mir alle guten Geister des Universums halfen.

"Du würdest mir einen riesigen Gefallen damit tun. Nur einmal im Leben möchte ich diese Giftnatter übertrumpfen."

Riccardo zog eine Augenbraue nach oben und schmunzelte.

"Und du denkst wirklich, dass du das mit mir als Ehemann schaffst? So außergewöhnlich bin ich doch gar nicht."

Ausnahmsweise schaltete sich diesmal mein Hirn ein, bevor ich völlig unbedacht losplappern konnte. Wenn ich jetzt nämlich etwas Falsches sagte, verspielte ich womöglich meine letzte Chance und außerdem, was vergab ich mir denn, wenn ich ihm ein bisschen das Bäuchlein pinselte?

"Oh doch, das bist du auf jeden Fall", antwortete ich mit meinem bezauberndsten Lächeln.

"Ach, wirklich?" Sein Schmunzeln verstärkte sich und wurde zu einem Grinsen.

"Ja, absolut. Tolle Männer wie du laufen nicht überall herum", schmeichelte ich ihm.

Er lachte auf.

"Du kennst mich doch gar nicht. Woher willst du also wissen, dass ich wirklich so toll bin?"

"Das sehe ich dir einfach an", kroch ich weiter auf der Schleimspur dahin. "Schon alleine deine Ausstrahlung, einfach der Hammer. Unabhängig davon weiß sie ja, was schon immer mein absoluter Traummann war", log ich mit einem zuckersüßen Lächeln. "Dass ich den tatsächlich gefunden und nun als Ehemann habe, wird sie schlichtweg umhauen."

"Aha." Ricco legte den Kopf schief und sah mich eine Weile schweigend an. Dann stippte er seine Zigarette im Aschenbecher aus. "Wie heißt eigentlich deine Erzfeindin?"

"Carmen de la Rossa. So hieß sie jedenfalls früher. Ihren neuen Nachnamen weiß ich nicht. Wieso fragst du?"

"Es könnte ja möglich sein, dass wir uns kennen. In dem Fall wäre es wohl ziemlich peinlich, wenn ich als dein Ehemann dort auftauche. Wie sieht sie aus?"

Ich beschrieb sie ihm kurz, allerdings ohne zu sehr ins Detail zu gehen. Am Ende war sie noch genau sein Typ, er machte ausschließlich ihretwegen mit und flirtete mit diesem Biest schamlos herum! Für Carmen wäre das das gefundene Fressen, wenn mein Ehemann sich bei unserem Abendessen auf Abwege begab und mir untreu wurde.

"Nein, ich denke nicht, dass wir uns kennen", sagte er schließlich. "Das sagt mir gar nichts."

"Sehr gut", stieß ich überaus erleichtert aus. Das hätte mir gerade noch gefehlt, wenn er mit den Fingern geschnipst und geantwortet hätte, dass sie eine alte

Bekannte von ihm war! "Dann nehmen Sie also die anwesende Julia Seidel zu Ihrer Ehefrau, in guten wie in Giftschlangenzeiten?"

"Bis dass die Rechnung vom *Castello Barocco* uns scheidet", ergänzte Riccardo grinsend und zwinkerte mir zu.

"Dann erklärt uns diese leere Cappuccinotasse hier nun zu Mann und Frau", alberte ich kichernd weiter. Ganz spontan sprang ich auf und drückte ihm ein Küsschen auf die glattrasierte Wange. "Du bist ein Schatz!"

Verblüfft starrte mich Ricco an, nachdem ich mich wieder gesetzt hatte.

"Wow! Du bist aber stürmisch. Mach so weiter und ich überlege mir das mit der Scheidung gründlich."

Erst jetzt fiel mir auf, was ich da eben angestellt hatte. *Lieber Gott!* War ich denn vollends übergeschnappt? Ich kannte ihn gerade mal eine halbe Stunde, knutschte ihn in aller Öffentlichkeit ab und dabei war er gar nicht mal mein Typ!

"Äh ... Nun ja", stammelte ich verlegen. Was sollte ich auch darauf antworten? "Wir müssten noch ein paar Dinge absprechen", versuchte ich rasch vom Thema abzulenken. "Nur für den Fall, dass Carmen irgendwelche dämlichen Fragen stellt. Wenn wir dann verschiedene Storys erzählen, käme das sicher nicht gut an."

"Das ist wahr", stimmte er mir zu. "Dann komm heute Abend zu mir. Sobald Sandro im Bett ist, können wir uns unsere gemeinsame Vergangenheit ausdenken."

"Sandro?", fragte ich irritiert nach. "Ist das dein Hund?"

"Nicht direkt", antwortete er mit einem erneuten Augenzwinkern. "Sandro ist mein Sohn."

Bitte was? Ich musste mich verhört haben. Das durfte doch nicht wahr sein!

"Dein *Sohn*?", ächzte ich. "Sagtest du nicht, du wärst nicht mehr verheiratet?"

60

"Ja, das sagte ich und das stimmt auch. Mehr hast du mich allerdings nicht gefragt."

Himmeldonnerwetter noch mal! Da hatte ich mir endlich einen Ehemann an Land gezogen und dann hatte er ein *Kind*! Wie um alles in der Welt sollte ich das Carmen verklickern? Bezweifelte sie doch schon zutiefst, dass sich überhaupt ein Mann meiner erbarmt haben sollte. Wenn ich nun noch irgendetwas von Nachwuchs faselte ... Nein, das würde sie mir nicht in tausend Jahren abkaufen. Niemals! Ich konnte es mir doch selbst nicht einmal in meinen kühnsten Träumen vorstellen.

"Wie alt ist er?", fragte ich nach.

"Er ist fünf. Ist das ein Problem für dich?"

Und ob! brüllte alles in mir. *Ich wollte einen Mann, keine ganze Sippe!* Scheinbar war heute jedoch trotz allem mein Glückstag, denn mein Hirn schaltete sich ein, bevor ich einen dämlichen Spruch vom Stapel lassen konnte. Gute Miene zum bösen Spiel zu machen, war wohl die beste Taktik um zu vermeiden, dass Ricco mir noch absprang.

"Nein, überhaupt nicht. Ich mag Kinder", log ich deshalb rasch. "Nur habe ich Carmen nichts von einem Kind erzählt. So viel Quatsch fiel mir dann doch nicht ein."

Er lächelte, sichtlich amüsiert.

"Keine Angst, ich bringe den Quatsch morgen Abend zu meiner Tante. Wir beide gehen alleine und verraten ihr nichts davon. Va bene?"

Das klang gut. Erleichtert atmete ich auf.

"Hervorragende Idee. Um irgendwelche doofen Fragen ihrerseits zu vermeiden, meine ich", schob ich sicherheitshalber nach.

Wir verabredeten uns für acht Uhr. Seine Adresse kritzelte er mir auf eine Serviette. Plötzlich zuckte mir etwas durch den Kopf. Etwas, das zwar nicht lebenswichtig war, meinen großen Auftritt vor Carmen jedoch durchaus beeinflussen konnte.

"Ach übrigens, Ricco, was hast du für ein Auto?"

"Eine Namenskollegin von dir. Alfa Giulia. Wieso?"

Das begeisterte mich nun keineswegs. Seinem ganzen Outfit nach hätte ich ihm etwas weitaus Besseres zugetraut. Vor Carmen damit herumzuprahlen, konnte ich mir also schenken, denn mit einer italienischen Blechkarre würde sie nicht zu beeindrucken sein. Das stand felsenfest.

"Da ist ja mein Mini noch eleganter und vor allem schneller", hörte ich mich schnattern.

Er lachte laut auf, stützte sich mit den Unterarmen auf das Tischchen und sah mich herausfordernd an.

"Sei dir da mal nicht so sicher. So schnell kannst du gar nicht schauen, bis dein Hustenbonbon von meinem Alfa nicht mal mehr die Rücklichter sieht."

Hustenbonbon? Also das war wirklich die Höhe! Wie konnte dieser eingebildete Macho es wagen, meinen Fridolin derart zu beleidigen? Sprachlos vor Empörung starrte ich Ricco mit offenstehendem Mund an.

Während ich mich bemühte, meine Fassung wiederzuerlangen, zwinkerte er mir zu und sagte schmunzelnd:

"Hatte ich eigentlich erwähnt, dass meine Giulia 16V hat, Turbo und schlappe zweihundertachtzig PS? Geht ganz ordentlich."

"Oh!", ächzte ich überrascht. Mehr fiel mir dazu nicht ein, denn bei aller Liebe zu meinem Fridolin, er konnte leider bei nichts von all dem mithalten. "Alles klar."

"Na also", antwortete er höchst zufrieden und warf einen Blick auf seine Armbanduhr. "Mamma mia, so spät schon!" Aus seiner Hosentasche zog er einen Geldschein, schob ihn unter seine Tasse und stand auf. "Entschuldige, ich muss noch etwas erledigen. Wir sehen uns heute Abend. Va bene?"

"Ich bin um acht bei euch, nicht vergessen!", warnte ich

ihn zwinkernd, während ich ihm strahlend seine Hand drückte, die er mir entgegenstreckte.

Diese Schlange namens Carmen konnte sich jetzt bereits warm anziehen und einen extrahohen Stapel Taschentücher bereitlegen. Ricco und ich würden ein derart perfektes Ehepaar abgeben, dass es ihr alleine schon bei unserem Anblick die Tränen in die Augen trieb.

9

Zu Hause angekommen, stellte ich Rudi samt Einkaufstüten mitten im Zimmer ab und warf mich samt Handy auf meine Couch. Ich musste Caro unbedingt sofort von meiner Blitzhochzeit erzählen.

"Lieber Gott, Julchen! Du hast wirklich einen wildfremden Mann im Supermarkt angequatscht?", ächzte Caro ins Telefon. "Das darf doch nicht wahr sein. Bist du denn von allen guten Geistern verlassen?"

"Ganz im Gegenteil, sie waren mir äußerst hold", alberte ich herum. "Ich habe doch meinen Ehemann, wie du siehst."

"Schon, aber ... Lieber Gott, du bist unglaublich", sagte Caro kichernd. "Und nun erzähl schon, wie sieht er aus?"

"Im Prinzip nicht übel, obwohl er so gar nicht mein Typ ist. Deiner dafür umso mehr, schätze ich mal."

"Meiner? Wieso das denn?", fragte sie verwundert.

"Denk mal nach."

Meine Freundin schwieg einen Moment, dann gluckste sie:

"Sag bloß, du hast dir einen Italiener aufgerissen."

"In der Not frisst der Teufel Fliegen", antwortete ich kichernd. "Wie auch immer, er sieht wirklich recht passabel aus und verheiratet ist er auch nicht. Nicht mehr jedenfalls."

Caro grölte los.

"Ich glaube es nicht, Julchen! Was willst du denn mit einem *Italiener*, obwohl du ständig behauptest, du kannst sie nicht ausstehen?"

"Das ist auch so, Caro", beharrte ich. "Ich habe keineswegs meine Meinung geändert. Allerdings will ihn ja nicht behalten. Ich brauche ihn nur einmal zum Vorführen bei Carmen und das war es dann auch schon!"

"Und was ist mit deinem blonden, blauäugigen Hünen?"

"Den suche ich mir anschließend und in aller Ruhe. Signore Spaghetti ist für den einen Abend perfekt, trotz seines hässlichen Alfas. Obwohl die Kiste verdammt schnell sein muss, was er so behauptet. Immerhin etwas."

"Hat Signore Spaghetti auch einen richtigen Namen?"

"Riccardo Nochirgendwie. Kann ich mir weder merken noch aussprechen. Jede Wette, er ist vermutlich ein Mafioso."

"Ach du spinnst doch komplett", schimpfte mich meine Freundin. "Nicht jeder Italiener hat etwas mit der Mafia am Hut!"

"Wer weiß das schon so genau?", entgegnete ich ihr. "So, wie er aussah, fehlte nur noch das Sakko und eine Krawatte, dann hätte er dem Paten den Rang abgelaufen. Na ja, zumindest spricht er ganz gut Deutsch. Nur ein kleiner, annehmbarer Akzent. Nix von wegen *Flasche leer* und *habe fertig*."

"Lieber Gott, Julchen, du bist wirklich unmöglich, weißt du das?", stöhnte Caro auf.

"Entschuldige, aber ich mag diese Spaghetti fressenden Machos einfach nicht!", brauste ich auf. "Kuck sie dir nur an! Geschniegelt und gestriegelt bis zum Anschlag mit jeder Menge Haare auf der Brust und natürlich *molto potente*. Die glauben doch alle, dass jede deutsche Frau sofort vor Begeisterung ohnmächtig wird, wenn sie nur mit den Fingern schnipsen."

"So ein Quatsch! Als wenn es solche Typen nicht auch bei uns gäbe! Sieh dir bloß mal deinen Doktor Frankenstein an und der ist *kein* Italiener."

"Und wenn schon!", knurrte ich. "Wenn du ihn so toll findest, dann kannst du ihn gerne haben. *Nach* dem Essen. Ich schenke ihn dir."

"Nun sei mal nicht so voreilig und schau ihn dir erst einmal richtig an. Wer weiß, wenn du ihn näher kennst, vielleicht fällst du dann auch vor Begeisterung in Ohnmacht."

"Blödsinn! Er ist absolut nicht mein Typ. Außerdem hat er viel längere Haare als ich!"

"Zwangsläufig", konterte Caro trocken. "Du legst dich schließlich jede Woche unter den Rasenmäher."

"Ach du bist doof!", maulte ich. "Außerdem ist er mir zu klein."

"Meine Güte, nun hab dich nicht so", stöhnte meine Freundin ins Telefon. "Du bist auch kein Riese mit deinen eins sechzig."

"Eins *drei*undsechzig, bitte!"

"Na wenn schon. Und er?"

"Keine Ahnung. Auf jeden Fall zu klein."

"Was heißt das? Kleiner als du?"

"Im Bestfall vielleicht eins fünfundsiebzig und damit zu klein. Für einen Mann, meine ich."

"Kein Wunder, dass jeder Mann vor dir Reißaus nimmt", sagte Caro trocken. "Du bist eine alte Nörgeltante und schüttelst solange den Kopf über deiner Suppe, bis du endlich ein Haar darin findest."

"Ja klar, nun bin ich wieder die Böse", höhnte ich. "Kommt jetzt die alte Leier von wegen innerer Werte und solchem Quatsch? Mal ganz ehrlich, Caro: Was siehst du zuerst? Die Schale oder den Kern?"

"Schon, aber -"

"Siehst du?", triumphierte ich. "Wenn dir der Apfel von

außen nicht gefällt, isst du ihn nicht. Ganz einfach, oder?"

"Das ist schon klar. Du brauchst dich aber nicht wundern, wenn du mit deinen überzogenen Ansprüchen keinen findest."

"Papperlapapp", fiel ich ihr ins Wort, bevor sie wieder zu predigen anfing. "Das hat nichts mit überzogenen Ansprüchen zu tun, sondern schlicht und ergreifend damit, dass er ganz einfach nicht mein Typ ist! Ich kann nun mal mit Südländern nichts anfangen. Solange er allerdings seinen Zweck erfüllt -"

"Jetzt reicht es aber, Julia!", brauste Caro auf. "Solange er seinen Zweck erfüllt ... Er ist kein Auto oder so etwas! Deine respektlosen Sprüche gehen mir teilweise tierisch auf den Keks! Bleibt abzuwarten, dass du damit einmal richtig auf die Nase fällst."

"Ist ja gut, Caro", lenkte ich schnell ein. "Reg dich nicht auf. Es war nicht so gemeint. Aber nun muss ich los zu diesem Spaghetti und -"

"Julia!", unterbrach mich Caro scharf. "Er hat auch einen Namen!"

"Ja doch!" Ich rollte mit den Augen. "Ich muss los zu *Riccardo*. Wir wollten noch ein paar Dinge besprechen wegen morgen."

"Na dann mal los und halte mich auf dem Laufenden."

Lieber Gott, was gingen mir Caros ewige Moralpredigten auf den Nerv. In Italien war die Mafia überall präsent und obendrein waren Spaghetti - neben Pizza natürlich - doch tatsächlich das Hauptnahrungsmittel in Italien. Was um alles in der Welt hatte das mit Respektlosigkeit oder Vorurteilen zu tun? Gar nichts, denn das waren unumstößliche Fakten!

Niemals hätte ich Riccardo im Supermarkt angesprochen, wenn ich nicht in einer derartigen Notsituation stecken würde. Das war wirklich eine reine

Verzweiflungstat. Außerdem war die Gelegenheit günstig und man musste seine Chancen einfach nutzen, egal wie verrückt sie auch aussehen mochten.

Zugegeben, übel sah er nicht aus, der kleine Italiener. Blieb nur zu hoffen, dass er sich nicht gerade als Pizzabäcker, Kellner oder so etwas seine Brötchen verdiente. Das wäre an Peinlichkeit kaum mehr zu überbieten, denn so, wie ich Carmen und ihre unersättliche Neugier kannte, kam die Frage nach seinem Job so sicher wie das Amen in der Kirche.

Seufzend stand ich auf, verstaute schnell meine Einkäufe und kramte danach die Serviette mit Riccos Adresse aus meinem Teddy-Rucksack. Verblüfft stellte ich fest, dass er sogar ziemlich in der Nähe wohnte, mit dem Auto knapp zehn Minuten entfernt. Das war mir vorhin, als ich seine Schrift auf Lesbarkeit prüfte, überhaupt nicht aufgefallen.

"Na dann, auf in den Kampf", murmelte ich vor mich hin, schnappte mir Rudi und meine Schlüssel und rannte hinunter in die Tiefgarage zu Fridolin.

10

Das Haus, in dem Riccardo wohnte, ließ mich nicht gerade in Begeisterungsstürme ausbrechen. Es war ein typischer Achtziger-Jahre-Bungalow mit angebauter Garage und einem kleinen Vorgärtchen, in dem verschiedene, immergrüne Bodendeckerpflanzen vor sich hinwucherten. Alles wirkte durchaus gepflegt, doch auch irgendwie sehr bieder und langweilig. Allerdings wunderte mich das nicht, investierte er doch vermutlich sein ganzes Geld in Klamotten, Haargel und Aftershave anstatt in sein

Haus.

Das hölzerne Gartentürchen stand offen, also ging ich gleich den kurzen Kiesweg zum Haus entlang. Zwei kleine Treppenstufen führten zur Eingangstür hoch, die von zwei großen, schön verzierten Terrakottatöpfen mit Buchsbäumen, die in Zuckerhutform getrimmt waren, flankiert wurde.

Ich drückte zwei Mal kurz auf den Klingelknopf. Es dauerte nicht lange und die Tür wurde aufgerissen. Ein kleiner Junge stand vor mir, einen Teddy unter einen Arm geklemmt. Das musste Sandro sein.

"Hallo, Kleiner", begrüßte ich ihn. "Ist dein Papa da?"

"Ja."

"Schön. Lässt du mich rein?"

"Nein. Mein Papa sagt, ich darf niemanden reinlassen."

Na das konnte ja heiter werden! Was Kinder betraf, war mein Geduldsfaden höchstens so hauchdünn wie Seide. Zum Glück hörte ich in diesem Moment jedoch Riccardo von weitem irgendetwas Italienisches rufen. Der Pimpf antwortete darauf, ebenfalls auf Italienisch und in gleicher Lautstärke.

"Was ist denn nun?", fragte ich ungeduldig. "Dein Papa und ich sind verabredet. Holst du ihn wohl endlich?"

"Warum?"

Herr im Himmel, weshalb mussten Kinder immer derart doof fragen? Bevor ich ihm gehörig die Leviten lesen konnte, erschien auch schon Riccardo in der Tür. Scheinbar kam er gerade aus der Dusche. Seine Haare waren noch tropfnass, die Duftwolke, die ihn umgab, roch frisch aufgetragen und umgezogen hatte er sich auch. Nun trug er verwaschene Jeans und ein weites Shirt, das lässig über die Hose hing.

"Ciao Julia", begrüßte er mich lächelnd und mit Handschlag. "Komm rein."

Wie schon am Nachmittag fiel mir erneut auf, dass er

meinen Namen wie Dschulia aussprach. Das musste wohl die italienische Variante sein.

"Hallo Riccardo. Ich dachte schon, du hättest unsere Verabredung vergessen."

"Wie könnte ich eine Verabredung mit einer schönen Frau vergessen?" Er zwinkerte mir zu. "Seit Sandro mir einmal irgendwelche Sektenbrüder ins Haus gelassen hat und ich fast eine Stunde gebraucht habe, die wieder loszuwerden, darf er niemanden mehr ins Haus lassen", schob er entschuldigend hinterher.

Ich verstand zwar kein Wort von Sandros prompt einsetzenden italienischen Gebrabbels, doch er klang äußerst empört.

"Doch, ist schon wahr", widersprach Ricco ihm. "Und jetzt ab mit dir, Piccolino! Ich muss mit Julia etwas besprechen. Komm mit", sagte er abschließend, zu mir gewandt.

Während ich ihm durchs Haus bis ins Wohnzimmer folgte, sah ich mich neugierig um. Berufskrankheit vermutlich. Nun war ich mehr als überrascht. Damit hätte ich - dem bieder-langweilen Eindruck von außen nach zu schließen - nicht gerechnet. Im Inneren des Hauses sah es aus wie in einem der italienischen Landhäuser, die oftmals in Zeitschriften abgebildet waren: Terrazzofliesen auf den Böden, heimelig sonnenuntergangsorangefarben gewischte Wände - guter Maler übrigens! - und Möbel aus naturbelassenem Pinienholz. Überall standen sattgrüne, schön gewachsene Pflanzen herum.

Hier könnte es mir durchaus gefallen. Geschmack hatte er, das musste ich ihm lassen. Und einen grünen Daumen noch dazu.

Entspannt setzte ich mich auf die zwischen zwei deckenhohen, echten Palmen stehende, schneeweiß bezogene Rattan–Couch. Mein Blick fiel auf die Fensterbank, auf der zahlreiche Orchideen in allen Farben

69

um die Wette blühten.

"Wow, die sind ja traumhaft!", platzte es ehrlich begeistert aus mir heraus.

Ricco lächelte und klopfte sich selbst auf die Schulter.

"Danke. Das habe ich doch gut gemacht, eh? Zugegeben, ich bin selbst immer wieder beeindruckt, wenn sie Blüten ansetzen."

Sandro kam näher und baute sich wichtigtuerisch vor mir auf.

"Du, Julia, oben ist eine, die sieht aus wie lauter Bienen, wenn sie blüht und bei Papa im Schlafzimmer ist eine, die hat Blüten wie Schmetterlinge." Er setzte sich kurzerhand zu mir auf die Couch. "Hast du auch welche?"

"Ich? Nein. Bei mir wächst nichts", gab ich zu.

"Das ist doch gar nicht schwer. Mein Papa sagt immer -"

"Sandro, Julia ist nicht gekommen, um sich mit dir über Orchideen oder Blumen zu unterhalten."

"Warum dann, Papa?"

"Wegen morgen. Ich habe es dir doch erzählt."

"Ach so. Das ist ja langweilig", maulte Sandro. "Du, Papa?"

"Sandro, bitte! Gib jetzt Ruhe. Va bene?"

"Ja." Der Pimpf runzelte die Stirn. "Du, Papa?"

"Sandro! Basta!", stöhnte Ricco nun auf.

"Aber Papa, ich wollte nur -"

"Endlich Ruhe geben, damit ich mich mit Julia unterhalten kann. Das ist ganz lieb von dir, Piccolino."

Sandro seufzte theatralisch auf, verschränkte die Arme vor der Brust und zog einen Flunsch. Abwechselnd sah er uns beide an, sagte aber nichts mehr.

"So Julia, nun erzähl mal", forderte Ricco mich auf. "Scusa, möchtest du Espresso, Kaffee, oder etwas anderes?"

"Kaffee wäre nicht schlecht."

"Darf ich, Papa?", fragte Sandro schnell.

Riccardo nickte, der Pimpf sprang auf und sauste davon. Verblüfft sah ich ihm nach.

"Sag bloß, er kann schon Kaffee machen?"

"Mit der Saeco schon, das ist ja nur ein Knopfdruck. Seit er weiß, welchen Knopf er wofür drücken muss, will er das immer machen."

Kurze Zeit später tippelte Sandro ganz vorsichtig ins Wohnzimmer. Die volle Tasse samt Unterteller hielt er dabei krampfhaft fest. Kaum zu glauben, doch er schaffte es tatsächlich, sie ohne zu schwappen auf dem Tisch vor mir abzustellen.

"Hey, das war große Klasse", lobte ich ihn scheinheilig. "Ich hätte das nicht geschafft, ohne zu kleckern."

Nicht, dass ich wirklich beeindruckt war, doch schaden konnte es nicht, ein bisschen nett zu dem Pimpf zu sein. Sicherlich kam das bei Papa recht gut an.

Sandro grinste mit einem Anflug von Stolz.

"Ich bin ja auch kein Baby mehr. Willst du auch einen, Papa?"

"Ja, gerne."

Der Pimpf sauste wieder in die Küche und kurz darauf ratterte der Kaffeeautomat ein zweites Mal los. Auch diesmal stellte er die Tasse auf dem Tisch ab, ohne etwas zu verschütten.

"Mille grazie", bedankte sich Ricco schmunzelnd bei ihm. "Holst du uns noch -"

"Ja!"

Ein drittes Mal flitzte Sandro in die Küche und kam mit Löffeln, Milch und Zucker zurück. Dann kletterte er auf Riccardos Schoß und lehnte sich an ihn.

"Du, Papa?"

"Sandro, ich würde jetzt gerne mit Julia reden."

"Ja, ich muss dir nur schnell etwas erzählen. Der Peter hat nämlich im Kindergarten -"

"Später, Piccolino. Dann haben wir alle Zeit der Welt. Va

71

bene?"

Der Pimpf seufzte auf, nickte aber dann und meinte:
"Va bene, Papa."

Ich war mir nicht sicher, was sich Ricco alles von dem gemerkt hatte, was ich ihm am Nachmittag im Eiscafé erzählte. Deshalb fing ich noch einmal von vorne an, samt meiner ganzen Sprüche.

"So so, du hast also deiner Schulfreundin erzählt, du wärst verheiratet, obwohl das nicht stimmt?", hakte Ricco anschließend nach.

Sandro, der bis jetzt mucksmäuschenstill zugehört hatte, zupfte ihn am Shirt.

"Du, Papa? Wieso hat die Julia gelogen? Du sagst doch immer: Lügen darf man nicht."

Na großartig! Ich hätte es doch ahnen können, dass seine dämliche Frage im Prinzip gar nicht mir galt, sondern nur dazu diente, dem Pimpf eine kleine Lehrstunde zu geben.

"Ich habe nicht gelogen", warf ich rasch ein. "Ich -"

"Doch, du hast gelogen", widersprach mir Ricco mit todernster Miene.

"Ach Unsinn!"

"Doch! Du hast etwas gesagt, was nicht stimmt", fing der Pimpf an. "Also hast du gelogen. Mein Papa sagt immer, dass man nicht lügen darf."

Kleiner Klugscheißer! Ich warf Riccardo einen Hilfe suchenden Blick zu, doch der grinste nur stumm vor sich hin. *Himmeldonnerwetter noch mal!* Musste ich mich jetzt tatsächlich von dieser fünfjährigen Kröte belehren lassen? *Mein Papa sagt ...*

Den scharfen Kommentar, der mir schon auf der Zunge brannte, verkniff ich mir im allerletzten Moment. Am Ende würde sich sein Papa das Ganze noch einmal überlegen und ich konnte zu dem Abendessen mit der Giftnatter alleine gehen. Dieses Risiko wollte ich unter keinen Umständen

72

eingehen. Also lächelte ich Sandro zuckersüß an.

"Dein Papa hat ja völlig recht. Lügen darf man nicht und ich tue es sonst auch nie", schwindelte ich.

"Noch mal langsam, damit wir uns verstehen, Julia", sagte Riccardo schnell, bevor Sandro irgendetwas antworten konnte. "Wir gehen dorthin und du gibst mich als deinen Ehemann aus. Wir essen, unterhalten uns und das ist dann alles, oder?"

"Ganz genau, das ist alles."

"Du, Papa?"

"Falls sie es dir nicht abnimmt, dass wir verheiratet sind, was dann?"

"Du, Papa, hör mal."

"Dann müssen wir eben als Ehepaar so überzeugend sein, dass sie gar nicht anders kann, als es uns abzunehmen."

"Papa!"

Sandro zupfte ihn nun recht energisch am Shirt.

"Jetzt nicht, Piccolino. Ti prega! Und wie stellst du dir das vor?", wandte Ricco sich wieder an mich.

"Wie ich mir das vorstelle?", wiederholte ich irritiert. "Also hör mal, so schwer wird das wohl nicht sein, ein Ehepaar zu spielen. Im Übrigen solltest du besser wissen als ich, wie das funktioniert. Wer hat denn von uns beiden Eheerfahrung, du oder ich?"

Ricco verdrehte kurz die Augen und meinte:

"Ich glaube nicht, dass wir meine Eheerfahrung deiner Erzfeindin vorspielen sollten. Sie hätte nämlich ihren Spaß und wir würden vom Chef aus dem Ristorante geworfen werden." Er zwinkerte mir zu. "Das lassen wir besser, eh?"

"Papa, wieso -"

"Warte kurz, Julia." Ricco stand auf und warf sich den Pimpf über die Schulter. Auf dem Weg in Richtung Diele sagte er noch: "Zuerst bringe ich Sandro ins Bett. Es ist allerhöchste Zeit. Und danach erzählst du mir alles, was ich

73

über meine Frau wissen muss."

Das klang ganz nach meinem Geschmack. Der Pimpf, der mit Fledermausohren neben uns saß und sich in alles einmischte, musste schließlich nicht jede Einzelheit mitbekommen. Was jedoch Riccos Ehe betraf, seinen vagen Andeutungen nach zu schließen, so musste diese scheinbar äußerst turbulent abgelaufen sein, mal ganz gelinde ausgedrückt. Vermutlich war jede Menge südländisches Temperament im Spiel, von dem man ständig hörte.

Blieb mir also nur die Hoffnung, dass Ricco für den einen Abend alle Register eines Oscar verdächtigen Schauspielers zog und in der Lage war, den liebenden Ehemann zu mimen. Alles andere würde lediglich Wasser auf Carmens Mühlen sein.

Ich kannte Signore Spaghetti zwar nicht wirklich, dafür war unsere Unterhaltung bislang viel zu kurz, doch so übel konnte er gar nicht sein, wenn er bei einem derartigen Schwachsinn mitmachte. Zumindest besaß er Humor und das gefiel mir.

Es dauerte eine Weile, bis er zurückkam. Bevor er sich wieder zu mir auf das Sofa setzte, drückte er auf den zweiten Lichtschalter neben der Wohnzimmertür. Ich war überrascht. Die Deckenlampe ging aus und dafür verbreiteten nun ein paar kleine Wandleuchten angenehm mildes Licht im Zimmer. Nicht gerade schummrig, aber weitaus weniger hell als vorher.

Ricco zog aus einem schmiedeeisernen Weinregal eine Flasche heraus und holte aus dem Schrank daneben zwei Gläser und einen Korkenzieher.

"Jetzt haben wir Ruhe", sagte er schmunzelnd zu mir. "Sandro ist ja brav, nur neugieriger als zehn Frauen zusammen. Also Julia, leg los."

Während Signore molto macho damit beschäftigt war, die Flasche zu entkorken und unsere Gläser zu füllen, fing ich an zu erzählen:

"So viel Aufregendes über mich gibt es gar nicht. Ich bin 29, noch jedenfalls, Einzelkind und arbeite als Malerin für eine Raumgestaltungsfirma. Ich liebe Sonne, Sand und Meer, staubtrockenen Rotwein und ich schaffe es partout nicht, in meinem Apartment Ordnung zu halten. Pflanzen überleben bei mir höchstens eine Nacht und ohne Mikrowelle oder Tiefkühlpizza wäre ich schon längst verhungert. Das war das Wichtigste in Kürze."

Ricco reichte mir mein Glas und prostete mir kurz zu. Ich nahm einen kleinen Schluck und ließ ihn mir auf der Zunge zergehen. Das musste der Rotwein aus dem Supermarkt sein, von dem ich auf seine Empfehlung hin ein paar Flaschen mitnahm. Eine kluge Entscheidung, stellte ich fest. Der Wein schmeckte einfach traumhaft. Ein weiterer kleiner Pluspunkt für Ricco: Er hatte nicht nur Geschmack, was die Inneneinrichtung seines Hauses betraf, sondern verstand auch etwas von gutem Wein.

"Du hast vergessen, dass du im Supermarkt auf Männerjagd gehst", ergänzte er mit schlecht unterdrücktem Grinsen und stellte sein Glas auf dem Tisch ab.

"Das tue ich keineswegs", protestierte ich energisch. "Das war die absolute Ausnahme."

"Ich weiß. Pure Verzweiflungstat, richtig?"

"Lieber Gott", stöhnte ich auf. "Kann es sein, dass du leichter eingeschnappt bist als ein gut geöltes Gartentürchen?"

Riccardo schüttelte entschieden den Kopf.

"Niemals, denn sonst würden wir ganz bestimmt nicht hier sitzen."

"Dann ist es ja gut", brummte ich zufrieden. "Nun bist du an der Reihe."

"Was willst du wissen?"

In stummer Verzweiflung rollte ich die Augen.

"Den Wetterbericht für Island, bitte."

"Morgen wird es bewölkt und von Osten zieht kräftiger Wind auf", sagte er mit todernster Miene. "Bis zum Abend ziehen -"

"Riccardo!"

Er lachte lauthals auf.

"Was denn? Du wolltest doch wissen, wie das Wetter morgen in Island wird. Allora, Spaß beiseite: Ich bin 35 und geschieden, lebe seit fast zehn Jahren in Deutschland, vermittle Ferienimmobilien in Italien und habe einen fünfjährigen Sohn. Und, wie du sicher gesehen hast, habe ich einen Tick für Pflanzen, vor allem für Orchideen."

"Was hast du vorher gemacht?"

"Ich arbeitete im Maklerbüro meines Onkels in Orvieto und vermittelte ganz normale Immobilien, bis ich aus Deutschland zufällig Anfragen für Ferienhäuser und Ferienwohnungen bekam. Irgendwie ergab es sich dann mit der Zeit, dass ich nach München zog."

"Und weiter?"

"Was weiter?"

"Was ist mit Sandro?"

"Was ist mit ihm?"

"Na ja, ich meine nur ..."

"Sandro stammt aus meiner Ehe."

"Das habe ich fast vermutet. Ich wundere mich nur, dass er bei dir lebt und nicht bei seiner Mutter."

Für eine Sekunde sah es so aus, als ob in seinen kohlschwarzen Augen das Höllenfeuer aufloderte. Vielleicht spiegelte sich auch nur in diesem Moment eine der Lampen oder es war pure Einbildung.

"Es ist gut, wie es ist", war seine lapidare Antwort.

Es hätte mich zwar durchaus interessiert, doch ein Blick auf seine verschlossene Miene genügte, und ich legte das Thema erst einmal zur Seite. Vielleicht ergab sich ein anderes Mal die Gelegenheit, mehr darüber zu erfahren.

Als ich nach Hause fuhr, war es schon weit nach Mitternacht. Irgendwie war die Zeit wie im Flug vergangen. Wir hatten uns noch über Gott und die Welt unterhalten und zu meiner eigenen Verwunderung musste ich zugeben, dass ich anfing, Riccardo richtig sympathisch zu finden.

Ich hätte grundsätzlich nichts dagegen gehabt, mich mit ihm auch nach dem Abendessen mit Carmen zu treffen, denn über die Tatsache, dass er leider nicht mein Typ war, ließ sich durchaus hinwegsehen. Schließlich zählten doch die inneren Werte, behauptete zumindest Caro und in gewisser Hinsicht musste ich ihr recht geben.

Eine Weile überlegte ich hin und her, dann stand mein Entschluss fest: Nach dem Castello Barocco würde ich mich nicht mehr mit Ricco treffen. An ihm lag es nicht, sondern an dem Pimpf. Alleine bei der Vorstellung, dass er jedes Mal mit von der Partie war, wenn wir uns sahen, bekam ich die Krise. Was um alles in der Welt sollte ich mit einem fünfjährigen Kind anfangen? Nein, das kam für mich keineswegs infrage. Zwar irgendwie schade, doch nicht zu ändern.

11

Samstagvormittag, ich saß gerade beim Frühstück, fiel mir siedend heiß ein, dass ich zwar mit Ricco alles besprochen hatte, nur an eines dachte ich dabei nicht. Im Grunde war es nur eine Winzigkeit, doch damit Carmen mein ganzes Lügengespinst auch wirklich schlucken würde, durfte ich auch die Details nicht außer Acht lassen.

Ich griff zum Handy und klingelte bei ihm durch. Leider meldete sich wieder der Pimpf.

"Hallo Sandro, hier ist Julia. Gib mir mal deinen Papa."

"Der Papa duscht gerade. Er kann jetzt nicht telefonieren. Ciao, Julia."

Ich hörte ein leises Klicken und starrte verdutzt mein Handy an. Was fiel dieser kleinen Kröte ein, einfach aufzulegen? Noch einmal wählte ich die Nummer und wieder meldete sich Sandro.

"Julia nochmals. Ich -"

"Der Papa kann jetzt nicht telefonieren. Habe ich doch schon gesagt."

Klick.

"Himmeldonnerwetter noch mal, das gibt es doch nicht!", knurrte ich erbost und drückte zum zweiten Mal die Wahlwiederholungstaste.

Als der Pimpf dieses Mal abnahm, ließ ich ihn gar nicht erst zu Wort kommen.

"Wenn du jetzt noch einmal auflegst, du kleine Kröte, dann setzt es was, klar?", fauchte ich ins Telefon, bekam aber keine Antwort. "Ob das klar ist?"

"Ich habe nicht aufgelegt. Wer spricht da überhaupt?", hörte ich einen sehr verwunderten Riccardo fragen.

Lieber Gott, wie peinlich war das denn?

"Äh ... Julia. Ich wollte nur ... "

"Ciao Julia. Was ist denn los? Du klingst so sauer."

"Ich habe dreimal bei dir angerufen und jedes Mal hat die kleine ... der Kleine aufgelegt."

"Wann? Jetzt eben?"

"Er sagte, du wärst duschen."

"Alles klar. Warte mal. Sandro!", hörte ich ihn energisch rufen.

Ich verstand zwar kein Wort von dem anschließenden italienischen Wortgefecht zwischen Vater und Sohn, doch es klang ziemlich nach Standpauke.

"Entschuldige Julia", meldete sich Ricco wieder. "Ich war unter der Dusche. Hundert Mal habe ich Sandro schon gesagt, er soll nicht einfach auflegen, wenn ich nicht ans Telefon gehen kann, sondern den Leuten sagen, dass sie später noch einmal anrufen sollen. Jedes Mal macht er es trotzdem wieder." Er seufzte tief auf. "Was wolltest du eigentlich?"

"Mir ist noch etwas eingefallen wegen des Essens. Wir haben keine Eheringe!"

"Na und? Darauf schaut doch keiner."

"Allerhöchstens diese widerliche Giftnatter, und wenn sie nicht sieht, was sie sehen will, darf ich mir ihre dämlichen Sprüche anhören."

"Wir tragen eben keine Ringe, basta."

"Das glaubt sie uns niemals!"

"Und was willst du jetzt tun?"

"Dreimal darfst du raten!"

Ricco schwieg einen Moment, dann stöhnte er auf.

"Julia, du willst für *einen Abend* Ringe kaufen?"

"Es müssen ja nicht die teuersten sein", verteidigte ich meinen durchaus bescheuerten Plan. "Dass wir *ohne* Ringe hingehen, kommt auf jeden Fall nicht in die Tüte."

"Wie du meinst", meinte er friedfertig. "Kennst du eigentlich Cinderella?"

"Klar kenne ich Cinderella. Wieso fragst du?", fragte ich völlig verwirrt nach. Dieser abrupte Themenwechsel war mir zu hoch. Wie um alles in der Welt kam er von Eheringen zu Cinderella?

"Mir fiel eben ein, wie du die Ringe später verwenden kannst. Der Prinz in dem Märchen lief doch mit einem Schuh von Haus zu Haus, um die Frau zu suchen, der der Schuh passt. Du gehst eben mit dem Ring auf die Suche."

Klick! Nun war der Groschen bei mir gefallen. Ich kicherte los, denn was verrückte Ideen betraf, machte Ricco mir beinahe Konkurrenz. Und ich war bislang immer davon ausgegangen, dass nur mir ständig Unfug einfiel.

"Ach so", gluckste ich. "Mal angenommen, ich finde

keinen, dem der Ring passt, kann ich dann an deine Tür klopfen?"

"Keine Chance!", antwortete er entschieden.

"Wieso nicht?"

"Weil du mich dann ein zweites Mal nur aus purer Verzweiflung nimmst."

"Ich wusste es!", triumphierte ich. "Du bist doch nachtragend, Riccardo!"

"Gar nicht wahr, Julia, aber falls mir irgendwann wieder eine Frau ins Haus kommt, dann nur eine, für die ich die einzige Wahl bin, aber nicht die zweite oder irgendeine Notlösung."

Einmal mehr musste ich Ricco recht geben. Ich selbst war ja für die Jungs zu Schulzeiten immer nur eine Notlösung gewesen, denn die erste Wahl war regelmäßig Carmen - ein äußerst frustrierendes und deprimierendes Gefühl. Sollte es Ricco am Ende ähnlich ergangen sein?

Ein paar Sekunden lang schwiegen wir beide. Vielleicht hing er, ebenso wie ich, noch etwas den Gedanken an diese unerquicklichen Zeiten nach.

"Und? Was machen wir jetzt?", wollte er dann wissen.

"Na was wohl? Wir gehen Ringe kaufen."

"Ich finde es zwar überflüssig, aber das ist deine Entscheidung. Wenn du unbedingt willst, wann und wo?"

"In einer Stunde?"

"Va bene. Komm zu uns, dann fahren wir mit meinem Auto in die Stadt."

"Wieso nicht mit meinem?"

"Hast du denn ein Auto?", spöttelte Ricco grinsend. Sehen konnte ich es am Telefon zwar nicht, doch es war nicht zu überhören.

"Du bist abscheulich!", knurrte ich und legte auf.

Ricco und der Pimpf standen bereits vor dem Haus, als ich mit Fridolin vorfuhr und vor seiner Garage parkte. Ich wollte gerade aussteigen, als Ricco herübergelaufen kam, irgendetwas unter dem Arm geklemmt. Er riss die Beifahrertür auf und klappte den Sitz um.

"Guten Morgen, Julia!", begrüßte er mich dabei gut gelaunt.

"Was wird das denn?", fragte ich skeptisch, als ich beobachtete, wie er einen Kindersitz auf Fridolins Rückbank anbrachte. Gleich darauf kletterte auch schon der Pimpf in mein Auto.

"Hallo, Julia", sagte er fröhlich. "Der Papa hat gesagt, wir fahren bei dir mit."

"Ach ja?" Mit einer hochgezogenen Augenbraue sah ich Ricco an, der soeben auf dem Beifahrersitz Platz nahm, und fragte spitz: "Und das, obwohl ich doch gar kein Auto habe?"

"Das habe ich nicht gesagt", korrigierte er mich mit einem Lausbubengrinsen. "Ich wollte nur wissen, *ob* du eines hast."

"Ich warne dich!", schimpfte ich mit erhobenem Zeigefinger. "Wehe, du beleidigst noch einmal Fridolin, dann ..."

"Was dann?" Er warf mir einen herausfordernden Blick zu. "Muss ich um acht ins Bett und darf heute Abend nicht mit dir ins *Castello Barocco* gehen?"

Mist aber auch! Im Augenblick war ich keineswegs in der Position, ihm womit auch immer zu drohen, denn sollte er es sich anders überlegen und ich durfte der Giftnatter alleine unter die Augen treten ... Nicht auszudenken! Ich musste einfach meine Ohren auf Durchzug schalten und gute Miene zum bösen Spiel machen.

"Beleidige Fridolin noch einmal und ich sperre dich in den Kofferraum", alberte ich also herum.

"Mamma mia, dann sage ich lieber nichts mehr!", ächzte Ricco, zog den Aschenbecher auf und fuhr mit todernster Miene fort, nachdem er die Unmengen Kippen darin

81

betrachtet hatte: "Sieht ziemlich winzig aus, dein Kofferraum, und überfüllt ist er obendrein."

Für diesen dämlichen Kommentar erntete er lediglich einen vernichtenden Blick, bevor ich Fridolin anließ und Richtung Innenstadt dirigierte.

"Wo fahren wir eigentlich hin?", fragte Ricco nach einer Weile.

"Zu *Karstadt*."

"Du willst bei *Karstadt* Eheringe kaufen?"

"Wieso nicht? Wir heiraten ja nicht wirklich. Wozu also Unmengen Geld ausgeben?"

"Das Argument ist gut", pflichtete er mir bei.

12

Als ich in der Schmuckabteilung bei *Karstadt* die ausgestellten Eheringe und vor allem die Preise betrachtete, fiel ich beinahe in Ohnmacht. Wie um alles in der Welt war ich auf die bescheuerte Idee gekommen, dass es dort Ringe zum Spottpreis gab? Für diese Preiskategorie hätte ich auch gleich zu einem Juwelier gehen können!

Einmal mehr verwünschte ich mein loses Mundwerk. Diese Lüge kam mich, wenn ich alles zusammenrechnete, verdammt teuer zu stehen. Doch jetzt gab es kein Zurück mehr. Um Carmen die perfekte Show zu liefern, musste ich wohl oder übel in den sauren Apfel beißen.

"Welches Material hätten Sie denn gerne?", flötete die extrem parfümierte Verkäuferin und strahlte Ricco an. "Gold, Silber, Platin oder Titan?"

"Mir ist das egal", antwortete er gelassen und drehte sich zu mir. "Das überlasse ich dir, Carissima. Such dir aus, was dir gefällt."

Zugegeben, er hatte ganz geschickt mir die Entscheidungsgewalt zugeschoben, doch das half mir auch nicht weiter. Im Gegensatz zu ihm hatte ich überhaupt keine Ahnung, wie richtige Eheringe rein optisch aussehen oder aus welchem Material sie sein sollten. Preislich betrachtet wäre mir Blech am liebsten gewesen, denn alles andere roch nach einem Vermögen. Das Problem war nur, dass sie zwar möglichst günstig sein sollten, nur durfte man es ihnen unter keinen Umständen ansehen. Carmen sollte schließlich nicht denken, ich hätte einen Geizkragen geheiratet.

"Kuck mal, die da sind schön", gab Sandro ungefragt seinen Senf dazu und deutete auf ein Paar silbrige Ringe mit einem schmalen, goldfarbenen Streifen. Der kleinere der beiden Ringe war mit fünf glitzernden Steinchen verziert.

"Ihr Sohn hat für sein Alter bereits einen wirklich guten Geschmack", lobte die Verkäuferin überschwänglich. "Edelstahl mit Gelbgold. Die Brillanten auf dem Damenring haben jeweils 0,01 Karat. Ein sehr elegantes Paar und gerade wegen der Kombination von matt gebürstetem Edelstahl mit Gelbgold können Sie jeden anderen Schmuck dazu tragen. Probieren Sie ihn einfach mal, um zu sehen, wie er an Ihrer Hand wirkt. Falls er Ihnen zu eng oder zu weit sein sollte, ist das kein Problem. Wir führen die Ringe natürlich in verschiedenen Größen, sodass wir auf jeden Fall die passende für Sie finden werden."

Ihr Sohn! Der aufdringlich süßliche Dunst ihres widerlichen Parfüms musste ihr scheinbar die Sinne vernebelt haben. Wie kam sie auf die irrsinnige Idee, der Pimpf wäre mein Sohn? Als wenn ich derartigen Nachwuchs fabrizieren würde! Ich hätte ihr am liebsten den Hals umgedreht, und nicht nur ihr, sondern auch Sandro. Was fiel der kleinen Kröte eigentlich ein, sich einzumischen?

Gold und *fünf* Brillanten! Sonst noch etwas? Sah ich aus wie Paris Hilton mit ihren ererbten Millionen?

"Ich weiß nicht recht", versuchte ich mich herauszuwinden. "Sehen die fünf Brillis nicht etwas übertrieben aus, Ricco?"

Ich warf ihm einen Blick zu, der ihm ein eindeutiges Ja als Antwort signalisierte. Doch entweder wollte er mich ärgern oder er verstand weniger als nichts, denn er meinte nur ganz lapidar:

"Wie ich schon sagte, das überlasse ich ganz dir, Carissima. Such dir aus, was dir gefällt."

Die dämliche Verkäuferin betrachtete das wohl bereits als Zustimmung und reichte mir auffordernd das kleine Kissen, in das die beiden Ringe gesteckt waren. Äußerst widerwillig nahm ich den kleineren, steckte ihn mir an den Ringfinger und hielt Ricco meine Hand unter die Nase.

"Und? Was sagst du?"

"Sieht gut aus."

"Wirklich, sehr schön", pflichtete die Verkäuferin ihm sofort bei, zog den anderen Ring aus dem Kissen und reichte ihn Ricco.

"Möchten Sie Ihren auch probieren?", sagte sie dabei in einem Tonfall, der kein Nein zuließ.

Ohne zu zögern, streifte sich Ricco den Ring über, streckte den Arm aus und drehte seine Hand so, dass sowohl ich als auch Sandro sie begutachten konnten.

"Also ich -"

"Der ist schön, Papa", fiel mir der Pimpf ins Wort. "Darfst du den behalten?"

Die Verkäuferin lachte amüsiert auf.

"Du bist ja niedlich. Natürlich darf dein Papa den behalten, wenn deine Eltern endlich heiraten. Freust du dich denn schon darauf?"

Bevor ich oder Ricco irgendetwas sagen konnte, platzte Sandro heraus:

"Die zwei gehen doch nur zum Essen."

"Ja, das kommt später, denn vorher ist die Hochzeit",

84

belehrte ihn die Verkäuferin lächelnd.

"Das stimmt doch gar nicht." Sandro sah seinen Vater mit gerunzelter Stirn an. "Papa, du hast gesagt, dass du mit Julia nur -"

"Das erkläre ich dir später, Piccolino", würgte Ricco ihn rasch ab.

"Du, Papa, wieso -"

"Sandro, basta!"

"Aber Papa -"

"Basta, ti prega!"

Lieber Gott, um ein Haar hätte der Pimpf alles ausgeplaudert! Ganz abgesehen davon, dass es die Verkäuferin absolut nichts anging, wäre das mehr als peinlich geworden. Ich räusperte mich und quälte mir ein Lächeln ins Gesicht.

"Was kosten die Ringe denn?"

"Die Ringe stammen aus der Kollektion der Manufaktur Rauschmayer, die für qualitativ hochwertige Verarbeitung und geschmackvolle Details steht", ratterte die Verkäuferin herunter. "Das verwendete Material ist natürlich -"

Mich interessierte dieser ganze Unfug nicht im Geringsten, sondern nur eines und fragte deshalb noch einmal mit Nachdruck:

"Wie viel?"

"Nur dreihundertachtundfünfzig Euro", säuselte sie mit einem strahlenden Lächeln.

Lieber Gott! Knapp dreihundertsechzig Euro? Mich traf fast der Schlag. In diesem Moment wünschte ich mir beinahe, tatsächlich zu heiraten, denn dann würde die Kosten für die Eheringe mein Zukünftiger übernehmen.

Dieser Blödsinn, den ich da angestellt hatte, kam mir wirklich teuer zu stehen. Meine Klamotten, die mir Caro aufschwatzte, inklusive des ganzen Zubehörs sowie der sinnlose Friseurbesuch verschlangen bereits etwas über vierhundert Euro. Nun noch die Ringe und die Rechnung im

Castello Barocco, und dieser eine Abend mit der Giftnatter kostete mich beinahe einen Tausender!

"Haben Sie nicht ein paar günstigere?", platzte es aus mir heraus.

Die Verkäuferin sah mich derart fassungslos an, dass mir meine Frage selbst peinlich war und sich meine Wangen plötzlich ziemlich heiß anfühlten.

"Günstigere?", hakte sie leicht pikiert nach. "Möchten Sie Ihre Eheringe wirklich nach dem *Preis* aussuchen?"

"Nein, natürlich nicht", antwortete ich schnell. "Es ist nur, weil ..."

Ich brach ab, denn es war sinnlos. Eine passende Ausrede fiel mir auf die Schnelle nicht ein, jedenfalls keine, die plausibel und glaubhaft klang. Obwohl ich mein übliches, lässiges (oder *gammliges*, wie Caro immer behauptete) Freizeitoutfit trug, wirkten Ricco, der Pimpf und ich als Gesamtpaket betrachtet keineswegs so, als würden wir am Hungertuch nagen. Und dass in unserem ganz speziellen Fall der Preis trotzdem die Hauptrolle spielte, konnte ich ihr nicht sagen, ohne ihr auch die Gründe dafür zu verraten. Das ging auf keinen Fall.

"Eine Ehe ist doch ein Bund fürs Leben und genauso lange werden Sie Ihre Ringe auch tragen", säuselte die nervige Verkäuferin, die offensichtlich ein Ass in ihrem Fach und so geschult war, dass sie problemlos den Teufel höchstpersönlich zum Kauf eines Heiligenscheins überreden konnte. "Umso wichtiger ist es, dass Sie dabei ihr Herz entscheiden lassen und die beste Wahl treffen", fuhr sie fort und strahlte dabei Ricco in geradezu unverschämter Bewunderung an. "So wie bei Ihrem Mann."

Also das ging ja nun doch zu weit! Wie dreist war es von dieser Person, vor meinen Augen mit meinem zukünftigen Ehemann zu flirten?

"Wollen *Sie* ihn heiraten?", fragte ich spitz. "Dann sagen Sie es bitte gleich, damit wir uns die Scheidung sparen können."

Sie riss sich, äußerst ungern wie mir schien, vom Anblick Riccos los, setzte einen geheuchelt bedauernden Blick auf und meinte:

"Ich bitte vielmals um Verzeihung. Ich wollte Ihnen selbstverständlich nicht zu nahe treten. Ich meinte doch nur, dass so ein Kauf wohlüberlegt sein sollte, da Sie die Ringe ja schließlich länger tragen werden."

"Wir brauchen sie doch nur für einen Tag", schnatterte mein dämliches Mundwerk von ganz alleine los. Im selben Moment biss ich mir kräftig auf die Zunge, obwohl es dafür schon zu spät war. Ich musste wirklich übergeschnappt sein.

"Bitte? Ich verstehe nicht ganz ..."

Die Verkäuferin sah mich irritiert an.

Und nun? Ich warf Ricco einen Hilfe suchenden Blick zu. Wozu war er überhaupt mitgekommen? Anstatt mich in irgendeiner Weise zu unterstützen, stand er bisher nur doof herum und überließ alles mir!

Dieses Mal begriff er allerdings ziemlich schnell.

"Sie ist nur ein bisschen nervös", klärte er mit seinem ganz speziellen Lächeln, das auch Eisgletscher im Bruchteil einer Sekunde zum Schmelzen brachte, die Verkäuferin auf. "Packen Sie sie bitte ein. Wir nehmen sie."

Bitte was? Wie konnte er so etwas sagen? Es ging hier immerhin um *meinen* Geldbeutel, nicht um seinen! Mein erster Impuls war lautstarker Protest, doch mein Hirn schaltete sich dazwischen und riet mir, die Klappe zu halten. Auf weitere sinnlose Diskussionen mit dieser profitgierigen Ziege fehlte mir jegliche Lust, zumal mir von ihrem widerlichen Parfüm allmählich übel wurde.

"Wir können Ihnen auch gleich eine Gravur anbringen", schlug sie geschäftstüchtig vor. "Das dauert nicht lange, wenn ich -"

"Wir müssen uns dafür noch etwas einfallen lassen", kam

Ricco mir ausnahmsweise einmal zuvor. "Die Rechnung geben Sie bitte meiner Frau. Sie bezahlt die Ringe und ich unsere Flitterwochen auf Hawaii."

Wieder einmal war ich verblüfft über Riccos Talent, mir auf die Schnelle mit den passenden Worten den Ball zuzuspielen. Im Grunde waren wir ein ziemlich gutes Team, fand ich.

"Natürlich, Schatz", hauchte ich mit einem zuckersüßen Lächeln. "So war es abgemacht."

Während die Verkäuferin das Schächtelchen in eine kleine Tüte steckte und dann auf ihrer Kasse herumtippte, zupfte der Pimpf Ricco am Shirt und sah neugierig zu ihm auf.

"Du, Papa, darf ich da auch mit?"

"Wohin?"

"Nach Hawaii."

"Sandro, basta", raunte Ricco ihm zu. "Wir unterhalten uns später."

"Aber Papa, du -"

"Adesso basta!"

Sandro seufzte theatralisch und augenrollend auf, hielt aber endlich den Mund.

Mit leichten Magenschmerzen drückte ich dieser doofen Verkäuferin meine EC-Karte in die Hand. Nie wieder, schwor ich mir in diesem Augenblick, würde ich meine Klappe so weit aufreißen, ohne vorher genauestens überprüft zu haben, ob auch mein Hirn anwesend und funktionstüchtig war. Diese Geschichte mit Carmen würde mir für den Rest meines Lebens eine Lehre sein!

"Dreihundertachtundfünfzig Euro! Die spinnen doch total!", knurrte ich, als wir in Richtung Ausgang marschierten.

"Was willst du denn?", fragte Ricco schlicht. "Die Ringe sehen doch nicht schlecht aus."

"Dreihundertachtundfünfzig Euro!"

"Hör auf zu meckern", winkte er ab. "Ringe zu kaufen war deine Idee."

"Ja, ich weiß", brummte ich missmutig. "Trotzdem!"

Ricco legte mir den Arm um die Schultern und drückte mich kurz an sich.

"Sieh es doch einfach positiv, Carissima. Du kannst sie doch für deine Hochzeit aufheben."

"Na großartig. Glaubst du vielleicht, dass ich mit selbst gekauften Ringen heirate, noch dazu von Karstadt?"

"Darf ich denn jetzt mit nach Hawaii?", fing Sandro erneut an.

"Falls wir jemals nach Hawaii fliegen, Piccolino, dann darfst du mit."

"Klasse!", jubelte der Pimpf begeistert. "Kommt die Julia auch mit?"

Ricco grinste.

"Wir können sie ja dann mal fragen."

13

"Jetzt hör auf, herumzuzappeln. Es wird schon klappen", versuchte Caro mich zu beruhigen, leider ohne Erfolg.

Nur noch knapp eineinhalb Stunden, dann würde Ricco auftauchen, um mich abzuholen. Wir wollten mit einem Auto zum *Castello Barocco* fahren, so wie es sich für ein glückliches Ehepaar gehörte.

"Lieber Gott, Caro, wenn diese Natter den Braten riecht, bin ich geliefert. Jede Wette, sie macht mich zum Gespött der ganzen Stadt. An die Szene, die sie mir unter Garantie beim Italiener vor allen Leuten machen wird, darf ich gar nicht denken", brummte ich.

"Wie soll sie denn irgendetwas merken? Du und Riccardo habt euch doch abgesprochen und nach all dem, was du mir vorhin von eurem Besuch bei Karstadt erzählt hast, spielt er doch offenbar recht gut mit, oder nicht?"

"Schon, aber du kennst dieses raffinierte Biest doch! Wenn sie einmal anfängt, irgendwo nachzubohren oder herumzustochern ... Oh Gott, ich darf gar nicht daran denken."

"Dann tu es einfach nicht."

"Du hast leicht reden", maulte ich. "Es geht hier immerhin um meinen Ruf!"

Meine dämliche Freundin fing schallend an zu lachen.

"Wenn du überhaupt einen hast, dann den als Lügenbaroness vom Dienst", gluckste sie.

"Du bist unmöglich!", schimpfte ich sie.

"Na klar doch", spöttelte Caro und streckte mir albern die Zunge heraus. "Nun hör auf zu jammern und mach dich lieber fertig machen. Es ist gleich halb sechs!"

"Na und? Ich brauche höchstens zehn Minuten."

"Das darf doch nicht wahr sein", ächzte meine Freundin. "Du gehst heute Abend aus und nicht zur *Arbeit*!"

"Na und?"

"Na und?", äffte sie mich nach. "Ich dachte, du willst Carmen heute ausstechen? So, wie ich sie kenne, stylt sie sich schon seit Stunden auf und Julchen reichen zehn Minuten!", höhnte Caro.

"Was willst du denn?", meckerte ich genervt. "Ich war gestern eigens noch beim Friseur."

"Ja, leider. Der gestrige Rasenmäher ist nicht zu übersehen. Lieber Himmel, warum gibst du deinen Haaren nicht endlich mal eine Chance?"

"Ach, nun hör schon auf. Ich muss nur noch duschen und mich umziehen. Nicht jeder hat es so nötig wie Carmen, sich kiloweise Farbe ins Gesicht zu klatschen."

"Wie jetzt?" Caro sah mich verwundert an. "Du willst kein

Make-up, nicht ein bisschen?"

"Nein, will ich nicht. Ich sehe nämlich gar nicht ein, dass ich mich wegen dieser dummen Schnepfe noch anmalen soll. Ich komme mir schon dämlich genug vor in Kleidchen und Pumps!"

"Gut, wie du meinst", sagte Caro gelassen und fing dann in einem komischen Singsang an: "Spieglein, Spieglein an der Wand. Wer ist die Schönste hier im Land? Ihr, Prinzessin Julchen, hier. Aber Carmelita hinter den Bergen ist tausend Mal schöner als Ihr."

In stummer Verzweiflung verdrehte ich die Augen. Das war wieder typisch Caro. Sie wusste ganz genau, wie sie mich triezen konnte, nur leider sagte mir diesmal eine leise Stimme in meinem Hinterkopf, dass sie damit durchaus recht haben konnte.

"Meine Güte, dann eben auch das", stöhnte ich. "Wenn es unbedingt sein muss ..."

"Ja, muss es. Also ab mit dir unter die Dusche. Viel Zeit haben wir nämlich nicht mehr, bis Riccardo kommt."

Um kurz vor halb acht bestätigte das Spieglein an der Wand, dass diesmal Prinzessin Julchen die Gewinnerin des Schönheitswettbewerbs war. Das fand zumindest Caro. Ich dagegen kam mir so aufgerüscht vor, als wollte ich gleich auf den Karneval in Venedig gehen.

"Glaubst du mir nun?", wollte Caro wissen. "Habe ich dir nicht immer schon gesagt, dass du vielmehr aus dir machen könntest? Aber nein, du alter Dickkopf musst ja immer herumlaufen wie der Drill Instructor eines Boot Camps. Jetzt noch ein Hauch Parfüm, und Riccardo wird dich garantiert nicht mehr erkennen."

"So etwas habe ich nicht", gab ich unumwunden zu.

"Wie bitte?" Caro sah mich mit riesengroßen Augen an. "Das ist nicht dein Ernst, oder?"

"Doch. Wann brauche ich schon Parfüm? Zum Arbeiten

sicher nicht und zu Hause auch nicht."

Caro starrte mich einen Moment lang schweigend an, dann stemmte sie die Hände in die Hüften und höhnte:

"Da rennt sie sich die Hacken ab, um einen Mann aufzureißen und hat nicht mal von den grundlegenden Dingen Ahnung. Mit Käse fängt man Mäuse und mit dem richtigen Parfüm Männer, du dumme Nuss!"

Kopfschüttelnd schnappte sie sich ihre Handtasche und kramte vor sich hin murmelnd darin herum, bis sie sie schließlich kopfüber auf meinem Bett ausleerte.

"Na also, wusste ich es doch", brummte sie zufrieden und hielt mir ein kleines Fläschchen entgegen. "Nimm das hier."

Ihrem Befehlston war ich im Moment dank meiner immer mehr zunehmenden Anspannung nicht gewachsen. Wortlos nahm ich das Parfümfläschchen in die Hand, zog den Verschlussdeckel ab und schnupperte kurz daran. Es roch gar nicht aufdringlich, sondern angenehm und leicht blumig. Schnell betupfte ich mich damit und wollte ihr das Fläschchen gerade zurückgeben, als mir etwas unter dem ganzen Kram aus ihrer Handtasche ins Auge stach.

"Das hätte ich nicht von dir gedacht, Caro", gluckste ich. "Eine Lümmeltüte! Wie finde ich das denn?"

Caro grinste verschmitzt und zwinkerte mir zu.

"Tja, Frau sorgt eben vor. Wenn du sie brauchst, kannst du sie gerne haben. Man weiß ja nie, wie so ein Abend endet, noch dazu, wo du mit Signore molto potente ausgehst."

"Signore molto potente?" Ich lachte auf. "Woher willst du das denn wissen? Du kennst ihn doch gar nicht."

"*Noch* nicht, Julchen", berichtigte sie mich. "Aber gleich."

"Von wegen. Du verschwindest jetzt besser."

Meine Freundin verschränkte die Arme vor der Brust und schüttelte entschieden den Kopf.

"Kommt gar nicht infrage. Seit gestern machst du mir den Mund wässrig und jetzt soll ich gehen, bevor er kommt? Nein Julchen, keine Chance, ich bleibe."

"Das ist doch Quatsch. Wir gehen ohnehin sofort, wenn er kommt."

Caros Augenbrauen schnellten nach oben.

"Schau mal an, wie ein einziger Abend alles verändert. Zuerst wolltest du ihn mir schenken und nun darf ich ihn nicht einmal sehen? Ach Julchen, wieso gibst du nicht einfach zu, dass du ihn nun doch behalten willst, obwohl er so gar nicht dein Typ ist?"

"So ein Unsinn", wehrte ich rasch ab. "Stimmt gar nicht."

Ihrem Blick nach zu schließen, glaubte sie mir kein einziges Wort.

"Wusste ich es doch", triumphierte sie. "Er gefällt dir also."

"Gar nicht wahr und außerdem ... Was soll ich denn mit ihm anfangen? Und vor allem mit dem Knirps?"

Caro hüllte sich in Schweigen und grinste vor sich hin.

"Nun hör schon auf damit", schimpfte ich sie und beteuerte zum x-ten Male: "Ich mache mir wirklich nichts aus ihm. Nicht im Geringsten."

"Schon gut, Julchen", winkte sie ab in einem derart gönnerhaften Tonfall, dass ich ihr hätte an die Gurgel springen können. "Wir werden sehen."

"Wir werden gar nichts sehen", fauchte ich. Im selben Moment klingelte es an der Tür. "Ich muss los!"

"Wieso lässt du ihn nicht herauf? Frau von Welt macht so etwas jedenfalls."

"Ach Caro! Das ist doch total unsinnig, weil wir sowieso gleich wieder gehen! Ich ..." Wenn meine Freundin diesen Blick aufhatte, war jegliche Diskussion mit ihr zwecklos. Seufzend gab ich nach und drückte auf den Türöffner. "Pünktlich ist er zumindest, das muss man ihm lassen. Wie sehe ich aus?"

"Einfach hinreißend. Und jetzt mach auf, bevor ich vor Neugier platze!"

Ich tat ihr den Gefallen und riss schwungvoll die Tür auf. Ricco stand bereits davor. Er trat einen Schritt zurück, ließ völlig unverhohlen seinen Blick im Zeitlupentempo über mich wandern und pfiff dann anerkennend.

"Ciao, Bellissima! Du siehst ja umwerfend aus. Beinahe hätte ich dich nicht erkannt. Gehen wir?"

"Äh ... Ja, gleich", stammelte ich. Mit so einer Reaktion hatte ich nicht im Traum gerechnet. "Ich ..."

Während ich noch nach Worten in meinem wie leer gefegten Hirn suchte, schob Caro mich zur Seite, reichte ihm die Hand und säuselte:

"Schön, dich kennenzulernen. Jetzt weiß ich endlich, von wem Julchen die ganze Zeit spricht. Ich bin Caro, ihre Freundin."

"Freut mich, Caro. Ich bin Ricco."

Das ganze Benehmen der beiden war absolut übertrieben und völlig unangebracht. Caro verschlang ihn förmlich mit den Augen, sein Lächeln war zu genießerisch und der Handschlag ... Normalerweise dauerte das doch höchstens drei Sekunden, aber nicht länger!

Mich brauchte hier offenbar eh keiner, also verschwand ich noch einmal im Bad und betrachtete mich so kritisch im Spiegel, als müsste ich gleich über den roten Teppich bei der Oscarverleihung laufen. Irgendwie passte das ja auch, wurde ich von Carmen sicher genauso angegafft und unter die Lupe genommen, wenn ich im *Castello Barocco* auftauchte.

Mit meinem Spiegelbild war ich jedoch durchaus zufrieden. Ich musste zugeben, dass Caro wirklich ganze Arbeit beim Make-up geleistet hatte. Normalerweise hieß Make-up für mich immer Karneval und Clownsmaske, doch meine Befürchtung, mit kunterbunter Farbe wie zugekleistert auszusehen, bestätigte sich gottlob nicht.

Das Einzige, mit dem ich absolut unzufrieden war, waren meine Haare. Ich fand sie schlicht und ergreifend furchtbar. Egal wie sehr ich daran herumzupfte oder versuchte, sie mit dem überteuerten Haarwachs, das mir dieser dämliche Friseur aufgeschwatzte, in Form zu bringen, es half alles nichts. Ich sah trotzdem aus wie eine räudige Bisamratte nach einem Stromschlag. Mit einem tiefen Seufzer gab ich meine sinnlosen Stylingversuche auf, denn es war allerhöchste Zeit zum Gehen.

Als ich aus dem Bad kam und Ricco plaudernd neben Caro in der Diele stehen sah, fiel mir erst jetzt auf, dass Ricco heute unverschämt gut aussah in seinem schwarzen, modisch geschnittenen Anzug, zu dem er nur ein weißes, anliegendes Shirt trug. Natürlich fehlten auch Duftwolke, Goldkettchen und Haargel nicht. Wie gemein! Im Gegensatz zu mir durfte er heute Abend seinem typischen Stil treubleiben.

Während Ricco voraus und Caro und ich hinter ihm her die Treppen hinunterliefen, warf ich ihr den berühmt—berüchtigten Na—wie—findest—du—ihn—Blick zu, worauf ein verträumter Ausdruck über ihr Gesicht huschte und sie ihm genüsslich eine Kusshand zuwarf. Das war Bestätigung genug für meine Vermutung, dass er genau ihre Kragenweite war. Eigentlich hätte ich nun zufrieden sein können, denn ich kannte meine beste Freundin eindeutig sehr gut. Nur seltsam, dass mich das heute nicht sonderlich begeisterte.

14

Vor dem Haus verabschiedete sich Caro von mir mit einer kurzen Umarmung.

"Schenk ihn mir und ich nehme ihn sofort", flüsterte sie mir dabei zu. "Du musst mich morgen unbedingt anrufen und mir erzählen, wie es mit Carmen gelaufen ist", fügte sie in ganz normaler Lautstärke hinzu, nachdem sie mich losließ.

"Na klar, mache ich", antwortete ich knapp und stöckelte Ricco, so gut es mit den ungewohnt hohen Absätzen ging, hinterher, der schon zum Auto voraus gegangen war.

Nachdem wir in seinem Auto saßen, drehte er sich zu mir, legte den Kopf schief und sah mich an.

"Julia, darf ich dich etwas fragen?"

"Na klar. Schieß los!"

"Sei mir bitte nicht böse, aber deine Haare oder was davon übrig ist ..."

"Was passt dir daran nicht? ", fragte ich spitz.

"Die Frisur steht dir einfach nicht und ist viel zu kurz. Das sieht aus wie beim Militär."

"Ach sei doch still", wischte ich rüde seinen Kommentar zur Seite. "Du hast doch keine Ahnung von so etwas."

Ich wusste ja selbst, dass mein Friseur offenbar Hein Blöd hieß. Mochte diese Unfähigkeit in Person tausend Mal behaupten, dass das der neueste Trend wäre, meine Haare sahen einfach bescheuert aus. Doch mit welchem Recht traute sich Signore molto blödi eigentlich, über meine Frisur herzuziehen? So lange kannten wir uns schließlich keineswegs und er brauchte sich schon gar nichts einbilden mit seiner langweiligen Gelfrisur!

"Wie du meinst", antwortete Ricco gelassen. "Du musst

ja damit herumlaufen. Wie heißt die Straße noch mal, in dem das *Castello Barocco* liegt?"

Schweigend und durchaus beleidigt kramte ich den Zettel mit der Adresse aus meinem Handtäschchen und hielt ihm diesen kurz unter die Nase.

Unglaublich, dass ausgerechnet ich mit so etwas wie einem *Handtäschchen* herumlief! Schuld daran war nur Caro, die mir dieses Ding in der Boutique trotz meines Protestes aufschwatzte. Sie war nämlich felsenfest davon überzeugt, dass Carmen nur auf einen Grund wartete, um mich wieder mit Spott und Hohn zu überschütten. Diesen Grund würde ich ihr mit Rudi über meiner Schulter so sicher wie ein Amen in der Kirche liefern.

So wenig Lust ich auch hatte, mir so einen überflüssigen Unfug wie ein Handtäschchen zuzulegen (wusste ich doch genau, dass ich es nach diesem Abend nie wieder brauchen würde) , so genau wusste ich allerdings auch, dass Caro recht hatte. Immerhin ließ Carmen schon bei unserem Aufeinandertreffen im *Santorio* wegen meines Teddy-Rucksacks Spotttiraden vom Stapel. Heute Abend allerdings wollte ich diesem niederträchtigen Biest jeglichen Wind schon im Vorfeld aus den Segeln nehmen und gab schließlich nach. Sollte diese Schlange ruhig an ihrem eigenen Gift ersticken!

Schräg gegenüber des *Castello Barocco* war auf der anderen Straßenseite ein Parkplatz frei. Mir kam das sehr gelegen, taten mir die Füße bereits jetzt höllisch weh wegen der ungewohnten Pumps. Zeit, um mich darin einzulaufen und an diese Höllenteile zu gewöhnen, war mir leider keine mehr geblieben.

"Na, alles paletti?", fragte Ricco, als wir ausstiegen.

"Nein", brummte ich. "Das wird sie uns nie abnehmen, nicht in tausend Jahren."

"Oh doch, Bellissima." Er setzte sein ganz spezielles

Lächeln auf. "So verliebt, wie ich in meine wunderschöne Frau bin ..."

Unwillkürlich kam mir ein Grinsen aus. Das war wieder mal typisch Italiener: Süßholz raspeln bis zum Abwinken. Doch sein Geschmeichel wirkte tatsächlich und ich fühlte mich weitaus siegessicherer als vorher. Entschlossen reckte ich das Kinn in die Höhe und knipste ein strahlendes Lächeln an.

"Händchen halten oder Arm in Arm?", wollte Ricco noch wissen, während er das Auto abschloss. "Was ist dir lieber?"

"Wenn schon, denn schon", murmelte ich und griff ohne zu zögern nach seiner Hand.

Händchen haltend marschierten wir langsam in Richtung *Castello Barocco*. Carmen samt Ehegespons stand bereits vor dem Eingang. Beide warteten dort schon auf uns. Ich vermutete, sie wollte sich davon überzeugen, ob wir uns auch ein Auto leisten konnten oder mit Tretrollern angefahren kamen.

Ein Blick auf sie genügte und ich dankte Caro aus ganzem Herzen für ihre Überredungskünste und meinem Dickkopf dafür, dass er ausnahmsweise einmal nachgegeben hatte. Lieber Gott, in diesem grellbunten, extravaganten Stofffetzen sah sie aus, als wolle sie an einer Modenschau teilnehmen und nicht nur zu einem albernen Abendessen gehen!

"Sieh dir nur diese aufgetakelte Natter an. Wie ein billiges Flittchen", raunte ich Ricco zu.

"Madonna mia!"

Mein trotteliger Ehemann war offenbar gänzlich anderer Meinung als ich, seinem leisen und verdammt anerkennenden Pfiff nach zu schließen.

Abrupt blieb ich stehen.

"Ich warne dich", zischte ich ihm zu. "Du bist *mein* Ehemann und deshalb hat dich diese Schlange nicht im

Geringsten zu interessieren. Verstanden?"

Er lachte auf und brabbelte irgendetwas auf Italienisch.

"Was sagtest du?", fragte ich argwöhnisch.

"Dass ich heute Abend nur Augen für dich habe, Carissima."

"Das will ich dir auch raten! Und noch mal ganz langsam zum Mitschreiben: Ich kann kein Italienisch, also sprich gefälligst Deutsch mit mir!"

"Dein Wunsch sei mein Befehl, Principessa."

Um mich über sein erneutes und übertriebenes Süßholzgeraspel zu ärgern, blieb mir keine Zeit mehr.

"Ach Liebes, da seid ihr ja endlich", flötete Carmen schon in ihrer widerlich zuckersüßen Art. "Ich hatte schon beinahe befürchtet, ihr kommt nicht."

"Aber nicht doch, Liebes", säuselte ich im gleichen heuchlerischen Tonfall zurück, während ich mir von der Schlange wieder Küsschen auf die Wangen drücken lassen durfte. "Wir konnten es gar nicht mehr erwarten, euch zu sehen."

Mir entging keineswegs, dass ihr Begrüßungsritual bei Ricco durchaus emotionsgeladener ausfiel als bei mir, sowohl was die Umarmung betraf als auch die Küsschen. *Das durfte doch nicht wahr sein!* Ihr eigener Ehemann stand direkt neben uns und sie flirtete völlig ungerührt und schamlos mit meinem! Keine Sekunde würde ich diese Giftnatter mehr aus den Augen lassen.

Während wir alle zu unserem Tisch gingen, blieb mir genug Zeit, Carmens Mann unter die Lupe zu nehmen und war absolut sprachlos. Wie zum Teufel hatte sie es zustande gebracht, sich genau den Typ Mann unter den Nagel zu reißen, der absolut *mein Typ* war? Groß, blond, blauäugig und schlank, doch keineswegs mickrig.

Unwillkürlich zuckte mir der Gedanke durch den Kopf,

dass sie mich mit diesem Ehemann nur ärgern und mir in ihrer hinterlistigen und durch und durch boshaften Art unmissverständlich eines klar machen wollte: Genau die Männer, die seit jeher meinem Beuteschema entsprachen, waren alle schon unter der Haube und für mich blieb bestenfalls der klägliche Rest übrig, so wie immer.

Natürlich war dieser Gedanke im Grunde völlig hirnrissig, denn die beiden waren bestimmt nicht erst seit gestern verheiratet. Zutrauen würde ich ihr aber so etwas grundsätzlich.

15

Das Abendessen verlief ohne Zwischenfälle und beinahe amüsant, doch mit jeder Minute mehr verstärkte sich in mir das Gefühl, dass ich Carmens Ehemann von irgendwoher kannte. Ich war mir tausendprozentig sicher, ihn schon einmal gesehen zu haben, nur leider wusste ich im Moment nicht, wo. Dass Carmen später vorschlug, noch auf einen Drink in die kleine Bar gleich um die Ecke zu gehen, kam mir deshalb sehr gelegen. Mir blieb also noch ein wenig Zeit, um vielleicht doch noch dahinter zu kommen, woher ich Christian kannte.

Zu meiner Verwunderung stellte ich erneut fest, dass Ricco unterhaltsam und witzig war und es mit ihm zusammen, wie schon an dem Abend bei ihm zu Hause, richtig Spaß machte - auch wenn er überhaupt nicht mein Typ war. Nur eines störte mich zunehmend, nämlich dass Carmens Blick immer öfter und länger auf Ricco liegen blieb!

In der Bar angekommen, winkte ich Carmen kurz zu und marschierte gemeinsam mit ihr zu den Toiletten, wo wir uns angeblich frisch machen wollten. Die ganze Zeit über schon hielt ich mich zurück und benahm mich höflich und freundlich. Doch so leise die Klapperschlange auch zu Rasseln begonnen hatte, es entging mir nicht. Es war höchste Zeit, mein Revier eindeutig abzustecken und die Schlange unter den Stein zurückzuscheuchen, unter dem sie hervorgekrochen war.

"Ich bin mehr als überrascht, Julchen", fing sie, kaum dass die Tür zu den Toilettenräumen hinter uns zufiel, an. "Wie kommt es, dass du dir ausgerechnet einen Italiener an Land gezogen hast, obwohl dein Typ doch immer eindeutig der typische Surferboy war?"

"Tja, wo die Liebe eben hinfällt", gab ich mit einem herablassenden Lächeln zurück. "Meinem Ricco kann keiner das Wasser reichen. Er ist einfach unglaublich, und zwar in jeder Hinsicht."

"Ach wirklich?" Carmen zog eine Augenbraue hoch. "Ich habe neulich erst einen Artikel gelesen. Darin stand, dass der durchschnittliche Italiener im Bett höchstens fünf Minuten braucht. Wenn er überhaupt solange durchhält. Das ist in der Tat unglaublich, nämlich unglaublich unfähig", höhnte sie.

"Ach weißt du, Carmen, ich habe gelesen, je schöner der Mann, umso impotenter sein Lümmel", schoss ich postwendend zurück. "Du kennst das ja sicher aus eigener Erfahrung.

Damit ließ ich sie einfach stehen und tänzelte davon, so gut es mit diesen verdammten Pumps eben ging.

"Na, mein Schatz?", begrüßte ich Ricco überschwänglich, als ich mich wieder neben ihn setzte.

"Alles paletti, Carissima?"

"Großartig, Ricco. Könnte nicht besser gehen. Wo ist denn unser Börsenhai?"

"Er musste mal telefonieren."

101

Was mich ritt, wusste ich auch nicht, aber mich überfiel soeben das spontane Bedürfnis, Ricco um den Hals zu fallen und ihm ein Küsschen auf die Wange zu drücken.

"Danke dir, du bist echt klasse", flüsterte ich ihm zu. Ausnahmsweise meinte ich das absolut ehrlich, auch wenn er das offensichtlich nicht begriff.

"Nur mit der Ruhe, Julia. Carmen ist doch gar nicht da."

"Und wenn schon. Küssen ist doch nicht verboten, oder?"

"Keineswegs, nur verstehe ich unter Küssen etwas anderes", gab er schmunzelnd zurück, ohne auch nur die geringsten Anstrengungen zu unternehmen, mir zu zeigen, was *er* darunter verstand. Die Gelegenheit dazu wäre mehr als günstig gewesen, doch er hatte wohl keine Lust dazu.

"Lieber Himmel, nun spiel nicht den Eisklotz!", knurrte ich leicht säuerlich wegen der verpassten Chance. "Die Schlange kommt gleich angekrochen."

"Dann lass sie. Wir wollen ja nicht übertreiben. Das wird sonst schnell unglaubwürdig."

"Lieber Gott, du gönnst mir rein gar nichts", entschlüpfte es mir missmutig.

"Wie bitte?" Er lachte auf. "Ich dachte, du wolltest nur deiner Erzfeindin etwas vorspielen."

"Schon, aber darf ich deshalb nicht auch ein bisschen Spaß dabei haben?", murrte ich und schob argwöhnisch nach: "Oder bist du am Ende schwul?"

Ricco räusperte sich.

"Ich glaube, die Frage erübrigt sich. Ich habe einen Sohn, wie du weißt."

"Ja, doch es gibt genügend schwule Väter auf der Welt."

Einen Moment lang sah er mich schweigend an. Der Anflug eines Grinsens huschte kurz über sein Gesicht, bevor er mit todernster Miene aufstand, meine Hand in seine nahm und meinte:

"Allora, gehen wir."

"Wohin?", fragte ich ihn irritiert.

"Nach draußen. Oder willst du es hier auf dem Tisch machen?"

"Ich verstehe nicht ganz, was du ..."

Lieber Gott! Auf einmal fiel bei mir der Groschen: Das eben war eindeutig ein unmoralisches Angebot gewesen! Signore molto potente machte seinem Namen alle Ehre. Fassungslos starrte ich ihn mit offenem Mund an.

"Was ist jetzt?", hakte er nach. "*Du* wolltest doch wissen, ob ich schwul bin. Komm einfach mit und lass uns Sex haben. Dann hast du deine Antwort."

Ich war keineswegs prüde und gegen Sex hatte ich grundsätzlich nichts einzuwenden, doch das ging mir jetzt etwas zu schnell.

"Sag mal, tickst du noch richtig?", raunzte ich ihn leise an. "Wir kennen uns gerade mal ein paar Stunden."

"Ach weißt du", sagte er mit einem spitzbübischen Grinsen, "als alleinerziehender Vater muss ich jede Gelegenheit nutzen, die sich mir bietet."

"Riccardo!"

"*Du* wolltest doch Spaß haben. Also, kommst du jetzt mit?"

"Ich denke nicht daran!", protestierte ich empört. Wofür hielt mich dieser Casanova in Reinkultur eigentlich?

Er lachte schallend auf, setzte sich wieder, legte mir den Arm um die Schultern und drückte mich an sich.

"Das war nur Spaß, Carissima. Bitte nicht böse sein."

Was für ein Vollidiot! Ich hätte ihm den Kragen umdrehen können und mir gleich dazu, weil ich ihm und seiner exzellenten schauspielerischen Leistung erneut voll auf den Leim gegangen war. Wie um alles in der Welt schaffte er es nur, einen derart zu veräppeln, ohne dabei auch nur eine Miene zu verziehen? In dieser Hinsicht war er ein absolutes Phänomen. Gerade wollte ich ihn verärgert von mir schieben, als er mir zuraunte:

"Küss mich, Carmen kommt!"

Das ließ ich mir nicht zweimal sagen. Nicht etwa, dass ich die geringste Lust verspürte, Signore molto blödi zu küssen, doch ich hatte mir vorgenommen, der Giftnatter die perfekte Show zu liefern. Genau die würde sie bekommen, koste es, was es wolle.

"So viel Leidenschaft hätte ich dir gar nicht zugetraut", murmelte Ricco anschließend. "Das können wir gerne einmal wiederholen."

Bitte was? Wie konnte er solch dämliche Sprüche loslassen, wenn Carmen ... Moment mal! Wo war sie eigentlich? Ich sah mich kurz um, konnte sie jedoch weder an unserem Tisch noch irgendwo sonst in der Nähe entdecken. Das durfte doch nicht wahr sein. Er hatte mich reingelegt!

"Blödmann", knurrte ich leise und bekam als Antwort irgendein italienisches Gefasel zu hören, das mich noch mehr aufregte. "Himmeldonnerwetter Ricco! Noch mal ganz langsam zum Mitschreiben, damit sogar *du* es kapierst: Ich kann kein Italienisch, also sprich gefälligst Deutsch mit mir."

"Ja ja, ich weiß", sagte er schnell und zwinkerte mir dann zu. "Aber dir schien es ganz gut zu gefallen, eh?"

"Ganz und gar nicht", log ich und heuchelte Entrüstung, damit er sich bloß nichts einbildete. "Nicht im Geringsten."

"Hey, ihr zwei, wo steckt mein Mann eigentlich?"

Nun war die Schlange doch aufgetaucht, wie aus dem Nichts. Ich hoffte inbrünstig, dass sie von unserer kleinen Diskussion eben nichts mitbekommen hatte.

"Draußen beim Telefonieren", klärte Ricco sie auf.

"Das dachte ich mir fast. Der Arme hat ja immer so viel zu tun", säuselte Carmen und rasselte leise mit ihrem Klapperschlangenschwanz. "So, wie ihr beide euch eben die Zunge gegenseitig in den Rachen geschoben habt, könnt ihr noch nicht allzu lange verheiratet sein, oder?"

"Lange genug", antwortete ich mit einem herablassenden Lächeln. "Nur weiß *mein Mann* eben Besseres zu tun, als zu telefonieren. Nicht wahr, Schatz?"

"Auf jeden Fall, Carissima", beteuerte er und streichelte mir über die Wange mit einem derart verliebten Blick, dass ich im ersten Moment tatsächlich glaubte, er wäre echt.

Für den Bruchteil einer Sekunde fiel Carmens Maske und ihre funkelnden Augen schossen tödliche Giftpfeile auf mich ab.

"Du bist wirklich zu bedauern, Carmelita", schob ich schnell nach in der Hoffnung, dass sie an ihrem eigenen Gift langsam, aber sicher verenden würde. "Deinem Mann scheint sein Telefon weitaus mehr am Herzen zu liegen als du."

"Ach Unsinn. Er hat momentan ein Geschäft am Laufen, bei dem es um Millionen geht", protzte sie mit wichtigtuerischer Miene herum.

"Alles klar", konterte ich und schob mit einem spöttischen Lächeln nach: "Seine wahre Liebe ist also Geld und du nur schmückendes Beiwerk."

"Das ist überhaupt nicht wahr!", brauste Carmen auf.

"Vielleicht wollte er auch nur eine Weile verschwinden, weil er dich einen ganzen Abend nicht erträgt."

Während die Giftnatter noch damit beschäftigt war, nach Luft zu schnappen, mischte sich mein Ehemann rasch ein.

"Ich sehe mal nach, wo Christian bleibt", schlug er vor und stand auf. "Bin gleich wieder da."

"Du glaubst wohl, du hast mit diesem Casanova das ganz große Los gezogen, wie?", zischelte Carmen mir vor Gehässigkeit triefend zu, als Riccardo außer Hörweite war.

"Habe ich auch", behauptete ich herablassend.

"Womit hast du ihn erpresst, um ihn herumzukriegen? Freiwillig hat er doch nicht Ja gesagt, denn jeder halbwegs normale Mann ist bis dahin schreiend vor einer wie dir davongerannt."

"Du hast es ja gerade nötig, große Sprüche zu reißen", höhnte ich. "So etwas Hirnloses und völlig Talentfreies wie dich kann man doch höchstens zu Dekorationszwecken verwenden, zu mehr aber garantiert nicht. Und was dich betrifft ..." Ich warf ihr einen geringschätzigen Blick zu. "Du brauchtest doch nur einen, der dich stinkfaule Brut durchfüttert. Gib es doch zu, dass du ihn nur des Geldes wegen genommen hast, denn Blondie hat ungefähr so viel Sexappeal wie ein toter Fisch."

Das war zwar absolut gelogen, denn bei seinem Anblick quoll mir beinahe der Sabber in Sturzbächen aus dem Mund, aber lieber hätte ich mir die Zunge abgebissen, als das vor meiner Erzfeindin zuzugeben.

Dem bitterbösen Blick nach zu schließen, den sie mir daraufhin zuwarf, hatte ich voll ins Schwarze getroffen. Das war ja auch keine Kunst, kannte ich dieses berechnende und hinterhältige Biest schon lange und vor allem gut genug. Die Erkenntnis, dass ich sie durchschaute, verschlug ihr jedoch offenbar regelrecht die Sprache.

Bevor sich ihr Spatzenhirn eine giftsprühende Antwort einfallen lassen konnte, kam auch schon Ricco zurück. Die explosive Stimmung an unserem Tisch entging ihm wohl nicht, denn sein Blick wanderte verwundert zwischen mir und Carmen hin und her.

"Madonna mia, was ist denn hier los? Habt ihr gestritten?"

"Nicht doch, Schatz. Wie kommst du denn nur darauf?", säuselte ich, wieder ganz die verliebte Ehefrau. "Es ist alles bestens", schwindelte ich, hauchte ihm, nachdem er sich wieder neben mich setzte, demonstrativ ein Küsschen auf die Wange und lehnte mich an ihn. "Nicht wahr, Carmelita?"

Die Klapperschlange hatte sich ebenfalls wieder im Griff und lächelte derart süßlich, dass man davon rasende

Zahnschmerzen bekommen konnte.

"Natürlich, Liebes", behauptete sie und nippte an ihrem Glas, um mich nicht ansehen zu müssen.

"Was ist nun mit Christian?", fragte ich Ricco. "Beehrt er uns noch mit seiner Anwesenheit?"

"Er telefoniert noch, wollte aber gleich kommen." Mein genialer Ehemann machte eine kaum merkliche Pause, bevor er noch hinzufügte: "Das sagte er jedenfalls."

Ricco hatte sich inzwischen völlig auf meine Seite geschlagen, wie es aussah. Ob er das bewusst tat oder nicht, war mir gänzlich egal. Ich hätte ihn für diese kleine Spitze, die er in seine Antwort einbaute, auf jeden Fall knutschen können, schon alleine deshalb, weil sie eindeutig Wirkung auf Carmen zeigte. So, wie ihre Augen blitzten, kochte sie beinahe über vor Zorn. Ihr süßliches Lächeln behielt sie zwar bei, wenn auch etwas erzwungen, doch als sie ihr Weinglas abstellte, schwappte der Inhalt beinahe über.

"Entschuldigt mich kurz", sagte sie und schnellte in die Höhe. "Ich komme gleich wieder."

Ricco sah ihr einen Moment lang nach, wie sie hocherhobenen Hauptes davonstöckelte, dann warf er mir einen prüfenden Blick zu.

"Sag schon, Julia, was war hier los, als ich draußen war?"

"Gar nichts", behauptete ich mit einem unschuldigen Lächeln. "Wir haben uns nur unterhalten."

"Davvero?"

"Ricco!"

"Was hast du zu ihr gesagt?"

"Nichts Besonderes, nur ..." Entschuldigend zuckte ich mit den Schultern. "Ich sagte lediglich, dass er sie nur der Optik wegen genommen hat und sie ihn, so dämlich und stinkfaul wie sie ist, um sich von ihm aushalten zu lassen."

Riccardo schüttelte missbilligend den Kopf und verdrehte dabei die Augen.

"Du bist wirklich unmöglich."

"Wieso denn? Zum einen hat sie das Stänkern angefangen und außerdem ist es die reine Wahrheit", rechtfertigte ich mich.

"Basta, Julia! Was soll denn dieser Zickenterror? Du hast doch, was du wolltest, also hör auf, dich wie ein kleines, verzogenes Kind zu benehmen."

Bitte was? Also das war doch die Höhe! Ich war nicht nur fuchsteufelswild, weil ich mich derart in ihm getäuscht hatte. Von wegen, dass er voll auf meiner Seite stand. Er hielt doch tatsächlich zu dieser Giftnatter! Und nun musste ich mich obendrein noch von ihm abkanzeln lassen. Das war unglaublich! Was bildete sich dieser Kerl eigentlich ein?

"Vorsicht!", knurrte ich ihm drohend zu. "Klugscheißern kannst du meinetwegen bei Sandro, aber bei mir kannst du dir das sparen. Ich bin keine fünf mehr und du bist weder mein Vater noch mein Lehrmeister. Ist das klar?"

Ein paar Sekunden lang sah er mich schweigend an.

"Klar", sagte er dann knapp und stand auf. "Schönen Abend noch, Julia."

"Wo willst du hin?"

"Ich fahre jetzt nach Hause. Mir den Rest des Abends euren Zickenkrieg anzutun, dazu fehlt mir die Lust."

Ich hielt ihn am Arm fest und zischte ihm zu:

"Du kannst nicht gehen, also setz dich wieder!"

"Oh doch, das kann ich, und du wirst es gleich sehen."

Ein Blick auf seine entschlossene Miene genügte und ich wusste, er würde es wirklich tun. Das wäre nicht nur Wasser auf Carmens Mühlen, sondern ein Tsunami zu ihren Gunsten. Jede noch so plausible Erklärung für sein Verschwinden, etwa dass er wegen dringender Geschäfte plötzlich weg musste, konnte ich mir schenken. Sie würde mir kein einziges Wort glauben. Für sie wäre es vielmehr ein gefundenes Fressen, mir weitere ihrer dämlichen, spotttriefenden Sprüche um die Ohren zu schlagen. Das wollte und durfte ich nicht zulassen.

Ich riss mich zusammen und setzte rasch ein treuherzig-entschuldigendes Lächeln auf.

"Bitte Ricco, bleib hier und setz dich wieder. Kein Zickenkrieg mehr, versprochen."

Schweigend sah er auf mich herab.

"Es tut mir leid, dass ich dich eben so angepöbelt habe", schob ich so überzeugend wie möglich nach. "Auch das kommt nicht wieder vor, versprochen. Bitte, bleib hier!"

Er zögerte noch einen Moment, nahm dann jedoch wieder zu meiner maßlosen Erleichterung neben mir Platz, wenn auch wortlos. Lieber Himmel, das war gerade noch einmal gut gegangen. Nicht auszudenken, wie diese Giftnatter triumphiert hätte, falls er wirklich gefahren wäre. Zumindest bescherte diese ungute Situation mir schlagartig eine Erkenntnis: Ich musste den Rest des Abends höllisch aufpassen, was ich sagte, denn Ricco schnappte wohl irrsinnig schnell ein.

Ein paar Minuten später kamen das Biest und Christian Arm in Arm zurück. Weder ihr noch sein Lächeln wirkte echt. Zwischen den beiden herrschte Eiszeit-Klima, so sehr sie sich auch bemühten, es sich nicht anmerken zu lassen. War Carmens Ehe am Ende weitaus weniger perfekt, als sie mir vorgaukeln wollte?

So sehr mir dieser Gedanke auch Genugtuung verschaffte, durfte ich es mir keineswegs anmerken lassen. Ricco sollte doch von meinem Versprechen, den Rest des Abends keinen Zickenkrieg mehr vom Stapel zu lassen, überzeugt sein. Deshalb setzte ich ein durch und durch geheucheltes, versöhnliches Lächeln auf und säuselte:

"Sag mal, Liebes, wo hast du denn dieses bezaubernde Kleidchen her? Du siehst darin einfach umwerfend aus."

Ich kannte Carmen gut genug, um zu wissen, dass dieses alles andere als ehrlich gemeinte Kompliment - so

109

selbstverliebt wie sie immer schon war - ihre Stimmung sofort heben würde und es funktionierte. Sie bedankte sich überschwänglich dafür und erzählte uns bereitwillig wie erwartet die unendliche Geschichte einer Shoppingtour in Mailand.

Ihrem ausschweifenden Gebrabbel hörte ich bestenfalls mit halbem Ohr zu und warf ab und an ein "Aha" oder "Wirklich?" ein, um Interesse zu heucheln. Nebenbei beobachtete ich möglichst unauffällig Ricco, auf den mein nunmehr freundschaftliches Benehmen Carmen gegenüber die erwünschte Wirkung zeigte. Er entspannte sich und seine gute Laune kehrte ebenfalls wieder zurück.

Vielleicht waren er und seine friedfertige Ausstrahlung, mit der ich mich offenbar infiziert hatte, daran schuld. Möglicherweise lag es aber auch daran, dass ich mich dank meines bislang unbekannten brachliegenden, schauspielerischen Talentes mit meiner eigenen Rolle als gute Schulfreundin schließlich völlig identifizierte. Mir wurde jedenfalls erst später in der Bar plötzlich zu meiner eigenen Verwunderung bewusst, dass Carmen und ich es tatsächlich geschafft hatten, uns ganz normal zu unterhalten.

Selbstverständlich tat ich all das nur Ricco zuliebe. Carmen und ihr Gemütszustand interessierten mich keineswegs. Nach wie vor hasste ich sie aus tiefstem Herzen. Früher lag dieses Biest auf meiner Hass-Skala von eins bis zehn bei einer zehn plus. Jetzt, hier in der Bar, kletterte sie mit jeder Minute mehr höher und höher, mindestens bis auf eine fünfzehn.

Obwohl sie mich die ganze Zeit über mit ihrem langweiligen Blabla überschüttete, entging es mir nämlich nicht, dass ihre Blicke immer wieder zu Ricco wanderten und auf ihm liegen blieben. So, wie ich sie kannte, konnte das nur eines bedeuten: Die Klapperschlange fing ganz allmählich und leise das Rasseln an. Wie in Schulzeiten würde sie die passende Gelegenheit abwarten und sich dann urplötzlich auf ihre Beute stürzen. Ich war gewarnt und musste nun auf der Hut sein, wenn Carmen mir nicht meinen Ehemann ausspannen sollte.

Es wurde immer später, die kleine Tanzfläche füllte sich zunehmend, und der Rotwein, den wir bestellten, war unglaublich süffig. Fahren musste ich heute nicht mehr, ich konnte mich also ohne schlechtes Gewissen diesem traumhaften Gesöff hingeben. Doch scheinbar war der Wein stärker, als ich vermutete, denn nach einer Weile fühlte ich mich nicht nur ziemlich beschwipst, sondern auch richtig entspannt und locker. So locker sogar, dass ich meinen Ehemann mehrmals ganz spontan auf die kleine Tanzfläche hinauszog. Wir waren zwar beide nicht die besten Tänzer vor dem Herrn, doch für diese langsamen Schleicher, die sie spielten, waren wir gut genug.

Natürlich musste ich vor Carmen mein Revier eindeutig und unmissverständlich abstecken, doch das war es nicht alleine. Um ehrlich zu sein, spielte das sogar die geringste Rolle dabei. Ricco war mir mit jeder Minute mehr sympathischer geworden und er fühlte sich beim Tanzen wahnsinnig gut an. Verliebt war ich trotzdem nicht in ihn, das stand auf jeden Fall fest. Das ging ja auch gar nicht. Er war nach wie vor nicht mein Typ. Doch während wir, das glückliche und liebende Ehepaar mimend, dicht aneinandergeschmiegt tanzten und mein Kopf auf seiner Schulter lag, fing mein Kopfkino plötzlich von ganz alleine an, mir einen Film zu zeigen. Ricco und ich spielten darin die Hauptrolle und er endete mit: *...und sie lebten glücklich mit ihrer Kinderschar bis an ihr Lebensende.*

Das war doch total verrückt. Ich und eine Kinderschar? Nie im Leben! Glücklich bis ans Lebensende mit einem Ehemann konnte ich mir unter Umständen vorstellen. Dass dieser jedoch Ricco sein sollte ... Nein, auch das war völlig abwegig. Es gab für mich nur eine einzige, logische Erklärung dafür: Schuld an diesem sentimentalen Kitschfilmchen, das vor meinem geistigen Auge ablief, musste dieser Rotwein sein. In nüchternem Zustand lief in meinem Kopfkino nämlich ein anderes Programm, in dem rührselige Rosarote-Brillen-Schnulzen verboten waren.

Nachdem ich nun erfolgreich den Schuldigen für meine seltsamen Anwandlungen gefunden hatte, registrierte ich, dass Christian erneut verschwunden war. War er etwa schon wieder draußen beim Telefonieren oder war er sogar nach Hause gefahren? Um nicht dumm sterben zu müssen, setzte ich ein harmloses Lächeln auf und fragte Carmen, wo denn ihr Göttergatte stecke. Als Antwort bekam ich zu hören, dass er einen unerwarteten Termin hereinbekommen hätte.

Ich bedauerte sie scheinheilig, obwohl ich ihr kein Wort davon abnahm. Genau diese Ausrede mit dem unerwarteten Termin wollte ich ja Carmen auftischen, bevor Ricco mir quasi in letzter Sekunde über den Weg lief. Nein, jede Wette, das war gelogen. Irgendetwas musste zwischen der Natter und ihrem Aktienhai vorgefallen sein, das mir entgangen war.

Zeit, um darüber nachzudenken, blieb mir allerdings nicht. Fassungslos bemerkte ich nämlich, dass Ricco soeben Carmen zum Tanzen aufforderte. *Das war doch die Höhe!* Setzte bei Signore molto oberblödi das Hirn nun komplett aus? Ich hatte ihm doch deutlich klargemacht, dass sich dieses hinterhältige Biest schon zu Schulzeiten skrupellos auf jeden Mann stürzte, mit dem ich in welcher Form auch immer liiert war. Dachte er etwa, dass sie vor meinem Ehemann Halt machen würde? Selbst wenn er sie nur aus Höflichkeit aufforderte, weil sie nunmehr alleine herumsaß, war es trotzdem so, als würde er mir eine schallende Ohrfeige verpassen. Nein, das hier ging eindeutig zu weit.

Dieser intriganten Schlange war nicht zu trauen. Ich kannte sie gut genug, um zu wissen, dass sie jede noch so winzige Gelegenheit nutzen würde, um mir Ricco auszuspannen. Mehr als argwöhnisch beobachtete ich die beiden auf der Tanzfläche und siehe da, meine Befürchtung bestätigte sich. Sie kicherte wie ein verliebter Teenager herum, klimperte dabei kokett mit ihren falschen Wimpern und die Art und Weise, wie sie sich an ihn drängte, war schon beinahe obszön.

Am liebsten wäre ich aufgesprungen und hätte sie an ihrer Lockenmähne nach draußen gezerrt, um ihr dort einen derartigen Tritt zu verpassen, dass sie im Rinnstein landete - denn dort gehörte sie hin!

Mir fiel es alles andere als leicht, mich zu beherrschen, doch mir blieb nichts anderes übrig, wenn ich nicht wieder irgendwelche Szenen mit Ricco heraufbeschwören wollte. Also machte ich gute Miene zum bösen Spiel. Später auf dem Nachhauseweg würde ich ihm jedoch gehörig die Meinung geigen.

Nachdem die beiden zurück an unseren Tisch gekommen waren, schnappte sich Carmen sofort ihre Handtasche und stöckelte davon in Richtung Toiletten, um sich, wie sie sagte, das Näschen zu pudern. Als wenn es irgendjemand interessieren würde, was sie dort tat! Wenigstens waren Ricco und ich für eine Weile alleine. Das war die ideale Gelegenheit, um kurze Nachforschungen wegen des Verschwindens von Christian anzustellen.

"Sag mal, Schatz, hatten die beiden Zoff?", fragte ich ihn wie beiläufig. "So schnell, wie er verschwunden ist ..."

"Keine Ahnung. Er sagte nur, dass er dringend weg müsse."

"Meinst du, er hat ein Date?" Unwillkürlich kam mir ein schadenfrohes Kichern aus. "Ganz ehrlich, das würde mich nicht wundern. Oder wärst du gerne mit einem Flittchen verheiratet?"

Ricco schüttelte kaum merklich den Kopf und murmelte: "Das hatte ich schon, Julia."

Lieber Gott, wie peinlich war das denn? Ich schaffte es tatsächlich immer wieder, mit Anlauf ins nächste Fettnäpfchen zu springen. Mich überfiel ein fürchterlich schlechtes Gewissen. Das war sicher die Erklärung dafür, weshalb er sich neulich nicht näher über Sandros Mutter auslassen wollte. Und ich hirnlose Kreatur stocherte - wenn auch völlig unabsichtlich - in alten Wunden herum. Doch gesagt war gesagt und zurücknehmen konnte ich mein unbedarftes Geplapper nicht. Ohne zu überlegen legte ich ihm deshalb den Arm um die Schultern und drückte ihn sanft an mich.

Beide schwiegen wir einen Augenblick, dann hangelte ich, ohne ihn loszulassen, mit einer Hand nach meinem halbvollen Glas.

"Willst du nicht etwas langsamer machen mit dem Rotwein, Julia?"

"Sollte ich vielleicht", antwortete ich. "Wenn er nur nicht so traumhaft schmecken würde ... Sorry, ich muss mal, aber lauf mir inzwischen ja nicht weg, hörst du?"

Er warf mir einen herausfordernden Blick zu.

"Und was, wenn doch?"

Lieber Gott, da war es wieder, sein ganz spezielles Lächeln, das in Bruchteilen von Sekunden Eisberge schmelzen ließ. Und diese nachtschwarzen Augen brachten mich noch um den Verstand. Vielleicht war jetzt tatsächlich der richtige Zeitpunkt dafür, von Rotwein auf Wasser umzusteigen, denn mit jedem Glas mehr fing meine Überzeugung, dass Ricco so gar nicht mein Typ war, Stück für Stück mehr an zu wanken.

"Dann behalte ich dich doch nicht", säuselte ich.

"Was soll das denn heißen?"

"Dass ich mich an dich gewöhnen könnte", hörte ich

114

mich selbst sagen. Mehr als die altbekannte Tatsache, dass mein Mundwerk wieder einmal viel schneller war als mein Hirn, irritierte mich allerdings, dass ich auch so meinte, was ich da von mir gab. Das war doch unglaublich. Was um alles in der Welt hatten diese Panscher nur außer Trauben in die Weinpresse gekippt?

Ricco streichelte mir kurz über die Wange und zwinkerte mir zu.

"Warte ab, bis du wieder nüchtern bist. Dann sieht alles ganz anders aus, Carissima."

"Wer weiß, vielleicht auch nicht", murmelte ich vor mich hin, stemmte mich von meinem Stuhl hoch und machte mich endlich auf den Weg zur Damentoilette. Carmens Anblick blieb mir gottlob erspart. Von ihr, die ja angeblich vorhin dorthin gestöckelt war, war nichts zu sehen.

Das war auch gut so. Mir reichte mein eigener Anblick im Spiegel. Durchs Schwitzen beim Tanzen war meine ohnehin bescheuerte Frisur trotz jeder Menge Schaum und Haarwachs in sich zusammengefallen. Das sah nicht mal mehr nach einer Ratte nach einem Stromschlag aus, sondern weitaus schlimmer. Obwohl ... Doch, das kam hin. Allerdings war der Stromschlag zu heftig gewesen und die Ratte schon eine ganze Weile mausetot.

Dieser unfähige Friseur hatte mich nun definitiv zum letzten Mal gesehen, schwor ich mir. Warf ich ihm etwa Unmengen Geld dafür in den Rachen, hinterher dämlicher als vorher auszusehen? Nein, ganz sicher nicht!

Ich rupfte und zupfte etwas an meinen Haaren herum, um die Ratte wieder zum Leben zu erwecken, doch schließlich gab ich es frustriert auf. Es war sinnlos und somit pure Zeitverschwendung. Aber wenigstens hielt das Make-up. Caro hatte wirklich ganze Arbeit geleistet. Nichts war zerlaufen und ... Moment mal. Bildete ich es mir nur ein oder leuchteten meine Augen tatsächlich? Probeweise kniff ich sie ein paar Mal zu und riss sie wieder auf, doch dieses

115

komische Leuchten verschwand nicht.

Es irritierte mich ein wenig, denn so etwas hatte ich an mir bislang noch nie bemerkt. Wahrscheinlich war diese Deckenfunzel daran mit ihrem diffusen Licht oder der gepanschte Rotwein schuld, denn weshalb sonst sollten sie auf einmal leuchten? Das war doch völliger Unsinn!

Apropos Unsinn: Was trieb ich eigentlich noch hier? Mein Ehemann saß mutterseelenalleine an unserem Tisch und ich hatte keine Ahnung, wo die Giftnatter steckte. Sie wartete doch nur auf eine Gelegenheit, um sich in ihre Beute zu verbeißen und ich trödelte hier herum. Konnte ich noch dämlicher sein?

Auf dem Weg zurück suchte ich mit den Augen die ganze Bar nach Carmen ab. Zu meiner unsäglichen Erleichterung entdeckte ich sie mitten auf der Tanzfläche, während mein Göttergatte brav auf seinem Stuhl saß. Gefahr gebannt.

Nun blieb mir Zeit, sie etwas zu beobachten. Es war unglaublich! Sie klammerte sich an ihren Tanzpartner wie ein Schiffbrüchiger auf hoher See an seinen Rettungsring. Mir fehlten wirklich die Worte. Kaum war ihr Goldesel weg, lachte sie sich den nächsten an, um mit ihm in Richtung Sonnenuntergang zu reiten.

Nach einer Weile hatte ich genug gesehen und peilte ganz langsam unseren Tisch an. Schnell traute ich mich nicht zu gehen. Zum einen schmerzten mir von den ungewohnten Pumps bereits die Füße und außerdem war mir leicht schwummrig. Ich hätte auf Ricco hören und den Rotwein nicht in mich hineinschütten sollen wie ein durstiges Kamel an der Oase.

"Wo hast du denn so lange gesteckt?", wollte er wissen, als ich mich setzte.

"Kuck mal da." Ich deutete vage mit dem Kinn in Richtung Tanzfläche. "Kaum ist die Katze aus dem Haus, tanzen die Mäuse. Oder in ihrem Fall besser die Schlangen."

Ricco sah kurz hinüber, dann zuckte er mit den Schultern.

"Lass sie doch. Solange sie sich dort amüsiert, geht sie dir wenigstens nicht auf die Nerven."

"Stimmt!", musste ich zugeben. "Darauf trinken wir. Prost! Oder wie sagt ihr dazu?"

"Alla salute."

"Na dann, alla salute."

"Willst du etwa Italienisch lernen, Carissima?", fragte Ricco überrascht, während er mit mir anstieß.

"Wollen nicht unbedingt", gestand ich ihm. "Das Problem ist nur, dass ich dich ja nie verstehe und wenn ich dich jedes Mal fragen muss, was du da wieder gebrabbelt hast, wird das auf Dauer ganz schön anstrengend."

"Auf *Dauer*?"

"Natürlich auf Dauer. Ich sagte doch vorhin, wenn du nicht wegläufst, behalte ich dich, und als ich zurückkam, warst du noch da. Ende der Diskussion."

Ricco legte mir den Arm um die Schultern und zog mich an sich.

"Ich glaube, du solltest besser nichts mehr trinken, Julia."

"Lass mich doch, du Spielverderber", protestierte ich kichernd. "Ich bin nicht betrunken, ganz sicher nicht. Das hört sich nur so an."

Dieser Wein hatte es wirklich in sich. Ich verstand selbst kaum mehr mein Genuschel. Irgendetwas mussten diese Panscher mit in die Flasche gefüllt haben, das Lähmungserscheinung an der Zunge verursachte, denn irgendwie wollte sie nicht mehr so wie ich. Außerdem wurde ich allmählich schläfrig.

Kein Wunder, hielt Ricco mich doch immer noch im Arm und er strahlte eine Wärme ab wie eine Heizdecke. Vermutlich wollte er mich lediglich davor bewahren, vom Stuhl zu kippen, doch ich musste zugeben, dass es sich wahnsinnig gut anfühlte und ich ewig so hätte sitzen

117

bleiben können.

Zumindest bis zu dem Moment, als sich mein Kopfkino ungefragt einschaltete und einen Film abspielte, der ... Moment! Was ging denn da ab? Das war ja weitaus mehr als ein Softporno und ... *Oh mein Gott!* Die beiden Hauptdarsteller, die sich voller Leidenschaft in diesem Filmchen wälzten, das waren ja Ricco und ich! Das durfte doch nicht wahr sein!

Hatten diese Weinpanscher am Ende Aphrodisiakum unter die Trauben gemischt? Ich kniff kurz die Augen zu, doch diese unzüchtigen Bilder verschwanden partout nicht aus meinem Kopf.

Wie von selbst legte sich meine Hand um Riccos Nacken, zog ihn zu mir heran und ich hörte mich flüstern:

"Küss mich."

Signore molto blödi dachte aber nicht im Entferntesten daran, sondern lachte nur kurz auf und schob mich dann von sich.

"Ein anderes Mal, Carissima. Entschuldige mich kurz."

Fassungslos starrte ihm hinterher. Ich bekam von ihm eine eiskalte Abfuhr. Anstatt mich - so wie es sich für einen richtigen Italiener gehörte - mit südländischer Leidenschaft und Temperament zu überschütten, rannte Signore Schlaftablette einfach auf und davon! War dieser Mann überhaupt normal?

"Prima, dass ihr noch da seid. Ich hatte schon befürchtet, ihr wärt gegangen."

Carmen kehrte soeben an unseren Tisch zurück. Ihre Wangen waren leicht gerötet und ihre Augen glänzten irgendwie sonderbar. Sie machte mir einen etwas atemlosen Eindruck. Nun ja, es wunderte mich auch nicht, nach dem, was ich vorhin auf der Tanzfläche beobachtete. Nur der gedämpften Beleuchtung hier drinnen verdankte sie es, dass sie samt ihres Tänzers nicht wegen Erregung öffentlichen Ärgernisses verhaftet worden waren. Das überraschte mich allerdings nicht, denn sie hatte sich seit Schulzeiten kein bisschen geändert.

Auch wenn es noch wegen Riccos eindeutiger Abfuhr in mir brodelte, setzte ich eine möglichst neutrale Miene auf. Was zwischen ihm und mir in ihrer Abwesenheit vorgefallen war, ging sie schließlich einen feuchten Kehricht an.

"Wieso sollten wir einfach gehen? Wir amüsieren uns doch ganz prächtig", log ich. "Du scheinbar auch, so wie es aussah."

"Oh ja, er war ganz fantastisch, als Tänzer meinte ich natürlich." Carmen, widerlich gut gelaunt, griff nach der Weinflasche und schenkte uns beiden noch einmal die Gläser voll. "Lass uns auf die Männer trinken. Sie sind doch einfach eine herrliche Erfindung."

Im Moment fand ich zwar eher, dass sie eine nervtötende und äußerst dämliche Erfindung waren, doch ich tat ihr den Gefallen und nahm mein Glas in die Hand.

"Auf die Männer." Mit einem vielsagenden Lächeln prostete ich ihr zu. " Und vor allem auf ihr bestes Stück."

"Auf ihr bestes Stück. Es stehe hoch!", rief Carmen verhalten und kicherte dann los.

Mir war klar, dass ich eigentlich nichts mehr trinken sollte, denn ich war jetzt schon ziemlich beschwipst. Trotzdem winkte ich dem Ober und deutete ihm, uns eine neue Weinflasche zu bringen, denn die hier war eindeutig viel zu leer. Dann stupste ich Carmen mit dem Ellbogen an.

"Sag mal, weißt du noch, wie sie Manu und Roland auf der Abschlussfeier im Damenklo entdeckt haben, weil das Waschbecken heruntergebrochen ist?"

Als Signore molto blödi kurz darauf zu uns an den Tisch zurückkam, erzählten Carmen und ich uns unanständige Geschichten aus der Schulzeit und gackerten dabei um die Wette.

"Carissima, willst du nicht nach Hause? Ich glaube -"
119

"Nicht doch, Schatz", protestierte ich. "Es ist gerade so lustig. Setz dich und trink noch ein Gläschen mit uns."

Eine Stunde später war auch die neue Flasche leer. Carmen, die ununterbrochen am Kichern war, schlug zwar vor, noch eine zu ordern, doch ich lehnte sofort ab. Davon abgesehen, dass ich es inzwischen erst im x-ten Anlauf schaffte, einen Satz halbwegs verständlich von mir zu geben, fing nämlich die ganze Bar an, sich langsam um mich herum im Kreis zu drehen.

"Schatz, ich will ... ich will ...", brabbelte ich.

"Nach Hause, und zwar schnellstens", ergänzte mein Ehemann sehr bestimmt. "Ich rufe uns ein Taxi."

Er zog sein Handy aus der Innentasche seines Sakkos, das inzwischen über der Lehne seines Stuhls hing, und telefonierte kurz. Danach reichte er sowohl mir als auch Carmen je eine Hand, zog uns beide von den Stühlen hoch und dirigierte uns die Treppen hinunter auf die Straße. Dort lehnte er die schwankende Carmen gegen die Hauswand, mich allerdings hielt er fest in seinen Armen, bis das Taxi endlich kam.

16

Noch bevor ich die Augen öffnete, stöhnte ich auf. Mir war hundeelend, mein Kopf dröhnte und mein Magen fühlte sich an, als ob ich eine ganze Armee lebendiger Frösche verschluckt hätte. Ganz langsam rappelte ich mich auf und sah mich um. Ich war tatsächlich zu Hause, auch wenn ich keine Ahnung hatte, wie ich hierhergekommen war.

Gähnend blieb mein Blick auf dem Stuhl in der Ecke

hängen, der mir als Klamottensammler diente. Mein Kleid, das ich gestern Abend trug, hing ordentlich über dessen Lehne. Wie hatte ich das denn zustande gebracht? So ordentlich war ich doch nicht einmal im nüchternen Zustand! Normalerweise warf ich meine Klamotten einfach darauf. So, wie sie fielen, blieben sie liegen, bis der Stapel irgendwann zu hoch wurde und von alleine zu Boden fiel. Das war für mich immer der Zeitpunkt, alles zusammenzuraffen und in die Waschmaschine zu stopfen.

Wie um alles in der Welt war ich nur in mein Apartment gekommen? Das Letzte, an das ich mich noch ganz schwach erinnern konnte, war, dass Ricco mich und Carmen ins Taxi schob. Danach herrschte Filmriss.

Weiter darüber nachzudenken, ging beim besten Willen nicht. Mein Kopf drohte nämlich jeden Moment zu zerspringen. Weitere Anstrengungen mochte ich ihm jetzt nicht zumuten.

Zu allem Überfluss klingelte nun auch noch irgendwo mein Handy, nicht besonders laut, aber unüberhörbar.

"Lieber Himmel", ächzte ich. "Kannst du nicht einfach die Klappe halten?"

Das mochte es jedoch anscheinend nicht, sondern bimmelte ungerührt weiter. So, wie es sich anhörte, war es gar nicht weit von mir entfernt. Steckte es vielleicht noch in meiner Handtasche, die direkt neben meinem Bett auf dem Fußboden lag? Vorsichtig, damit mein Brummschädel heil blieb, hangelte ich danach und kramte darin herum, bis ich mein Handy endlich fand. Ohne aufs Display zu kucken, nahm ich den Anruf an und meldete mich missmutig.

"Wer stört?"

"Ciao, Carissima. Wie geht es dir?"

Das hatte mir gerade noch gefehlt, dass Ricco mich anrief, noch dazu in widerlich guter Laune. Das war in meinem aktuellen Zustand nicht zum Ertragen.

"Frag nicht", brummte ich. "Sag mir lieber, wie ich nach

121

Hause gekommen bin."

So dämlich konnte auch nur ein Mann sein. Wüsste ich es, würde ich doch ganz sicher nicht fragen!

"Nein. Ich kann mich zwar noch vage an das Taxi erinnern, in das du uns geschoben hast, aber an mehr auch nicht. Völliger Blackout."

Ricco lachte auf.

"Das wundert mich nicht. Ihr beide habt ja die Bar leer getrunken."

Darauf ersparte ich mir jeglichen Kommentar, denn so, wie es in meinem Kopf hämmerte, schien mir das keineswegs aus der Luft gegriffen zu sein.

"Ich weiß nicht mal mehr, wie ich überhaupt ins Bett kam", murmelte ich vor mich hin, mehr zu mir selbst als zu Ricco.

"Das glaube ich dir gerne. Du hast gar nichts mehr mitbekommen."

"Was heißt das?"

"Du warst nicht einmal mehr in der Lage, aus dem Taxi zu steigen. Ich habe dich nach oben gebracht."

"Du?", hakte ich überrascht nach. "Du hast mich in mein Apartment gebracht?" Mein Blick wanderte automatisch wieder hinüber zu dem Stuhl in der Ecke. So sehr mein Kopf auch dröhnte, fing er doch plötzlich das Rattern an. Wenn ich nicht einmal zum Laufen in der Lage gewesen sein sollte, wie um alles in der Welt schaffte ich es dann, mein Kleid auszuziehen? Oder sollte am Ende er ... "Und wie kommt mein Kleid auf den Stuhl?", fragte ich argwöhnisch nach.

"Ich dachte mir, dort liegen schon genügend Klamotten, also habe ich es über die Lehne gehängt."

"Sag mal, spinnst du?", brauste ich auf.

"Wieso? War das falsch?"

Das war doch unglaublich! Stellte er sich nur so dämlich oder war er es tatsächlich?

"Willst du damit allen Ernstes sagen, dass du mich ausgezogen hast?", stammelte ich fassungslos.

"Ja, sicher", antwortete er so unschuldig, als wäre das die normalste Sache der Welt. "Ich habe dich ins Bett gebracht und bin dann gegangen."

"Was fällt dir widerlichen Lustmolch eigentlich ein, mich einfach ... Oh mein Gott, ich hasse dich!", fauchte ich und legte sofort auf. Vor lauter Empörung über ihn sprang ich mit einem Satz aus dem Bett. Mein Kopf bedankte sich dafür mit noch stärkerem Dröhnen, doch das war mir im Moment völlig egal. Signore molto perverso hatte mir einfach die Klamotten ausgezogen!

"Der spinnt doch total!", knurrte ich auf dem Weg ins Badezimmer, um meinem Kater unter der Dusche den Garaus zu machen.

Nach minutenlangem Wechselduschen war ich beinahe wieder hergestellt. In der Küche warf ich mir ein paar Pillen ein, damit mein Brummschädel endlich verschwand und den Rest wollte ich jeder Menge starken Kaffees überlassen. Während ich die Kaffeekanne mit Wasser volllaufen ließ, kam mir wieder Riccardo in den Sinn.

Was war Signore molto unverschämt gestern Abend bloß eingefallen? Dass er mich mit dem Taxi nach Hause und anschließend nach oben brachte, war durchaus löblich und dafür war ich ihm auch irgendwie dankbar. Alleine hätte ich weder das eine noch das andere geschafft, so sternhagelblau, wie ich war. Dass er aber die Situation schamlos ausgenutzt hatte, um sich vornehm ausgedrückt sexuell zu stimulieren, das war unmöglich und ... Mir fehlten einfach nur die Worte. Das würde ich so nicht hinnehmen.

Ich stellte die Kaffeekanne ab und schnappte mir mein Handy. Er war mir noch eine Erklärung schuldig und bevor ich nicht im Detail wusste, was in meinem Apartment wirklich passiert war, würde ich keine Ruhe geben. Es

123

klingelte zweimal bei ihm, dann meldete sich so wie meistens der Pimpf, der doch angeblich bei Riccos Tante sein sollte.

"Gib mir deinen Papa", knurrte ich grußlos ins Telefon.

"Wer bist du denn?"

"Na wer wohl? Julia natürlich. Jetzt gib ihn mir schon!"

"Warum?"

"Frag nicht, sondern tu einfach, was ich sage! Also?"

"Der Papa kann jetzt nicht telefonieren."

"Und wieso nicht?"

Meine ohnehin schon miese Laune verschlechterte sich rapide.

"Der Papa duscht gerade."

Das konnte glauben, wer wollte, ich jedenfalls nicht. Entweder hatte die kleine Kröte keine Lust, ihn ans Telefon zu holen oder Signore molto oberblödi ließ sich von ihm verleugnen.

"Lüg mich nicht an, sondern -"

"Ich lüge nicht. Mein Papa sagt nämlich, lügen darf man nicht."

Na klar, *mein Papa sagt!* Dieser blöde Spruch musste ja kommen.

"Holst du ihn endlich?", hakte ich genervt nach.

"Nein. Ich sagte doch schon, der Papa duscht gerade und kann jetzt nicht telefonieren. "

Nun gut, wenn ich Signore molto oberblödi nicht an die Strippe bekam, würde ich eben zu ihm fahren und nicht eher verschwinden, bis ich ihm gehörig die Meinung gegeigt hatte.

"Geht ihr jetzt weg?"

"Nein, wir sind doch eben erst heimgekommen."

"Dann sag ihm, dass ich gleich vorbeikomme. Ich muss mit ihm reden. Hast du das kapiert, du Pimpf?"

"Hey, ich bin doch nicht dumm!"

"Wer weiß", brummte ich. "Bei dem Vater wäre es kein

Wunder."

Ohne seine Antwort abzuwarten, legte ich auf, sprang in meine Klamotten und lief hinunter zum Auto.

An Riccardos Haustür drückte ich so vehement die Klingel, als wären mir Hunderte von blutrünstigen Ungeheuern auf den Fersen. Es dauerte nicht lange, bis er mir mit einem strahlenden Lächeln öffnete.

"Ciao, Carissima. Na, ausgeschlafen?"

"Das hätte ich gerne", antwortete ich spitz. "Doch irgendein Idiot hat bei mir angerufen und mich geweckt."

Der Pimpf hatte vorhin wirklich nicht gelogen. Ricco schien tatsächlich eben erst aus der Dusche gekommen zu sein. Aus seinen Haaren tropfte noch das Wasser und lief in kleinen Rinnsalen über seinen nackten Oberkörper. Er musste es sehr eilig gehabt haben, denn außer Shorts und seiner Goldkette trug er nichts. Ohne es zu wollen, sprang mein Kopfkino an und zeigte mir Bilder, wie meine Hände über seine nackte Brust fahren würden und dann ...

"Du kannst auch drinnen damit weitermachen", meinte Ricco mit einem breiten Grinsen.

Lieber Himmel, wie peinlich war das denn? Noch auffälliger hätte ich ihn wohl nicht angaffen können. Am Ende bildete sich Signore molto blödi noch etwas darauf ein! Ich musste zwar leider zugeben, dass es durchaus Unangenehmeres gab als den Anblick, den er mir bot. Mir gefielen allerdings auch seine blühenden Orchideen, die bei ihm zu Hause auf den Fensterbänken standen. Haben wollte ich sie trotzdem nicht. Und selbst wenn er splitternackt herumliefe, würde das nichts an der Tatsache ändern, dass er schlicht und ergreifend nicht mein Typ war. So toll war er auch wieder nicht. Ich hatte schon weitaus überwältigendere Exemplare von Männern gesehen, wenn auch nur im Fernsehen oder in Zeitschriften.

Mir fiel wieder ein, weshalb ich eigentlich hier war. Ohne

auf seinen überflüssigen Kommentar einzugehen, knurrte ich:

"Ich muss mit dir reden, Riccardo."

"Meinetwegen auch das", antwortete er mit einem Augenzwinkern. "Komm mit."

Ich folgte ihm hinaus auf die Terrasse. Obwohl ich es beinahe befürchtet hatte, verdrehte ich kurz die Augen: Die kleine Kröte saß am Tisch und winkte mir fröhlich zu.

"Wir sind noch beim Frühstücken", erklärte mir Ricco, deutete mir, mich zu setzen und schob nach: "Hattest du schon?"

"Natürlich", behauptete ich lässig und blieb demonstrativ stehen. Auf gemütliche Frühstücksstimmung hatte ich im Moment absolut keine Lust. "Deswegen bin ich garantiert nicht hier."

"Sondern?"

Er setzte sich wieder auf seinen Platz und biss dann genüsslich in sein Brötchen, das mit Parmaschinken belegt war. *Oh mein Gott!* Bei diesem Anblick liefen mir nicht nur Sturzbäche von Sabber im Mund zusammen. Mein Magen begann obendrein auch noch lautstark zu knurren und entlarvte mich damit als Lügnerin. Ich räusperte mich kurz in der Hoffnung, dass Ricco das Geknurre überhört hatte und baute mich mit vor der Brust verschränkten Armen vor dem Tisch auf.

"Wir haben noch etwas zu klären wegen gestern Nacht", antwortete ich frostig.

"Noch etwas?" Ricco sah mich überrascht an. "Ich sagte dir doch schon, dass ich dich nach oben gebracht habe und danach gegangen bin." Er deutete auf den freien Stuhl vor mir und zwinkerte mir zu. "Setz dich doch, Carissima. Stuhlbenutzung ist heute kostenlos."

Seinen dämlichen Kommentar, der unter anderen Umständen vielleicht witzig gewesen wäre, ignorierte ich einfach, nahm aber Platz. Meine Kopfschmerzen waren

126

mittlerweile zwar so gut wie verschwunden, doch trotzdem fühlte ich mich alles andere als fit.

"Und danach?", bohrte ich ungeduldig weiter.

"Das können wir beide uns ja noch überlegen."

"Himmel noch mal, Ricco!", schimpfte ich los. "Ich meinte, was ist danach passiert?"

"Der Taxifahrer wartete wie abgesprochen auf mich und brachte mich anschließend nach Hause. Willst du wirklich nichts?"

"Nein, Himmeldonnerwetter noch mal! Weiter im Text! Was ist oben passiert?"

"Nichts. Ich habe dich nur ins Bett gebracht, mehr nicht. Warte kurz."

Er stand auf und lief ins Haus.

Ich konnte den hauchdünnen, rosaroten Parmaschinken auf dem Teller in Tischmitte nicht nur sehen, sondern auch riechen und beinahe schon auf der Zunge schmecken. Wäre Sandro nicht mit am Tisch gesessen, hätte mich nichts auf der Welt davon abgehalten, die Gelegenheit zu nutzen, mir Riccos Brötchen zu schnappen und es mir in den Rachen zu stopfen. Bevor ich mir jedoch wieder neunmalkluge Sprüche der kleinen Kröte anhören durfte wie etwa "Mein Papa sagt, stehlen darf man nicht", ließ ich es lieber bleiben.

Ricco kam zurück, eine dampfende Kaffeetasse in der einen, Teller und Besteck in der anderen Hand und stellte alles wortlos vor mir ab.

Zuerst sah ich demonstrativ zur Seite. Ich wollte lediglich knallharte Fakten wissen und nichts anderes. Nicht einmal mit diesem traumhaften Parmaschinken würde ich mich bestechen und die Sache auf sich beruhen lassen. Andererseits, nach allem, was sich dieser Papagallo gestern erdreistet hatte, war ein Frühstück das Mindeste, was er mir als kleine Wiedergutmachung schuldete.

Während ich also ein Brötchen mit dem Messer in zwei Hälften teilte, nörgelte ich:

127

"Das erklärt aber keineswegs, wie ich ins Bett gekommen bin."

Ricco brabbelte kurz auf Italienisch mit Sandro. Dieser nickte, nahm seinen Teller und verschwand damit im Haus.

"Sag mal, wie kommst du eigentlich dazu, mich auszuziehen?", zischte ich ihm bitterböse zu, als Sandro außer Hörweite war. "Ist das bei euch Italienern so üblich?"

"Nicht direkt, denn normalerweise machen die Frauen das bei mir von ganz alleine", antwortete er trocken und ohne eine Miene zu verziehen.

Bitte was? Das war doch unglaublich!

"Anstatt mich anzupöbeln, solltest du mir lieber dankbar sein", fuhr er fort. "Ohne mich würdest du immer noch im Taxi durch die Stadt fahren."

"Ach Blödsinn!", widersprach ich ihm unwirsch. "Wir kannten uns gerade mal ein paar Stunden und du ziehst mir einfach die Klamotten aus!"

"So einfach war das gar nicht. Der Reißverschluss hat geklemmt."

"Das ist doch ..." Mir fehlten die Worte. Er nahm mich kein bisschen ernst und veräppelte mich obendrein noch auf unverschämte Art und Weise!

"Ganz ehrlich, Carissima", fuhr er völlig unbeeindruckt fort. "Ich war total überrascht."

"Worüber?"

"Schwarze Spitze hätte ich bei dir nicht erwartet. Eher Breitripp in Khakigrün", erklärte Ricco mit Unschuldsblick.

Bitte was? Nun schnappte ich derart nach Luft, dass ich mich beinahe an meinen Brötchen verschluckte.

"Gegafft hast du also auch noch!" Nur mit allergrößter Mühe hielt ich mich zurück, um ihm dieses breite, freche Grinsen nicht aus dem Gesicht zu schlagen. "Wenn du nun auch noch sagst, dass du mich betatscht hast, dann -"

Abwehrend hob er die Hände.

"Nicht doch, Julia. Ich habe nichts Verbotenes gemacht."

128

"Und das heißt?"

"Ich habe dir das Kleid ausgezogen, dich ins Bett gelegt und zugedeckt. Mehr nicht."

"Und dann?", hakte ich skeptisch nach.

"Dann bin ich mit dem Taxi nach Hause gefahren. Das war alles. Ehrenwort, Julia." Ricco sah mich treuherzig an und zwar derart, dass ich ihm unwillkürlich glaubte. "Außerdem hätte es ohnehin keinen Spaß gemacht, so betrunken, wie du warst."

"Was hätte keinen Spaß gemacht?"

"Na, was wohl?"

Mehr musste er gar nicht sagen, damit es bei mir endlich Klick machte. Dieses Zwinkern reichte völlig aus.

"Ich hasse dich", knurrte ich kopfschüttelnd. "Du kannst doch auch nur an das Eine denken, du Papagallo! Das hat man doch schon an dem Abend im *Castello Barocco* deutlich gesehen. Ich engagiere dich, um Carmen zu ärgern und dir fiel nichts Besseres ein, als den ganzen Abend mit ihr zu flirten."

Ricco stutzte einen Moment, dann lachte er laut auf.

"Du hast mich *engagiert*? Dann her mit meiner Gage."

Er streckte mir seine Hand entgegen, mit der Handfläche nach oben.

"Idiot! Du weißt genau, was ich meine."

Er lehnte sich in seinem Stuhl zurück, verschränkte die Arme vor der Brust und betrachtete mich eine Weile schmunzelnd.

"Ich habe nicht mit ihr geflirtet", sagte er dann.

"Erzähl keinen Quatsch und vor allem, stell dich nicht dümmer, als du bist! Es war nicht zu übersehen. Genauso wenig wie ihre Hand, die sich beim Tanzen immer rein zufällig in deinen Hintern gekrallt hat."

"Gegafft hast du also auch noch", äffte er mich grinsend nach. "Vor allem auf meinen Hintern." Tadelnd schnalzte er mit der Zunge.

129

In stummer Verzweiflung verdrehte ich die Augen. Dieses Gespräch hätte ich mir schenken können. Diese Knalltüte, die mir gegenüber saß, war zu einem ernsthaften und sachlichen Gespräch ohnehin nicht in der Lage. Wahrscheinlich war ihm sein Verstand dank zu viel Haargel davongeglitscht.

"Ich hasse dich, Riccardo", zischte ich ihm bitterböse zu. "Du bist doch der absolute Vollpfosten!"

Er zuckte gelassen mit den Schultern, immer noch dieses dämliche Grinsen im Gesicht.

"Du wiederholst dich, Carissima. Nur weiß ich immer noch nicht, weshalb du hierhergekommen bist."

Für einen Moment sah ich blutrote Nebelschwaden vor meinen Augen. Wieso hörte dieser Mann nicht zur Abwechslung einmal zu? Ich hatte es ihm doch klipp und klar gesagt, weshalb ich hier war. Möglicherweise überstieg meine Erklärung auch seine geistigen Kapazitäten. Sollte ich ihm stattdessen an den Kopf knallen, dass es mich tierisch nervte, jedes Mal die kleine, neunmalkluge Kröte am Telefon zu haben, wenn ich anrief und deshalb lieber den Weg hierher auf mich genommen hatte?

Ich nahm alles, was ich an Geduld mit dummen Menschen in mir fand, zusammen und erklärte ihm noch einmal:

"Weil du mir die Erklärung schuldig warst, weshalb ich nur mit Unterwäsche bekleidet in meinem Bett lag. Nur deshalb."

"Ach so", meinte er schlicht. "Und ich dachte, du wärst meinetwegen gekommen."

War das denn zu glauben? Dieser Mann hier war ja noch eingebildeter und weitaus mehr von sich überzeugt als Napoleon und Cäsar zusammen!

"Vergiss es", knurrte ich. "Das Essen ist schon gelaufen. Es besteht also kein Bedarf mehr."

Sein Grinsen verschwand urplötzlich.

"Alles klar. Dann kannst du jetzt ja fahren", sagte er ziemlich frostig. "Du hast deine Antwort."

Herr im Himmel, da war wohl einer wieder eingeschnappt! Wortlos verdrehte ich die Augen. Na wunderbar, ein männliches Sensibelchen. Darauf konnte ich absolut verzichten.

Bevor ich irgendetwas sagen konnte, stand er abrupt auf und ging einfach ins Haus, ohne mich eines weiteren Blickes zu würdigen. Und so etwas wollte ein erwachsener Mann sein? Er benahm sich wie ein verzogenes Kleinkind und rannte davon, um sich in seine Schmollecke zu setzen.

Kopfschüttelnd sah ich ihm nach.

"Viel Spaß beim Schmollen", rief ich ihm hinterher. "Und bevor ich es vergesse: Lauf mir bloß nie wieder über den Weg!"

17

"Julchen! Sag mal, träumst du?"

"Was?" Ich schreckte aus meinen Grübeleien hoch, als Caro mich leicht an der Schulter rüttelte. Ihr zu erzählen, dass mich wegen heute Morgen inzwischen ein scheußlich schlechtes Gewissen plagte, war ausgeschlossen, beste Freundin hin oder her. Todsicher durfte ich mir dann nämlich einen ihrer neunmalklugen Sprüche anhören wie etwa: *Erst denken, dann sprechen. Also selbst schuld!* Darauf konnte ich absolut verzichten.

Ich wusste auch so, dass ich mir einmal mehr dank meiner schnell schießenden Klappe alles selbst verbockt hatte. Wieso um Himmels willen musste ich Ricco derart doof anpöbeln? Weder gestern Abend noch heute Morgen auf seiner Terrasse tat er irgendetwas Falsches.

Um ehrlich zu sein rechnete ich es ihm hoch an, dass er meinen deliriumsähnlichen Zustand in der gestrigen Nacht nicht ausnutzte. Er benahm sich rein fürsorglich, indem er mich mit dem Taxi nach Hause kutschierte und ins Bett brachte. Ich wäre dazu ohnehin nicht mehr in der Lage gewesen.

Und heute Morgen tat er ebenfalls nichts, das ich ihm vorwerfen konnte ... außer vielleicht, dass er unerträglich gute Laune hatte und mich mit seinen Sprüchen enorm reizte, während mich noch mein Restkater plagte. Aber das war Ricco pur und insgeheim musste ich mir eingestehen, dass mir genau diese Kombination von Verantwortungsbewusstsein und jungenhaft-frechen Verhaltens wahnsinnig gut an ihm gefiel. Doch nun war er totbeleidigt und sprach nicht mehr mit mir.

"Ich wollte wissen, wie der Abend gestern gelaufen ist und vor allem: Was war mit Carmen?"

"Ach lass mich bloß mit der in Ruhe!", knurrte ich bitterböse.

"Was ist passiert? Nachdem ich keine Horrormeldungen von dir aus Handy bekam, ging ich davon aus, dass alles geklappt hat."

"Ja, hat es auch im Prinzip." Mir schossen diverse Szenen des gestrigen Abends noch einmal ins Gedächtnis und meine Wut vom Morgen kehrte zurück. "Stell dir vor, dieses Biest hat schamlos mit Ricco geflirtet", platzte es aus mir heraus. "Die ganze Zeit über und das direkt vor meinen Augen. Und dieser Trottel ... Gott, wie ich ihn hasse!"

"Oh!" Caro sah mich völlig überrascht an. "Sagtest du nicht, dass er den perfekten Ehemann gespielt hat?"

"Ja. Das war aber auch schon alles."

"Na ja, mehr wolltest du doch nicht. Oder etwa doch?"

"Nein, natürlich nicht", behauptete ich betont lässig und zuckte mit den Schultern. "Er hat seinen Job erledigt und nun soll er mir bloß nie wieder über den Weg laufen."

Caro legte den Kopf schief, kniff die Augen zu Sehschlitzen zusammen und starrte mich eine Weile prüfend an.

"Julia, ich kenne dich viel zu gut, um dir dieses coole Gebrabbel abzunehmen", sagte sie dann. "Also, was ist im Busch?"

"Nichts. Thema erledigt."

"Aha. Und wieso bist du dann derart sauer auf ihn?"

"Wieso? Weil er extrem dämlich ist!", knurrte ich. In diesem Moment klingelte es an der Haustür. "Himmeldonnerwetter, wer ist das denn jetzt?"

Ich sprang von meiner Couch, auf der ich mit meiner Freundin herumlümmelte, drückte auf den Türöffner und riss gleichzeitig die Tür auf.

"Wenn man vom Teufel spricht ...", murmelte ich, als ich Ricco die Treppen hochlaufen sah.

"Ciao, Julia."

Oh, ein Lächeln! War der Herr inzwischen wieder aus seiner Schmollecke gekrochen? Was für eine Ehre!

"Was willst du?", fragte ich ihn reserviert.

"Ich wollte dir nur den hier zurückgeben." Er zog sich den Ring vom Finger und hielt ihn mir entgegen. "Das habe ich gestern ganz vergessen."

Mit spitzen Fingern nahm ich ihm den Ring aus der Hand und schob ihn in meine Hosentasche.

"Sonst noch etwas?"

Ricco zögerte einen Augenblick.

"Eigentlich ja."

"Und was?", hakte ich ungeduldig nach.

"Darf ich dich auf einen Kaffee einladen?"

"Ich hatte gerade einen."

"Wir könnten ja auch etwas anderes unternehmen, wenn du -"

"Kein Interesse."

"Alles klar", antwortete Ricco nickend. "Schade, aber

falls du es dir noch anders überlegst, meine Nummer hast du. Schönen Tag noch."

Ohne ein weiteres Wort zu verlieren schlug ich die Tür zu.

"Was bildet sich dieser Mensch eigentlich ein?", rief ich Caro auf dem Weg ins Wohnzimmer entrüstet zu. "Als wenn ich nichts Besseres zu tun hätte, als meine Zeit mit Signore molto oberblödi zu vergeuden."

"Was ist denn los?", wollte meine Freundin wissen.

Ich zerrte den Ring aus meiner Hosentasche und schleuderte ihn in die nächste Zimmerecke.

"Er wollte mich auf einen Kaffee einladen!"

"Entschuldige, Julchen, ich verstehe dich gerade nicht. Er gibt dir offensichtlich deinen Ring zurück und lädt dich ein. Was ist so schlimm daran?"

"Alles. Ich hasse ihn!"

"Jetzt hör aber auf!", motzte Caro los und donnerte mit der Faust auf die Sitzfläche der Couch. "Er hat dir überhaupt nichts getan!"

"Nichts?" Ich schnappte nach Luft. " Er lässt sich von mir den ganzen Abend durchfüttern, flirtet auf Teufel komm raus mit Carmen und lässt sich obendrein auch noch von ihr begrapschen. Das nennst du nichts?"

Wutentbrannt packte ich das nächste Sofakissen und schleuderte es dem Ring hinterher.

Caro stutzte einen Augenblick, dann lachte sie schallend auf.

"Ich glaube es nicht", gluckste sie. "Dass ich das noch erleben darf. Julchen ist eifersüchtig."

"Sag mal, spinnst du? Worauf sollte ich denn eifersüchtig sein?"

"Du magst ihn und es passt dir nicht, dass Carmen ihre Fühler nach ihm ausgestreckt hat."

Ihr dämliches Kichern konnte sie sich sparen. Und den ganzen Unfug, den sie behauptete, ebenso.

"Ach Blödsinn!", brauste ich auf. "Selbst wenn er der einzige Mann auf der ganzen Welt wäre, nicht mal geschenkt möchte ich ihn, diesen ... diesen überheblichen, eingebildeten, großkotzigen, Spaghetti fressenden Haargel–Fetischisten!"

"Ach so", antwortete Caro langgezogen. "Dann verrate mir bitte eines: Weshalb regst du dich so darüber auf?"

"Weil er dämlich ist. Und nervig. Und unverschämt. Und... und ..." Ich winkte ab. "Vergiss es einfach. Signore molto oberblödi kann mir gestohlen bleiben."

"Na dann ist ja alles okay."

"Stimmt."

"Er ist ja ohnehin nicht dein Typ."

"Stimmt."

"Er hat seinen Zweck erfüllt und mehr wolltest du nicht."

"Stimmt genau."

"Und du hast dich Hals über Kopf in ihn verliebt."

"Stimmt."

Himmeldonnerwetter noch mal!

"Ach Blödsinn!", brauste ich auf, stinksauer auf mich selbst, weil ich auf das kleine, hinterlistige Spielchen meiner Freundin hereingefallen war. Ich hätte gleich ahnen können, dass sie irgendetwas vorhatte, so schnell, wie sie auf einmal umschwenkte! "Du hast mich reingelegt!"

Caro grinste so süffisant, dass ich ihr den Hals hätte umdrehen können.

"Schon möglich, aber nun weiß ich, was ich wissen wollte. Also spar dir das Theater."

"Du bist gemein", brummte ich. "Nenn mir nur einen einzigen Grund, warum ich mich in diesen Trottel verliebt haben sollte."

"Ich weiß sogar mehrere. Er ist Single, witzig, nett, charmant, sieht gut aus und -"

"Und wenn schon, das ist alles kein Grund", beharrte ich. "Von der Sorte gibt es jede Menge."

135

"Na klar doch", gluckste Caro. "Das haben wir ja letzte Woche festgestellt, als wir durch die Kneipen gezogen sind."

Ich warf ihr lediglich einen vernichtenden Blick zu, sagte jedoch nichts mehr. Es war sowieso sinnlos. Sie hatte sich in die völlige abwegige Idee verrannt, dass ich Signore molto oberblödi mochte oder gar mehr als das und würde sich - so wie ich sie kannte - nicht mehr davon abbringen lassen.

Sollte sie doch glauben, was sie wollte, dieses Mal lag sie völlig daneben. Ich war weder in ihn verliebt noch mochte ich ihn. Ich konnte ihn ja nicht einmal ausstehen und seinen Spross, diese neunmalkluge, kleine Kröte schon gar nicht.

Wenigstens war das Abendessen mit der Giftnatter überstanden und ich konnte beide zum Teufel jagen. Dort waren sie gut aufgehoben, sowohl der kleine als auch der große Nervöter. Letzterer noch viel mehr, denn er hatte mit meiner Erzfeindin geflirtet. Als ich ihn jedoch küssen wollte, rannte er davon und versteckte sich in der Toilette. Wie altbackenes Brot von vorgestern wurde ich verschmäht und das war unverzeihlich!

18

Samstagmorgen stand ich schon um acht auf, obwohl ich diesmal nicht arbeiten musste. Doch ich war wild entschlossen, dem Chaos in meiner Wohnung den Garaus zu machen. Im Augenblick sah es nämlich so unordentlich aus, dass es sogar mich störte.

Als ich nach Stunden schweißtreibender und nervenaufreibender Schufterei noch die alten Zeitschriften und Prospekte zusammenraffte, die in der einen Zimmerecke einen ansehnlichen Haufen bildeten, entdeckte ich dort den Ring. Ich hob ihn auf und starrte ihn an. Unwillkürlich zog dabei der Abend im *Castello Barocco* wie ein Film an meinem geistigen Auge vorbei.

Ein bisschen schade fand ich es schon, dass ich Ricco nun nicht mehr sehen würde. Ganz nüchtern betrachtet war er nämlich gar nicht mal so übel, von seinem beleidigten Getue mal abgesehen und Spaß hatte es auch irgendwie mit ihm gemacht. Doch das Abendessen mit Carmen war vorüber und deshalb bestand keine Notwendigkeit mehr, mich mit ihm zu treffen.

Trotz meiner deutlichen Abfuhr neulich rief er allerdings seitdem mehrmals bei mir an. Natürlich nahm ich nie ab, wenn ich seine Nummer auf dem Display sah. Wozu auch? Ich sprach ihn damals im Supermarkt lediglich an, weil ich für einen Abend einen Mann an meiner Seite brauchte. Darüber hinausgehende Pläne hatte ich nicht und auch keinen Bedarf. Wieso also ließ Signore molto doofi mich nicht einfach in Ruhe?

Was mich zusätzlich tierisch nervte, war dieser eine Satz von ihm, der mir ständig durch den Kopf geisterte: *Falls du es dir noch anders überlegst, meine Nummer hast du ja.* Wie um alles in der Welt kam er nur darauf, dass ich es mir anders überlegen könnte? Das würde ich in tausend Jahren nicht. Signore Spaghetti mochte alles Mögliche sein, nur leider war er absolut nicht mein Typ und daran würde sich niemals etwas ändern.

Ich legte den Ring zu dem anderen in die Schublade meines Nachttischchens und ließ mich ächzend auf die Couch plumpsen. Nun war Erholung angesagt, denn meine Wohnung sah so ordentlich aus wie schon lange nicht mehr. Die Zeiger meiner Wanduhr standen auf kurz nach drei. Kaffeepause. Natürlich konnte ich mir einen Kaffee machen, doch ich fand, dass ich mir nach meiner Aufräumaktion ein bisschen Spaß und Unterhaltung verdiente.

137

Caro brauchte ich allerdings nicht anrufen. Sie erzählte mir gestern Abend noch, dass sie sich heute mit ein paar Kommilitonen treffen wollte, um irgendein Thema des Lehrstoffes durchzukauen. Auf Kaffeetrinken mit meinen Eltern hatte ich nun gar keine Lust und Kerstin war übers Wochenende mit ihrer Schwester in die Berge gefahren. Der Einzige, den ich noch fragen konnte, war Ricco. Nicht dass ich auf seine Gesellschaft so erpicht gewesen wäre, doch andererseits ging es ja nur um eine Tasse Kaffee, mehr nicht.

Nach kurzer Überlegung beschloss ich, es lieber sein zu lassen. Am Ende bildete sich Signore molto selbstverliebt noch ein, ich würde ihm nachlaufen oder hätte Interesse an ihm! Das kam ja gar nicht infrage.

Entschlossen stand ich auf und ging hinüber in meine Miniküche, um die Kaffeemaschine anzuwerfen. Immerhin war ich alt genug, um meinen Kaffee alleine trinken zu können. Während ich die Kanne mit Wasser volllaufen ließ, zuckte mir wieder sein Vorschlag durch den Kopf, ihn anzurufen. Im Grunde war das kein Problem, denn irgendwie hatte ich vergessen, seine Nummer aus meinem Handy zu löschen. Was war denn schon dabei, mit ihm zusammen einen Kaffee zu trinken?

Während ich noch hin und her überlegte, bimmelte mein Handy. Riccos Nummer leuchtete auf dem Display auf, als wenn es Gedankenübertragung gewesen wäre. Da ich im Moment ohnehin nicht Wichtigeres zu tun hatte, nahm ich das Gespräch an.

"Hallo Ricco", begrüßte ich ihn schlicht. Mehr fiel mir im Moment nicht ein.

"Dass ich dich mal erwische, hätte ich auch nicht mehr gedacht", antwortete er gut gelaunt. "Na, wie geht es dir?"

"Alles bestens."

"Das freut mich. Übrigens, ich soll dir einen Gruß von Sandro ausrichten. Du bist ganz okay, sagt er. Für ein

Mädchen jedenfalls."

"Oh, was für ein Kompliment", spöttelte ich. Schön, dass ich wenigstens bei einem Fünfjährigen einen guten Eindruck hinterlassen konnte. "Ich fühle mich ja direkt geehrt."

Ricco lachte auf.

"Das darfst du auch. So etwas sagt er nicht oft. Er findet Mädchen nämlich normalerweise doof."

"Na dann, alles klar."

Ich hätte mich ohrfeigen können, denn mir fiel partout nichts ein, was ich sagen konnte. Mein Hirn war wie leergefegt.

"Ich hoffe, ich störe dich nicht gerade."

"Nein, ich wollte mir gerade einen Kaffee machen."

"Das hatte ich auch eben vor. Was hältst du davon, wenn wir irgendwo zusammen einen trinken?"

"Gute Idee!", hörte ich mich sagen.

"Benissimo. Wir holen dich ab. Va bene?"

"Super. Bis gleich."

"Bis gleich. Ciao Julia."

Als ich das Handy aus der Hand legte, schüttelte ich erst einmal den Kopf. Natürlich hatte ich seine Einladung angenommen, wenn auch nur aus purem Eigennutz. Für einen Geschirrspüler war in meiner Miniküche leider kein Platz und wenn ich auswärts Kaffee trank, musste ich hinterher kein schmutziges Geschirr spülen. Doch mehr als meine Zusage ärgerte mich Signore molto ignoranti. Hatte ich ihm neulich nicht klipp und klar gesagt, dass er mich in Ruhe lassen und mir nie wieder über den Weg laufen sollte? Und trotzdem besaß er die Frechheit, bei mir anzurufen. Das war doch unglaublich! Sollte er ruhig kommen, beim Kaffeetrinken würde ich ihm gehörig die Meinung geigen.

Knapp eine halbe Stunde später klingelte es an meiner

Tür. Ich schnappte mir Rudi und stürmte die Treppen hinunter.

Nachdem ich Ricco kurz begrüßt hatte und ins Auto einstieg, hörte ich Sandro fröhlich von der Rückbank nach vorne krähen:

"Hallo Julia!"

Auch das noch! Was wollte denn der Pimpf hier?

"Kommst du etwa auch mit?", fragte ich über die Schulter hinweg, alles andere als begeistert.

"Klar. Du Julia, mein Papa hat gesagt ..."

Großer Gott, ging das schon wieder los! Warum konnte diese kleine Kröte denn nicht einfach die Klappe halten?

"... das Wetter morgen auch so schön ist, gehen wir zum Baden und dann -"

"Schön für dich", unterbrach ich rigoros seinen Redeschwall.

"Hey, jetzt lass mich doch mal ausreden!", protestierte der Knirps. "Mein Papa hat gesagt -"

"Sandro, basta!", schaltete sich jetzt Ricco dazwischen, dem wohl mein genervtes Augenrollen als auch mein ebensolcher Gesichtsausdruck nicht entgangen waren.

"Aber Papa -"

"Sandro!"

"Nie darf ich was sagen, immer nur ihr!", maulte der Pimpf, zog einen Flunsch und verschränkte beleidigt die Arme vor der Brust, wie ich in dem kleinen Spiegel der heruntergeklappten Sonnenblende feststellen konnte. Wie der Vater, so der Sohn, schoss es mir unwillkürlich durch den Kopf.

"Hast du etwas von Carmen gehört?", wollte Ricco von mir wissen.

Bitte was? Diese Natter schien ihn ja brennend zu interessieren. Das war doch echt der Gipfel!

"Nein, aber ich kann dir ihre Nummer geben, wenn du willst", antwortete ich spitz.

"Wieso? Was soll ich damit?"

"Ich dachte nur. Ihr wart doch ein Herz und eine Seele", spöttelte ich. "Könnte ja sein, dass du mit ihr -"

"Lieber nicht, am Ende überrascht uns ihr Mann dabei. Nein Julia, viel zu kompliziert."

Wäre er nicht am Steuer gesessen, ich hätte ihm dieses dämliche Grinsen aus dem Gesicht geschlagen. Das war ja mal wieder typisch Mann, nur immer das Eine im Kopf. Und was Carmen betraf: Wenn sie einen Mann haben wollte, nahm sie ihn sich einfach, ob sie nun verheiratet war oder nicht! Darüber brauchte er sich keineswegs Gedanken zu machen. Wenn er sich im Nest dieser Klapperschlange mit ihr aalen wollte, nur zu! Mich interessierte das kein bisschen.

Ich verschränkte die Arme vor der Brust und schaute schweigend aus dem Seitenfenster, bis wir am Café ankamen. Leider waren wir nicht die Einzigen, die an diesem sonnigen Samstagnachmittag einen Kaffee im Freien trinken wollten. Alle Tische auf der Terrasse waren besetzt. Unschlüssig blieben wir einen Moment stehen und warteten ab. Ein älteres Ehepaar winkte uns schließlich zu sich. Ihnen waren unsere suchenden Blicke wohl aufgefallen. Die Frau sagte uns, sie würden nur noch auf den Ober mit der Rechnung warten.

Ein netter Zug von ihnen, fand ich, denn bei dem herrlichen Wetter wollte ich partout nicht drinnen sitzen. Sandro entdeckte ein paar Tische weiter eine junge Frau mit einem kleinen Hund, den er unbedingt streicheln wollte und ging zu den beiden hinüber. Das war mir mehr als recht, denn so blieb ich erst einmal vor weiteren Mein-Papa-sagt-Sprüchen verschont.

Ricco sah mich prüfend an, nachdem wir beide uns gesetzt hatten und fragte mich:

"Alles in Ordnung mit dir?"

"Sicher. Wieso auch nicht?"

"Du bist nicht besonders gesprächig."

"Alles bestens", behauptete ich.

"Glaubst du, Carmen hat -"

Schon wieder! Nun platzte mir der Kragen und ich explodierte förmlich.

"Himmeldonnerwetter noch mal, gibt es für dich eigentlich kein anderes Thema als dieses Biest? Wenn du sie so toll findest, warum triffst du dich nicht mit *ihr*?"

"Carissima, ich -"

"Und sprich gefälligst Deutsch mit mir, kapiert?"

Ricco sagte nichts dazu, sondern bedachte mich nur mit einem unergründlichen Blick.

"Was ist?", raunzte ich ihn an.

Er nahm sich ohne zu fragen eine Zigarette aus meiner Schachtel, zündete sie an und nahm einen tiefen Zug. Dann fragte er:

"Habe ich dir irgendetwas getan oder wieso benimmst du dich mir gegenüber so aggressiv?"

"Ich kann kein Italienisch und das weißt du ganz genau", wich ich aus.

"Darum geht es doch gar nicht, Julia."

"Sondern?"

"Sag du es mir. Was ist los? Weshalb bist du derart sauer auf mich?"

"Ich bin nicht sauer. Es ist alles in Ordnung", log ich. Was sollte ich ihm auch anderes sagen? Dass es mich rasend machte, wenn er mich ständig mit Fragen nach Carmen löcherte? Dass ich seine Einladung auf einen Kaffee total missverstanden hatte? Ich war dämlicherweise davon ausgegangen, es wäre ein Date, zu dem alles Mögliche gehörte, aber ganz sicher nicht der Pimpf! Oder sollte ich ihm etwa erzählen, dass ich zutiefst beleidigt war, weil er im *Castello Barocco* und vor allem danach in der Bar die ungenierten Flirtversuche dieser Giftnatter nicht rigoros im Keim erstickte? Oder dass ich es zutiefst enttäuschend

142

gefunden hatte, dass er lieber auf die Toilette floh, anstatt mich zu küssen?

Nichts davon konnte ich ihm sagen, ohne Gefahr zu laufen, dass er mich für bescheuert oder völlig übergeschnappt halten würde. Um weiteren sinnlosen Diskussionen vorzubeugen, zog ich die Mundwinkel etwas nach oben in der Hoffnung, dass diese Grimasse wenigstens ansatzweise einem Lächeln gleichen würde.

"Es ist wirklich alles okay", beteuerte ich rasch. "Ich habe nur Kopfschmerzen. Das ist alles."

Riccos Blick war Skepsis pur. Er glaubte mir anscheinend kein einziges Wort. Trotzdem bohrte er nicht weiter nach und tat zumindest so, als würde er sich mit dieser Erklärung zufriedengeben.

Der Pimpf gesellte sich eine Weile später zu uns und dank seines unbekümmerten Geschnatters lockerte sich die leicht abgekühlte Stimmung zwischen Ricco und mir etwas auf. Als wir das Café verließen, lud er mich sogar zum Abendessen ein, was ich jedoch dankend ablehnte. Meine Kopfschmerzen wären inzwischen wirklich grässlich, behauptete ich so überzeugend, dass ich es beinahe selbst glaubte. Auch diesmal nahm er meine Ausrede einfach so hin und fuhr mich ohne jeglichen Überredungsversuch nach Hause.

Kaum war ich dort angekommen, rief ich Caro an. Ich musste meiner Empörung Luft machen und erzählte ihr von dem missglückten Date in Kürze. Wie nicht anders erwartet, kamen von ihr gefühlte tausend Warums und Wiesos und sie schlug wegen des herrlichen, beinahe sommerlichen Wetters kurzerhand vor, uns später auf ein Eis im *Santorio* zu treffen.

19

"Wieso bin ich überhaupt mit ihm zum Kaffee trinken gegangen?", brummte ich missmutig. "Ich hätte mir doch gleich denken können, dass das die blödeste Idee des Jahrhunderts war."

Caro grinste still vor sich hin und schob sich einen Löffel Eis in den Mund.

"Was ist?" Ich sah sie skeptisch an. "Spuck es aus!"

"Es ist nichts. Außerdem weißt du die Antwort auf deine Frage selbst. Nach allem, was du mir eben erzählt hast, ist es doch mehr als offensichtlich."

"Ach was", knurrte ich. "Signore molto oberblödi interessiert mich nicht im Geringsten. Ganz im Gegenteil, er kann mich mal."

"Na dann ist ja alles gut", säuselte sie und deutete mit dem Kopf vage in Richtung Durchgangstür zwischen Innenraum und Terrasse. "Das beruht scheinbar auf Gegenseitigkeit."

Was sollte das denn bitte heißen? Rasch sah ich hinüber zur Tür. Das, was ich dort sah, kam einer eiskalten Dusche gleich. Ricco marschierte soeben heraus auf die Terrasse, doch er war nicht alleine. An seinem Arm hing eine widerlich hübsche und ziemlich junge, langhaarige Blondine und natürlich war auch Sandro mit von der Partie. Was für ein widerlicher Casanova! Kaum hatte er mich abgeschoben, schleifte er die Nächste durch die Gegend.

"Und wenn schon, mir doch egal." Ich zuckte möglichst gelangweilt mit den Schultern.

"Geschmack hat er jedenfalls", stellte Caro nüchtern fest.

"Von wegen", knurrte ich. "Das ist doch eine von der primitivsten Sorte. Blond und blöd."

"Du kennst sie doch gar nicht."

"Muss ich auch nicht. Das siehst du doch auf den ersten Blick. Dieses Dumm-dumm-Geschoss ist garantiert schon in der ersten Klasse zwei Mal sitzengeblieben."

"Huch, was sind wir heute wieder gehässig", tadelte Caro, krampfhaft bemüht, nicht loszulachen. "Man könnte ja fast glauben, du wärst eifersüchtig."

"Auf so eine? Doof müsste ich sein."

"Wenn du meinst ... Er scheint aber ziemlich angetan von ihr zu sein."

Caro drehte sich auf ihrem Stuhl etwas seitlich, wohl um Ricco, Blondblödchen und die kleine Kröte besser beobachten zu können, die sich gottlob an einen Tisch auf der anderen Seite der Terrasse setzten, relativ weit weg von uns. Mir war das nur recht. So war die Möglichkeit, dass er mich entdeckte, ziemlich gering und ich kam nicht in die prekäre Situation, erklären zu müssen, wieso ich trotz angeblicher, scheußlicher Kopfschmerzen hier war.

"Sieh sie dir bloß mal an!", raunte ich ihr zu. "An der ist doch alles falsch: Haarfarbe, Nägel und ihre Oberweite sowieso. Wenn sie sich abends die ganzen Farbschichten vom Gesicht kratzt, fällt man wahrscheinlich in Schockstarre."

Caro gackerte derart los, dass sie sicher bis in den hintersten Winkel des *Santorio* zu hören war.

"Hör sofort auf!", zischte ich ihr zu. "Er darf mich doch nicht sehen, weil ich angeblich meine Kopfschmerzen auskuriere!"

Meine Warnung kam leider zu spät, denn die kleine Kröte hatte mich schon entdeckt und rief mir fröhlich winkend zu:

"Ciao Julia!"

Na großartig! Nun wusste sein dämlicher Papa auf jeden Fall, dass ich hier war. Ich sprang auf und flüchtete nach drinnen auf die Toilette. Auf Diskussionen oder

145

Unterhaltungen mit ihm und Dumm-dumm-Blondie konnte ich nämlich absolut verzichten.

Ich verpasste dem Toilettenbecken einen Tritt. Das war doch zum Verrücktwerden. Es gab Unmengen Cafés in der Stadt, aber nein, er musste ausgerechnet *hierher* kommen! Und nun? Sollte ich hier etwa Wurzeln schlagen, bis er mit dieser sturzblöden Blondziege wieder abgerauscht war? Dazu hatte ich absolut keine Lust, auch wenn dieses elektrische Raumduftteil unablässig einen angenehm zitronigen Duft versprühte. Andererseits war ich erwachsen und konnte tun und lassen, was ich wollte. Diesem Casanova war ich keinerlei Rechenschaft schuldig!

Schließlich gab ich mir einen Ruck und ging langsam und möglichst unauffällig zurück zu Caro. Dass sich dabei meine Schultern von selbst hochschoben und mein Kopf dazwischen verschwand, war keineswegs von mir beabsichtigt gewesen. Schuld daran musste dieser extreme Zitrusduft gewesen sein, der wohl bei mir automatisch irgendwelche seltsamen, körperlichen Reaktionen auslöste.

"Spar dir das Theater", sagte Caro nüchtern, als ich wieder auf meinen Stuhl rutschte. "Er hat dich schon gesehen."

"Meinst du?"

"Sein Sohnemann muss es ihm gesagt haben. Er unterhielt sich mit Ricco, deutete dabei herüber und beide sahen dich gerade noch drinnen verschwinden."

So ein Mist aber auch! Ich hatte gute Lust, dieser kleinen, petzenden Kröte den Kragen umzudrehen. Doch dann musste ich mich mit Signore molto oberblödi auseinandersetzen. Andererseits waren Caro und ich schon lange genug hier und es war höchste Zeit, nach Hause zu fahren.

"Lass uns gehen", schlug ich ihr deshalb vor.

Erstaunt zog meine Freundin die Augenbrauen nach oben.

"Wieso hast du es denn auf einmal so eilig? Das Kind ist doch schon in den Brunnen gefallen."

Den Kommentar hätte sie sich schenken können. Das wusste ich selbst. Dessen ungeachtet beruhte mein Fluchttrieb auf einem ganz natürlichen Urinstinkt und genau jener gewann bei mir nun die Oberhand.

"Zahlst du für mich bitte mit? Das Geld gebe ich dir später. Ich muss hier raus!"

Ohne Caros Antwort abzuwarten, schnappte ich mir Rudi, stand auf und stürmte hinaus.

Draußen lehnte ich mich gegen die Hauswand und atmete tief durch. Was hasste ich doch diese dämlichen Zufälle! Wieso musste er mir ausgerechnet jetzt und hier über den Weg laufen, und dann noch mit so einer Kampfblondine im Schlepptau?

Dem plötzlichen Schwall an Geschnatter nach öffnete jemand von innen die Eingangstür des *Santorio*. Ich vermutete Caro, die mir nachgekommen war, drehte den Kopf in diese Richtung und zuckte zusammen.

"Ciao Julia."

Na großartig! Nicht Caro, sondern Ricco war mir gefolgt. Auch das noch.

"Hi Ricco", grüßte ich ihn knapp. Wie peinlich war das denn?

"Na, keine Kopfschmerzen mehr?"

"Nein. Ich habe eine Tablette eingeworfen", log ich.

Dass er mir glaubte, bezweifelte ich zutiefst, auch wenn seine Miene nichts, aber auch gar nichts verriet, was in ihm vorging. Meine einzige Rettung, um ihn davon abzulenken, war wohl, schnell auf ein anderes Thema umzuschwenken.

"Sag bloß nichts über meine Haare", warnte ich ihn.

Er zuckte lässig mit den Schultern.

"Wieso sollte ich? *Du* musst ja damit herumlaufen, nicht

147

ich."

Ein leicht missbilligender Ausdruck huschte über sein Gesicht.

"Eben", antwortete ich spitz. "Aber wenigstens sind *ihre* Haare perfekt, oder?"

Ricco lachte auf.

"Sie weiß eben, was gut aussieht."

Bitte was? Ich schnappte nach Luft. Was für eine bodenlose Unverschämtheit!

"Ist Blondie nicht viel zu jung für dich?", platzte es völlig unbeabsichtigt aus mir heraus. Erst dann wurde mir bewusst, was ich eben sagte. Lieber Gott! Konnte ich noch dämlicher sein? Am Ende bildete sich Signore molto oberblödi noch ein, dass ich eifersüchtig auf dieses Dumm-dumm-Blondgeschoss war!

Gemächlich schüttelte er den Kopf.

"Keineswegs. Luisa ist zweiundzwanzig, also gerade im richtigen Alter. In jeder Hinsicht."

Das war eindeutig zu viel überflüssige Information! Ich musste hier weg, und zwar sofort. Ungestüm riss ich die Eingangstür auf, um nachzusehen, wo Caro blieb.

"Schlechte Laune?", fragte Ricco mit einem derart spöttischen Grinsen, dass ich mich nur mühsam beherrschen konnte, es ihm nicht aus dem Gesicht zu schlagen.

"Nicht, bis du aufgetaucht bist", knurrte ich. "Was willst du eigentlich hier? Geh lieber rein, bevor sich deine Wärmflasche noch einen Kerl in *ihrem* Alter sucht."

Sein Grinsen verschwand auf Knopfdruck.

"Du hast Recht", sagte er frostig. "Schönen Abend noch."

"Idiot!", murmelte ich vor mich hin, während die Eingangstür hinter ihm langsam zufiel. Einen Augenblick später kam auch schon Caro heraus.

"Das wurde ja auch Zeit!", raunzte ich sie an.

Sie warf mir einen fragenden Blick zu.

"Ricco lief gerade an mir vorbei mit einer Miene zum Fürchten. Habt ihr euch etwa gezankt?"

"Wundert dich das denn?", brauste ich auf. "Hoffentlich läuft mir dieser schmierige Schmalspur-Casanova nie wieder über den Weg."

Caro verdrehte stumm die Augen, packte mich am Arm und schob mich den Gehweg entlang Richtung Auto.

"Scheinbar muss er es sehr nötig haben, wenn er sich sogar eine zweiundwanzigjährige Rotzgöre anlacht."

"Wo die Liebe eben hinfällt, Julchen", antwortete meine Freundin mit lässigem Schulterzucken. "Lass ihn doch. Du willst ja nichts von ihm, also kann es dir doch egal sein."

"Das ist es auch!", beharrte ich trotzig. "So eine wie sie ist doch lediglich auf sein Geld aus."

"Hat er denn welches?"

"Keine Ahnung", brummte ich missmutig. "Was sollte sie denn sonst von ihm wollen?"

"Na ja, Ricco ist doch ein schnuckeliger Typ und hat sicher seine Qualitäten."

"Na und? Das findet sie auch bei Kerlen in ihrem Alter."

"Vermutlich bevorzugt sie Männer mit Erfahrung."

"Komm, hör auf! Diese Tussi ist doch so dumm wie die Nacht dunkel."

"Vielleicht ist sie das, ich weiß es nicht und ich kenne sie nicht. Eines steht aber fest: Sie hat Geschmack und sie hat Ricco."

Und das war meine beste Freundin! Ich warf ihr einen strafend-vernichtenden Blick zu.

"Er wird schon sehen, was er davon hat", orakelte ich düster. "Lange geht das mit den beiden sowieso nicht gut."

"Und wenn schon. Ist doch nicht dein Problem, oder?"

Damit lag Caro allerdings goldrichtig! Sollte er doch tun, was er nicht lassen konnte. Mir war das absolut und vollkommen egal! Es interessierte mich kein bisschen.

Energisch warf ich den Kopf in den Nacken.

"Ist es auch nicht, denn was geht mich Signore molto oberblödi an?"

20

Donnerstagabend lümmelte ich auf meiner Couch und zappte mich durch das Fernsehprogramm. Fast eine Woche war inzwischen seit dem Vorfall im *Santorio* vergangen. Natürlich hatte Ricco sich seitdem nicht mehr bei mir gemeldet. Das wunderte mich auch nicht. Sicher war er ständig mit diesem Dumm-dumm-Blondgeschoss unterwegs.

Doch nicht nur er sorgte dafür, dass meine Laune auf dem absoluten Tiefpunkt war, sondern auch mein gefürchteter dreißigster Geburtstag, der vor der Tür stand. Unaufhaltsam rückte er näher und bescherte mir diverse Grübeleien. Bis auf mich und Caro waren nämlich sämtliche unserer gleichaltrigen Bekannten und Freunde verheiratet oder zumindest in einer festen Beziehung. Im Gegensatz zu ihnen würde ich unter Garantie als alte Jungfer sterben. Na ja, als Jungfer nicht direkt, trotzdem bekamen anscheinend alle einen Mann ab - außer mir. Ich war Ausschussware und ein eingestaubter Ladenhüter, den nicht mal einer im Sonderangebot nehmen wollte. Irgendetwas machte ich grottenfalsch. Die Frage war nur, was?

Das Klingeln meines Handys ließ mich zusammenzucken. Das war Ricco, schoss es mir als erstes durch den Kopf. Hastig nahm ich ab.

"Hallo, Julchen. Na, hast du deinen Kater inzwischen wieder auskuriert?", schnurrte Carmen.

"Ach, du bist es nur", brummte ich. "Hi Carmen."

"Hast du denn auf jemand anderen gewartet?", hakte sie prompt nach. "Ricco vielleicht?"

So eine dämliche Frage konnte nur von ihr stammen, doch auf eine Antwort konnte sie die nächsten tausend Jahre warten.

"Von welchem Kater sprichst du?", fragte ich lässig zurück und schwindelte: "Ich war nur etwas angeheitert, mehr nicht."

Carmen lachte auf.

"Dann möchte ich dich nicht sehen, wenn du wirklich betrunken bist. Wie geht es euch so?"

"Bestens. Und euch?"

"Mein Mann ist gerade auf Geschäftsreise und da dachte ich, ich rufe mal kurz bei dir an."

"Oh, wie mich das aber freut!"

Ich bemühte mich nicht einmal, Begeisterung zu heucheln. Diese Telefoneinheiten hätte sie sich absolut sparen können.

Carmen ging darauf jedoch nicht ein, sondern säuselte weiter:

"Übrigens Julchen, sagtest du nicht, du hättest bald Geburtstag?"

Ach du Schande! Hatte ich dumme Nuss mich an dem Abend etwa verplappert? Himmeldonnerwetter noch mal, konnte ich eigentlich noch blöder sein, als das ausgerechnet *ihr* auf die Nase zu binden?

"Du wolltest mir doch noch sagen, wann und wo deine Party steigt."

"Wollte ich?", fragte ich total schockiert nach. So betrunken konnte ich doch gar nicht gewesen sein, dass ich ausgerechnet diese Giftnatter zu meiner Geburtstagsparty einlud. Oder etwa doch?

"Julchen! Nun sag bloß, du weißt das nicht mehr? Natürlich hast du uns eingeladen. Deshalb wäre es nicht schlecht zu wissen -"

Ich musste an diesem Abend wirklich unzurechnungsfähig gewesen sein oder vollkommen im Delirium. Zugeben konnte ich das allerdings nicht mehr. Nicht nach meiner schamlosen Lüge von vorhin.

"Ach ja, ich erinnere mich", log ich deshalb und verpasste mir in Gedanken ein paar satte Ohrfeigen für meine dämliche Geschwätzigkeit im Vollrausch. "Das Problem ist nur, dass ich selbst noch nicht genau weiß, wann und wo sie stattfinden soll."

"Dann lass dir schnellstens etwas einfallen. Viel Zeit hast du ja nicht mehr. Immerhin ist dein Geburtstag doch schon nächste Woche. Ich nehme mal an, dein Mann wird sicherlich auch da sein, oder nicht?"

Die Klapperschlange begann wieder einmal ganz leise zu rasseln. Ich wusste, was sie plante: Sie wollte dort weitermachen, wo sie in der Bar aufhörte.

"Natürlich", behauptete ich kühl. "Wieso sollte mein Mann nicht da sein?"

"Och, war nur eine Frage. Könnte ja sein, dass -"

"Entschuldige Carmen", fiel ich ihr ins Wort. "Es hat geklingelt. Ich muss zur Tür. Wir telefonieren später, okay?", würgte ich sie ab und legte schnell auf.

Herr im Himmel, wie bescheuert war ich eigentlich, diese Klapperschlange zu meiner Geburtstagsparty einzuladen? Als wenn ich jemals auf ihre Gegenwart Wert gelegt hätte. Zu Schulzeiten nicht und jetzt noch viel weniger! Das durfte doch nicht wahr sein. Welcher Teufel hatte mich an diesem Abend nur geritten?

Was mich jedoch total verblüffte, war die Tatsache, dass sie sich - mindestens genauso sturzbetrunken wie ich - noch daran erinnern konnte. Bevor ich auch nur im Ansatz auf eine Idee kam, wie um alles in der Welt sie das zustande brachte, läutete schon wieder mein Handy. Diesmal allerdings stand *Ricco* auf dem Display. Was wollte er denn von mir? Ich ließ es klingeln in der Hoffnung, dass er wieder

152

auflegen würde. Nachdem er aber offenbar nicht daran dachte, nahm ich schließlich ab, obwohl mir auf ein Gespräch mit ihm jegliche Lust fehlte.

"Ciao Julia", begrüßte er mich gut gelaunt.

"Hi, Ricco. Ist euch allen heute langweilig oder wieso ruft jeder bei mir an?"

"Ich verstehe nicht ganz, was du meinst."

"Na weil ..."

Ich brach abrupt ab. Dass ich bis vor ein paar Sekunden mit Carmen telefonierte, durfte ich ihm unter keinen Umständen erzählen. Genau jetzt, in dieser Sekunde, wurde mir nämlich urplötzlich das Ausmaß dieser selbst gemachten Katastrophe klar. Carmen würde lieber auf qualvollste Art sterben, als meine Geburtstagsparty zu verpassen. Noch schlimmer als das war aber die Tatsache, dass außer ihr und meinen ganzen Freunden natürlich auch meine Eltern sowie meine Verwandtschaft da sein würden. Falls Carmen sich verplapperte - ob nun mit oder ohne Absicht - und auch nur ein Sterbenswörtchen darüber verlauten ließ, dass Ricco mein Ehemann wäre ... *Oh mein Gott!* Ich durfte nicht einmal daran denken, denn das wäre für mich nicht nur unwahrscheinlich peinlich, das wäre die reinste Apokalypse!

Dass ich diesem hinterhältigen Biest nichts als Lügen auftischte, war völlig in Ordnung. Sie verdiente es nicht anders. Doch wie sollte ich allen anderen, allen voran meinen Eltern, erklären, aus welchem Zylinder ich auf die Schnelle einen Ehemann gezaubert hatte und wieso? Himmeldonnerwetter noch mal! Ich saß schon wieder bis über beide Ohren in der Patsche.

Selbst wenn ich Carmen erzählte, dass ich urplötzlich von Ebola, Lepra und der Pest im Endstadium befallen war, sie würde trotzdem kommen. Die einzige Möglichkeit, den Supergau zu vermeiden, war: Ricco durfte unter keinen Umständen auf meiner Party auftauchen. Er durfte nicht

153

einmal etwas davon wissen!

"Weil mich jeder heute mit Anrufen nervt", wich ich aus. "Ich weiß gar nicht, was -"

"Tut mir leid, dass ich dich belästigt habe. Ciao."

"Hey, was -"

Klack. Er hatte aufgelegt. War dieser Mann eigentlich total übergeschnappt? Wieso rief er mich an und legte gleich wieder auf? Das war doch nicht normal!

Oh nein! Plötzlich dämmerte es mir. Ich war wirklich reif für die Klapsmühle. Einmal mehr hatte mein Hirn einen Totalaussetzer gehabt. Hastig drückte ich die Rückruftaste. Als er wieder Erwartens abnahm, ließ ich ihn gar nicht zu Wort kommen, sondern sagte sofort:

"Ricco, entschuldige. Das war nicht auf dich gemünzt. Hast du Lust auf einen Kaffee?"

"Nein, keine Zeit."

Klack. Wieder legte er auf.

"Idiot!", knurrte ich und schleuderte mein Handy zwischen die Kissen auf der Couch. Da entschuldigte ich mich und lud ihn in einem Anfall geistiger Umnachtung sogar auf einen Kaffee ein, und Signore molto blödi erteilte mir eine eiskalte Abfuhr. Dann sollte er sich ruhig mit seinem Dumm-dumm-Blondgeschoss treffen, das ihn offenbar rund um die Uhr auf Trab hielt oder mit irgendeiner anderen blonddoofen, zottelhaarigen Schnepfe. Wen interessierte das schon? Mich garantiert nicht!

21

Samstagnachmittag rief Carmen mich erneut an. Es war zum Verrücktwerden! Jahrelang hörte und sah ich nichts von dieser Schlange und plötzlich klebte sie mir ständig an den Hacken. Himmel noch mal, was wollte diese elende Giftnatter eigentlich von mir?

"Wie geht es euch denn, Julchen?", säuselte sie. "Alles in Ordnung?"

"Danke, alles bestens."

"Das freut mich. Ach übrigens, was mir gerade einfällt ... Na ja, bei dir wundert mich im Grunde nichts, nur -"

"Was soll das denn heißen?", fuhr ich empört dazwischen.

"Och, nichts Besonderes. Ich hätte nur nicht gedacht, dass du einem Mann solche Freiheiten lässt", antwortete Carmen zuckersüß und schob nach: "Wenn du schon mal einen findest, der nicht sofort das Weite sucht."

"Sag mal, spinnst du? Wovon sprichst du überhaupt?"

"Dass du deinen Mann alleine mit einer wunderschönen Frau zum Essen gehen lässt", schnatterte sie ungerührt weiter. "Hast du keine Angst, dass sie ihn dir abspenstig machen könnte? Ricco ist ja nicht blind und im Vergleich zu ihr erreichst du nicht mal den Rang von Aschenputtel."

Diese giftspeiende Ausgeburt der Hölle! Ihr einziges Glück war, dass ich sie nur am Telefon hatte. Wäre sie mir in diesem Moment gegenüber gestanden, ich hätte ihr eine derartige Ohrfeige verpasst, dass ihr hohler Kopf wie ein Luftballon davongeflogen wäre.

"Komm auf den Punkt und schwing keine dämlichen Reden", knurrte ich ins Handy.

Sie schien von meinem Kommentar keineswegs beeindruckt zu sein, sondern ließ nur ein albernes Kichern ertönen.

"Dein Ricco war gestern Abend im *Castello Barocco*. In Damenbegleitung. Wusstest du das etwa nicht?"

"Damenbegleitung?", wiederholte ich, um Zeit zu gewinnen, bis mir eine passende Antwort für diese intrigante Ziege einfallen würde.

"Die beiden gaben wirklich ein schönes Paar ab. Sie war das völlige Gegenteil von dir: Lange schwarze Haare, Superfigur, rassig und bildschön. Wer war das denn?"

Lieber Gott, wie ich dieses Biest hasste! Sie versprühte wie immer eine riesige Menge an Klapperschlangengift und ihr Tonfall ließ mich keineswegs darüber im Unklaren, dass ihr diese Mitteilung äußerste Genugtuung verschaffte.

Mein Hirn arbeitete auf Hochtouren. Irgendeine plausibel erscheinende Erklärung musste ich ihr liefern, wenn ich nicht den Eindruck der unbedarften, betrogenen Ehefrau machen wollte. Doch woher um alles in der Welt sollte ich wissen, welche Weiber dieser Papagallo laufend aufriss? Carmens Beschreibung nach schied dieses Dumm-dumm-Blondgeschoss von neulich jedenfalls aus. Ein klein wenig befriedigte mich das durchaus, denn ich hatte es sofort geahnt, dass das mit den beiden nicht lange dauern würde.

Trotzdem ärgerte ich mich tierisch über seine Hirnlosigkeit. Schließlich war er bei dem Abendessen mit Carmen dabei gewesen und wusste ganz genau, welche Lügengeschichten ich ihr auftischte. Und ihm fiel nichts Dümmeres ein, als mit seinen Eroberungen in allen möglichen Lokalen der Stadt aufzutauchen! Natürlich konnte Signore molto potente tun, was er wollte, doch war ein klein wenig Diskretion zu viel verlangt?

So sicher, wie ich ihm dafür ganz gehörig die Leviten lesen würde, so sicher würde ich Carmen ihren vermeintlichen Triumph nicht gönnen.

"Ach das", sagte ich lang gezogen und betont gelangweilt. "Das war nur seine Cousine."

Mehr fiel mir auf die Schnelle nicht ein. Vielleicht war das nicht die ultimativ beste Lösung, Carmens Beschreibung nach jedoch auf jeden Fall glaubhaft.

"Seine *Cousine*?" Carmen schnappte hörbar nach Luft,

doch sie schob ihre offensichtliche Enttäuschung über meine Antwort sehr schnell beiseite. "Na ja, andere Länder, andere Sitten."

Lieber Gott, was wünschte ich mir in diesem Moment, dass dieses giftspeiende Biest vor mir stünde, damit ich ihr ihren spindeldürren Hals umdrehen konnte!

"Musst du ja am besten wissen", keifte ich. "Also los, Klartext! Was soll mir das sagen?"

"Och, nichts weiter", säuselte sie. "Die beiden scheinen sich ja sehr am Herzen zu liegen. Man hätte fast den Eindruck gewinnen können, dass sie aufs Heftigste geflirtet haben, so wie sie -"

"Es reicht!", fiel ich ihr scharf ins Wort. "Versprüh dein Gift woanders!"

"Aber Julia! Was hast du denn?" Carmen tat ganz überrascht. "Ich wollte doch nur -"

"Das gleiche hinterhältige und intrigante Miststück sein wie eh und je!", brüllte ich außer mir vor Zorn ins Telefon. "Und jetzt lass mich mit diesem Bockmist in Ruhe, bevor ich ein paar Typen anheuere, damit sie dich bei lebendigem Leib häuten und vierteilen!"

"Wie du willst, Liebes", lenkte Carmen höchst zu zufrieden klingend ein. "Aber sag niemals, ich hätte dich nicht gewarnt."

"Wenn du jetzt noch ein Wort, nur ein einziges Wort -"

"Schon gut, Julchen. Reg dich wieder ab! War doch nicht böse gemeint." Vermutlich sollte das ein vor Heuchelei triefender Versuch sein, mich zu beschwichtigen. "Als gute Freundin wollte ich dir lediglich ans Herz legen, ihn besser im Auge zu behalten, bevor er sich anderweitig orientiert. Du weißt doch, Gelegenheit macht Diebe."

Ohne ein weiteres Wort zu verlieren, legte ich auf und schleuderte mein Handy auf die Couch. Was fiel dieser Höllenbrut nicht noch alles ein! Beim Abendessen warf sie sich Ricco bereits unmissverständlich an den Hals und weil das nicht wie geplant funktionierte, versuchte sie jetzt tatsächlich, meine Ehe zu ruinieren. Das schlug doch dem Fass den Boden aus!

Zu Schulzeiten hätte sie vielleicht ihr Ziel mit dieser hinterhältigen Aktion erreicht, denn - so dämlich, wie ich damals noch war - hätte ich zutiefst enttäuscht klein beigegeben und ihr eigenhändig den Weg freigeschaufelt. Seitdem hatte sich jedoch viel verändert, vor allem ich. Oh nein, diesmal würde diese schieläugige Klapperschlange kein Glück haben. Meinen Mann würde sie mir nicht abspenstig machen, egal wie laut sie mit der Schwanzrassel klapperte.

Apropos Mann! Was fiel Signore molto oberblödi eigentlich ein, mit anderen Weibern auszugehen und mit ihnen in aller Öffentlichkeit herumzumachen? Na, der konnte was erleben, und zwar sofort!

Ich kramte mein Handy hinter den Kissen auf der Couch hervor und rief bei ihm an. Zum Glück war diesmal nicht die kleine Kröte dran, sondern ausnahmsweise er selbst.

"Mit wem warst du gestern Abend beim Essen?", überfiel ich ihn sofort.

"Ciao, Julia. Wieso fragst du?"

"Wer war dieses Weib?", fragte ich scharf.

Ricco lachte spöttisch auf und meinte kühl:

"Ich glaube nicht, dass ich dir das sagen muss."

"Ich will wissen, wer das war!"

Statt einer Antwort überschüttete er mich mit einem italienischen Wortschwall.

"Himmeldonnerwetter noch mal! Sprich gefälligst Deutsch mit mir, Ricco!"

"Ja ja, schon gut! Nur so viel: Mit wem ich zum Essen gehe, geht dich gar nichts an. Ich bin dir keinerlei Rechenschaft schuldig."

"So, meinst du?", keifte ich. "Und ich darf mich von Carmen blöd anmachen lassen, oder? Sie hat euch nämlich gesehen."

"Na und? Mir doch egal. Nicht mein Problem."

"Du sagst es mir also nicht?"

"Nein."

"Ricco! Du -"

Klack. Aufgelegt. Wutentbrannt stampfte ich mit dem Fuß auf, wählte sofort Caros Nummer und verabredete mich mit ihr im Café um die Ecke.

Caro wartete bereits auf mich, als ich ankam.

"Hey, was ist passiert?" Sie sah mich mit einer Spur Besorgnis an. "Du klangst vorhin so aufgelöst. Erzähl schon!"

Ich legte los und redete mich dabei immer mehr in Rage.

"Und was tut er? Er lässt mich einfach im Stich!", beendete ich empört meinen Redeschwall.

Caro schüttelte sichtlich amüsiert den Kopf.

"Julchen, ich glaube, du würfelst da einiges durcheinander. Nein!", sagte sie schnell, bevor ich sie unterbrechen konnte. "Hör mir zu! Carmen benimmt sich so, wie sie es schon immer getan hat. Deine *Ehe* kann sie nicht ruinieren, weil du gar nicht verheiratet bist. Und was Ricco betrifft, er betrügt dich nicht und lässt dich auch nicht im Stich. Er hat dir den Gefallen getan, für einen Abend deinen Ehemann zu spielen, und das war es dann auch schon. Ihr habt keine Beziehung, Julchen! Ob es dir nun passt oder nicht, er kann ausgehen, mit wem er will. Er muss dich weder informieren noch um Erlaubnis fragen. Also, worüber regst du dich eigentlich so auf?"

"Worüber ich mich aufrege?", schnaubte ich entrüstet. "Caro, wie stehe ich denn jetzt da? Sie glaubt, mein Mann betrügt mich!"

"Kann ja sein, aber so leid es mir für dich tut, du hast dich selbst in diesen Schlamassel gebracht. Weißt du noch? Du wolltest unbedingt Carmen imponieren und jetzt bist du zu

159

feige, ihr die Wahrheit zu sagen."

"Ich bin keineswegs zu feige, nur kann ich nach allem nicht einfach zu ihr sagen: Ätsch bätsch, war alles nur gelogen!"

"Dir wird aber nichts anderes übrig bleiben."

Entschieden schüttelte ich den Kopf. Niemals im Leben würde ich das tun! Zum ersten Mal konnte ich mit Carmen gleichziehen. Dämlich musste ich also sein, mir selbst diesen Triumph zu ruinieren, in dem ich ihr die Wahrheit gestand: *Reingefallen Carmen! Das war alles nur Show. Ich bin nach wie vor Ausschussware, die keiner haben will. Ein verbeulter, rostzerfressener und deckelloser Topf aus dem Altblechcontainer, der gerade noch gut genug ist, um an Silvester darin Knallfrösche anzuzünden. Aus purer Verzweiflung habe ich deshalb den nächstbesten Kerl im Supermarkt angequatscht und gebeten, für diesen einen Abend meinen Ehemann zu spielen. Ich wollte auch mal so tun, als ob.*

Es war doch wirklich zum Kotzen. Alles hatte so schön funktioniert und dann musste dieser Trottel samt seiner Thusnelda ausgerechnet ins gleiche Restaurant gehen wie Carmen. Hätte er nicht ein wenig mitdenken können? Nein, er musste natürlich ins *Castello Barocco* gehen, in dem wir kurz zuvor zu viert waren. So dämlich konnte auch nur ein Mann sein!

"Ich finde das hundsgemein von ihm!", empörte ich mich. "Er weiß, dass Carmen wie eine Ratte überall herumhuscht. Und was tut er? Schleift ständig eine andere durch die Gegend!"

"Das kann dir doch egal sein."

"Ist es ja auch. Außerdem wusste ich es doch von Anfang an."

"Was?"

"Dass er ein Casanova ist."

"Nun mal langsam. *Du* hast ihn doch -"

"Das ist doch schnurzpiepegal! Trotzdem benimmt er sich unmöglich."

Caro kicherte so dämlich wie eine Schulgöre.

"Nein nein, ich bin nicht eifersüchtig. Ich doch nicht", äffte sie mich nach.

"Du spinnst doch komplett."

"Du bist unglaublich, Julchen", gluckste sie. "Du behauptest steif und fest, dass du absolut nichts von ihm willst und trotzdem zerspringst du vor Eifersucht. Tja, hättest du ihn nicht dauernd angepöbelt, hätte es vielleicht doch gefunkt. Ganz uninteressiert schien er mir nicht zu sein. Das hast du dir ganz alleine verbockt, Julchen."

"Ach hör schon auf", knurrte ich ungehalten.

"Mach ich, sobald du mit diesem kindischen Theater aufhörst."

"Könnten wir endlich das Thema wechseln?"

"*Du* hast doch damit angefangen", maulte Caro und schwieg einen Moment. Dann fragte sie mich: "Und? Was willst du jetzt tun?"

Ich sah sie schulterzuckend an.

"Frag mich etwas Leichteres. Fällt dir nichts ein? Sonst weißt du doch immer auf alles eine Antwort."

"Ich wüsste schon etwas, doch das willst du ja nicht hören. Sag Carmen die Wahrheit und entschuldige dich bei Ricco."

Ein zweites Mal schüttelte ich energisch den Kopf.

"Keine Chance!", protestierte ich. "Diese alte Giftnatter macht mich zum Gespött der ganzen Stadt und Ricco brauche ich nicht anrufen. Er knallt sowieso gleich wieder den Hörer auf." Ich seufzte tief auf. "Vielleicht sollte ich mich auf eine einsame Insel verziehen."

"Ach Unsinn", schimpfte Caro. "Du musst ihn doch nicht anrufen. Fahr einfach bei ihm vorbei und rede mit ihm Auge in Auge."

"Wie denn?", brauste ich auf. "Bei ihm zu Hause wuselt doch ständig die kleine Kröte herum. Außerdem ist Signore molto blödi sowieso totbeleidigt ... Ist doch alles Bockmist."

"Ich wusste es", triumphierte meine Freundin.

"Gar nichts weißt du", brummte ich missmutig. "Begreife es endlich: Ich will nichts von diesem Trottel! Soll er meinetwegen mit allen langhaarigen Schnepfen der Stadt um die Häuser ziehen. Es interessiert mich überhaupt nicht, nicht im Geringsten. Er kann mir gestohlen bleiben."

Caro klatschte Beifall und seufzte auf:

"Endlich! Das ist *die* Julia, die ich kenne!"

"Ach, hör auf", maulte ich, da ich genau wusste, dass sie mich eben auf den Arm nahm. "Carmen kann mich kreuzweise und Ricco erst recht. Apropos Ricco: Wer ist das eigentlich? Muss man den kennen?"

Ich packte Rudi, setzte ihn demonstrativ zwischen uns auf den Tisch und fragte ihn:

"Kennst du einen Ricco?"

Antwort bekam ich keine.

"Da siehst du mal, Caro. Nicht mal Rudi kennt ihn."

Ich holte aus seiner Rucksackhöhle meine Zigaretten und zündete mir grübelnd eine an. Plötzlich klingelte mein Handy.

"Lieber Himmel, bitte nicht schon wieder Carmen!", stöhnte ich auf, während ich in Rudi herumkramte. "Ja?", meldete ich mich genervt.

"Ciao Julia. Störe ich?"

"Ricco!", stammelte ich überrascht. Er klang gar nicht mehr beleidigt, sondern ziemlich gut gelaunt. "Was willst *du* denn?"

Caro verpasste mir unter dem Tisch einen schmerzhaften Tritt gegen mein Schienbein und schüttelte heftig den Kopf.

"Kannst du eigentlich auch einmal ganz normal mit mir reden?", raunzte er mich an. Seine gute Laune von eben war wie weggeweht.

"Sorry, war nicht böse gemeint", sagte ich hastig, während ich auf Caros Faust schielte, mit der sie unter meiner Nase herumfuchtelte. So freundlich, wie nur möglich, schob ich nach: "Was wolltest du denn?"

"Nichts, vergiss es. Ciao."

"Warte Ricco, bitte! Nicht auflegen!"

Er schwieg zwar, war jedoch scheinbar immer noch in der Leitung.

"Bitte, sag schon, wieso du mich angerufen hast", bettelte ich förmlich, obwohl ich ihm in diesem Moment liebend gern einen Tritt verpasst hätte. Wieso musste er denn immer sofort den Beleidigten spielen? "Bitte!"

"Hast du morgen schon etwas vor?", ließ er sich schließlich gnädigerweise herab zu fragen.

Morgen? So ein Mist aber auch! Eigentlich hatte ich meinen Eltern zugesagt, zum Kaffeetrinken vorbeizukommen.

"Wieso?", hakte ich nach, um Zeit zum Nachdenken zu gewinnen.

"Hast du etwas vor oder nicht?"

"Na ja, nicht direkt", wich ich aus. So erpicht war ich auf Kaffeeklatsch mit meinen Eltern nicht. Falls sich etwas Interessanteres bot, konnte ich immer noch kurzfristig absagen. "Wieso?"

"Ja oder nein?"

"Meine Eltern haben mich zum Kaffee eingeladen", gab ich ehrlich zu. "Aber -"

"Na dann, viel Spaß. Ciao."

"Ricco, ich -"

Klack. Die Leitung war tot.

"Verdammter Mist aber auch!", schimpfte ich vor mich hin.

Caro schüttelte seufzend den Kopf.

"Du wirst es nie lernen, Julchen. Das war der hundertste

Korb in Folge. Oder täusche ich mich da?"

"Unsinn!", widersprach ich ihr energisch. "Zum einen habe ich ihm keinen Korb gegeben und zum anderen geht mir dieser Kerl mit seinem beleidigten Getue tierisch auf die Nerven."

Wütend schmiss ich mein Handy in den Rucksack, kramte einen Geldschein heraus und ließ ihn auf den Tisch fallen.

"Mir reicht es. Ich fahre nach Hause."

Grußlos stapfte ich davon.

"Wie war das noch mit dem beleidigten Getue?", rief Caro mir spöttisch lachend hinterher.

Ich ignorierte ihren doofen Kommentar und ging einfach weiter. Dann würde ich morgen eben doch zu meinen Eltern fahren, obwohl ich dazu überhaupt keine Lust hatte. Es war jedes Mal das gleiche Theater. Ob ich denn noch keinen netten jungen Mann kennengelernt hatte? Wieso ich immer in diesen schlampigen Klamotten herumlief, anstatt einmal ein hübsches Kleid zu tragen? So würde ich doch nie einen Mann abbekommen. Und so weiter und so weiter, bla bla bla. Wie eine Schallplatte mit einem Sprung.

Ich konnte die Sprüche meiner Mutter schon im Schlaf herunterrattern. Zwangsläufig endete so ein Kaffeekränzchen mit einem handfesten Krach. Wie mir jetzt schon davor grauste! Und dass ich morgen hin und all das über mich ergehen lassen musste, daran war nur dieser Idiot namens Ricco schuld!

22

Das standardmäßige Genörgel meiner Mutter beim

Kaffeeklatsch samt der daraus resultierenden Streiterei hatte ich zwar wie jedes Mal überlebt, trotzdem war meine Laune am Montag auf dem absoluten Tiefpunkt angekommen. Entgegen meiner Erwartung hatte sich Ricco das ganze Wochenende über nicht mehr gemeldet. Schätzungsweise war Signore molto oberblödi viel zu sehr damit beschäftigt, vor sich hinzuschmollen.

Sogar das traumhaft schöne Wetter änderte nichts an meiner miesen Laune. Ganz im Gegenteil. Keine Minute würde ich es genießen können, denn einen frühen Feierabend konnte ich mir abschminken. Der Kunde, dessen Wohnung mein Kollege und ich gerade strichen, wollte übermorgen einziehen. Leider waren wir dank der Schlafmützen der Heizungsfirma, die ewig herumgetrödelt hatten, noch ein gutes Stück davon entfernt, fertig zu werden. Das hieß, Sommer, Sonne und blauen Himmel ignorieren und Überstunden machen.

Als ich endlich nach Hause fuhr, war es acht Uhr abends vorbei. Schnell stieg ich unter die Dusche und rief gleich im Anschluss Caro an, um mich mit ihr im *Santorio* zu verabreden.

"Sag mal, Julchen, was ist nun mit deiner Geburtstagsparty?", wollte Caro gleich wissen, kaum dass wir uns setzten. "Dreißig wird man schließlich nicht jeden Tag."

Das wusste ich selbst und mit jedem Tag, den mein Dreißigster näher auf mich zukam, graute mir mehr davor.

"Erinnere mich nicht dran", stöhnte ich auf.

"Am Freitag ist es so weit."

"Von wegen! Ich habe im Kalender nachgesehen. Dieses Jahr gibt es keinen achtundzwanzigsten Juni."

Caro grinste breit und streckte mir albern die Zunge heraus.

"Doch, gibt es. Und alle wollen auf deine Party

kommen."

"Wer ist alle?"

"Deine Eltern, Caro, Ricco, Carmen und noch ein paar andere."

"Caro ist genehmigt. Meine Eltern ... Na ja, da komme ich wohl nicht daran vorbei. Carmen soll sich zum Teufel scheren und Ricco am besten gleich mit dazu."

Meine Freundin kratzte die letzten Reste aus ihrem Eisbecher und schob sich den Löffel in den Mund. Danach meinte sie trocken:

"Das mit Carmen kannst du vergessen. Der Teufel wird den Teufel tun und sich Konkurrenz ins eigene Haus holen. Was gibt es Neues von Ricco?"

"Nichts, außer dass er ein Casanova ist", knurrte ich und seufzte gleich darauf auf. "Ich muss unbedingt zum Friseur."

"Wieso das denn? Sieht doch jetzt schon aus *wie beim Militär*."

Ich wusste ganz genau, auch ohne dass sie einen Namen nannte, worauf oder auf wessen unbedeutende Meinung sie anspielte.

"Was Signore molto oberblödi findet oder nicht, ist mir völlig schnurz. Außerdem sollte er erst einmal selbst in den Spiegel kucken, bevor er sich erlaubt, über meine Haare abzulästern."

Caro kicherte.

"Du bist doch nur beleidigt, weil er sich nicht mehr meldet. Außerdem steht ihm die Frisur."

"Welche Frisur denn? Hätte er eine, bräuchte er nicht tonnenweise Haargel", lästerte ich ungerührt weiter. "Dass der Pimpf damit noch nicht anfängt, wundert mich. Sonst tut er doch auch alles, was sein Papa macht."

"Nun sei doch nicht so gehässig."

"Hast du die kleine Kröte schon gehört? *Mein Papa sagt, mein Papa macht*", äffte ich ihn nach.

"Meine Güte!", ächzte Caro. "So sind kleine Kinder nun

166

mal. Was ist eigentlich mit seiner Mutter? Weißt du inzwischen, was mit ihr war?"

"Ja. Er hat sie mit seinem Bruder im Bett erwischt. Wundert mich aber nicht. Sicher war das nur die Retourkutsche dafür, dass *er* ständig fremdgegangen ist."

"Wie kommst du denn darauf?"

"Liegt doch auf der Hand, bei dem Verschleiß, den er hat."

"Also hör mal! Er kann doch tun und lassen, was er will. Immerhin ist er Single."

"Ja klar", höhnte ich. "Er ist ein Mann und Männer dürfen alles. Heute die, morgen jene. Hauptsache eine Mordsoberweite und eine blonde Mähne, schon ist er zufrieden."

"Jeder hat eben so seine Vorlieben. Ich zum Beispiel mag diesen Glatzkopftrend gar nicht", antwortete meine Freundin lapidar. Über ihr Gesicht huschte ein verträumter Blick. "Stell dir doch mal vor, wie herrlich du in Riccos Haaren herumwühlen kannst ... oder dich darin festkrallen, wenn es zur Sache geht."

"Ja, einfach bombastisch", spöttelte ich. "Du musst nur aufpassen, dass er dir dann nicht davonglitscht wie ein Fisch."

"Wieso?"

"Mit dem ganzen Glibber, den er sich in die Haare schmiert... Ein Gutes hat es allerdings: Seine Schnepfen sparen sich eine Menge Kohle für Gleitgel."

Caro schaute mich strafend an.

"Du bist echt unmöglich, weißt du das?"

"Ist doch wahr!"

"Ach Unsinn! Ich persönlich finde Männer mit längeren, gepflegten Haaren hoch erotisch. Und diese traumhaften Locken, die Ricco hat ... Einfach sexy."

"Nun krieg dich mal wieder ein", raunzte ich sie an. "Wenn du ihn so wahnsinnig sexy findest, dann schnapp ihn

167

dir doch. Du passt doch genau in sein Beuteschema."

Caro zuckte mit den Schultern und zog eine Schnute.

"Leider zu spät. Er zappelt doch schon in deinem Spinnennetz."

"So ein Blödsinn!", protestierte ich. "Er ist überhaupt nicht mein Typ und außerdem steht er auf etwas ganz anderes."

"Klar doch", spöttelte sie grinsend. "Deshalb rennt er dir auch laufend nach."

"Tut er gar nicht."

"Doch, tut er. Nur du Dussel kapierst es partout nicht."

23

Morgen war genau der Tag, vor dem mir schon seit meinem letzten Geburtstag grauste: Die spätjugendlichen Zwanziger verschwanden unwiederbringlich und ich wurde steinalt, nämlich dreißig. So sehr ich auch gehofft hatte, dass meine Familie, Freunde und Bekannte urplötzlich von partiellem Alzheimer befallen wurden, die lediglich diesen Tag ein für alle Mal aus ihrem Gedächtnis strich, ich wurde enttäuscht. Einer nach dem anderen sprach mich darauf an und sie alle luden sich quasi selbst auf meine Party ein. Was blieb mir also anderes übrig, als endlich die Vorbereitungen dafür in Angriff zu nehmen?

Mein Chef gab mir bereitwillig schon ab Donnerstagnachmittag frei, damit ich mich - so sagte er spitzbübisch grinsend - seelisch und moralisch auf den runden Geburtstag und das seriöse Alter vorbereiten und alles dafür erledigen konnte, was erledigt werden musste.

Kaum zu Hause, stellte ich mich erst einmal unter die Dusche, sprang anschließend in andere Klamotten und fuhr danach gleich zum Supermarkt, um Getränke und vor allem Knabberzeug einzukaufen. Im Eiltempo schob ich den Einkaufswagen durch die Gänge. Meine Zeit war knapp bemessen, denn für später hatte ich noch einen Termin beim Friseur vereinbart. Mit Caro war ich im Anschluss verabredet. Sie bot sich nämlich bereitwillig an, mir bei den Vorbereitungen zu helfen und wir wollten deshalb noch einiges besprechen.

Auf dem Weg zur Kasse fiel mir ein, dass ich unbedingt noch Shampoo mitnehmen musste. Meines war nämlich leer. Genervt betrachtete ich in dem Regal die ganzen Flaschen. Mir fiel partout nicht mehr ein, wie das Ding aus der Werbung hieß, das angeblich so wahnsinnig tolles Volumen schaffte. Ob es allerdings bei mir die gleiche Wirkung zeigte, war fraglich. Doch im Grunde war es völlig egal. Selbst mit mehr Volumen würden meine Haare nicht besser aussehen.

"Ciao Julia. Auch beim Einkaufen?"

Ich wirbelte herum. Ricco stand hinter mir mit diesem unwiderstehlichen Gletscher–Schmelz–Lächeln. Es musste ansteckend sein, denn meine Gesichtsmuskeln machten es ihm von ganz alleine nach.

"Hi! Wo hast du denn Sandro gelassen?"

"Der ist noch im Kindergarten. Wie war es Sonntag bei deinen Eltern?"

Ich verdrehte nur die Augen. Daran denken wollte ich nicht mehr.

"Frag lieber nicht. Die Inquisition war dagegen das reinste Honigschlecken. Was habt ihr gemacht?"

"Wir waren baden. War schön."

"Wenn du nicht ..." *Nein!* Kein Sterbenswörtchen würde ich verlauten lassen wegen seines beleidigten Getues neulich. Schuld war ich selbst daran gewesen, nicht er. "Das glaube ich dir gerne. Das Wetter war ja traumhaft und ganz ehrlich, das wäre mir zigtausend Mal lieber gewesen. Na ja, vielleicht ein anderes Mal."

"Ja. Vielleicht."

Nun mach doch schon, schimpfte ich mich selbst. Da ließ mir der Zufall Ricco über den Weg laufen und mein Hirn fühlte sich davon völlig überfordert. Es war wie leer gefegt. Mir fiel nichts, aber auch gar nichts ein, was ich Sinnvolles sagen oder fragen konnte. Bevor er weitergehen würde, schnappte ich mir irgendeine Shampooflasche und hielt sie ihm vor die Nase.

"Was hältst du von dem hier?", hörte ich mich plappern. Lieber Gott, wie dämlich war das denn? Ich hätte mich selbst ohrfeigen können. Gut war nur eines, nämlich dass wir vor dem Shampooregal und nicht bei den Tampons standen. Das wäre mehr als peinlich geworden.

Ricco lachte auf.

"Das fragst du mich?"

Dass das völliger Schwachsinn war und ich mir diese Frage hätte schenken können, wusste ich selbst. Doch für Selbstvorwürfe war jetzt nicht die Zeit. Manche Gelegenheiten, die sich einem unerwartet boten, musste man beim Schopf packen und das hier war so eine: Ricco war guter Laune, wie es schien und gegen eine gemeinsame Tasse Kaffee war doch nichts einzuwenden. Das mit dem Friseur und Caro würde sich schon irgendwie managen lassen. Ich riss mich zusammen und setzte ein hoffentlich bezauberndes Lächeln auf.

"Hättest du Lust auf einen Kaffee?"

"Heute keine grauenhaften Kopfschmerzen?", fragte Ricco mit einem ziemlich spöttischen Lächeln zurück. "Und du musst auch nicht zu deinen Eltern, deiner Freundin oder sonst wohin?"

"Nein."

Das stimmte nicht ganz, denn ich sollte schon, aber *müssen* tat ich nicht. Caro würde sicher Verständnis haben und mein Friseur ... Egal. Dieser hatte vom Haare schneiden ohnehin so viel Ahnung wie ein Dachdecker.

"Schade."

"Wieso?"

Verständnislos sah ich ihn an.

"Ich habe heute Nachmittag schon etwas vor."

"Oh, das ist wirklich schade", sagte ich, ehrlich enttäuscht.

"Dio mio, nun bin ich wirklich überrascht. Du wolltest mit mir auf einen Kaffee gehen und das auch noch *freiwillig*? Was ist denn mit dir passiert?"

Für den Bruchteil einer Sekunde jagte das brennende Verlangen durch mich hindurch, ihm dieses spöttische Grinsen aus dem Gesicht zu schlagen. Inzwischen war mein Hirn allerdings aus der Totenstarre erwacht und brüllte mir warnend zu: *Mach jetzt bloß keinen Bockmist!* Erneut riss ich mich zusammen und gab zu:

"Ja, wollte ich. Aber wenn du keine Zeit hast ..."

Er zögerte kurz und schien zu überlegen.

"Ich könnte ja später hingehen."

Mit Sicherheit hatte Signore Casanova ein Date mit irgendeiner zottelhaarigen Blondschnepfe! Leichter Zorn stieg in mir hoch.

"Ich möchte nicht schuld daran sein, wenn sie dann sauer auf dich ist", konterte ich spitz.

Ricco schüttelte den Kopf und winkte ab.

"Kein Problem, solange ich überhaupt auftauche. Du kannst ja mitkommen, wenn du Lust hast."

Bitte was? Er schien nun vollends übergeschnappt zu sein. Er wollte sich mit irgendeiner Thusnelda treffen und ich sollte mitkommen?

"Ich wüsste nicht, wieso ich dich zu deinem Date begleiten sollte", antwortete ich kühl.

"Es ist kein Date, sondern nur Francescas Geburtstagsparty. Sie hat mich eingeladen."

171

Na großartig! Casanova im Dauerstress. Schon wieder eine Neue!

"Wer ist Francesca?"

"Meine Cousine. Du kannst es dir ja überlegen", fuhr er fort. "Ich hole Sandro aus dem Kindergarten, fahre nach Hause und gehe unter die Dusche. Wenn ich fertig bin, können wir dich abholen."

Ich nickte gemächlich, während mein Hirn auf Hochtouren arbeitete. Geburtstagsparty seiner Cousine, das klang harmlos. Ob es stimmte, stand auf einem anderen Blatt. Mal angenommen, er hatte entgegen seiner Behauptung doch ein Date, hätte er mir sicher nicht vorgeschlagen, ihn zu begleiten. Andererseits konnte das auch nur Taktik sein, weil er insgeheim damit rechnete, dass ich ohnehin ablehnte. Es gab also nur eine einzige Möglichkeit, das herauszufinden.

"Kannst du denn einfach so jemanden mitbringen?", fragte ich mit Unschuldsblick.

"Wie ich Francesca kenne, hat sie sowieso die halbe Stadt eingeladen", meinte Ricco schmunzelnd. "Außerdem bin ich ihr Lieblingscousin, ich darf das."

Ganz überzeugt war ich immer noch nicht, dass er tatsächlich zu seiner Cousine fuhr. Mir blieb also gar nichts anderes übrig, als mitzukommen.

"Gut. Was soll ich anziehen?"

"Nimm einfach das Kleid vom letzten Mal. *Den* Reißverschluss beherrsche ich inzwischen."

In letzter Sekunde hielt ich meine Hand davon ab, hochzuschnellen und klatschend auf seiner Wange zu landen, indem ich sie den Griff des Einkaufswagens würgen ließ. Was für ein unverschämter Mensch!

Ich schluckte den bösen Kommentar, der mir schon auf der Zunge lag, unausgesprochen hinunter, quälte mir ein Lächeln ins Gesicht und antwortete schlicht:

"Alles klar. Bis später."

"Benissimo. Ciao Julia."

Sobald ich zu Hause war, rief ich Caro an und entschuldigte mich kurz bei ihr. Den Friseurtermin sagte ich vorerst ab. Was sollte ich auch noch schneiden lassen?

Ich zerrte das schwarze Kleid aus dem Schrank und schlüpfte hinein. Viel mehr Auswahl an hübschen Kleidchen, wie meine Mutter immer sagte, hatte ich ohnehin nicht. Es war immerhin das einzige, das ich besaß.

Aus der Schublade meines Nachttischchens zog ich das kleine Täschchen mit dem ganzen Make-up-Kram, den mir Caro für den Abend mit Carmen angedreht hatte und breitete alles auf meinem Bett aus. Ratlos starrte ich die ganzen Utensilien an. Wenn ich mich doch nur erinnern könnte, womit Caro damals anfing, und vor allem wie!

Eine Weile schmierte und pinselte ich herum. Als ich mich dann im weitaus größeren Badezimmerspiegel noch einmal ansah, stieß ich einen entsetzten Schrei aus. Mich starrte Krusty, der Clown an! Hastig schrubbte ich mir die ganze Farbe wieder aus dem Gesicht. *Himmeldonnerwetter noch mal!* Bei der Arbeit konnte ich doch auch mit Farbe umgehen! Wieso also stellte ich mich hierbei so unsagbar dämlich an?

Der Ehrgeiz erwachte in mir - oder vielmehr der Starrsinn. Einen letzten Versuch würde ich noch unternehmen. Ich quetschte ein wenig von dem Make-up aus der Tube, nur einen kleinen Klecks, und verrieb es vorsichtig auf meinem Gesicht. Das war der leichteste Part. Unschlüssig starrte ich auf den restlichen Kram. Ein Blick auf die Uhr riet mir allerdings, nicht mehr allzu lange herumzutändeln. Kurzentschlossen verwarf ich die Idee, mit den bunten Döschen herumzuexperimentieren. Damit konnte ich mich ein anderes Mal beschäftigen. Nur das Nötigste, damit ich nicht wie Witwe Bolte aussehen würde. Das musste für heute reichen.

173

Prüfend betrachtete ich mich schließlich im Spiegel. Ja, damit war ich ganz zufrieden. Zwar hatte ich mir bei dem Versuch, die Wimperntusche aufzutragen, beinahe die Augen ausgestochen (sie brannten immer noch!), doch ich hatte es geschafft. So konnte ich auf die Straße gehen.

Meine Haare dagegen waren einfach nur grauenhaft und außerdem saß dieses blöde Kleid das letzte Mal noch irgendwie lockerer um die Hüften. Alles in allem sah ich aus wie ein übergewichtiger Hamster nach einem Stromschlag. Egal, ändern konnte ich jetzt eh nichts daran. Ich nahm mir aber vor, auf der Party sicherheitshalber nur zu stehen, um zu vermeiden, dass die Nähte reißen oder der Reißverschluss platzen würde.

Als ich den Make-up-Kram wieder in der Schublade verstaute, fiel mein Blick wie zufällig auf die beiden Ringe darin. Ohne lange zu überlegen, steckte ich mir einen an. Wieso auch nicht? Schmuck war Schmuck, Ehering hin oder her. Schnell tupfte ich mir noch etwas Parfüm auf, das ich mir neulich aus unerfindlichen Gründen im Drogeriemarkt mitgenommen hatte. Preisreduziert. Fünfzig Prozent. Halbes Risiko also.

Vor mich hin summend schlüpfte ich in meine Pumps und marschierte langsam wegen der ungewohnten Absätze die Treppen hinunter.

Ricco wartete bereits vor dem Haus auf mich.

"Das ging ja schnell", sagte er anerkennend. "Fahren wir mit meinem Auto?"

"Klar, warum nicht?", antwortete ich gönnerhaft. Heute würde ich mich von ihm nicht ärgern lassen, beschloss ich insgeheim. Sein schlecht unterdrücktes Grinsen, nachdem er einen Blick auf meine Frisur geworfen hatte, fiel mir trotzdem auf.

"Sag ja nichts", warnte ich ihn. "Ich weiß selbst, dass

174

meine Haare heute furchtbar aussehen."

Abwehrend hob er die Hände.

"Ich habe kein Wort gesagt."

"Musst du auch nicht. Dein Blick spricht Bände", murmelte ich und sah mich suchend um, als ich ins Auto einstieg. "Wo ist Sandro?"

"Meine Tante wohnt gleich zwei Straßen weiter. Ich habe ihn zu ihr gebracht. Sie nimmt ihn mit zu Francesca."

Ich nickte nur, obwohl ich den Sinn dessen nicht verstand. Wir beide wollten doch auch dorthin. Allerdings war ich alles andere als betrübt darüber, dass der Pimpf nicht mit uns fuhr. Auf seine neunmalklugen Sprüche konnte ich absolut verzichten.

"Übrigens, ich habe Francesca angerufen und ihr gesagt, dass wir gegen sechs kommen", meinte Ricco. "Va bene?"

Ein kurzer Blick auf die Uhr im Armaturenbrett seines Autos verriet mir, dass es bis dahin noch gute vier Stunden waren. Das hieß also vier Stunden alleine mit Ricco. Damit hatte ich nun gar nicht gerechnet. Schlecht fand ich diese Aussicht aber keineswegs.

24

Ricco schlug während der Fahrt vor, zuerst einmal ganz gemütlich auf einen Kaffee zu gehen. Wir hatten Glück und fanden auf Anhieb einen Parkplatz in der Innenstadt.

"Übrigens, du siehst klasse aus", hörte ich mich zu meiner eigenen Verwunderung sagen, als wir uns an das kleine Tischchen der Eisdiele setzten.

Dahingesagte Schmeicheleien waren überhaupt nicht meine Art, doch ich meinte es tatsächlich so, wie ich es sagte. Naturfarbener Leinenanzug, das übliche weiße Shirt und als perfekter Kontrast dazu die pechschwarzen Haare und die sonnengebräunte Haut.

"Mille grazie, Carissima, aber so kenne ich dich gar nicht. Ein Kompliment aus deinem Mund? Ich fühle mich zutiefst geehrt", spöttelte Ricco.

Jetzt, im Nachhinein, war mir mein unbedachtes Geplapper selbst etwas peinlich, doch gesagt war gesagt und gelogen war es auch nicht. Außerdem war nichts verkehrt daran, mal aus Jux und Tollerei ein bisschen herumzuflirten. Ich war inzwischen ohnehin aus der Übung. Es konnte also nicht schaden, meine eingerosteten Kenntnisse in diesem Bereich wieder aufzufrischen. Nicht, weil ich etwas von Ricco wollte, er bot sich eben gerade an.

"Na ja, die Wahrheit darf man doch sagen", schnurrte ich mit meinem schönsten Flirtlächeln. "Vielleicht wird es höchste Zeit, dass du mich besser kennenlernst."

Bevor Ricco darauf antworten konnte, ertönte neben uns ein überraschtes, zuckerschockähnliches Gesäusel:

"Julchen und Ricco, das nenne ich mal eine Überraschung!"

Im Grunde musste ich gar nicht aufsehen, denn schon bei dieser Stimme wusste ich ganz genau, wer da plötzlich wie aus dem Nichts aufgetaucht war und neben uns stand: Carmen. Das durfte doch nicht wahr sein! Hatte diese Giftnatter mir unbemerkt einen GPS-Chip implantiert, über den sie mich nun laufend verfolgen konnte?

"Wo kommst *du* denn her?"

Ich bemühte mich nicht mal, so etwas wie Freundlichkeit zu heucheln. Mein Tonfall alleine stellte schon klar, dass sie hier alles andere als erwünscht war und ich keinerlei Bedarf an ihrem dämlichen Gebrabbel hatte. Nur leider musste mir entfallen sein, dass sie nicht viel mehr Gehirn als ein Regenwurm besaß.

"Ich war beim Shoppen. Ihr habt doch nichts dagegen, wenn ich mich kurz zu euch setze?"

Und wie ich etwas dagegen hatte! Doch bevor ich auch nur Luft holen konnte, setzte sie sich schon auf den freien Stuhl zwischen Ricco und mir und schlug betont langsam die Beine übereinander. Ihr ohnehin ultrakurzer Rock rutschte dabei noch höher und bot uneingeschränkte Sicht auf ihre - wie ich widerwillig und äußerst neidvoll zugeben musste - makellosen Endlosbeine.

Diese Ausgeburt der Hölle machte ihn schon wieder an und das direkt vor meinen Augen!

"Na, geht es euch gut?", wollte Carmen mit unverhohlener Neugier wissen.

"Ja", knurrte ich. "Jedenfalls bis du aufgetaucht bist."

"Das freut mich", säuselte sie, ungeachtet meines bissigen Kommentars. "Ach Ricco, dich habe ich erst neulich im *Castello Barocco* gesehen. Julchen konnte ich jedoch leider nicht entdecken."

"Meinst du Freitagabend?", fragte Ricco sie.

Ich hielt den Atem an, denn gleich würde meine letzte Schwindelei auffliegen. Soweit wollte ich es nicht kommen lassen.

"Carmen, sag mal, wo steckt eigentlich dein Mann?", mischte ich mich rasch ein, um vom Thema abzulenken.

"Unterwegs", antwortete die Natter knapp und strahlte Ricco wieder an. "Wenn du nicht in Damenbegleitung gewesen wärst, hätte ich dich natürlich begrüßt, doch ich wollte dich nicht stören. Das war doch sicherlich eine Kundin von dir, oder?"

Dieses hinterhältige Biest! Fing sie schon wieder damit an?

"Nein, das war meine Cousine", korrigierte Ricco sie. "Warum fragst du?"

"Ach, nur so. Julchen war nicht dabei und da dachte ich, dass -"

"Bist du jetzt zufrieden?", zischte ich sie an. "Dasselbe habe ich dir doch schon erzählt."

177

Carmen setzte einen Unschuldsblick auf und tat ziemlich erstaunt.

"Wirklich? Ach, das ist mir wohl entfallen, Julchen." Sie streckte die Hand aus und legte sie auf Riccos. "Du trägst ja deinen Ehering gar nicht mehr. Ihr trennt euch doch nicht etwa?"

Himmeldonnerwetter noch mal! Mich ärgerte es nicht nur tierisch, dass dieser Klapperschlange rein gar nichts entging. Wie dreist war diese Person eigentlich, meinen Ehemann vor meinen Augen zu betatschen und uns derartige Dinge wie eine Trennung zu unterstellen? Bevor ich ihr an die Gurgel springen konnte, antwortete Ricco ihr schon und tat dabei ziemlich überrascht.

"Madonna, das ist mir noch gar nicht aufgefallen. Vermutlich liegt er im Büro."

"Nimmst du ihn dort immer wegen deiner weiblichen Kundschaft ab?", fragte Carmen mit einem zuckersüßen Lächeln.

Er schüttelte entschieden den Kopf.

"Unsinn, das habe ich nicht nötig. Die Geschäfte laufen auch ohne solche Tricks sehr gut. Ich habe ihn beim Händewaschen abgenommen und in der Hektik scheinbar vergessen, ihn wieder anzustecken."

Nun war ich sprachlos. Wollte Ricco mir am Ende noch Konkurrenz machen, was das Schwindeln betraf? Er war unglaublich und vor allem wahnsinnig überzeugend. Ich kam nicht umhin, ihm dafür kurz einen bewundernden Blick zuzuwerfen.

"Ach so", meinte Carmen leichthin. Sie hatte sich recht gut im Griff. Weder ihr Tonfall noch ihre Miene verrieten, wie wenig ihr Riccos Antwort gefiel. Wie ich sie kannte, hatte sie wenigstens auf eine Trennung, wenn nicht gar einen Rosenkrieg bei uns gehofft.

"Gibt es sonst noch etwas, das du unbedingt wissen musst?", fragte ich spitz, jedoch nicht ohne eine Spur

Schadenfreude.

"Aber Julchen, ich bin doch nicht neugierig." Die Klapperschlange heuchelte Empörung. "Du kennst mich doch."

"Eben", murmelte ich.

Sie überhörte wieder einmal meinen Kommentar und warf einen kurzen Blick auf ihre mit Glitzersteinchen besetzte Armbanduhr.

"So spät schon!", rief sie leise aus, erhob sich langsam und schob im Zeitlupentempo ihren hochgerutschten Rock nach unten. "Entschuldigt, aber ich muss leider los. Schönen Tag noch euch beiden."

"Na endlich!", ächzte ich überaus erleichtert und sah ihr nach, wie sie hüftschwingend auf ihren High Heels davonstöckelte. Hoffentlich blieb sie mit den Absätzen irgendwo stecken, stolperte und brach sich nicht nur beide Beine, sondern jeden einzelnen Knochen im Körper, am besten mehrmals! "Diese ekelhafte, schleimige, hinterhältige Giftnatter!"

"Du kannst ja richtig gehässig sein!" Ricco lehnte sich in seinem Stuhl zurück und schüttelte grinsend den Kopf. "Lass sie doch. Sie ist einfach nur neugierig, so wie alle Frauen eben."

Seinen Machospruch registrierte ich zwar, ging aber nicht darauf ein, denn im Moment interessierte mich etwas anderes viel mehr.

"Sag mal, woher wusstest du das mit der Cousine? Das habe ich dir doch gar nicht erzählt. Oder doch?"

"Ich weiß zwar nicht, was du meinst, aber Freitagabend war ich mit Francesca beim Essen."

"Und sie ist deine Cousine", wiederholte ich zufrieden. Keine Sekunde später ertappte ich mich dabei, dass ich Ricco kurz um den Hals fiel, ihm dabei ein Küsschen auf die Wange drückte und säuselte: "Danke, dass du Carmen wegen des Ringes angeschwindelt hast."

Als ich ihn wieder losließ, sah Ricco mich mit großen Augen an und meinte:

"Allmählich wirst du mir unheimlich, Julia. Du benimmst dich heute sehr merkwürdig."

Nun ja, was sollte ich dazu sagen? Ich wurde mir ja selbst schon unheimlich wegen meiner unüberlegten Spontanaktionen.

"Ich kann eben auch anders", wich ich ziemlich verlegen aus. Allerdings kam es mir beinahe so vor, als ob Ricco mein merkwürdiges Benehmen gar nicht so übel fand. Ganz sicher war ich mir zwar nicht, doch vielleicht fand ich es heraus, wenn ich erst einmal so weitermachte. Meine Aufhübschung vorhin sollte sich ja auch lohnen. Schließlich hatte ich bei meinem ersten Anblick fast vor Schreck einen Herzinfarkt erlitten und mir um ein Haar die Augen ausgestochen. Lebensgefahr pur!

Ricco holte sich ungefragt eine Zigarette aus meiner Schachtel, zündete sie an und nahm einen Zug. Dann schüttelte er auf einmal grinsend den Kopf.

"Eines würde mich jedoch interessieren. Woher wusstest du, dass ich mit meiner Cousine beim Essen war?"

"Dreimal darfst du raten", knurrte ich, bevor ich ihn aufklärte. "Diese Ausgeburt der Hölle rief mich an und ich durfte mir ihr schadenfrohes Triumphgeheul anhören, weil sie *meinen Mann* in Damenbegleitung im *Castello Barocco* entdeckt hatte. Irgendetwas musste ich dazu sagen. Da man immer hört, dass ihr Südländer im Allgemeinen immer recht große Familien habt, nahm ich einfach mal die Cousine. Schien mir am plausibelsten zu sein, falls sie dir nicht ähnlich sieht."

"So falsch ist das gar nicht und es hat ja auch gepasst. Ich frage mich nur eines: Wenn du das angenommen hast, wieso dann dein erboster Anruf?"

"Na ja", sagte ich lang gezogen, um Zeit zu gewinnen. Es

180

war schon peinlich genug, mir selbst einzugestehen, dass ich vor Eifersucht beinahe explodiert war. Ihm konnte ich das also unter keinen Umständen beichten. Doch irgendetwas *musste* ich sagen, das halbwegs glaubwürdig klang. Leider fiel mir rein gar nichts ein. "Es hätte ja sein können, dass ..."

Etwas ratlos zuckte ich mit den Schultern.

"Dass ich schon wieder eine andere habe?", ergänzte er mit einem derart breiten und herausfordernden Grinsen, dass es mich automatisch in den Fingern juckte.

"Läuft mit deiner Zwanzigjährigen etwa nichts mehr?", platzte es aus mir heraus. *Lieber Gott!* Nun hätte ich mich selbst am liebsten geohrfeigt. War ich denn völlig verrückt geworden?

Ricco sah ziemlich enttäuscht drein, als er den Kopf schüttelte.

"Leider nein. Sie ist weg. Ihr Urlaub war leider schon vorbei."

Bei dieser Antwort nicht vor Schadenfreude lauthals aufzujaulen, kostete mich immense Mühe, doch ich schaffte es irgendwie. Wenn das mal nicht herrlich war. Er, der große Frauenchecker, war auf einen Urlaubsflirt hereingefallen!

"Das tut mir aber leid für dich", heuchelte ich. "Seht ihr euch irgendwann wieder?"

"Natürlich", bestätigte er mir mit todernster Miene, doch in seinem Blick war etwas, das ich partout nicht deuten konnte. Wollte er mich etwa provozieren? Mit Sicherheit, so wie ich ihn kannte. Vorsicht war also angesagt, wenn ich mich nicht verraten wollte.

Schnell setzte ich ein strahlendes Lächeln auf.

"Na das freut mich doch. Schön für dich."

"Davvero?"

"Was?"

"Wirklich?"

"Sicher. Ihr wart doch so ein schönes Paar", log ich, während sich mein Lächeln verkrampfte. Gegen den Spott, der sich in meine Stimme schlich, war ich allerdings machtlos.

"Sagtest du nicht, sie wäre viel zu jung für mich?"

"Wo die Liebe eben hinfällt."

Himmeldonnerwetter noch mal! Wieso hatte ich nur mit diesem blöden Thema angefangen? Jetzt durfte ich mir Dinge anhören, die ich gar nicht hören wollte.

Ricco schwieg einen Moment, dann lachte er plötzlich schallend auf.

"Julia! Luisa ist meine kleine Schwester. Sie war nur ein paar Tage auf Besuch hier. Du kannst ja Sandro fragen, wenn du mir nicht glaubst."

Wie bitte? Dieses Dumm-dumm-Blondgeschoss war seine Schwester? Ich rief sie mir noch einmal kurz ins Gedächtnis. Jetzt, im Nachhinein und neutral betrachtet, fiel mir auf, dass bei den beiden durchaus eine gewisse Ähnlichkeit vorhanden war. Eigentlich hätte ich gleich darauf kommen können, zumal ihr ganzes Outfit genau dem entsprach, was man diesen aufgetakelten, eingebildeten Italienerinnen andichtete.

Urplötzlich überfiel mich spontane Erleichterung und zum zweiten Mal fand ich mich völlig ungeplant an Riccos Hals hängen.

"Madonna mia, Julia", ächzte er und zwinkerte mir zu. "Mach das nicht zu oft, sonst gewöhne ich mich noch daran."

"Und wenn schon? Wäre das so schlimm?", hörte ich mich übermütig nachhaken und bekam als Antwort italienisches Gebrabbel.

"Ricco!", stöhnte ich auf. "Du weißt genau -"

"Entschuldige. Wir sollten langsam aufbrechen."

"Verrate mir zuerst, was du eben gesagt hast."

"Nicht so wichtig", winkte er ab und stand auf. "Kommst

du?"

"Riccardo, bitte!"

"Ich sagte: *Man kann nie wissen.* Zufrieden?"

"Muss ich wohl", antwortete ich skeptisch. "Ich kann kein Italienisch, das weißt du ganz genau und behaupten kannst du viel. Aber egal, gehen wir."

25

Am nächsten Morgen überlegte ich eine ganze Weile, ob ich überhaupt aufstehen sollte. Am liebsten hätte ich mir die Decke über die Ohren gezogen und den freien Tag im Bett verbracht, denn hier war er: mein dreißigster Geburtstag. Schließlich warf ich seufzend die Decke beiseite und stand doch auf. Geburtstag war Geburtstag, ob ich ihn nun ignorierte oder nicht.

Außerdem musste ich zu meinem Friseur. Gestern noch hatte ich ihn bekniet, mich am Vormittag unbedingt einzuschieben, und er tat mir den Gefallen. Im Salon fand ich die neue Frisur klasse. Als ich zu Hause war und sein Werk genau begutachtete, änderte sich meine Meinung schlagartig. Wofür hatte ich dieser Unfähigkeit in Person eigentlich so einen Haufen Geld in den Rachen gestopft? Meine Haare waren nur noch kürzer geworden und er hatte sie etwas anders gestylt. Besser sah ich jetzt keineswegs aus. Ich glich immer noch räudigen Bisamratte nach einem Stromschlag.

Unter Garantie würde Ricco mich beim nächsten Treffen fragen, ob mich ein Rasenmäher überfahren hatte. Nicht zu Unrecht. Ich kam mir selbst insgesamt ziemlich bescheuert vor, doch für Reue war es zu spät.

Den ganzen Vormittag über klingelte mein Handy. Viele meiner Freunde und Bekannten wussten, dass ich mir jedes Jahr an meinem Geburtstag freinahm und wollten mir deshalb schon einmal gratulieren. Riccos Nummer leuchtete ebenfalls recht häufig auf dem Display auf, doch so sehr ich es auch wollte, ich nahm seinen Anruf nicht an. Wie ich mich kannte, würde ich mich mit Sicherheit verplappern und meine Party heute Abend erwähnen, zu der ich ihn nicht einladen konnte. Der Giftnatter wegen. Das Risiko eines Supergaus war mir viel zu groß, also musste ich ohne ihn feiern.

Schlechtes Gewissen hin oder her, es ging einfach nicht anders. Ich hoffte inständig, dass er später - wenn er davon erfuhr - verstehen würde, wieso ich ihn nicht einlud. Denn falls nicht, wusste ich jetzt schon, dass Signore molto Sensibelchen nie wieder ein Wort mit mir reden würde. Jedenfalls nicht nach dem gestrigen Abend bei seiner Cousine, an dem wir uns ausnahmsweise einmal hervorragend verstanden und jede Menge Spaß zusammen hatten.

Nachmittags fuhr ich auf das Wochenendgrundstück meiner Eltern, um schon mal alles für die Party vorzubereiten. Es lag außerhalb der Stadt, direkt am Baggersee, und war absolut ideal, denn dort wohnte niemand, der sich von Musik und Partylärm gestört fühlen konnte. Das Wochenendhäuschen war zwar nicht besonders groß (wenn auch fast größer als mein Apartment), doch es gab Strom, fließendes Wasser und sogar eine Toilette. Meine Eltern hatten damals, als sie das Häuschen eigenhändig bauten, wirklich an alles gedacht. Während Caro, die kurz nach mir ankam, und ich dort herumwuselten, um die letzten Vorbereitungen zu treffen, kam wie befürchtet die Frage nach Ricco. Nun musste ich also Farbe bekennen.

"Was? Du hast ihn *nicht* eingeladen?" Meine Freundin starrte mich entgeistert an. "Ich dachte, gestern Abend -"

"Ja, der Abend war toll, aber denk doch bitte nach. Ich kann ihn nicht einladen, weil Carmen kommt. Du kennst sie und ihr loses Schandmaul ebenso gut wie ich. Falls sie ihn vor irgendjemanden als meinen Ehemann betitelt, was glaubst du wohl, was los ist?"

"Und was denkst du, was los ist, wenn Ricco spitz kriegt, dass du ihn nicht auf deiner Party haben wolltest?"

"Mal den Teufel bitte nicht an die Wand", brummte ich.

"Muss ich nicht, den hast du selbst eingeladen", konterte Caro trocken. "Julchen, Ricco *wird* es mitbekommen. Und dann?"

"Hör auf", ächzte ich. "Ich darf gar nicht daran denken. Signore molto Sensibelchen wird mehr als totbeleidigt sein. Das geht bei ihm ohnehin wahnsinnig schnell und aus bedeutend geringerem Anlass."

"Eben, also würde ich es mir an deiner Stelle noch einmal gut überlegen, ob du ihn nicht doch einlädst."

"Herrgott noch mal, Caro!" Ich stampfte zornig mit dem Fuß auf. "Du weißt genau, dass das nicht geht! Glaub mir, ich könnte mich selbst mit wachsender Begeisterung dafür ohrfeigen, dass ich diese Giftnatter im Delirium eingeladen habe. Doch für Reue ist es nun zu spät. Wir beide wissen, dass sie selbst dann kommen würde, wenn für heute Abend ein F5-Tornado angesagt wäre. Es wird so schon schwierig genug sein, darauf aufzupassen, dass sie nicht ungefragt irgendwelche Geschichten ausplaudert, die keinen etwas angehen. Stell dir nur mal vor, sie schnattert in Gegenwart meiner Eltern etwas von meinem Ehemann herum! Überflüssig zu sagen, dass das den absoluten Supergau gibt."

"Das ist allerdings wahr, denn dann würdest du als Lügenbaroness enttarnt werden und auffliegen." Caro seufzte auf. "Ach Julchen, ich glaube allmählich, dass
185

niemand außer dir solchen Bockmist zustande bringt."

"Schon gut", winkte ich missmutig ab. "Wusste ich denn, dass ich wegen einer einzigen, klitzekleinen Notlüge für den Rest meines Lebens von dieser Schlange heimgesucht werde?"

"Natürlich nicht, nur dein Timing ist absolut katastrophal. Wieso musstest du dich ausgerechnet *gestern* mit ihm treffen? Hättest du damit nicht bis nach deinem Geburtstag warten können?"

"Besten Dank für den Supertipp", höhnte ich. "Noch einen auf Lager?"

"Ja! Schalte das nächste Mal zuerst dein Hirn ein, bevor du losschnatterst."

Jeglicher Widerspruch war zwecklos, denn natürlich hatte sie damit recht. Ich wusste ja selbst, dass ich mit meinem unbedachten Geplapper an der ganzen Misere selbst schuld war. Ich seufzte tief auf und nickte.

"Ja Mama, Lektion verstanden ... Es ändert jedoch nichts daran, dass nur einer von den beiden kommen kann und dieses hinterhältige Biest wird es auf jeden Fall. Also darf Ricco nicht kommen. Ganz einfach. Und nun lass uns fertigmachen. Ich muss noch nach Hause und mich duschen und umziehen."

Der Startschuss für meine Party fiel zwar erst um acht, aber ich war bereits um kurz nach sieben wieder auf dem Wochenendgrundstück. Die Dusche hätte ich mir sparen können, denn ich war jetzt bereits wieder schweißgebadet. Weniger wegen des Wetters, sondern ausschließlich wegen Carmen, die mir unablässig durch den Kopf geisterte. Caro hatte mir versprochen, das Biest im Auge zu behalten, um gegebenenfalls blitzschnell eingreifen zu können. Trotzdem nahm mit jeder Sekunde mehr, die verstrich, das beunruhigende Gefühl zu, dass ich auf direktem Wege in eine Katastrophe schlitterte.

Zum Glück verdrängte gegen halb acht der Partyservice meine düsteren Gedanken, der das italienische Büffet mit unterschiedlichsten Antipasti, warmen Nudelgerichten und haufenweise leckeren Desserts anlieferte. Auf diese Idee hatte mich meine Freundin gebracht, die meinte, ein runder Geburtstag könne durchaus ein bisschen mehr vertragen als die übliche Pizzaorgie, die es sonst auf meinen Geburtstagspartys gab. Nach einer kurzen Bedenkpause fand ich diesen Vorschlag gar nicht übel und ließ mich tatsächlich dazu überreden, obwohl mein Sparschwein empört zu quieken begann, als ich es für die horrende Rechnung plünderte.

Während der Partyservice noch mit dem Aufbau des Buffets beschäftigt war, trudelten schon meine Eltern und Caro ein und kurz danach alle anderen Gäste. Carmen kam - ohne Ehemann - natürlich als Letzte. Vermutlich war das von ihr so geplant, damit ihr großer Auftritt vor genügend Publikum stattfinden konnte. Ihr Motto lautete schließlich: Auffallen um jeden Preis! Wie immer war sie total overdressed in einem extrem kurzen, mit goldenen Glitzerfäden durchzogenen, schwarzen Minikleid, das so mini war, dass gerade mal das Wichtigste bedeckt wurde. Alle anderen, mich inbegriffen, trugen ganz legere Freizeitkleidung. Es sollte ja schließlich Spaß machen und keine Modenschau werden.

"Mein Mann wäre liebend gerne mitgekommen", flötete Carmen in diesem widerlich süßlichen Tonfall, den ich absolut verabscheute. "Nur hat er gerade ein Riesengeschäft am Laufen, da konnte er sich nicht freinehmen. Du bist doch hoffentlich nicht böse, Liebes?"

"Natürlich nicht, Liebes", äffte ich sie samt ihres Tonfalls nach. "Das verstehe ich doch völlig."

Ob ihr Göttergatte mit von der Partie war oder nicht, interessierte mich kein bisschen. Bedauerlich war nur, dass
187

Carmen nicht die Arbeitswut ihres Mannes besaß oder am Nachmittag vom Bus überfahren worden war. Und dann kam sie, die Frage, die zwangsläufig kommen musste und die ich mit Grauen schon erwartet hatte.

"Wo steckt denn eigentlich Ricco? Ich kann ihn nirgendwo entdecken."

"Das Gleiche in Grün: Auch Geschäfte", log ich. "Du weißt ja, wie das ist."

"Und das an deinem Geburtstag, wirklich schade. Er wird aber doch sicherlich noch kommen, oder?"

"Klar kommt er, sobald er fertig ist", behauptete ich derart überzeugend, dass ich es beinahe selbst glaubte. "Kann allerdings spät werden, meinte er."

Die Juninacht war angenehm lau und die Stimmung ziemlich ausgelassen. Ich amüsierte mich prächtig, trotz meines inzwischen fortgeschrittenen Alters. Jedenfalls, bis Carmen auf mich zugestöckelt kam, ein merkwürdiges Lächeln im Gesicht.

"Julchen, meine Liebe, ich soll dir von Ricco alles Gute zum Geburtstag ausrichten."

"Von Ricco?", ächzte ich geschockt. Was ging hier vor sich?

"Ja, er hat eben angerufen."

In meinem Hinterkopf schrillten urplötzlich tausend Alarmglocken. Welche hinterlistige Aktion hatte sie nun wieder geplant?

"Wie jetzt?", hakte ich verwirrt nach. "Er hat *dich* angerufen, um mit mir -"

"Nicht mich, Dummerchen", korrigierte sie mich. "Dein Handy bimmelte und du warst nirgendwo zu sehen. Also bin ich rangegangen ... Hätte ja etwas Wichtiges sein können", fügte die Klapperschlange fast entschuldigend hinzu.

Bitte was? Wie dreist war diese Satansbrut eigentlich, mein bimmelndes Handy aus meinem Rucksack zu kramen

188

und auch noch abzunehmen? Und Rudi, dieser Idiot ließ es auch noch zu, dass sie in ihm herumwühlte, anstatt ihr die Finger abzubeißen!

"Sag mal, spinnst du?", raunzte ich sie an. "Was fällt dir ein, einfach an *mein* Handy zu gehen?"

"Nun hab dich doch nicht so", winkte Carmen gelassen ab. "Es lag da hinten in deinem Baby–Rucksack und klingelte. Weißt du, Liebes, ich finde ihn ja durchaus niedlich, allerdings für *Kleinkinder*. In deinem Alter allerdings -"

"Noch ein Wort gegen Rudi und du fängst dir eine Ohrfeige ein, die sich gewaschen hat", drohte ich ihr.

"Nicht doch, Julchen", flötete sie weiter im Tonfall von Cruella de Ville. "War doch nicht böse gemeint. Abgesehen davon passt er ausgezeichnet zu dir." Sie ließ ihren Blick langsam über mich wandern, während sich ihr blutrot geschminkter Mund zu einem leicht spöttischen Lächeln verzog. "Leider konnte ich dich nirgendwo entdecken, sonst hätte ich dich natürlich sofort informiert oder dir sogar dein Handy gebracht."

Hätte jemand anderes mir das erzählt, hätte ich ihm diese Geschichte zweifellos geglaubt. Doch Carmen und eine völlig uneigennützige Tat war genauso wenig glaubwürdig wie eine Zitronenplantage auf Grönland. Ich ließ es für den Moment allerdings auf sich beruhen, denn mich interessierte etwas anderes weitaus mehr.

"Hat er sonst noch etwas gesagt?", fragte ich so neutral, wie es mir in meiner derzeitigen Verfassung möglich war.

Und da war es wieder, dieses merkwürdige Lächeln, das mich zutiefst beunruhigte.

"Als ich ihn fragte, bis wann er hierher kommt, war er völlig überrascht. Kein Wunder, denn dein *Ehemann* wusste nicht einmal, dass du heute Abend eine Party gibst!"

Herr im Himmel, das durfte doch nicht wahr sein! Hier war sie, die Katastrophe, die ich den ganzen Nachmittag

189

schon vorausgesehen hatte. Ich schluckte trocken und spürte, wie mir der kalte Schweiß ausbrach. Meine ganze Hoffnung, dass Ricco nichts von meiner Party erfahren würde, lag nun zerschmettert vor mir auf dem Boden. Das war das sichere Ende, denn nun würde er zwangsläufig nie wieder ein Wort mit mir reden. Während ich noch nach einer plausiblen Ausrede suchte, zischelte Cruella Giftnatter de Ville schon:

"Übrigens, er war gar nicht am Arbeiten, sondern saß zu Hause, in *seinem* Haus mit *seinem Sohn*!" Sie lächelte so zufrieden wie eine Katze vor dem leeren Milchtopf. "Also Julchen, Karten auf den Tisch: Wozu dieses ganze Märchen? Gib es schon zu, du bist weder mit Ricco verheiratet noch mit irgendeinem anderen Mann. Ich wusste es von Anfang an, dass das nicht stimmen kann, nur sagte ich nichts, weil ich einfach wissen wollte, wie weit du mit deinen Lügengeschichten gehst. Wir wissen doch beide, dass du dich seit Schulzeiten nicht verändert hast. Männer stehen einfach nicht auf so etwas wie dich, heute genauso wenig wie damals. Keiner von den Jungs an der Schule hat sich für dich interessiert. Weißt du auch, wieso?"

Lieber Gott, das durfte alles nicht wahr sein! Allen Bemühungen zum Trotz war ich nun als Lügenbaroness enttarnt worden. Wie peinlich war das denn? In dieser Sekunde wünschte ich mir sehnlichst, dass sich der Erdboden unter mir auftun würde und mich verschlang - oder wenigstens diese schleimige Ausgeburt der Hölle. Leider passierte nichts dergleichen.

Doch jetzt, da ich aufgeflogen war, musste ich nicht mehr so tun als ob und zurückhalten musste ich mich schon gar nicht mehr.

"Ja!", spie ich ihr hasserfüllt entgegen. "Weil du hinterhältige und intrigante Schlange sie mir alle ausgespannt hast!"

Carmen kicherte sichtlich amüsiert.

"Dazu musste ich mich nicht einmal anstrengen, Liebes. Sie kamen alle freiwillig, denn jeder von ihnen hatte Angst davor, seinen Ruf zu verlieren und sich lächerlich zu machen, wenn sie in deiner Gesellschaft gesichtet worden wären. Kein Wunder, so, wie du damals herumgelaufen bist." Erneut wanderte ihr Blick gemächlich über mich, von Kopf bis Fuß und zurück. "Wobei, wenn ich dich heute ansehe, drängt sich mir die Frage auf, ob du dir deine Klamotten nach wie vor aus den Altkleidercontainern angelst oder ob du inzwischen in der Penner-Boutique deine Kleidungsgutscheine vom Sozialamt eintauschen gehst?"

Das war doch die Höhe! Mir verschlug es nun wirklich die Sprache. Was fielen diesem giftspeienden Biest noch alles für Gemeinheiten ein?

"Weißt du eigentlich, dass sie dich *das beste Impotenzmittel aller Zeiten* genannt haben?", fuhr Carmen ungerührt fort und lachte auf. "Einer verriet mir mal, dass er sich lieber eigenhändig kastrieren würde, als sich von dir anfassen zu lassen."

Nun war es eindeutig genug. Noch mehr ihrer Beleidigungen und bodenlosen Unverschämtheiten wollte und musste ich mir nicht anhören, und heute schon gar nicht.

"Du widerliches, intrigantes, hinterhältiges Aas!", zischte ich ihr zu. "Nicht jeder will eben so ordinär wie du herumlaufen. Du hast doch schon damals nur deine ultrakurzen Röckchen getragen, damit du sie nur hochklappen brauchtest. Du musst dir damit ja ein Vermögen verdient haben", höhnte ich.

"Hätte ich Geld dafür genommen, Liebes, mit Sicherheit", antwortete Carmen herablassend. "Allerdings hätten sich die Jungs das damals gar nicht leisten können, denn Qualität hat ihren Preis." Sie lächelte selbstgefällig und schnipste mit den Fingern. "Apropos, da wir gerade bei diesem Thema sind: Wie viel bezahlst du eigentlich für ein bisschen Sex, denn ich nehme mal an, dass sich keiner freiwillig und kostenlos dazu überwinden wird, oder?"

Blind vor Zorn und Hass holte ich blitzschnell weit aus, um Carmen eine derart schallende Ohrfeige zu verpassen, dass ihr ihr dämlicher Hohlkopf davonflog. Leider kannte sie mich offenbar gut genug, um das vorauszusehen, denn sie duckte sich rasch.

"Nicht doch, Julchen", gluckste sie. "Verrate mir doch stattdessen lieber, womit du den armen Ricco geködert hast, um dein schlecht inszeniertes Kasperletheater mitzumachen? Sex als Bezahlung scheidet ja wohl aus, denn ich kann mir nicht vorstellen, dass er sich so weit herablassen würde. Ein attraktiver Mann wie er kann sich die Frauen aussuchen und du gehörst unter Garantie nicht zu seiner Wahl."

"Hältst du wohl endlich dein widerliches Schandmaul?", fuhr ich sie an. "Jeder weiß doch, dass du dir dein Geld im horizontalen Gewerbe verdienst."

Schlagartig verstummte nun das fröhliche Geschnatter der Partygäste ringsum. Alle drehten sich zu uns und durchbohrten mich fast mit ihren neugierigen Blicken. Lieber Gott, wie peinlich war das denn?

Diese elende Giftnatter schaffte es immer wieder, mich in Rage zu bringen, so auch heute. Ihretwegen hatte ich alles um mich herum vergessen und in einer Lautstärke herumgebrüllt, dass man mich sicherlich noch auf der anderen Seite des Baggersees problemlos hörte.

Carmen schien sich von meiner Behauptung keineswegs betroffen zu fühlen, sondern genoss es scheinbar, im Mittelpunkt zu stehen, ihrem selbstgefälligen Lächeln nach.

"Nur kein Neid, Aschenblödel. Ich kann nichts dafür, dass alle Männer vor dir laut schreiend Reißaus nehmen und du als alte, vertrocknete Jungfer sterben wirst." Sie drehte sich zu meinen anderen Gästen, die uns immer noch total perplex anstarrten. "Unser Julchen ist derart verzweifelt, dass sie allen erzählt, sie wäre glücklich verheiratet. Dabei verabreden sich Männer nur mit ihr, wenn sie dafür bezahlt und sie einlädt. Unglaublich, oder?"

Nun war definitiv Schluss mit lustig. Keine Sekunde länger würde ich diese rasselnde Klapperschlange hier dulden. Spontan krallte ich meine Finger in ihre Lockenmähne und zerrte sie daran zum Gartentor.

"Verschwinde sofort und komm mir nie wieder unter die Augen!", fauchte ich sie an und gab ihr einen derartigen Rempler, dass sie nach draußen stolperte.

Carmen schien davon wenig beeindruckt zu sein, brachte lediglich mit den Fingern ihre Frisur in Ordnung und grinste mich äußerst zufrieden an.

"Genau das wollte ich gerade tun, Julchen. Ich gebe mich nämlich ungern mit asozialem Abschaum wie dir ab. Man gerät dadurch nur in Verruf." Mit einer gekonnten Kopfdrehung warf sie ihre Haare über die Schulter und zwinkerte mir zu. "Nur zu deiner Information: Ich werde Ricco die Tage mal anrufen. Feuer des Südens und so weiter, aber davon verstehst du ja ohnehin nichts. Ich wünsche dir noch viel Vergnügen auf deiner kleinen, langweiligen Prollo-Party!"

Sie warf mir noch ein zuckersüßes Lächeln zu, reckte dann das Kinn in die Höhe, drehte sich auf dem Absatz um und stolzierte davon, ohne sich noch einmal umzudrehen.

26

Ich hatte es geahnt! Meine sämtlichen Befürchtungen und unguten Vorahnungen bestätigten sich in dem

Moment, als meine Erzfeindin hier auftauchte und die Büchse der Pandora öffnete. Fassungslos starrte ich ihr hinterher. Diese schleimige und nach Pestilenz stinkende Ausgeburt der Hölle hatte mir nicht nur meinen Geburtstag und die Party gründlich verdorben, sondern mich obendrein vor all meinen Gästen bloßgestellt und zutiefst beleidigt.

An das, was sie Ricco am Telefon erzählte, mochte ich nicht einmal ansatzweise denken. Ich ging jedoch davon aus, dass es nichts als schamlose Lügen waren. Mit Sicherheit war er nun sauer oder totbeleidigt, wenn nicht gar beides und würde nie wieder auch nur ein Sterbenswörtchen mit mir sprechen.

Während ich mich langsam umdrehte, atmete ich erst einmal ganz tief durch. Meine Partygäste standen inzwischen in kleinen Grüppchen zusammen und tuschelten kräftig. Mir blieb nur eine Möglichkeit, um die Situation wieder unter Kontrolle zu bringen, nämlich den Stier bei den Hörnern zu packen. Ich knipste also ein strahlendes Lächeln an und klatschte demonstrativ Beifall.

"Gut gemacht, Carmen!", rief ich ihr lautstark über die Schulter hinterher, obwohl sie sich inzwischen vermutlich außer Hörweite befand. "Das war wieder mal einer deiner üblichen Cabaretauftritte der lächerlichsten Kategorie."

Es wirkte tatsächlich. Alle wandten sich zu mir und sahen mich mit einer Mischung aus Erwartung, Neugier und Irritation an.

"Es stimmt doch, dass Carmen uns eine erstklassige Show geboten hat, oder nicht?", fuhr ich fort. "Wir können ihr nicht einmal böse sein über den ganzen Schwachsinn, den sie vor sich hingebrabbelt hat. Sie kann ja nichts für ihr Minihirn, das gerade mal den Bruchteil dessen einer Nacktschnecke ausmacht." Erleichtert bemerkte ich, dass der Großteil meiner Gäste das Kichern anfing. "Ihr könnt euch sicher sein, dass ich noch nie einen Mann für irgendetwas bezahlt habe, weder für ein Essen noch für ein

194

Date. All das hat sich diese bedauernswerte Kreatur wie immer aus den Fingern gesogen, nur um im Mittelpunkt zu stehen und sich wichtig zu machen. Caro kann euch bestätigen, dass Carmen schon zu Schulzeiten eine kleine, ekelhafte, intrigante Kröte war und sich daran bis heute nicht geändert hat. Auch das mit dem Ehemann hat sie völlig falsch verstanden. Ich sagte nur zu ihr, dass ich dann heiraten werde, sobald mir der Richtige über den Weg läuft. Oder glaubt ihr etwa, dass ich mich in einem Anfall von Torschlusspanik auf den nächstbesten Mann stürze und ihn mit vorgehaltener Pistole zwinge, mich zu heiraten? Das ist doch total bescheuert, oder nicht?"

Inzwischen hatte sich nicht nur die Miene meiner Gäste wieder aufgehellt, sie amüsierten sich scheinbar prächtig über meine Rede und meine Lästereien über die Giftnatter.

"Am besten vergessen wir diesen peinlichen Auftritt, mit dem sie sich selbst am allermeisten blamiert hat", plapperte ich weiter. "Bevor die Party jedoch weitergehen kann, eine Bitte noch an die Männer hier in der Runde: Schlagt es euch aus dem Kopf, mir nun eindeutige Angebote zu unterbreiten, denn von mir bekommt ihr keine Kohle!"

Die Antwort auf meinen Schlusssatz war brüllendes Gelächter. Die Party war gerettet und nun wurde es höchste Zeit, dass wieder Schwung in den Laden kam. Ich drehte die Musik ein gutes Stück lauter, schnappte mir mein Weinglas und prostete Caro zu, die feixend auf mich zusteuerte.

"Hey, du Lügenbaroness", gluckste sie leise. "Hast du dir schon einmal überlegt, deinen Job an den Nagel zu hängen und als Stand-up-Comedian anzufangen? Du warst eben sagenhaft gut!"

"Hör bloß auf!", stöhnte ich, legte ihr die Hand auf den Ellbogen und schob sie etwas weiter weg von den anderen. "Hast du eine Ahnung, was meine Eltern von Carmens dämlicher Ansprache alles mitbekommen haben?"

"Ziemlich wenig vermutlich", winkte meine Freundin ab.

"Als ich sah, wie Carmen mit ihren typischen Triumphblick auf dich zustöckelte, ahnte ich schon Übles. Deine Eltern standen gerade ganz bei mir in der Nähe, also lenkte ich sie ein bisschen ab mit Geschichten aus der Schulzeit. Deine Mutter amüsierte sich königlich und meinte, dass sie sich daran noch erinnern könnte, wie sehr du Carmen damals schon gehasst hättest, weil sie ein intrigantes Biest gewesen wäre. Trotzdem Julchen, ich kam ganz schön ins Schwitzen."

"Was denkst du, wie *ich* geschwitzt habe?", ächzte ich. "Im Grunde hatte ich ja schon damit gerechnet, dass so etwas passiert. Diese widerliche Giftnatter wollte doch nur deshalb unbedingt kommen, um mir den Abend verderben und sich Ricco an den Hals werfen zu können."

"Umso größer wird ihre Enttäuschung gewesen sein, dass er überhaupt nicht hier war."

Ich seufzte tief auf.

"Nicht nur sie", gab ich ein wenig verlegen zu. "Ich hätte ihn auch lieber hier gehabt als diese ... diese Satansbrut. Dank ihr kann ich Ricco jetzt abhaken. Wer weiß, was sie ihm für Märchen aufgetischt hat."

"Wieso rufst du ihn nicht an und fragst ihn?", schlug Caro vor.

"Bist du verrückt geworden?"

"Wieso denn? Dann weißt du wenigstens, was Stand der Dinge ist."

"Besten Dank auch", brummte ich. "Eine Szene heute Abend reicht mir."

"Och Julchen, nun stell dich nicht so an", stöhnte meine Freundin auf. "Erkläre ihm einfach, dass -"

"Was denn?", brauste ich auf, senkte aber sofort wieder die Lautstärke. Alles mussten die anderen nun auch nicht mitbekommen. "Dass ich ihn nicht eingeladen habe, weil ich ein widerlicher Feigling bin und nicht wollte, dass mein Lügenmärchen auffliegt? Caro, du kennst ihn nicht! Er ist

196

wegen jeder Kleinigkeit sofort totbeleidigt und eingeschnappt."

"Dann lass dir schnell etwas einfallen, bevor Carmen ihre Klauen nach ihm ausstreckt. Genau das hat sie doch vor."

Die Giftnatter formulierte es vorhin zwar anders, doch genau darauf lief es hinaus. Zu Schulzeiten hätte ich aufgegeben und ihr den Weg freigemacht, heute jedoch nicht mehr.

"Allerdings", stimmte ich Caro mit wachsendem Hass auf dieses widerliche Biest zu. "Doch das werde ich zu verhindern wissen, selbst wenn ich dafür meine Seele dem Teufel schenken muss!"

Mit grimmiger Miene marschierte ich zu Rudi, zog mein Handy heraus, wählte Riccos Nummer und drückte auf Lautsprecher, damit Caro mithören konnte. Wie fast immer meldete sich natürlich Sandro. Ein leises Stimmchen in meinem Hinterkopf riet mir, ruhig zu bleiben und dem Pimpf ein wenig Honig ums Maul zu schmieren, damit er nicht sofort auflegte.

"Hallo, Kleiner", säuselte ich deshalb. "Hier ist Julia. Wieso bist du denn noch auf? Solltest du nicht schon längst im Bett sein?"

"Mein Papa hat gesagt, ich darf heute länger aufbleiben. Morgen ist kein Kindergarten."

"Ach ja, richtig. Na dann nutze das mal schön aus und viel Spaß noch. Gibst du mir bitte mal deinen Papa?"

"Der Papa kann jetzt nicht. Der ist gerade unter der Dusche."

Lieber Himmel, das durfte doch nicht wahr sein! Wann auch immer ich anrief, stand Riccardo gerade unter der Dusche. Normal war das nicht. Hatte er denn nichts anderes zu tun?

"Was für ein Pech aber auch", heuchelte ich überfreundlich. "Kuckst du mal bitte, wie lange er noch braucht?"

"Nein. Der Papa kommt nämlich schon. Ciao Julia."

Ich hörte Sandro leise auf Italienisch mit Ricco reden. Kurz darauf meldete sich dieser mit einem knappen

"Ja?"

Nun durfte ich keinen Fehler machen, wenn ich vermeiden wollte, dass er tatsächlich nie wieder ein Wort mit mir wechseln würde.

"Hallo Ricco. Ich glaube, ich -"

"Was willst du?", unterbrach er mich unwirsch.

So eine Reaktion hatte ich befürchtet. Signore molto Sensibelchen war wohl extrem sauer und beleidigt.

"Ich wollte dir erklären, weshalb -"

"Unnötig. Vergiss es."

Mein Geduldsfaden franste leicht aus, doch mich von seiner schlechten Laune anstecken zu lassen, half mir mit Sicherheit nicht weiter. Ich riss mich also zusammen und bemühte mich, so ruhig wie möglich zu bleiben.

"Hörst du mir *bitte* mal zu und lässt mich ausreden?"

"Wozu? Ich weiß Bescheid."

"Was hat Carmen dir erzählt?"

"Mehr als genug. Übrigens: Alles Gute."

"Danke, aber nun sag schon: Was hat sie dir erzählt?"

"Thema erledigt. Viel Spaß noch auf -"

"Ricco, bitte leg jetzt nicht auf, sondern sprich mit mir!", fiel ich ihm rasch ins Wort. Ich hatte Glück. Es erklang kein Freizeichen. Demnach war er anscheinend noch in der Leitung. "Sie hat dich angelogen, Ricco", fuhr ich rasch fort. "Was auch immer sie dir erzählt hat, sie hat *gelogen*. Du hättest sie sehen sollen, welchen Auftritt sie hier hingelegt hat ... Bist du noch da?"

"Du hattest beim Abendessen mit Carmen deinen Geburtstag erwähnt", sagte er, ohne auf meine Erklärung einzugehen. "Nur deshalb habe ich heute ein paar Mal versucht, dich zu erreichen. Ich wollte dir lediglich

198

gratulieren. Mehr nicht. Wenn ich dir auf die Nerven gehe, dann sag es einfach und ich lasse dich in Ruhe. Capisci?"

Ach du lieber Himmel, nicht nur die Giftnatter, sondern auch er hatte sich den Tag gemerkt!

"Ricco, ich -"

"Selbst wenn ich gewusst hätte, wo deine Party stattfindet, wäre ich nicht einfach so dort aufgetaucht. Ich dränge mich niemanden auf und du hättest mich auch nicht einladen müssen, schon gar nicht, da dir meine Anwesenheit so peinlich gewesen wäre wegen deiner ganzen Familie."

"Bitte was?", fragte ich völlig perplex. "Wieso sollte mir das peinlich sein? Das ist doch völliger Unsinn! Es war doch nur, weil -"

"Vergiss es einfach und erspare mir deine Lügengeschichten. Gestern dachte ich zwar noch, dass wir beide ... Egal, ich habe mich getäuscht."

"Ich wollte doch nur -"

"Kümmere dich lieber um deine Gäste", fiel er mir frostig ins Wort. "Ich werde dich künftig nicht mehr belästigen. Arrivederci."

"Ricco, warte!"

Klack. Aufgelegt. Verständnislos starrte ich auf mein Handy. Wovon um Himmels willen sprach er eigentlich? Und wieso sollte es mir peinlich sein, ihn auf meiner Geburtstagsparty zu haben?

Lange überlegen musste ich nicht, denn solch schwachsinnige Aussagen konnten nur auf Carmens Mist gewachsen sein. Ich wusste zwar nach wie vor nicht, was diese Satansbrut ihm erzählte, eines wusste ich jedoch mit absoluter Sicherheit: Wieder einmal hatte sie gegen mich intrigiert und ihr Ziel erreicht. Ricco wollte nichts mehr mit mir zu tun haben und das war ausschließlich ihre Schuld.

27

Wie beinahe jeden Donnerstag saßen Caro und ich bei unserem Lieblingsitaliener. Heute allerdings schmeckte das Essen, für das ich sonst beinahe sterben würde, nicht besser als eine Dose Hundefutter weit über Verfallsdatum. Zum gefühlt hunderttausendsten Male unterhielten wir uns über mein letztes Telefonat mit Ricco, das morgen auf den Tag genau zwei Wochen her war.

Caro zuckte ratlos mit den Schultern.

"Frag mich bitte nicht, Julchen. Ich verstehe doch genauso wenig wie du, wieso es dir hätte peinlich sein sollen. Das ist doch völliger Blödsinn!"

"Natürlich ist es das, aber er ließ mich ja nicht mal ausreden. Ich könne mir meine Lügengeschichten sparen."

"Ich weiß, ich habe es ja selbst gehört", winkte Caro ab. "Mich würde allerdings brennend interessieren, welche Märchen aus Tausendundeiner Nacht diese Giftnatter ihm erzählt hat."

"Nicht nur du. Doch selbst wenn ich es wüsste, würde es mir auch nicht weiterhelfen. Ricco will nichts mehr mit mir zu tun haben."

"Warte doch einfach mal ab", schlug meine Freundin vor. "Er wird sich in ein paar Tagen beruhigt haben und dann sieht die Welt wieder ganz anders aus."

"Das bezweifle ich." Lustlos stocherte ich in meiner Lasagne herum. "Morgen sind es genau zwei Wochen, die ich schon am Abwarten bin und passiert ist seitdem rein gar nichts. Er hat sich nicht ein einziges Mal gemeldet."

"Und du? Hast du es denn schon einmal bei ihm versucht?"

"Ja, und nicht nur einmal", gab ich zu. "Jedes Mal war der Pimpf am Telefon und meinte nur, sein Papa könne nicht und legte auf."

Caro nippte an ihrem Wein, stellte das Glas wieder ab und schwieg eine Weile.

"Dann vergiss es", sagte sie schließlich in ziemlich resolutem Tonfall. "Totbeleidigt zu sein, ist eine Sache. Dir aber nicht einmal die Chance für eine Erklärung zu geben und sich von einem Fünfjährigen am Telefon verleugnen zu lassen, ist einfach nur abscheulich feige und unmöglich!"

"Quatsch, er ist nur -"

"Doch, er ist feige", beharrte Caro. "Nichts anderes. Anstatt sich mit dir auseinanderzusetzen, zieht er den Schwanz ein und taucht unter. Primitiver geht es doch nicht. So hätte ich ihn nicht eingeschätzt. Niemals."

"Vielleicht konnte er tatsächlich nicht ans Telefon kommen", verteidigte ich ihn schwach, obwohl ich im Grunde genau wusste, dass ich mir das sparen konnte. Ich glaubte diese Ausrede ja nicht einmal selbst.

"War er etwa wieder unter der Dusche?", spöttelte Caro. "Julia, ich bitte dich! Das tut er doch angeblich jedes Mal. Wenn das wahr wäre, müsste er doch schon Schwimmhäute und Kiemen haben."

Einmal mehr musste ich meiner Freundin recht geben. *"Mein Papa duscht gerade"* nahm ich Sandro längst nicht mehr ab.

"Es ist alles meine Schuld", brummte ich. "Ich hätte mich mit dieser Giftnatter gar nicht unterhalten, sondern sie gleich zum Teufel jagen sollen."

"Das wäre mit Sicherheit das Beste gewesen", pflichtete Caro mir grinsend bei. "Aber sieh es doch einmal positiv: Hättest du dich nicht mir ihr und deinem erfundenen Ehemann zum Essen verabredet, dann hättest du Ricco auch nie kennengelernt."

"Und? Dann wäre ich genauso weit wie jetzt, nur hätte ich mir jede Menge Ärger erspart", murmelte ich und seufzte tief auf. "Am besten haken wir das Thema ab, ein für alle Mal. Und Signore molto oberblödi gleich dazu."

Ich legte die Gabel zur Seite und schob demonstrativ den noch fast vollen Teller mit Lasagne von mir. Der Appetit war mir restlos vergangen. Als ich nach meinem Rotweinglas griff, fiel mein Blick zufällig auf die Eingangstür.

"Lieber Gott, das darf doch nicht wahr sein!", knurrte ich bitterböse. "Kann denn diese Giftnatter nicht endlich der Blitz treffen?"

"Oh nein", stöhnte Caro leise auf, die Carmen wohl inzwischen ebenfalls entdeckt hatte. "Was will sie denn hier?"

Mir schwoll die Zornesader, als ich Carmen mit einem strahlenden Lächeln auf uns zusteuern sah.

"Das ist aber eine Überraschung", flötete sie und blieb neben unserem Tisch stehen. "Wie geht es euch beiden denn?"

"Bis du aufgetaucht bist, bestens", zischte ich sie an.

"Ach Julchen, bist du etwa immer noch sauer wegen des kleinen Eklats auf deiner Party? Es tut mir wirklich leid. Ich habe mich wohl ein bisschen danebenen benommen."

Diese geheuchelte Entschuldigung konnte ihr abnehmen, wer wollte. Ich tat es nicht, denn dazu kannte ich sie schon viel zu lange und vor allem viel zu gut.

"Hau ab und lass mich in Ruhe."

"Wie du willst, Liebes", säuselte sie in ihrem widerlichen Zuckerschock-Singsang. "Ich wollte dich nur kurz fragen, ob du schon das Neueste von Ricco weißt."

"Wieso sollte es mich interessieren, was er treibt oder nicht?", fragte ich sie frostig.

"Hätte ja sein können, Liebes", meinte Carmen mit einem Schulterzucken. "Aber wenn -"

"Woher willst du eigentlich so genau über Ricco Bescheid wissen?", mischte sich nun Caro ein.

"Ach herrje, sagte ich das nicht?" Die Giftnatter heuchelte Überraschung. "Riccardo und ich telefonieren doch ständig."

Bitte was? Hatte dieses hinterhältige Biest ihre Ankündigung auf meiner Party also tatsächlich wahr gemacht? Um ein Haar wäre ich aufgesprungen und hätte ihr ihren langen, spindeldürren Hals umgedreht. Caro verpasste mir allerdings rechtzeitig einen Tritt unter dem Tisch und sah mich warnend an.

"Nun spuck schon aus, was du loswerden willst", sagte sie kühl zu Carmen, bevor ich reagieren konnte. "Deswegen bist du doch hier. Also?"

"Ich wollte mich keineswegs aufdrängen, Liebes, sondern nur unser Julchen auf dem Laufenden halten."

"Dann tu das mal, du intrigante Schlange, bevor du daran erstickst", fauchte ich.

Carmen beantwortete meinen Kommentar mit einem honigsüßen Lächeln und fuhr fort:

"Er ist gestern mit Sandro nach Italien gefahren. Wusstest du das etwa nicht, Julchen?"

"Woher denn?", fragte ich eisig zurück. "Du selbst hast doch bestens dafür gesorgt, dass er nicht mehr mit mir spricht und -"

"Weiter im Text!", fiel Caro mir ins Wort und warf mir erneut einen Blick zu, der wohl heißen sollte: *Halt die Klappe!*

Mit schlecht verhohlenem Triumph eröffnete Carmen uns:

"Ricco geht zurück nach Italien."

"Sagtest du nicht eben, er ist *gefahren*?", spöttelte ich.

"Natürlich, Dummerchen, aber das meinte ich auch nicht."

"Sondern?"

"Er geht ganz zurück nach Italien. Im Moment erledigt er dort gerade ein paar Dinge, quasi als Vorbereitung."

Für ganz? Mein Herzschlag setzte eine Sekunde lang aus.

"Und das heißt?", hakte ich überflüssigerweise nach. Ich

203

verstand sehr wohl, was sie mir eben erklärte, doch ich konnte es weder glauben noch begreifen.

Carmen sah mich mit einem Mama–erklärt–es–dir–gerne–noch–einmal–du–Dussel–Blick an.

"Das heißt, dass er aus München wegzieht und anschließend wieder in Italien lebt und arbeitet. Die Ära Deutschland ist für ihn beendet. Ist doch ganz einfach, oder nicht?"

Fassungslos starrte ich sie an. Das konnte doch nicht wahr sein! Ricco hatte nie ein Wort darüber verloren. Es gab nicht einmal die leiseste Andeutung seinerseits. Falls Carmen ausnahmsweise einmal nicht log und er diesen Plan tatsächlich in die Tat umsetzte, bedeutete das für mich, dass ich ihn dann nie wieder sehen würde.

"Sag bloß, du wusstest nichts davon?", fragte die Natter, scheinbar völlig verwundert. "Dann war es ja gut, dass wir uns getroffen haben. Sonst hättest du es wohl nie erfahren."

"Und wenn schon. Wieso sollte mich das interessieren? Mir ist es völlig gleichgültig, was Ricco treibt oder nicht", log ich. Obwohl ich gerade mehr als geschockt war, würde ich das nicht um alles in der Welt zugeben, nicht vor meiner Erzfeindin.

"Ach wirklich?", fragte Carmen spöttisch und zog eine Augenbraue hoch.

"Ja, warum auch nicht?"

"Hätte ja sein können ... Ach übrigens, er ist jetzt in festen Händen."

Lieber Gott, das konnte doch alles nicht wahr sein! Ihre Neuigkeiten wurden immer unglaublicher. Carmen log mit tausendprozentiger Sicherheit, um sich im Triumph suhlen zu können, wenn ich niedergeschmettert vor ihr auf dem Boden lag. Nichts anderes wollte sie doch! Wie mich diese schleimige Ausgeburt der Hölle anwiderte!

"Bleibt nur zu hoffen, dass er so viel Geschmack besitzt

und sich nicht mit so einem Luder wie dir eingelassen hat", zischte ich.

"Nur kein Neid, Liebes." Carmen lachte glockenhell auf und zwinkerte mir zu. "Ganz unter uns gesagt, er ist echt klasse. Temperamentvoll, leidenschaftlich und vor allem wahnsinnig ausdauernd. Irgendwie schade, dass du nie in diesen Genuss kommen wirst."

Bitte was? Sollte Ricco wirklich mit Carmen ... Nein, niemals! Er würde sich doch nicht so weit herablassen, mit einer wie ihr ins Bett zu springen? Das konnte ich nicht glauben. Andererseits, wieso eigentlich nicht? Hatte er sich doch häufig genug bei mir nach dieser Klapperschlange erkundigt.

"Schade? Wohl kaum", antwortete ich verächtlich. "Einer, der tollwütiges Aas anfasst ... Danke, kein Bedarf. Ich will mir ja nichts einfangen. Und nun, falls du nicht noch irgendetwas unbedingt loswerden musst, zieh endlich Leine und verpeste woanders die Luft."

"Ganz wie du willst, Julchen." Sie schenkte uns ein huldvolles Cruella–Giftnatter-de-Ville-Lächeln. "Glaub mir, du wirst mich noch anbetteln, Liebes, dich über ihn auf dem Laufenden zu halten. Bis dahin werde ich mich jedoch nicht aufdrängen."

"Herzlichen Dank für dein überaus gütiges Angebot", höhnte ich. "Du vergisst nur, dass dieser Schmalspur–Casanova und ich uns nichts, aber auch gar nichts mehr zu sagen haben."

"Sehr gut. Nicht, dass du dich wieder beklagst, ich hätte ihn dir ausgespannt. Ganz nebenbei bemerkt, Julchen: Sei froh, wie es gelaufen ist. Du hättest dich sowieso nur maßlos blamiert."

"Blamiert? Wobei denn?", hakte ich irritiert nach. Carmens Gedankensprünge waren mir immer schon ein Rätsel gewesen, doch heute machte sie sich selbst Konkurrenz.

205

Mit mitleidsvoller Miene schüttelte sie gemächlich den Kopf.

"Du weißt doch noch nicht mal, wie man Sex buchstabiert, geschweige denn, wie er funktioniert. Unvorstellbar: Dreißig und immer noch Jungfrau. Bist du doch noch, oder?"

Gottlob schnappte Caro nach meinen Handgelenken und hielt mich daran fest, sonst wäre ich aufgesprungen und Amok gelaufen.

Die Giftnatter lachte äußerst amüsiert auf und machte eine Handbewegung, als würde sie eine lästige Fliege vertreiben.

"Egal. Solltest du deine Meinung ändern, Julchen: Du hast ja meine Nummer."

"Bevor ich dich freiwillig anrufe, beiße ich mir lieber die Zunge ab."

"Tu das, Liebes. Du brauchst sie ohnehin nicht. Dich küsst doch nicht einmal einer auf die *normale* Art und Ricco schon gar nicht. Der steht nämlich auf *richtige* Frauen und nicht auf Hermaphroditen wie dich."

"Hau endlich ab!", brüllte ich rasend vor Zorn. Dass mich jeder hier in der Pizzeria bis in den letzten Winkel hören konnte, interessierte mich in diesem Augenblick absolut nicht.

Caro war bei meinem Brüller hochgeschnellt, um den Tisch herum gehechtet und stand nun hinter mir. Sie drückte mich an den Schultern fest nach unten, damit ich nicht aufspringen konnte und Carmen an den Hals.

"Gerne, Liebes", säuselte Carmen. "Schönen Abend noch euch beiden. Hat mich gefreut."

Hasserfüllt starrte ich ihr nach, wie sie zu einem Tischchen in der Ecke stöckelte, an dem bereits ein ziemlich attraktiver Mann wartete und sie mit Küsschen begrüßte. Ihr Mann Christian war es jedoch nicht. An jedem anderen Abend hätte ich mir zusammen mit Caro das Maul darüber zerrissen, heute interessierte mich das jedoch alles keineswegs.

"Ganz ruhig bleiben, ja?", raunte mir meine Freundin zu und tätschelte mir sachte die Schultern, bevor sie um den Tisch herumging und sich wieder auf ihren Platz setzte. Als ihr die Kinnlade herunterfiel, wusste ich ganz genau, was ihr ins Auge stach: Carmen und ihr Date.

"Sieh dir den bloß mal an", flüsterte sie mir prompt zu. "Wie macht sie das nur und vor allem, wo findet sie solche Männer? Da soll man nicht neidisch werden."

"Der Typ da drüben ist mir völlig schnurz!", zischte ich in gemäßigter Lautstärke, bevor uns der Chef doch noch hinauswerfen und wenigstens mir Hausverbot erteilen würde. "Er ist vermutlich eh nur ein -"

"Egal", winkte Caro ab und fing an, in ihrer Handtasche herumzukramen. "Noch mal zu Ricco. Will er wirklich für immer nach Italien zurückgehen?" Sie zog ein Papiertaschentuch aus der Tasche und hielt es mir auffordernd vor die Nase. "Übrigens, deine Wimperntusche ist nicht wasserfest."

Auch das noch! Als ich mir das Ding damals kaufte, erschien mir *wasserlöslich* als die klügere Alternative, ließ sich die Farbe doch ratzfatz abwaschen. Wie konnte ich (völlig unbedarft bei solchem Kosmetikkram!) auch damit rechnen, dass ich mich damit anfreunden und mir eines Tages der riesige Hass auf Carmen und Ricco aus den Augen tropfen würde!

Hastig wischte ich mir mit dem Tuch über die Wangen, bevor noch jemand dank zerfließender Wimperntusche auf die abwegige Idee kam, ich säße hier heulend herum.

"Danke", murmelte ich und zuckte dann mit den Schultern. "Ich weiß es nicht, Caro. Er hat nie etwas in der Art erwähnt."

"Würde ihr ähnlich sehen, dass sie das alles erfunden hat. Aber was, wenn es doch stimmt?"

"Dann ist es eben so."

"Mir musst du nichts vorspielen", sagte Caro schmunzelnd. "Also spar dir die coolen Sprüche ... Frag ihn doch einfach selbst, dann weißt du es auf jeden Fall aus sicherster Quelle."

"Wie denn? Ich sagte doch vorhin schon, dass er jedes Mal den Pimpf ans Telefon schickt und mir ausrichten lässt, er könne nicht."

"Ach ja, richtig." Caro schwieg einen Moment, dann meinte sie: "Versuche es doch noch einmal. Ricco hat sich inzwischen bestimmt wieder beruhigt. Oder bist du der gleiche Feigling wie er?"

"Nein, das nicht", schwindelte ich. "Ich bin kein Feigling, aber -"

"Aber, aber, aber. Hör endlich auf damit, Julia, und ruf ihn an", schimpfte Caro mich. "Mehr als auflegen kann er im schlechtesten Falle nicht."

Das war mir durchaus klar, trotzdem konnte ich mich nicht überwinden. Bei den zwei oder drei Anrufen bei ihm am Tag nach meinen Geburtstag half mir noch meine Wut auf Carmen, doch seitdem... Jeden Morgen hatte ich es mir vorgenommen. Sobald ich jedoch mein Handy in die Hand nahm und meinen Daumen über seiner Nummer schweben ließ, verkrampfte er sich derart, dass ihn nicht einmal zehn Elefanten hätten niederdrücken können. Himmeldonnerwetter noch mal, Caro hatte recht. Ich *war* ein Feigling. Ein ganz erbärmlicher noch dazu.

"Caro, ich ..."

Als ich Caros unnachgiebig-auffordernden Blick sah, wusste ich, dass ich mir sämtliche Ausreden sparen konnte. Genauso gut wusste ich, dass mir nur zwei Möglichkeiten blieben: auf der Stelle vor ihr zuzugeben, dass ich tatsächlich zu feige war, ihn anzurufen oder ihr das Gegenteil zu beweisen. Und zu guter Letzt wusste ich mit absoluter Sicherheit: Gab ich meine ungewohnte Feigheit zu, würde Caro mich bis zu meinem letzten Atemzug damit aufziehen.

Ich gab mir also einen Ruck, atmete tief durch und kramte in Rudi herum, bis ich endlich mein Handy fand.

"Okay. Mal sehen, ob er in der Zwischenzeit wieder normal geworden ist", murmelte ich dabei vor mich hin.

Unter Caros wachsamen Augen tändelte ich nicht lange herum, sondern drückte einfach auf Riccos Nummer. Es klingelte ... einmal, zweimal, dreimal ... und noch einige Male, ohne dass jemand abnahm. Schließlich legte ich auf, unentschlossen, ob ich darüber erleichtert sein sollte oder eher beunruhigt.

"Niemand zu Hause?", fragte Caro mich.

Ich schüttelte den Kopf und warf einen Blick auf die Wanduhr über der Theke.

"Das verstehe ich nicht, Caro. Es ist fast zehn. Sandro muss doch schon längst ins Bett! Wo stecken die beiden denn bloß?"

"Vielleicht ist er mit seiner neuen Flamme unterwegs?"

"Fängst du jetzt auch noch an?", knurrte ich und bedachte Caro mit einem strafenden Blick.

"Was? Oh, entschuldige. War nicht so gemeint."

"Und selbst wenn, Sandro würde er zu Hause lassen beim Babysitter und der würde ganz sicher ans Telefon gehen. Ricco mag als Mann vielleicht der Totalversager und Rohrkrepierer schlechthin sein, aber als Papa ist er absolut klasse. Ich habe es doch oft genug erlebt."

Caro und ich bestellten uns noch Cappuccinos samt Grappa, um den Abend allmählich ausklingen zu lassen. Wir plauderten eine Weile, dann versuchte ich es erneut bei Ricco. Wieder nahm keiner ab. Langsam wurde ich unruhig. Sollte Carmen ausnahmsweise die Wahrheit gesagt haben?

"Caro, hier stimmt etwas nicht", sagte ich besorgt. "Es ist Donnerstagabend und elf vorbei."

209

"Ich finde es auch seltsam. Wieso rufst du ihn nicht auf seinem Handy an?"

"Weil ich die Nummer nicht habe", gab ich kleinlaut zu.

"Bitte was?" Caro sah mich überrascht an. "Du hast seine Handynummer nicht?"

"Nein. Er rief mich beim ersten Mal von seinem Festnetz aus an. Diese Nummer habe ich abgespeichert und da ich ihn dort jedes Mal erreichte, wenn ich ihn brauchte ... Ich vergaß völlig, ihn nach seiner Handynummer zu fragen. Ja, ich weiß, schön dämlich", fügte ich meiner langatmigen Erklärung hinzu, als ich Caros immer breiter werdendes Grinsen sah. "Ist doch auch egal, nur habe ich allmählich das ungute Gefühl, dass diese Giftnatter diesmal nicht gelogen hat."

"Das mag ich mir gar nicht vorstellen", ächzte Caro. "Was willst du nun tun?"

"Keine Ahnung. Ich kann höchstens noch bei ihm vorbeifahren und nachsehen, ob Licht brennt oder ob sein Auto auf dem Parkplatz steht."

"Gute Idee." Caro winkte dem Ober und meinte: "Mach das am besten gleich. Liegt doch bei dir ohnehin auf dem Nachhauseweg."

Keine zwanzig Minuten später stand ich vor Riccos Haus. Alle Fenster waren dunkel und sein Auto war auch nicht da. Ich versuchte mir einzureden, dass das noch gar nichts bedeuten musste. Vielleicht schlief er schon. Vielleicht war sein Auto in der Werkstatt. Vielleicht hatte er einen Wasserschaden im Haus gehabt und übernachtete bei seiner Tante. Vielleicht ...

Schluss mit wilden Spekulationen, rief ich mich schließlich zur Ordnung. Morgen würde ich gleich nach der Arbeit bei ihm vorbeifahren und vielleicht hatte ich ja dann mehr Glück.

28

Weder am nächsten Abend noch an einem der darauf folgenden traf ich Ricco zu Hause an. Am Telefon meldete sich auch niemand, obwohl ich es zu allen möglichen und auch unmöglichen Zeiten bei ihm versuchte. Er schien wie vom Erdboden verschluckt zu sein.

Inzwischen machte ich mir wirklich Sorgen und meine Befürchtung, dass Carmen die Wahrheit gesagt hatte, nahm mit jedem Tag mehr zu.

Ich konnte es partout nicht begreifen. Er war einfach so verschwunden, ohne ein einziges Wort zu sagen oder sich wenigstens zu verabschieden. Falls er tatsächlich nach Italien zurückgekehrt war, würde ich ihn nie wieder sehen.

Natürlich war er mir keinerlei Rechenschaft schuldig und bei unserem letzten Telefonat sagte er ja ganz direkt, dass er mich künftig nicht mehr belästigen würde. Dass dazu auch die ganz schlichte Information gehörte, Deutschland für immer zu verlassen ... Himmeldonnerwetter noch mal, das konnte ich doch nicht ahnen!

Falls er das nun tatsächlich getan hatte ... Ach dann sollte er sich zum Teufel scheren! Als wenn ich ihn brauchen würde. So toll war er nun wieder nicht. Er war nur ...

Stopp! schrie plötzlich eine Stimme in meinem Hinterkopf. Was war das denn für ein ausgemachter Schwachsinn? Und vor allem, wie lange wollte ich mir noch selbst in die Tasche lügen?

Mein urplötzlich aufgeflackerter Zorn auf ihn verpuffte wie eine Seifenblase und zurück blieb nur ein kleines Häufchen Elend. Ja, ich gab es endlich zu: Ich mochte Ricco. Sehr sogar. Und ich vermisste ihn. Sehr sogar.

Mist, Mist und nochmals Mist! Beinahe verzweifelt

klammerte ich mich an die Hoffnung, dass er und Sandro nur für ein paar Tage nach Italien in Urlaub gefahren waren oder dort Verwandtschaft besuchten. Ich konnte natürlich einfach abwarten, ob er doch wieder hier auftauchen würde. Das war sicherlich die einfachste Lösung, doch Geduld gehörte nicht zu meinen Stärken.

Also musste ich über meinen Schatten springen. So schwer es mir auch fiel, mir blieb nichts anderes übrig, als Carmen anzurufen. Seufzend schnappte ich mir mein Handy und wählte ihre Nummer.

"Julchen, was für eine Überraschung", flötete diese ins Telefon. "Damit hätte ich nicht gerechnet."

Das war das erste Mal, dass sie und ich uns einig waren, ging es mir doch genauso wie ihr. Nie im Leben hätte ich gedacht, dass ich sie eines Tages freiwillig anrufen würde.

"Na ja, als wir uns das letzte Mal gesehen haben, war ich wohl etwas heftig. Du bist mir doch hoffentlich nicht mehr böse, Liebes?", schleimte ich ins Telefon. Obwohl ich jetzt schon Brechreiz verspürte, musste ich mich zusammennehmen und diese Schlange bei Laune halten. Jedenfalls solange, bis sie ausspuckte, was ich wissen wollte und musste.

"Aber nein, Julchen. Ich kenne dich ja lange genug", antwortete Carmen gönnerhaft. "Du warst doch immer schon so ... temperamentvoll. Gibt es irgendetwas Neues?"

"Eigentlich nicht. Und bei dir?"

"Bei mir? Oh ja, stell dir vor. Gestern habe ich ein todschickes Kleid gesehen. Und dabei wollte ich nur ..."

Carmen schilderte mir in allen Einzelheiten ihre Shoppingtour und was sie sonst noch für erzählenswert hielt. Mehrmals gähnte ich verstohlen. Ab und zu warf ich einen kurzen Kommentar ein, damit sie zumindest den Eindruck gewann, dass ich zuhörte und wartete ungeduldig ab, bis sie endlich mit dem Gequatsche fertig wurde. Von Ricco hatte sie die ganze Zeit über keinen Ton erwähnt.

Direkt fragen wollte ich aber auch nicht. Das wäre zu offensichtlich gewesen.

"Ach ja, bevor ich es vergesse", fuhr Carmen fort, ohne Luft zu holen. "Ricco ist noch in Italien. Er hat erzählt, dass er sich ein Haus gekauft hat. Scheinbar macht er wirklich Ernst mit seinen Plänen." Sie kicherte plötzlich. "Nun muss er nur noch heiraten. Kind und Haus sind ja schon vorhanden."

Ich schluckte trocken, zutiefst geschockt über diese Neuigkeiten.

"Er hat sich ein *Haus* gekauft?", hakte ich so beherrscht wie möglich nach.

"Ja. Muss ziemlich groß sein, so wie er es geschildert hat."

"Dann bleibt er also ganz dort, oder?"

"Ja, sicher. Nachdem Sandro nächstes Jahr in die Schule kommt, wird er alles vorher noch über die Bühne bringen wollen. Das ist ja nur verständlich, oder nicht?"

"Ja. Sicher."

Lieber Gott, das durfte doch nicht wahr sein! Alles klang so verdammt plausibel. Das konnte sich Carmen mit ihrem Spatzenhirn unmöglich ausgedacht haben. Mir war nur schleierhaft, wieso Ricco sich ausgerechnet mit *ihr* abgab? So toll war diese Natter doch auch wieder nicht!

"Sag mal, Carmelita", säuselte ich. "Kannst du mir schnell seine Handynummer geben? Ich muss ihn nur kurz etwas fragen."

"Och, das tut mir so leid, Julchen." In ihrer Stimme schwang tatsächlich Bedauern mit. "So gern ich es tun würde, ich darf sie dir nicht geben."

"Du *darfst* nicht?"

"Nein. Ich musste es ihm versprechen. Sorry."

"Wieso das denn?"

Nun kam ich absolut nicht mehr mit oder ich musste irgendetwas verpasst haben. Carmen *durfte* mir seine

213

Handynummer nicht geben und musste es ihm sogar versprechen? Was war das denn für ein Mist?

"Ich weiß nicht. Vielleicht bist du ihm ja auf die Nerven gegangen. Wenn du willst, Liebes, kann ich ihm gerne etwas von dir ausrichten. Oder du sagst mir, was du von ihm brauchst und ich frage ihn für dich."

Na bitte, die Klapperschlange begann zu rasseln. So etwas wie dieses hinterhältige Angebot musste ja kommen.

"Nein, das geht nicht", sagte ich schnell. "Ich muss ihn selbst sprechen. Ich sage ihm auch nicht, dass ich die Nummer von dir habe, Carmelita. Bitte. Es ist wirklich wichtig."

Ich verabscheute mich selbst zutiefst in diesem Moment. Wie weit konnte ich jetzt noch sinken? Nicht in einer Million Jahre hätte ich geglaubt, dass ich jemals meine Erzfeindin anbetteln würde!

"So leid es mir auch tut, Liebes, ich kann nicht. Seine Nummer ist bei der Auskunft nicht eingetragen und wenn du ihn anrufst, weiß er genau, von wem du die Nummer hast. Julchen, glaub mir bitte, ich würde dir so gerne helfen, nur -"

"Dann gib mir seine Adresse und ich schreibe ihm."

Carmen seufzte tief auf.

"Leider habe ich seine Adresse in Italien nicht, sonst hätte ich sie dir natürlich gerne gegeben. Obwohl ich nicht weiß, ob es ihm recht wäre. Schließlich will er doch nichts mehr mit dir zu tun haben, um unnötigen Ärger zu vermeiden."

"Was für Ärger? Carmen, ich verstehe langsam gar nichts mehr", gab ich ehrlich zu. "Was ist das bitte für ein Katz–und–Maus–Spiel? Ich will nur kurz mit ihm reden, mehr nicht."

"Schon Julchen, aber ..." Sie druckste etwas herum und sagte schließlich: "Also gut, ich verrate es dir. Es ist eine reine Vorsichtsmaßnahme seinerseits, weil seine Verlobte es sicher nicht so gerne sieht, dass er -"

"Seine *was?*", stieß ich hervor. Ich musste mich verhört haben. "Willst du mir etwa erzählen, dass er sich *verlobt* hat? Und das in den beiden Wochen, die er gerade mal in Italien ist? Carmen, das kann doch nicht sein!"

"Die beiden kennen sich doch schon länger. Deshalb wird er jetzt nach Italien zurückgehen, weil eine Fernbeziehung auf Dauer ziemlich kompliziert ist."

Verlobt. Fernbeziehung auf Dauer. Das war entschieden zu viel für mich und musste erst einmal in aller Ruhe verdaut werden.

"Dann sag ihm bitte, dass ich ihn dringend sprechen muss. Meine Nummer hat er ja. Okay?"

Absolut schockiert beendete ich das Gespräch. Was, wenn alles, was Carmen erzählte, nichts als die reine Wahrheit war? Falls er nun wirklich in sein neues Haus, irgendwo in Italien, ziehen und heiraten würde?

Lieber Gott, wieso hatte ich mich nur die ganze Zeit über so dämlich benommen und mir irgendwelchen Bockmist eingeredet? Schon damals, als ich ihn im Supermarkt ansprach und wir danach in das kleine Café gingen, hätte ich mir doch einfach eingestehen können, dass ich ihn absolut sympathisch fand! Mir wären dadurch weder sämtliche Gliedmaßen abgefault noch hätte ich mich mit der Pest infiziert. Nicht zu glauben, doch ich dumme Nuss stritt es derart vehement ab, als wäre ich der Hexerei angeklagt und stünde vor dem Inquisitionsgericht.

Dass er nun nichts mehr mit mir zu tun haben wollte, war einzig und allein meine Schuld. So gern ich auch Carmen für alles den Schwarzen Peter zuschieben wollte, der ganze Misthaufen voller Lügen kam aus meinem Stall. Eine Lüge folgte auf die nächste, um die vorige zu vertuschen, und wieso? Weil ich mich unbedingt mit prächtigen, bunten Federn schmücken und wie ein Pfau vor ihr aufplustern wollte, obwohl ich nichts anderes als ein altersschwaches,

215

zerrupftes Huhn war.

Herr im Himmel, er konnte doch nicht einfach so aus meinem Leben verschwinden! Wenn ich meine Seele dem Teufel schenken, mich auf einen Spieß stecken und über dem Höllenfeuer langsam rösten lassen müsste, um die Zeit zurückdrehen zu können ... Ich würde es ohne nachzudenken tun.

29

Die Tage vergingen, doch die Hoffnung, dass Ricco sich bei mir melden würde, zerschlug sich. Schließlich hielt ich es nicht mehr aus und rief Carmen erneut an. Diese klang mehr als überrascht. Natürlich hätte sie es ihm ausgerichtet. Sie könne leider nicht mehr tun, als es ihm noch einmal sagen.

"Was gibt es denn so Wichtiges, Julchen?", bohrte sie nach. "Vielleicht kann ich ja -"

"Nein. Es ist wegen ... Ich bräuchte jemand, der mir etwas Italienisches übersetzt, und zwar dringend. Die Farbe, mit der meine Leute gerade ein Haus streichen sollen, wurde offenbar in Italien hergestellt. Die Information dazu ist komplett in Italienisch und wir verstehen kein Wort. Das ist alles", log ich. Carmens Italienischkenntnisse waren genauso gut wie meine: nicht vorhanden. Und dass sie auch nur im Ansatz etwas von Wandfarben verstand, bezweifelte ich absolut.

"Ach so, das ist natürlich etwas anderes", wich sie aus. Eine Spur Enttäuschung schwang in ihrer Stimme mit. Sicher wollte sie von mir etwas anderes hören. "Ich kann es gerne noch mal versuchen, Julchen. Wenn er sich jedoch bis jetzt nicht gemeldet hat, glaube ich nicht, dass es hilfreich ist. Immerhin hast du dich ihm gegenüber nicht gerade fair verhalten. Da ist es nur verständlich, wenn er nichts mehr mit dir zu tun haben will."

Schnell biss ich mir auf die Zunge, um Carmen nicht mit Vorwürfen zu überschütten. Schließlich war *sie* doch daran schuld, dass er nicht mehr mit mir sprach! Hätte sie nicht mein Handy angerührt und ihm irgendwelchen Unsinn erzählt, wäre es nie so weit gekommen. Irgendwie hätte ich es Ricco schon verklickert, wieso ich ihn nicht einlud. Doch leider war Carmen derzeit die einzige Kontaktmöglichkeit zu ihm und die durfte ich mir keinesfalls verscherzen.

"Auch deswegen möchte ich ihn ja sprechen", antwortete ich und tat ziemlich zerknirscht. "Ist er denn sehr böse auf mich?"

"Ich weiß nicht. Entweder das oder er ist so verliebt, dass ihn das Ganze nicht mehr interessiert. Soweit ich erfahren habe, muss es eine ganz tolle Frau sein, mit der er da zusammen ist. Immobilienmaklerin mit unheimlich viel Geld. Na ja, es wird langsam Zeit, dass der Kleine endlich mal wieder eine Mutter bekommt und Ricco eine Frau, die sich um ihn kümmert." Sie seufzte auf. "Ihr beide wart schon ziemlich überzeugend und beinahe hätte ich euer Spielchen geglaubt. Im Grunde war mir aber gleich klar, dass das nicht echt sein konnte, denn er war doch so überhaupt nicht dein Typ."

Beinahe? Lieber Gott, Carmen hatte auch schon besser gelogen!

"Woher willst *du* denn wissen, was mein Typ ist?"

"Ganz einfach. Dein Typ war immer groß, blond und blauäugig. Außerdem hast du Ricco doch ständig abblitzen lassen. Davon abgesehen, der Kleine ging dir ja ziemlich auf den Geist, oder etwa nicht?"

Ihren widerlich triumphierenden Tonfall zu ignorieren, kostete mich einiges an Mühe. Noch mehr als das ärgerte mich jedoch etwas ganz anderes: Woher wusste diese

217

Höllenbrut das alles? Doch sicher nur von Ricco, diesem elenden Waschweib! Wer sonst hätte ihr das erzählt?

"Ich wusste es", schob Carmen nach. Scheinbar hielt sie mein grübelndes Schweigen für eine Bestätigung. "Du hättest dir das besser überlegen sollen, bevor du dich aus Torschlusspanik einem alleinerziehenden Vater an den Hals wirfst, der rein gar nicht dein Anforderungsprofil erfüllt. Nimm es nicht so schwer, Liebes. Aus Schaden wird man bekanntlich klug."

"Steck dir deine Schadenfreude sonst wohin", knurrte ich. "Ganz so war es nicht. Sandro ist wirklich ein nettes Kerlchen, ich mag ihn."

Ganz gelogen war das nicht. Mich hatte zwar keineswegs das unbändige Verlangen überfallen, Mutterersatz für den Pimpf zu spielen. Allerdings rein nüchtern betrachtet, war Sandro wirklich nicht übel. Mit ihm konnte man wenigstens schon etwas anfangen und sich normal unterhalten, da er für sein Alter schon ziemlich vernünftig war. Nicht Sandro störte mich die ganze Zeit über, sondern die Tatsache, dass er ständig und überall dabei gewesen war. Für Dates unter den neugierigen Augen eines Fünfjährigen war ich einfach nicht geschaffen.

"Oh ja, ist er", pflichtete Carmen mir schwärmerisch bei. "Wirklich, ganz reizend. So einen möchte ich auch gerne haben."

Wie bitte? Legten Schlangen nicht ihre Eier im Sand ab und überließen ihre Brut danach sich selbst? Carmen und Muttergefühle, einfach nur lächerlich!

"Ja", sagte ich lahm. Mehr fiel mir dazu nicht ein, doch plötzlich zuckte mir etwas ganz anderes durch meine Gehirnwindungen. "Sag mal, Carmelita, was sagt denn dein Mann dazu, wenn du mit fremden Männern zum Essen gehst?"

Carmen stutzte einen Moment und lachte dann auf. Es klang etwas nervös, bildete ich mir ein.

"Ach, du meinst den beim Italiener? Das war nur ein alter Freund, rein platonisch, nichts weiter. Was sollte mein Mann schon dagegen haben, wenn ich mit guten Freunden zum Essen gehe? Er ist doch laufend unterwegs."

"Laufend unterwegs? Ich dachte, er handelt mit Aktien?", bohrte ich nach. Mein Hirn war heute auf Zack. Ein Aktienhändler, der laufend unterwegs war? Nie im Leben! Hier war etwas immens faul, ich konnte es förmlich riechen. "Soweit ich weiß, macht man das an der Börse oder im Büro."

"Ja schon, aber eben nicht nur", behauptete die Klapperschlange. "Er muss auch zu Kunden. Großen Kunden."

"Wieso das denn? Wir leben doch in Zeiten von Telefon und Internet."

Carmen hatte ich noch nie über den Weg getraut. Sobald auch nur ihr Name erwähnt wurde, erwachte tiefstes Misstrauen in mir. Umso gespitzter waren meine Ohren und denen war nicht entgangen, dass Carmen vorhin ganz leicht gezögert hatte und weitaus weniger selbstgefällig klang wie sonst. Oh ja, hier war etwas faul. Oberfaul. Es stank bereits wie ein toter Fisch.

"Das ist eben ziemlich kompliziert, gerade bei den ganz großen Geschäften. Du verstehst das sowieso nicht, Julchen. Also lassen wir das ... Soll ich Ricco sonst noch etwas ausrichten?"

Herr im Himmel, dass ich das erleben durfte! Carmen lenkte vom Thema ab! Nun war ich mir absolut sicher: Da war etwas im Busch und ich würde herausfinden, was es war. Tausendprozentig.

"Nein. Sag ihm nur, dass ich ihn kurz sprechen muss, ja?"

"Natürlich, Julchen", säuselte Carmen zuckersüß. "Wozu hat man schließlich Freunde?"

30

Mittlerweile gehörte es bei mir zur Gewohnheit, jeden Abend nach der Arbeit an Riccos Haus vorbeizufahren. Die Hoffnung, dass er lediglich Urlaub in Italien machte und doch wieder hierher zurückkam, ließ mich einfach nicht los. Bei einer meiner allabendlichen Stalkingrunden war ich sogar aus dem Auto gestiegen, zum Haus gelaufen und hatte durch die Scheiben gespäht. Sämtliche Möbel waren noch da und auch seine heiß geliebten Orchideen. Ich konnte mir beim besten Willen nicht vorstellen, dass er all das zurücklassen würde. Dass einzelne Zimmer möbliert vermietet wurden, das kam vor. Ein komplettes Haus aber ... Davon hatte ich noch nie gehört.

Egal wie oft ich vorbeifuhr, das Haus blieb dunkel und verwaist und der Parkplatz vor seiner Garage leer. Mit jedem einzelnen Tag mehr wurde ich nervöser. Mein Handy schleppte ich ununterbrochen mit mir herum oder behielt es - unter der Dusche etwa - in Sicht- und Hörweite, damit ich seinen Rückruf nicht verpassen konnte. Dieser kam aber nicht.

Allmählich machte es mich wahnsinnig, nichts tun zu können außer abzuwarten. In einem Anfall von verzweifeltem Tatendrang versuchte ich sogar, über Telefonauskunft und Internet seine Handynummer herauszufinden. Auch diese Versuche blieben erfolglos. Entweder war seine Nummer, wie Carmen behauptete, tatsächlich nicht eingetragen oder ich schrieb seinen Nachnamen jedes Mal grottenfalsch.

Nun war ich mit meinem Latein endgültig am Ende und mir blieb nichts anderes übrig, als ungeduldig Däumchen zu drehen und weiter zu warten.

Freitagmittag wählte ich ungefähr zum zehntausendsten Male Riccos Nummer. Vermutlich würde dieser Versuch genauso wie die anderen vorher enden, nämlich erfolglos. Doch ich konnte es einfach nicht lassen. Ich ließ es dreimal klingeln und wollte schon auflegen, als sich plötzlich Sandro meldete. Fast hätte ich losgejubelt.

"Hey Kleiner, ihr seid ja wieder da!", begrüßte ich ihn überschwänglich.

"Ja, wir sind vorhin erst heimgekommen."

"Sag mal, ist dein Papa da?"

"Klar. Soll ich ihn dir geben?"

"Ja, bitte."

Kurz darauf meldete sich Ricco, aber nur mit einem knappen:

"Ja?"

Na endlich! Beim Klang seiner Stimme zerfloss ich beinahe vor Freude - und mehr.

"Ricco! Schön, dass du -"

"Was willst du?"

"Was ich will?", fragte ich zurück, ziemlich enttäuscht über seinen frostigen Tonfall. Dass er nach allem, was passiert war, vielleicht nicht in Begeisterungsstürme ausbrach, wenn ich ihn anrief, war zu erwarten gewesen. Trotzdem hatte ich gehofft, dass sich die Wogen inzwischen wieder geglättet hätten. "Ricco, du warst eine Ewigkeit weg, und ich -"

"Es waren genau zehn Tage, Julia", korrigierte er mich. "Mach es kurz, ich habe zu tun."

"Was ist denn los mit dir?", hakte ich geknickt nach. "Du klingst so sauer."

"Ich habe keine Zeit, das ist los. Und nun sag mir, was du willst oder lass es."

Schlagartig wurde mir in dieser Sekunde bewusst, dass ich jetzt, sofort und auf der Stelle, Farbe bekennen musste. Für sinnloses Gebrabbel blieb keine Zeit. Ich musste mein

Gefühlsleben outen, egal wie viel Überwindung es mich kostete.

"Schatz, ich habe dich so tierisch vermisst, will dich unbedingt sehen und mit dir reden. Außerdem will ich dir das mit der Party erklären und -"

Das Einzige, das ich von dem italienischen Redeschwall, mit dem er mich unterbrach, verstand, war:

"Ciao."

"Was?"

Statt einer Antwort hörte ich nur das Freizeichen. Er hatte aufgelegt. Einfach so. Und ich wusste nicht einmal, was er sagte. Fassungslos starrte ich eine Weile mein Handy an. Mit allem hätte ich gerechnet. Etwa, dass er mir Vorwürfe machte. Dass er mich anbrüllte. Dass er immer noch schmollte und sich jedes Wort einzeln aus der Nase ziehen ließ. Oder auch, dass wir uns stritten wie die Ratten. Dass er mir jedoch arktischen Eiswind um die Ohren blies und dann einfach auflegte, hätte ich niemals gedacht.

Für einen Augenblick war mir zum Heulen zumute. Sämtliche Hoffnungen, dass sich alle Lügen und Probleme aus der Welt schaffen ließen, wenn er nur endlich wieder zurückkam, lagen zerschmettert vor mir auf dem Boden. Und ich Trottel hatte Signore molto oberblödi auch noch *Schatz* genannt! Himmeldonnerwetter noch mal, wie blöd war ich eigentlich? Wie eine Stichflamme loderte der Zorn in mir auf.

"Dann lass es bleiben, du Blödmann!", brüllte ich und schleuderte mein Handy auf die Couch. "Meinetwegen hättest du gar nicht mehr zurückkommen brauchen. Scher dich doch zum Teufel!"

Wieso hatte ich ihn überhaupt angerufen? So bombastisch war er nun auch wieder nicht, als dass ich ihm nachlaufen musste. Wenn er nicht wollte, sollte er es eben bleiben lassen. Ich kam wunderbar ohne ihn zurecht. Wenn er wirklich nach Italien zurückgehen wollte – nur zu! Dann musste ich ihn wenigstens nicht mehr sehen. Und das war gut so.

"Geh doch dahin, wo du hingehörst, du Vollidiot! Je schneller, desto besser."

31

Samstagmorgen tigerte ich, immer noch bis aufs Blut gereizt, in meinem Apartment auf und ab. Irgendetwas musste ich tun, um mich abzureagieren, denn sonst würde ich noch explodieren. Ich rief Caro an, die aber leider keine Zeit hatte. Sie war bereits auf dem Sprung, um sich gleich mit einem Kommilitonen zu treffen. Nur zum Lernen, wie sie ausdrücklich betonte. An jedem anderen Tag wäre das für mich ein gefundenes Fressen gewesen und ich hätte Caro nicht eher auflegen lassen, bis ich alle Einzelheiten wusste. Heute jedoch war es mir total egal.

Zum Glück gab es Fridolin. Ich konnte ihn putzen. Das war ohnehin fällig und vielleicht ließ die körperliche Anstrengung meine Mordlust verschwinden. Kurz entschlossen schnappte ich mir Rudi, alle möglichen Putzsachen sowie den Akkusauger und fuhr mein Auto auf den Waschplatz im Hinterhof der Wohnanlage. Im Sturmschritt lief ich zum Hausmeister, um mir den Gartenschlauch zu holen. Ich klingelte mehrmals, aber niemand öffnete. Das war ja mal wieder typisch. Einmal brauchte man diese Unfähigkeit in Person und er trieb sich irgendwo herum. Wozu wurde dieser Mensch überhaupt bezahlt? Lautstark vor mich hin fluchend marschierte ich zurück zu Fridolin.

Umplanen war angesagt. Einfach nur abwarten, bis unser dämlicher Hausmeister sich daran erinnerte, einen

223

24-Stunden-Job zu haben, war derzeit zu viel von mir verlangt. Ich warf alles aus dem Auto, um inzwischen auszusaugen, doch mein Akkusauger machte genauso viel wie der Hausmeister: gar nichts! Nicht einen einzigen Mucks. Wutschnaubend schleuderte ich den gesamten Kram in den Kofferraum und fuhr zur Autowaschstraße. Ich wollte *jetzt* dieses verdammte Auto putzen und nicht irgendwann!

Doch heute hatte sich die ganze Welt gegen mich verschworen. Schon als ich auf die Kreuzung zufuhr, sah ich die lange Autoschlange vor der Waschstraße. *Himmeldonnerwetter noch mal!* Dann sollte Fridolin eben dreckig bleiben!

Mit quietschenden Reifen wendete ich und fuhr Richtung Innenstadt. Meine Laune war auf dem Tiefpunkt angelangt und wurde auch dadurch nicht besser, dass ich auf Anhieb einen freien Platz im Parkhaus bekam.

Mein Plan, mich einfach mit einem Schaufensterbummel abzulenken, schlug gänzlich fehl. Die ganze Fußgängerzone war voll mit extrem dämlich dreinblickenden Menschen. Ein paar Idioten steckten sich gegenseitig die Zunge in den Hals und hielten sich eng umschlungen. An ihnen war wohl die Evolution spurlos vorbeigegangen. Sie steckten immer noch im Zeitalter der Neandertaler, als jedes Männchen unbedingt ein Weibchen brauchte, um für Nachkommen zu sorgen. Der heutige, moderne und intelligente Mensch konnte auf so einen Bockmist verzichten. Single war die einzig erstrebenswerte Lebensform! Das würden diese triebgesteuerten Primaten auch noch irgendwann begreifen.

Missmutig schlenderte ich an den Schaufenstern vorbei. An einem Haushaltswarengeschäft blieb ich stehen und betrachtete die Messer, die sie ausgestellt hatten. Messer, die so verdammt lang und scharf waren, dass mir blutrünstige Bilder aus Horrorfilmen durch den Kopf schossen. Ich wollte schon weitergehen, als ich plötzlich wie angewurzelt stehen blieb und irritiert auf das starrte, was sich in der riesigen Scheibe spiegelte.

Ich kniff ein paar Mal die Augen fest zu, doch nichts veränderte sich. Als mir auffiel, dass diesem Grauen auf zwei Beinen ein Teddyrucksack über der Schulter hing, der Rudi verdammt ähnlich sah, machte es Klick: Das da war ich! Himmeldonnerwetter noch mal, wieso war es mir bislang nie aufgefallen? Ein Blick auf mich reichte und man konnte sich danach an Halloween um Mitternacht mutterseelenallein auf dem Friedhof Horrorfilme bis zum Abwinken reinziehen, ohne sich auch nur eine Sekunde zu fürchten.

Haare wie von Ratten angefressen (*neuester Trend!*), zerschlissene Jeans, ein labbriges T-Shirt aus dem Army–Shop, ausgelatschte Turnschuhe und all das in undefinierbar-verwaschenen Farben. Lieber Gott, das durfte nicht wahr sein! Diese Giftnatter Carmen hatte tatsächlich recht. Und meine Mutter auch. Ich sah nicht nur unmöglich aus, sondern... Keine Ahnung. Dafür gab es keinen Begriff. Ich war schlicht und ergreifend der personifizierte Horrorfilm. Mich wunderte es nur, dass Eltern ihre Kinder frei herumlaufen ließen und nicht mit angsterfüllten Schreien an sich rissen, sobald sie mich erblickten. Ich hätte es an ihrer Stelle vermutlich getan.

Und auf einmal fiel bei mir der Groschen. Die Zeit des Gammellooks und der Rasenmäherfrisur war vorbei. Ein für alle Mal. Ich würde mich ganz einfach neu erfinden, auch wenn das hieß, dass ich mich komplett neu einkleiden durfte. Von Kopf bis Fuß. *Lieber Gott!* Mir wurde speiübel, denn dieser Samstag würde sündhaft teuer werden. Doch das sollte es mir wert sein. Nicht etwa, um irgendwelche Kerle zu beeindrucken, sondern ausschließlich meinetwegen.

225

Ich drehte mich um und suchte die Fußgängerzone mit den Augen ab. Schräg gegenüber entdeckte ich eine Boutique mit *hübschen Kleidchen*, wie meine Mutter immer sagte. Zielstrebig ging ich hinüber. Die Preise im Schaufenster waren sogar ganz akzeptabel. Nun denn! Ich atmete tief durch, gab mir einen Ruck und enterte den Laden.

Den schlecht verhohlenen entsetzten Blick der Verkäuferin, mit dem sie mich von oben bis unten musterte, als ich die Boutique betrat, würde ich niemals vergessen. Vermutlich war sie am Überlegen, ob sie ein Anti-Terror-Kommando der Polizei oder doch lieber einen Kammerjäger rufen sollte. Erst nachdem ich ihr offenbar glaubhaft versicherte, dass ich weder eine Armee von Flöhen und Wanzen mitbrachte noch den Laden ausrauben wollte, sondern mich wegen einer kompletten Stilveränderung vertrauensvoll in ihre Hände begeben würde, taute sie auf.

Als ich die Boutique Stunden später verließ, war ich total erschöpft und voll bepackt wie ein Page im *Hilton*. Eines der Sommerkleider hatte ich gleich anbehalten und dafür meine alten Klamotten ganz unten in einer der Einkaufstüten verstaut. Keine Sekunde länger mochte ich herumlaufen wie eine Müllhaldenratte!

Irgendwie war es seltsam. So dämlich ich mir früher in *hübschen Kleidchen* vorkam, so gut fühlte ich mich jetzt darin. Beinahe wie neugeboren, und vor allem fast wie eine Frau. Fast, denn einen gravierenden Fehler hatte ich leider gemacht. Anstatt mich einfach nur an meinem neuen Ich zu erfreuen, rannte ich dumme Nuss natürlich aus alter Gewohnheit zum nächsten *Hairstylisten* gleich um die Ecke. So schimpfte er sich jedenfalls auf den Werbeaufklebern seiner Schaufenster.

Den Besuch hätte ich mir sparen können. Er war mindestens genauso unfähig wie mein Stammfriseur. Nun sah ich nicht mehr aus wie eine Ratte nach einem Stromschlag, sondern wie ein räudiges Wiesel. Einfach grauenhaft! Damit niemand bemerkte, dass er das Haareschneiden bei einer Schafzüchterin aus dem hintersten Winkel der Outbacks gelernt hatte, schmierte, knetete und sprühte er mir eine halbe Palette seiner Stylingprodukte auf den Kopf. Um diesen ganzen Mist wieder zu entfernen, würde ich vermutlich Hammer und Meißel brauchen. Doch wie hieß es immer? Aus Schaden wird man klug. Das war ich nun auf jeden Fall, denn ab sofort würde ich Friseure meiden wie die Pest.

Total erledigt ließ ich mich mit einem tiefen Seufzer auf den Stuhl eines Straßencafés plumpsen. Jede Wette, Ricco würde beim Anblick meiner Haare ... *Stopp!* In den Alzheimer–Container mit ihm! Keine Sekunde meiner Zeit würde ich mehr mit Gedanken an ihn vergeuden. Das war er gar nicht wert!

Rasch verzog ich meine hellrosa geschminkten Lippen (wenigstens Schminken konnte dieser angebliche Friseur!) zu einem Lächeln und beobachtete die Leute, die vorbeipromenierten. Inzwischen hatte man wohl haufenweise andere herbeigekarrt, denn diese hier sahen bei Weitem nicht mehr so dämlich drein wie die von vor ein paar Stunden.

Plötzlich zuckte ich zusammen. *Das gab es doch nicht!* Das da vorne war Ricco und an seinem Arm hing eine fröhliche, plaudernde Carmen. Von Sandro keine Spur. Nein, ich musste mich täuschen. Oder doch nicht?

Grübelnd zündete ich mir eine Zigarette an. Ricco würde doch niemals mit Carmen ... *Moment mal!* Nun dämmerte es mir: Ich Ausbund an Dummheit war wieder einmal von Carmen ausgetrickst und aufs Abstellgleis geschoben worden. Natürlich! Das war die Erklärung dafür, dass diese

Schlange sich so bereitwillig anbot, Ricco etwas von mir auszurichten!

Ich zwang mich, ganz tief durchzuatmen, weil ich schon das Blut in den Ohren rauschen hörte und krallte die Finger um die metallenen Armlehnen des Stuhls. Nur gut, dass in meinen ganzen Tüten nur Klamotten waren und keines der Messer, die ich vorhin im Schaufenster sah. So außer mir, wie ich im Moment war, hätte ich vermutlich das längste herausgezerrt, wäre damit auf Carmen losgegangen und hätte ein Blutbad ohnegleichen angerichtet. *Diese elende Teufelsbrut!*

Tausend Mal oder mehr hatte sie mich schon aufs Kreuz gelegt und gedemütigt. Außer meinem abgrundtiefen Hass, der sie jedoch in keiner Weise tangierte, bekam sie von mir bislang nie eine Quittung dafür. Doch dieses Mal, diese eine Mal, würde sie damit nicht durchkommen, sondern dafür bezahlen. Wild entschlossen zerrte ich mein Handy aus Rudi (dem ich trotz neuen Outfits weiterhin die Treue hielt, wenigstens heute noch) und rief Caro an.

"Und? Ist er schon weg, dein Was–auch–immer?", überfiel ich sie sofort.

"Ja. Wieso?"

"Dann komm bitte her, und zwar so schnell es irgendwie geht!"

"Was ist denn passiert? Du klingst ja völlig aufgelöst."

"Diesmal mache ich sie fertig, ein für alle Mal, das schwöre ich dir", knurrte ich. "Und nun beeile dich, bevor sie abhauen!"

Ich erklärte Caro rasch, wo ich saß, und legte auf. Während des Telefonats hatte ich Signore molto oberblödi und Cruella-Giftnatter-de-Ville, die unter dem Sonnenschirm eines Eiscafés schräg gegenüber saßen, nicht aus den Augen gelassen. Dass sie mich erkannten, musste ich ja heute nicht befürchten.

Zur Tatenlosigkeit verdonnert durfte ich zusehen, wie

228

Carmen ständig ihre Hand auf seine legte, seinen Arm tätschelte und auf Teufel komm raus mit ihm flirtete. Und dieser triebgesteuerte Hohlkopf Ricco sprang auch noch darauf an! Sie war verheiratet, er angeblich verlobt, nur schien das keinen von beiden zu interessieren! Das durfte doch alles nicht wahr sein! Apropos, wo zum Henker war eigentlich ihre *zweite* Hand? Sie würde doch nicht etwa unter dem Tisch ... *Oh, dieses abscheuliche Luder!*

32

"Wow! Du siehst ja fantastisch aus in deinem neuen Outfit", begrüßte Caro mich überschwänglich.

"Das spielt jetzt keine Rolle", wischte ich ungeduldig ihr Lob zur Seite und deutete mit dem Kinn in Carmens Richtung. "Sieh nur: Signore Casanova und diese verdammte Giftnatter. Aber pass auf, dass sie uns nicht sehen."

"Dich erkennen sie jetzt sowieso nicht", murmelte Caro, warf einen raschen Blick über ihre Schulter und pfiff dann leise durch die Zähne. "Täusche ich mich oder sieht dieser rassige Typ an ihrer Seite Ricco zum Verwechseln ähnlich?"

"Diese schmierige Intrigantin!", zischte ich. "Deshalb konnte sie mir seine Nummer nicht geben und deshalb rief er auch nicht an. Das war doch ein abgekartetes Spiel, Caro! Sie wollte ihn sich doch vom ersten Moment an unter den Nagel reißen."

Meine Freundin zuckte mit den Schultern.

"Sicher, aber dazu gehören bekanntlich immer noch zwei."

"Na und?", schnaubte ich. "Du hättest ihn mal sehen sollen. Ihm lief doch schon am ersten Abend der Sabber aus dem Maul und sie fummelte beim Tanzen laufend an ihm herum. Als ich ihn darauf ansprach, grinste er nur dämlich."

Caro rollte vielsagend mit den Augen.

"Alles klar. Typisch Mann eben. Trotzdem verstehe ich nicht, weshalb du in diesem Fall so sauer auf Carmen bist."

"Wieso?" Ich schlug mit der Handfläche so heftig auf den Tisch, dass die Tassen klirrten. "Weil sie es jedes Mal so macht! Weißt du noch, wie sie früher -"

"Ja Julchen, ich erinnere mich", unterbrach mich Caro. "Doch egal, wie du es drehst und wendest, es gehören immer zwei dazu."

"Diese Ausgeburt der Hölle weiß doch ganz genau, wie sie es anstellen muss!" So sehr ich auch vor Zorn raste, die neugierigen Blicke der anderen Gäste ringsum, die sich wie Dolche in meinen Rücken bohrten, entgingen mir nicht. Ich riss mich etwas zusammen und fuhr in reduzierter Lautstärke fort: "Ich sollte ihren Mann anrufen, damit er weiß, was sein holdes Eheweib so treibt, wenn er nicht da ist."

"Und was hast du davon, außer vielleicht ein bisschen Genugtuung? Ricco bekommst du dadurch mit Sicherheit nicht zurück."

"Dieser Typ ist mir doch so etwas von egal!", knurrte ich böse. "Nicht mal geschenkt würde ich ihn jetzt noch nehmen."

Caro antwortete nicht darauf, doch das ging scheinbar auch gar nicht. Sie war nämlich viel zu sehr damit beschäftigt, das Grinsen zu unterdrücken.

"Mir geht es ums Prinzip, Caro", beharrte ich. "Jedes Mal, wenn ich irgendwo mit einem Mann aufgetaucht bin, musste sie ihn mir abspenstig machen. Ihr konnten Tausende hinterherrennen, die interessierten sie alle nicht. Es musste jedes Mal partout der sein, mit dem sie mich gerade sah."

"Dann ist es ja gut, Julchen. Wenn du absolut nichts von

ihm willst, stört es dich sicher auch nicht, dass die beiden gerade ungeniert knutschen", sagte Caro mit todernster Miene.

Bitte was? Das durfte doch nicht wahr sein! Ich schnellte hoch, um besser sehen zu können, rempelte dabei gegen den Tisch, sodass der Inhalt der Tassen überschwappte und sah hinüber zu Carmen und Ricco.

"Reingefallen", gluckste meine dämliche Freundin. "Ich wollte nur feststellen, ob er dir wirklich so egal ist, wie du behauptest ... Entschuldige", fügte sie kichernd hinzu, als ich ihr einen vernichtenden Blick zuwarf, bevor ich mich wieder setzte. "Ich sitze doch mit dem Rücken zu den beiden. Wie soll ich da -"

"Ach halt die Klappe!", knurrte ich. "Wer braucht Feinde, wenn er solche Freunde hat? Und jetzt hör endlich mit deinem albernen Gekicher auf."

"Warum gehst du nicht einfach hinüber und stellst die beiden zur Rede?"

"Das geht nicht", antwortete ich rasch.

"Wieso nicht? Die Gelegenheit ist günstig. Quasi auf frischer Tat ertappt."

Heftig schüttelte ich den Kopf.

"Nein, ich ... Das geht nicht."

"Feigling!"

"Bin ich nicht, nur ..." Ich verzog das Gesicht. "Gegen diesen aufgestylten Cruella–de-Ville-Verschnitt komme ich nicht an und Ricco spricht ohnehin nicht mehr mit mir. Ich rief ihn erst gestern an. Er pampte nur auf Italienisch herum und legte dann auf."

"Das ist natürlich doof." Caro nickte bedächtig. "Aber eines könnten wir machen. *Ich* liege schließlich mit *beiden* nicht im Clinch" sagte sie, schnipste mit den Fingern und deutete im Sitzen eine kleine Verbeugung an. "Gestatten? Agentin Null Null Siebeneinhalb. Die Kobra übernehmen nicht *Sie*, sondern ich persönlich ... Lass mich nur machen."

231

Sie kramte ihren Geldbeutel aus den endlosen Tiefen ihrer riesigen Handtasche hervor, zog einen Geldschein heraus und drückte ihn mir die Hand. Dann stand sie auf und hauchte mir ein Küsschen auf die Wange. "Wir sehen uns später bei dir, okay?"

"Was hast du vor?"

"Mal sehen, was die beiden *mir* erzählen. Ab sofort läuft die Operation: *Rache für Julchen. Mission is possible.* Bis später."

Verdutzt sah ich ihr hinterher. Ich hatte keine Ahnung, was sie vorhatte. Wieder einmal blieb mir nichts anderes übrig, als abzuwarten. Also winkte ich nach der Kellnerin, um zu bezahlen, packte meine Unmengen Einkaufstaschen und marschierte in die entgegengesetzte Richtung zum Parkhaus.

Zu Hause angekommen, tigerte ich ungeduldig in meinem Apartment auf und ab. Wie ich diese ständige Warterei hasste! Dann endlich, nach über einer Stunde, klingelte mein Handy.

"Mensch Caro!", ächzte ich erleichtert. "Erklärst du mir nun, was -"

"Ich bin gerade auf dem Weg zu Ricco. Alles andere erkläre dir später."

"Was willst du bei ihm?", fragte ich argwöhnisch.

"Mit ihm reden, Dummchen. Was denn sonst? Vorgeblich über italienische Innenarchitektur. Bei der Gelegenheit werde ihn ganz gehörig ausquetschen. Denn inzwischen glaube ich auch, dass die liebe Carmen ein äußerst hinterhältiges Spielchen abgezogen hat. Melde: Agentin Null Null Siebeneinhalb am Zielort angekommen. Rapport anschließend in der Zentrale. Ciao Julia!"

Kopfschüttelnd starrte ich mein Handy an. Ich verstand nur Bahnhof und Gleisschluss. Um mich wenigstens ein bisschen abzulenken, fing ich an, meinen Kleiderschrank auszumisten.

 **33**

"Ich hatte vollkommen recht mit meiner Vermutung. Carmen ist eine absolut niederträchtige, gemeine und hinterlistige Schlange. Eine Kobra in Reinkultur", stellte Caro Stunden später, auf meiner Couch lümmelnd, fest. "Sie hat alles perfekt eingefädelt. Kaum zu glauben, dass ihr Spatzenhirn für so etwas ausreicht."

"Herr im Himmel, was denn?", stöhnte ich. "Nun spuck es endlich aus, Caro! Du machst mich wahnsinnig!"

Sie kicherte und zwinkerte mir zu.

"Vielleicht sollte ich mein Studium an den Nagel hängen und wirklich zum Geheimdienst gehen. Ich war richtig klasse. James Bond würde vor Neid erblassen."

"*Du* wirst gleich erblassen", knurrte ich. "Weil ich dir nämlich den Hals umdrehe, wenn du mir nicht sofort -"

"Ja doch! Ricco ist total unschuldig. Wie es aussieht, hat Carmen ihm Geschichten aus Tausendundeiner Nacht erzählt. Und ich dachte schon, das wäre ausschließlich dein Spezialgebiet."

"Caro! Würdest du -"

"Schon gut", versuchte Caro, mich zu beschwichtigen. "Erinnerst du dich, als er während deiner Geburtstagsparty anrief? Die Schlange erzählte ihm damals, du hättest ihn nicht dazu eingeladen, weil es dir peinlich wäre, ihn den anderen vorzustellen."

"Ja, so etwas deutete er beim nächsten Telefonat an. Begriffen habe ich aber nicht, wieso es mir peinlich hätte sein sollen."

"Ganz einfach: Weil Italiener eh nur stinkendfaules,

233

arbeitsscheues Pack, Weiberhelden und Mafiosi wären und so etwas wollest du deiner Familie nicht zumuten. Außerdem hättest du ohnehin deinen Lover dabei gehabt."

"Bitte was?" Entgeistert starrte ich sie an. "Was ist denn das für eine gequirlte Kacke?"

Caro nickte heftig.

"Das war O-Ton Carmen. Stell dir vor: Sie hat ihm tatsächlich erzählt, du wärst in festen Händen und hättest dich nur mit ihm abgegeben, weil du einfach mal einen Südländer ausprobieren wolltest." Sie zwinkerte mir zu. "Du weißt sicher, wobei. Für mehr könne man sie ohnehin nicht brauchen. Das wäre alles. Sie muss dich wohl als Nymphomanin oder etwas in der Art hingestellt haben. Vielleicht rief er deshalb nicht mehr bei dir an. Das heißt, sofern sie es ihm überhaupt ausgerichtet hat, was ich jedoch nicht glaube."

Ich war völlig sprachlos und schüttelte schockiert den Kopf.

"Noch mehr wollte ich nicht nachbohren, sonst wäre es aufgefallen, Julchen. Aber ich glaube, das reicht."

"Allerdings." Mein Hass auf Carmen erreichte heute Nachmittag schon die Höchststufe. Dachte ich. Doch nun wuchs er noch mehr an. "Dafür wird sie bezahlen, das schwöre ich dir. Ich mache sie fertig!"

"Ich weiß", sagte Caro schlicht. "Das hat sie sich mehr als verdient. Wir lassen uns etwas einfallen. Doch bis dahin solltest du dich lieber um Ricco kümmern, bevor es endgültig zu spät ist."

"Stimmt", murmelte ich nachdenklich. "Wenn du mir verraten kannst, wie man einen Fisch zum Reden bringt? Er hört mir ja nicht mal zu."

"Dann fahre einfach zu ihm", schlug sie vor. "Dort kann er zumindest nicht auflegen."

"Soll ich etwa winselnd an seiner Haustür kratzen wie ein kleiner Hund, der dringend Gassi muss? Besten Dank auch.

Ich habe mich schon besser blamiert."

"Himmel noch mal, Julia!", schimpfte Caro urplötzlich los. "Hör mit dem Gejammer auf und fahr hin. Sonst schnatterst du doch auch los, ohne lange zu überlegen. Irgendwie wirst du ihn schon dazu bringen, dir zuzuhören."

Damit mochte sie durchaus recht haben, zumindest was das Schnattern betraf. Das Problem war nur, dass - wenn mein Mundwerk von alleine zu plappern anfing - stets Mist dabei herauskam.

"Los, mach schon!", drängte sie mich. "Schwing deinen Hintern, bevor sich Carmens makellose und endlos lange Beine um Riccos Hüften schlingen."

Das war offenbar das Stichwort, das ich nun brauchte. Und da, Caro hatte absolut recht. Ich musste etwas tun, und zwar sofort!

"Nicht in tausend Jahren!", knurrte ich bitterböse und sprang auf. "Diese Giftnatter kriegt ihn nicht! Ich bin jetzt schon gespannt, was dieser leichtgläubige Idiot sagen wird, wenn er die ganze Wahrheit über seine neue Busenfreundin erfährt. Und das wird er, denn ich garantiere dir, er *wird* mir zuhören, selbst wenn ich dazu die ganze Nachbarschaft zusammenbrüllen muss!"

34

Ricco öffnete diesmal ausnahmsweise selbst, als ich bei ihm klingelte. Als er mich draußen stehen sah, wollte er die Tür sofort wieder zuschlagen. Damit hatte ich fast schon gerechnet, war deshalb auf Zack und stellte blitzschnell den Fuß dazwischen.

"Ich muss mit dir reden, Ricco."

"Ich wüsste nicht, worüber", war seine eisige Antwort.

"Und jetzt lass mich in Ruhe."

"Lieber Gott, nun sei doch nicht so stur! Ich wollte -"

"Du solltest besser deinen Fuß da wegnehmen, bevor ich die Tür schließe."

"Könntest du vielleicht aufhören, dich wie ein Kindskopf zu benehmen?"

Riccardo lachte spöttisch auf.

"Das musst ausgerechnet *du* sagen! Verschwinde endlich, Julia."

"Nicht, bevor du mir zuhörst!"

Trotzig stampfte ich mit dem Fuß auf. Das war ein Fehler, wie ich feststellte. Er nutzte nämlich die Gelegenheit und warf sofort die Tür ins Schloss. Mir fehlten die Worte. Das konnte doch nicht wahr sein!

Schon zu Hause ahnte ich, dass es nicht einfach werden würde mit Signore molto Sensibelchen. War er ohnehin ziemlich schnell eingeschnappt und beleidigt, jedoch nach Carmens total abstrusen Lügengeschichten ...

Herr im Himmel, was sollte ich nur tun? Ich kam mir unglaublich dämlich vor, wie ich vor seiner geschlossenen Haustür herumstand, so wie diese lästigen Sektenbrüder, die einem stundenlang Dinge erzählten, die man gar nicht hören wollte.

Eines hatte ich mir auf der Fahrt hierher geschworen: Ich würde nicht aufgeben, bis er mir zuhörte und ich ihm alles erklären konnte. Wollte er danach trotzdem nichts mehr mit mir zu tun haben ... Nun gut, dann musste ich es wohl oder übel akzeptieren.

"Ricco, bitte mach auf!", startete ich einen erneuten Versuch. "Ich muss mit dir reden."

"Verschwinde", ertönte es dumpf hinter der Tür.

"Hör mir doch erst einmal zu. Du weißt ja gar nicht, was ich dir sagen will."

Es war zum Verrücktwerden! Ich selbst konnte

wahnsinnig dickköpfig sein, doch Ricco übertraf mich bei Weitem!

Die einzige Antwort, die ich von ihm erhielt, war ein italienischer Wortschwall. Die Tür blieb aber zu. Allmählich fing es an, in mir zu brodeln.

"Himmeldonnerwetter noch mal, dann sprich wenigstens Deutsch mit mir. Dieses italienische Gefasel geht mir echt auf den Keks", knurrte ich vor mich hin.

"Dann hau einfach ab!"

So ein Mist aber auch! Er hatte mich scheinbar gehört.

"Entschuldige, das war nicht so gemeint", versuchte ich rasch einzulenken. "Bitte Ricco, nichts von dem, was sie dir erzählte, ist wahr. Alles war von A bis Z gelogen. Nun mach schon auf! Ich komme mir wie ein Idiot vor, wenn ich mich nur mit deiner Haustür unterhalte."

"Die hat genauso wenig Lust dazu wie ich. Also hau ab und lass mich in Ruhe."

"Himmeldonnerwetter noch mal! Mach endlich auf!", brüllte ich los.

"Hör endlich mit dem Lärm auf. Sandro schläft schon!"

So wütend ich im Moment auf diesen sturen Maulesel dort drinnen war, kam mir trotzdem ein Grinsen aus. *Danke Ricco, für das Stichwort!* Nun wusste ich nämlich schlagartig, was ich anstellen musste.

"Wenn du nicht gleich aufmachst und mir zuhörst, wecke ich die ganze Nachbarschaft auf, hörst du?", drohte ich ihm. Mit jedem Wort wurde meine Stimme lauter. Zufrieden registrierte ich, dass im Haus gegenüber sich schon das erste Fenster öffnete und fuhr fort: "Mir ist es auch egal, wenn die ganze Straße mitbekommt, was diese Schlange für Mist erzählt und dass du ... Oh!"

So ein Pech aber auch! Irgendwie musste ich vor lauter Toben gegen den Terrakottatopf gestoßen sein, der nun mit lautem Poltern die Treppe hinunterfiel und zu Bruch ging.

237

"Adesso basta!" Ricco riss prompt die Tür auf, packte mich am Oberarm und zerrte mich hinein. "Hör endlich auf, solch ein Spektakel zu veranstalten. Capisci?", zischte er mir stinksauer zu. Behutsam drückte er hinter uns die Tür ins Schloss, wohl um Sandro nicht zu wecken, und schob mich nach nebenan, ins Wohnzimmer. Dort ließ er mich endlich los.

"Ricco, hörst du mir jetzt *bitte* endlich zu?"

Er verzog keine Miene, dafür blitzten seine dunklen Augen umso mehr.

"Was willst du? Noch mehr Lügen erzählen?"

"Moment mal!", empörte ich mich. "Was ich Carmen vorgeflunkert habe, ist eine Sache. *Dir* habe ich aber nicht eine einzige Lüge erzählt ... Von den angeblichen Kopfschmerzen damals abgesehen", schob ich nach.

Ricco drehte sich schweigend um, ging hinüber zum Fenster und starrte hinaus in den nächtlichen Garten.

"Was hat sie dir am Telefon erzählt, als du mich an meinem Geburtstag anriefst?", bohrte ich nach.

Immer noch schweigend ging er zum Tisch, nahm die dort stehende, bereits geöffnete Weinflasche in die Hand und schenkte sich sein Glas wieder voll. Er nippte kurz daran, behielt es in der Hand und setzte sich damit auf die Couch.

Er sprach kein einziges Wort, nur sein unergründlicher Blick aus den funkelnden, nachtschwarzen Augen durchbohrte mich förmlich. Das begeisterte mich keineswegs, doch immerhin schien er mir zuzuhören. Mehr konnte ich im Augenblick nicht verlangen. Außer vielleicht, dass er wenigstens sein Hemd vorne zuknöpfte, damit ich nicht gezwungen war, weiterhin auf seinen halb nackten Oberkörper zu starren. *Himmeldonnerwetter noch mal!* Ablenkungen solcher Art brauchte ich jetzt garantiert nicht. Schnell zwang ich mich, ihm wieder ins Gesicht zu sehen und fuhr fort:

238

"Sagte sie nicht so etwas wie, dass ich eine schlechte Meinung über Italiener hätte und dass mein Lover da wäre?"

Ohne den Blick von mir abzuwenden, nippte er wieder an seinem Wein und stellte das Glas auf dem Tisch ab.

"Und dass ich nur mal italienische Liebespraktiken kennenlernen wollte?"

"Hast du eine Zigarette da?"

"Was? Äh ... ja."

Ich kramte die Schachtel aus Rudi hervor und warf sie ihm samt Feuerzeug zu. Die Sprache schien er also nicht verloren zu haben.

"Das erzählte sie dir doch, oder?", wiederholte ich. "Herrgott noch mal, sitz nicht da wie ein Sack Mehl. Antworte mir endlich!"

Ricco zündete sich seelenruhig eine Zigarette an, nahm einen Zug und schüttelte dann wortlos den Kopf.

Mit hängenden Schultern sah ich frustriert auf ihn herab. Es war aussichtslos, egal was ich sagte oder tat. Wohl oder übel musste ich einsehen, dass er tatsächlich nicht mehr mit mir reden wollte. Es war höchste Zeit, aufzugeben und zu gehen. Andererseits war mir völlig klar, dass das hier meine einzige und allerletzte Chance war, alles wieder in Ordnung zu bringen. Eine zweite würde ich nicht mehr bekommen.

Ich atmete tief durch und startete also einen neuen Versuch.

"Ricco, bitte! Denk doch mal nach. Wir leben im einundzwanzigsten Jahrhundert und nicht mehr in der Steinzeit. Das ist doch alles gequirlter Mist und wenn hier eine nur auf eine schnelle Nummer aus ist, dann sicher nicht ich, sondern sie. Außerdem ist es mir völlig egal, ob du Italiener bist oder nicht ... solange du nichts mit der Mafia am Hut hast."

Lieber Gott, wieso sagte er denn nicht ein Sterbenswörtchen? Meinetwegen sollte er toben, brüllen oder fluchen. Alles wäre mir lieber gewesen als dieser seltsame Blick aus diesen nachtschwarzen Augen, die mich unaufhörlich beobachteten, während ich im Zimmer auf und ab tigerte.

"Das mit dem Lover hat sie sich total aus den Fingern gesogen. Ich hatte keinen und habe keinen! Warum sonst hätte ich dich im Supermarkt angequatscht, um mit mir zu diesem dämlichen Abendessen zu gehen? Wieso wäre ich mit dir Kaffeetrinken gegangen und zur Geburtstagsparty deiner Cousine? Und wieso bin ich nie über dich hergefallen, wenn ich doch angeblich nur herausfinden wollte, wie gut du im Bett bist? Erklär es mir!"

Herausfordernd starrte ich ihn an und war gespannt, ob ihm dazu irgendetwas einfiel. Moment mal! Täuschte ich mich gerade, oder war da der Anflug eines Grinsens über sein Gesicht gehuscht?

"Sandro war immer dabei", antwortete er schlicht.

Ich riss die gefalteten Hände in die Luft.

"Ein Wunder ist geschehen! Herr im Himmel, ich danke dir. Er kann wieder reden!", spöttelte ich, bevor ich losdonnerte: "Ja glaubst du denn allen Ernstes, dass der Pimpf mich davon abgehalten hätte, wenn ich es unbedingt herausfinden wollte? Himmeldonnerwetter noch mal, warum könnt ihr Männer nicht wenigstens ab und zu euer *Hirn* zum Denken benutzen? Oder saugt euch dieses Anhängsel da unten den ganzen Verstand aus dem Kopf?"

Ricco räusperte sich.

"Wenn es das täte, wäre ich nach dem Abendessen mit Carmen nicht nach Hause gefahren, ohne dich vorher -"

"Ach was weiß ich, was du mit mir angestellt hast. Ich war doch im Delirium."

"Selbst schuld. Ich habe dich mehrmals gewarnt. Hättest du auf mich gehört, wüsstest du es."

Es zuckte verdächtig um seine Mundwinkel.

"Was wüsste ich?"

"Wie Italiener im Bett sind."

Bitte was? Mit vor Verblüffung offenstehendem Mund starrte ich ihn einen Augenblick lang an.

"Willst du damit sagen, dass du doch -"

"Nein", antwortete Ricco ganz entschieden. "Ich sagte dir doch, so macht es keinen Spaß."

Das stimmte schon. Er erwähnte damals so etwas. Trotzdem rief ich mir flugs den Abend nochmals ins Gedächtnis. An mehr, als dass Ricco mich aus der Bar geschleppt und ins Taxi verfrachtet hatte, erinnerte ich mich jedoch nicht. Danach gähnte bis zum nächsten Morgen, als ich in Unterwäsche in meinem Bett aufwachte, ein riesiges schwarzes Loch. Davon abgesehen, was auch immer passiert war oder nicht, war jetzt im Grunde völlig unwichtig, denn deswegen war ich nicht hier.

"Ricco, ich weiß selbst, dass ich kein Engel bin. Davon bin ich Lichtjahre entfernt. Doch Carmen hat dir nichts als Lügen erzählt. Glaub mir bitte!"

Er leerte sein Glas in einem Zug und schenkte sofort wieder nach.

"Sag mal, trinkst du immer allein?", hörte ich mich plötzlich vorwurfsvoll fragen.

"Verträgst du sowieso nicht. Das ist Rotwein."

"Tatsächlich? Ich dachte schon, das wäre Himbeersirup", spöttelte ich. "Also, was ist? Bekomme ich auch etwas ab?"

Ricco zögerte einen Moment, dann stand er seufzend auf. "Allora." Er ging hinüber zum Schrank, holte ein zweites Glas und drückte es mir in die Hand. "Aber wirf mir bloß nicht vor, ich hätte versucht, dich betrunken zu machen, um über dich herzufallen."

"Blödmann", murmelte ich, schenkte mir den Rest aus der Flasche ein und setzte mich auf die kleinere Couch von beiden. Auf der großen saß er nämlich vorhin. "Die Flasche ist leer. Da geht sowieso nichts mehr."

Signore molto blödi lachte auf.

241

"Woher willst du das wissen?"

Er drehte sich um, zog aus dem Weinregal in der Ecke eine neue Flasche, öffnete sie und stellte sie zwischen uns auf dem Tisch ab, bevor er sich wieder setzte.

"Ist doch klar. Jede Spaghetti wird matschig, wenn sie zu lange im Wasser schwimmt ... oder im Rotwein", spöttelte ich.

"Bei deutschen Männern vielleicht. Bei uns Italienern nicht. Wenn ich wollte, würde ich es dir beweisen."

"Falsch, Ricco. Nicht, wenn du *wolltest*, sondern wenn du noch *könntest*."

"Ich könnte sehr wohl, aber ..." Er verzog missbilligend das Gesicht, während sein Blick langsam über mich wanderte, dann schüttelte er entschieden den Kopf. "Keine Lust."

Ich runzelte die Stirn.

"Was soll das heißen?"

Er lehnte sich lässig zurück und breitete die Arme seitlich auf der Rückenlehne aus, sodass sein nicht zugeknöpftes Hemd noch weiter aufsprang.

"Ich bin ziemlich wählerisch, was Frauen betrifft. Und bei dir bin ich mir nicht einmal sicher, ob du überhaupt eine bist. Ma adesso basta. Es ist spät. Musst du nicht zurück in die Kaserne?"

Was für eine bodenlose Frechheit!

"Was bildest du dir eigentlich ein", fauchte ich ihn zutiefst empört an. "Du widerlicher, eingebildeter, italienischer Haargel–Macho! Dass jede Frau schon beim Anblick deiner nackten Brust einen Orgasmus bekommt?"

"Nein." Ohne die Miene zu verziehen, fuhr er fort: "Ich bilde es mir nicht ein, ich *weiß* es."

Ich schnappte förmlich nach Luft. War heute Tag des großen Egos?

"Du bist doch komplett übergeschnappt! Selbst wenn du vor mir einen Strip hinlegen würdest, täte sich rein gar nichts bei mir."

"Das werde ich garantiert nicht tun. Ich stehe nicht auf Kerle."

"Ach ja, richtig, du stehst ja auf so überkandidelte Schnepfen wie Carmen", höhnte ich und wurde mit italienischem Gebrabbel in der Geschwindigkeit einer Maschinenpistole überschüttet. "Sprich verdammt noch mal Deutsch mit mir, Riccardo!"

"Carmen ist wirklich ..."

Er verdrehte genüsslich die Augen und küsste sich dabei die Fingerspitzen.

Das war zu viel. Viel zu viel. Wutentbrannt packte ich das nächste Sofakissen und schleuderte es in seine Richtung.

"Ich hasse dich!"

Das Kissen flog haarscharf an ihm vorbei. Signore molto oberblödi hatte sich leider rechtzeitig geduckt. Lachend hob er die Hände.

"Erbarmen, Julia. Hab Erbarmen!"

"Du Scheusal hast mit ihr -"

"Das habe ich nicht, ehrlich nicht."

"Du hast eben gesagt, dass sie -"

Er zuckte beinahe entschuldigend mit den Schultern.

"Sie ist bildhübsch, hat eine gute Figur, wunderschöne Haare und ist unheimlich sexy ... Und sie läuft nicht herum wie Rambo im Einsatz", fügte er noch hinzu.

Nun fiel bei mir endlich der Groschen, weshalb er vorhin so angewidert die Nase rümpfte. Während ich zu Hause auf Caro wartete und meinen Kleiderschrank ausmistete, zog ich mich natürlich um und tauschte aus reiner Bequemlichkeit mein Sommerkleidchen gegen meine gewohnten Klamotten. Das lange Rockteil wäre mir beim Aufräumen ständig im Weg gewesen. Als ich dann aus der Wohnung stürmte, um zu ihm zu fahren, dachte ich natürlich nicht mehr daran, mich vorher umzuziehen!

"Besten Dank auch", brummte ich missmutig und eine

243

Spur beleidigt. Was war dieser Mann doch für ein oberflächlicher Idiot! Typisch Mann eben! Ein mörderisches Dekolleté, High Heels und Minirock. Mehr brauchte es nicht, damit er das Sabbern anfing. Alles andere zählte für ihn doch genauso viel wie ein Hundehaufen auf der Straße.

"Keine Ursache", entgegnete Ricco mir mit einem breiten Grinsen. "Sag mal, wolltest du mir nicht irgendetwas Wichtiges erklären?"

Das durfte doch nicht wahr sein! War dieser Mann denn begriffsstutzig? Was tat ich denn die ganze Zeit über?

"Das habe ich doch, du hirnlose Kreatur! Diese Giftnatter hat dich von vorne bis hinten angelogen. Und sicher hat sie dir auch nicht ausgerichtet, dass du mich anrufen sollst, als du in Italien warst."

"Was?" Er sah mich verständnislos an.

"Ihr zwei habt doch ständig telefoniert während deines Urlaubs. Ich wollte dich ja selbst anrufen, doch deine Handynummer durfte sie mir nicht geben, weil sie es dir versprechen musste."

"Sag mal, wovon sprichst du eigentlich?" In Riccos Gesicht leuchtete ein riesengroßes Fragezeichen auf. Dass er gut schauspielern konnte, hatte er mir ein paar Mal bewiesen. Doch heute übertraf er sich selbst.

"Lieber Himmel, tu doch nicht so unschuldig!", raunzte ich ihn an. "Ich habe doch nur deine Festnetznummer abgespeichert, also bat ich sie um deine Handynummer. Das lehnte sie ab, weil sie dir versprechen musste, sie mir unter keinen Umständen zu geben. Du wolltest nämlich nichts mehr mit mir zu tun haben und obendrein vermeiden, dass deine Verlobte vor Eifersucht ausrastet. Geht dir jetzt ein Licht auf?"

"Meine *was*?" Er schüttelte mit gerunzelter Stirn den Kopf. "Was erzählst du da für einen Unsinn, Carissima? Du solltest wirklich keinen Wein trinken, wenn du ihn nicht verträgst."

"Ach Blödsinn! Wieso gibst du es nicht einfach zu?"

"Was?"

"Dass du mit Sandro zurück nach Italien gehst, dich mit dieser Immobilienmaklerin verlobt und schon ein riesiges Haus für euch gekauft hast!"

Ricco stutzte einen Moment und fing dann schallend an zu lachen, bis ihm die Tränen übers Gesicht liefen. Entweder tat ihm der Rotwein nicht gut oder er war übergeschnappt. Was um alles in der Welt war denn daran bitte so komisch?

"Madonna mia, Julia", prustete er und wischte sich, immer noch lachend, über die Augen, beruhigte sich aber allmählich wieder. "Wer hat dir denn diese Geschichte erzählt?"

"Na wer wohl? Carmen natürlich!"

"Wie kommt sie darauf?"

"Du hast es ihr doch erzählt bei euren ständigen Telefonaten!"

"Ach Julia, das ist doch alles absoluter Quatsch. Wir haben nur ein oder zwei Mal telefoniert, mehr nicht."

"Entschuldige Ricco", stammelte ich restlos verwirrt. "Das ist mir alles zu hoch. Ich ... " *Moment mal!* So ganz vage dämmerte mir auf einmal, was hier abgelaufen war. "Das darf doch nicht wahr sein!", stöhnte ich auf. "Diese pestverseuchte Giftnatter wollte uns gegeneinander ausspielen."

Er runzelte erneut nachdenklich die Stirn und sah mich ungläubig an.

"Willst du damit sagen, dass sie uns *beide* angelogen hat?", fragte er nach einer kleinen Weile.

"Sieht ganz so aus", brummte ich düster. "Sagtest du nicht eben, dass das alles Blödsinn ist?"

Wie von der Tarantel gestochen, schnellte Ricco in die Höhe und lief wild gestikulierend im Wohnzimmer auf und ab, während das italienische Maschinengewehr losratterte.

245

Ich verstand zwar kein einziges Wort, doch so, wie seine Augen blitzten und bei *der* Lautstärke war er scheinbar ziemlich sauer.

"Stopp!", rief ich dazwischen. "Könntest du vielleicht -"

"Ja, schon gut", knurrte er. "Ich begreife nur nicht, was sie davon hat."

"Da fragst du noch?", brauste ich auf. "Sie war schon zu Schulzeiten eine abscheuliche Intrigantin und daran hat sich bis heute nichts geändert. Ihr geht es nur dann gut, wenn sie anderen das Leben zur Hölle machen kann", tobte ich nun erst richtig los. "Und du bist der gleiche hormongesteuerte Trottel wie alle anderen auch, die auf ihr zuckersüßes und scheinheiliges Getue hereingefallen sind. So wählerisch, wie du behauptest, kannst du also gar nicht sein! Für dich müssen nur die Haare lang und die Röcke kurz sein, mehr interessiert dich doch gar nicht. Wetten, dass deine Immobilienmaklerin genau in dieses Beuteschema fällt?"

Na großartig! Nun schossen mir auch noch Tränen in die Augen. Ob nun aus Zorn oder aus Selbstmitleid, war im Prinzip egal. Unterdrücken ließen sie sich nicht mehr, also warf ich mich der Länge nach auf die kleine Couch und schluchzte in das Sofakissen.

"Jeden noch so unscheinbaren Kerl hat sie mir ausgespannt, jedes einzelne, verdammte Mal. Nicht, weil *sie* ihn haben wollte, sondern nur, damit *ich* ihn nicht kriege." Auf einmal brach alles aus mir heraus, ich war dagegen völlig machtlos. "Nur ein einziges Mal wollte *ich* die Sahnetorte haben und nicht immer nur das verschimmelte Brot. Und dann ... Dann frisst sie mir wieder alles weg."

Während ich unaufhörlich ins Kissen schluchzte und heulte, legte sich eine Hand auf meinen Rücken und fuhr dort sanft auf und ab. Ich drehte den Kopf ein Stück zur Seite und entdeckte Ricco, der nun neben mir saß. Leise

246

murmelte er irgendetwas auf Italienisch vor sich hin. Zwar verstand ich kein einziges Wort davon, das war aber auch nicht notwendig.

Ich blieb einfach so liegen und ließ ihn machen. Es fühlte sich so wahnsinnig gut an, dass ich am liebsten nie wieder aufstehen wollte.

35

Langsam öffnete ich die Augen, rappelte mich auf und sah mich um. Ich musste gestern irgendwann eingeschlafen sein, denn ich lag immer noch auf der kleinen Couch in Riccos Wohnzimmer. Draußen war es bereits taghell und ich hörte unzählige Vögel zwitschern. Ricco schlief noch, auf der großen Couch auf der anderen Seite des Tisches und hielt ein Sofakissen fest an die Brust gedrückt.

Leise, um ihn nicht zu wecken, stand ich auf und blieb unschlüssig stehen. Und nun? Ich konnte entweder nach Hause fahren oder ich blieb hier und wartete, bis er aufwachte. Nachdem ich mir nicht ganz sicher war, wie es denn nun zwischen uns aussah, entschied mich kurzerhand, zu bleiben.

Eine Haarsträhne war Ricco ins Gesicht gerutscht und bewegte sich leicht bei jedem Atemzug. Ausnahmsweise waren seine Haare nämlich nicht mit Gel gebändigt. Mich juckte es beinahe in den Fingern, einmal mit beiden Händen durch diese Locken zu wuscheln. Ich beobachtete ihn eine Weile beim Schlafen, dann tapste ich auf Zehenspitzen um den Tisch herum und setzte mich mit untergeschlagenen Beinen neben ihn auf den Boden. Vorsichtig strich ich ihm mit einem Finger die vorwitzige Haarsträhne aus dem Gesicht und bevor mein Hirn sich einschalten konnte, versenkte ich schon meine Finger in diesem herrlichen Lockengewirr.

Komischerweise fiel mir genau jetzt ein, dass wir noch nie so richtig geknutscht hatten, außer diesem einen Mal im *Castello Barocco*. Wobei das nicht zählte, weil es eine reine Show war, die wir damals für Carmen abzogen. Trotzdem fühlte es sich damals ziemlich gut an und weckte in mir den Wunsch nach mehr.

Sollte ich? Die Gelegenheit war mehr als günstig. Ricco lag schlafend da, nur eine Handbreit von mir entfernt. Ich beugte mich etwas über ihn, hielt dann jedoch inne. Nein, das konnte ich nicht tun. Was würde er nur von mir denken, wenn er aufwachte, während ich ihn küsste? Nein, das ging nicht. Das wäre einfach zu ... Ach was, nur ein ganz kleines, züchtiges Guten-Morgen-Küsschen. Wenigstens auf die Wange. Das war doch wohl erlaubt!

"Buon giorno, Julia."

Tja, und nun? Es war mir äußerst peinlich, so, wie ich halb über ihm hing, meine Hände immer noch in seinen Haaren vergraben. Eindeutiger ging es ja wohl nicht. Ich war ertappt! Beinahe automatisch zuckte ich zurück und rempelte mir dabei schmerzhaft die Tischkante in die Seite. Genauso automatisch fing mein Kopf das Glühen an.

"Habe ich dich etwa erschreckt?", fragte er mich mit einem breiten Grinsen auf dem Gesicht.

"Äh ... Nein, wieso?", schwindelte ich, obwohl es eigentlich sinnlos war. "Ich wollte nur ..."

"Ich weiß", antwortete er und warf das Kissen, das noch auf seiner Brust lag, auf den Boden. "Ich würde auch gerne, aber ich traue mich nicht."

"Was traust du dich nicht?", hakte ich verwirrt nach.

"Rate mal." Er spitzte kurz die Lippen, zwinkerte mir dann zu und sagte mit todernster Miene: "Das ist mir viel zu gefährlich. Du hast nämlich deinen Kampfanzug an."

Das war ja wieder typisch Ricco! Unwillkürlich musste ich lachen. Allerdings wusste ich auch, dass wir in diesem Moment beide das Gleiche wollten.

"Kampfanzug hin oder her, ich bin bei den Sanitätern. Und rate mal, was meine Spezialität ist", alberte ich herum.

"Doch nicht etwa Mund–zu–Mund–Beatmung?"

Ricco zog mich an sich.

"Doch. Genau das", murmelte ich.

Gerade, als sich unsere Lippen für den Bruchteil einer Sekunde berührten, wurde die Wohnzimmertür aufgerissen und ich hörte Sandro vorwurfsvoll rufen:

"*Da* bist du, Papa! Ich habe dich schon gesucht ... Was machst du denn hier, Julia?"

Noch im Schlafanzug, seinen Teddy unter den Arm geklemmt, schaute er mich fragend und neugierig an. Das durfte doch nicht wahr sein! Musste die kleine Kröte ausgerechnet jetzt hier auftauchen?

"Nichts", knurrte ich und sprang auf. "Kannst du nicht vorher anklopfen?"

"Wieso denn? Ich wohne doch hier. Was machst du da beim Papa?"

"Na ja ...", stammelte ich und warf Ricco einen Hilfe suchenden Blick zu. Dem schien es, ganz im Gegensatz zu mir, überhaupt nicht peinlich zu sein, dass Sandro uns beide beim Knutschen ertappte - oder wenigstens beim Versuch.

"Julia wollte mit uns frühstücken, Piccolino."

Er setzte sich ganz gemächlich auf und streckte sich gähnend.

"Ach so", brummte Sandro ziemlich gelangweilt, drehte sich wieder um und hüpfte dann aus dem Zimmer.

Ricco kam auf mich zu und gab mir einen leichten Klaps auf den Po.

"Allora, ich glaube, eine kalte Dusche wird uns *beiden* guttun. Mir auf jeden Fall. Es war nämlich ganz schön heiß hier drinnen."

249

"Ach ja, wirklich?"

Diese Frage war eigentlich völlig überflüssig und *ganz schön heiß* weit untertrieben. Ich war so klatschnass geschwitzt, als käme ich gerade aus der Sauna und das lag nicht nur an dem Schockerlebnis, als der Pimpf plötzlich mitten im Zimmer stand.

"Ja. Das Thermometer schlägt bereits aus", sagte Ricco mit einem schlüpfrigen Grinsen und zog mich hinter sich her in Richtung Badezimmer.

36

Nach der Dusche – natürlich jeder für sich – saßen wir drei auf der Terrasse beim Frühstück. Um ehrlich zu sein, etwas enttäuscht war ich schon, trotz der heißen Knutscherei im Bad. Die Duschkabine wäre groß genug für zwei gewesen. Ein paar akrobatischen Übungen wäre also nichts im Wege gestanden. Bis auf den Pimpf, der im Haus herumwuselte.

Zum Glück verzog dieser sich bald ins Wohnzimmer, um sich auf Riccos Vorschlag hin irgendeine Kindersendung im Fernsehen anzukucken.

"Sag mal, sitzt der Pi ... sitzt Sandro Sonntagmorgen immer schon um acht vor der Glotze?", fragte ich Ricco überrascht.

"Nein, natürlich nicht. Aber so können wir wenigstens in Ruhe reden. Wie war das nun mit deiner Geburtstagsparty?"

"Ricco, ich wollte dich ja einladen. Das Problem war nur, dass -"

"Darum geht es doch gar nicht, Julia. Es war *dein* Geburtstag und du kannst einladen, wen du willst. Mich interessiert nur, wieso du nicht ans Telefon gegangen bist. Ich wollte nur kurz mit dir reden und dir gratulieren, mehr nicht."

"Ich wollte ja, aber ..." *Lieber Gott!* Schwindeln war tausend Mal einfacher als Farbe zu bekennen. Doch etwas anderes blieb mir jetzt nicht übrig. "Ich war zu feige", gab ich verlegen zu.

"Zu feige?", fragte Ricco äußerst verwundert. "Wozu? Um mit mir zu reden?"

"Ja ... Nein, ich ... Ich wusste einfach nicht, wie ich es dir erklären sollte, dass ich *sie* einlud, aber dich nicht."

"Ich sagte doch, du hättest mich -"

"Nicht einladen müssen, ich weiß. Es hatte rein gar nichts damit zu tun, dass es mir *peinlich* gewesen wäre, dich den anderen vorzustellen. Auch von all dem anderen, das Carmen behauptete, stimmt absolut nichts. Das ist alles erstunken und erlogen."

"Dann verstehe ich erst recht nicht, wieso du -"

"Lieber Himmel, Ricco!", ächzte ich. "Denk doch bitte mal nach! Dass ich dieser Giftnatter Märchen erzählt habe, ist eine Sache. Meine Eltern sowie alle anderen wissen jedoch ganz genau, dass ich nicht verheiratet bin. Carmen kenne ich lange und gut genug um zu wissen, dass sie ihr Schandmaul nicht halten kann. Und nun stell dir mal vor, sie hätte irgendetwas ausgeplappert ... Lieber Himmel, ich habe mich selbst tausend Mal dafür verflucht, dass ich sie im Delirium einlud."

"Das hättest du mir doch sagen können, Julia."

"Nein, eben nicht", beharrte ich.

"Und wieso nicht?"

"Ach Ricco!", stöhnte ich auf. "Am Tag vorher waren wir zusammen unterwegs, abends bei Francesca und alles lief absolut wunderbar. Ich hatte einfach befürchtet, dass du mich falsch verstehen könntest und wie ich dich kenne, wärst du obendrein ..."

251

Schnell biss ich mir auf die Zunge. Nein, ich würde ihm jetzt nicht an den Kopf knallen, dass er ständig die beleidigte Leberwurst spielte und mich damit tierisch nervte.

"Was wäre ich?", hakte Ricco nach.

"Sauer gewesen", wand ich mich heraus. "Aber das warst du wohl auch so."

Er nickte.

"Ja, war ich auch. Nach allem, was mir Carmen am Telefon erzählte, dachte ich, du hättest mich von Anfang zum Narren gehalten."

War ja auch kein Wunder, dachte ich mir. Ich hätte an seiner Stelle dasselbe gedacht.

"Hast du mich deshalb nicht zurückgerufen, als du in Italien warst?"

"Zurückgerufen? Wieso?", fragte er überrascht.

"Sie sollte es dir doch ausrichten bei euren Telefonaten."

"Das wusste ich nicht. Sie hat mir gar nichts ausgerichtet!"

Alles klar. Ein Blick auf ihn genügte und ich wusste, dass er die Wahrheit sagte. Diese hinterlistige, schleimige Giftnatter! Sobald sie den Mund öffnete, quoll nichts anderes als Lügen heraus. Apropos Lügen...

"Und das mit deiner Verlobten, dem Haus und Italien? Was ist damit?"

Ricco schüttelte lachend den Kopf.

"Das ist nichts als Quatsch. Sandro und ich waren in Urlaub bei meinen Eltern. Bei ihnen im Restaurant habe ich zufällig eine Immobilienmaklerin kennengelernt. Über sie habe ich ein Haus gekauft, das ihrem Verlobten gehört. Es sieht zwar ziemlich baufällig aus, doch die Substanz ist noch gut. Die ganzen Installationen, Dach, Fenster, Putz, das muss zwar alles gemacht werden, aber bei uns in Italien ist das noch relativ günstig."

Also stimmte wenigstens das mit dem Haus. Und das

bedeutete, er würde nach Italien zurückgehen. Auf einmal schnürte sich mir der Hals zusammen.

"Wann zieht ihr um und ein?", fragte ich nach, obwohl ich die Antwort im Grunde gar nicht wissen wollte.

"So schnell nicht, Julia", winkte er ab und zwinkerte mir schmunzelnd zu. "Die Bauarbeiten dauern eine Weile und für mich und Sandro alleine wäre das Haus sowieso viel zu groß."

Wollte er am Ende noch etwas abwarten, sich auf Frauensuche begeben und dann mit ihr zusammen dort einziehen? Mein schockierter Blick war ihm offenbar aufgefallen, denn er fuhr fort:

"Das Haus, das ich gekauft habe, war früher einmal ein Hotel. Ich lasse alles renovieren, eröffne es wieder und mein Vater kümmert sich um die Küche."

"Ein *Hotel*?", ächzte ich fassungslos. "Du willst ein *Hotel* aufmachen?"

Er nickte.

"Ja, das wollte ich eigentlich immer schon."

Aha. Er wollte also immer schon ein Hotel führen und verkaufte deshalb Ferienimmobilien. Musste das jemand verstehen? Ich tat es auf jeden Fall nicht.

"Moment mal. Carmen sagte doch, dass Sandro bald in die Schule kommt und du deshalb nach Italien zurückgehst!"

"Das mit Sandro stimmt ausnahmsweise. Er wird im Herbst eingeschult. Nun bin ich am Überlegen. Die Gelegenheit wäre günstig. Das Hotel ist bis dahin bestimmt noch nicht fertig, aber das wäre egal. Ich suche mir vorübergehend eine Wohnung und meine Ferienimmobilien kann ich von dort aus auch verkaufen, so wie früher." Er zwinkerte mir zu. "Julia, bei uns wird auf dem Bau nur gearbeitet, wenn der Capo aufpasst und die Leute antreibt. Also müsste ich sowieso vor Ort sein, damit der Bau fertig wird, bevor ich in Rente gehe. Wieso also nicht

Sandro direkt in Italien einschulen?"

So plausibel das natürlich alles klang und so vernünftig es auch sein mochte ... Weg war sie, meine italienische Sahnetorte und übrig blieb für mich wieder mal nur verschimmeltes Brot. Ob er in ein paar Wochen oder erst in ein paar Monaten nach Italien umziehen würde, spielte gar keine Rolle. Aus war er, der Traum von Romeo und Julia, auch wenn Romeo in diesem Fall Riccardo hieß. Ich hätte es ahnen können! Wieso sollte ich auch nur *einmal* im Leben den Mann bekommen, den ich haben wollte?

Ricco stupste mich an.

"Was hast du, Carissima?"

"Nichts", log ich. So ähnlich musste sich Schneewittchen gefühlt haben, als ihr der Apfel im Hals steckenblieb. Trotzdem bekam diese dumme Pute am Ende ihren Prinzen. Was für ein Bockmist! Man sollte den Kindern nicht so einen Schwachsinn erzählen, denn im wirklichen Leben gab es kein Happy End. Zumindest nicht für mich. Ich war einmal mehr die Gelackmeierte.

Und prompt rappelte mein alter Trotzkopf sich auf, als hätte er nur auf seinen Einsatz gewartet. Signore molto oberblödi wollte gehen? Dann sollte er doch, wohin er wollte und mit wem er wollte. Mir doch egal! Ich brauchte ihn nicht. Am besten sollte er gleich verschwinden, jetzt, sofort, auf der Stelle. Ich würde ihm auch beim Koffer packen helfen, nur damit er möglichst schnell abhaute.

"Na, dann wünsche ich dir alles Gute für deine Pläne", sagte ich frostig. "Wenn dein Hotel fertig ist, kannst du mir ja Bescheid geben. Vielleicht machen Caro und ich dann mal Urlaub dort. Danke fürs Frühstück, ich muss los. Ciao Ricco."

Ich stand auf und wollte gehen, aber er hielt mich am Arm zurück.

"Wieso hast du es auf einmal so eilig, Carissima?"

"Weil ich noch etwas vorhabe."

"Wann sehe ich dich wieder?"

"Keine Ahnung. Wenn ich mal Zeit habe."

Ein verwunderter Blick aus nachtschwarzen Augen traf mich.

"Julia, was -"

Ich schüttelte seine Hand ab wie ein lästiges Insekt und stürzte hinaus, bevor ich doch noch die mühsam aufrecht erhaltene Fassung verlieren und ihm wieder etwas vorheulen würde.

Mit quietschenden Reifen fuhr ich los. Im Radio grölte gerade jemand *Keep on smiling*.

"Keep on smiling. Was für ein Blödsinn! Als wenn es dafür irgendeinen Grund gäbe", maulte ich vor mich hin, schaltete das Autoradio ab und wühlte mit einer Hand in Rudi herum, bis ich mein Handy endlich fand. Irgendwo musste ich meinen Frust abladen, und ich wusste auch schon wo: bei Caro.

"Julia, sag mal, tickst du noch ganz? Es ist gerade mal acht vorbei und außerdem Sonntag. Lass mich in Ruhe!", fauchte sie verschlafen ins Telefon und legte auf.

Ach ja, es war wirklich schön, wenn man eine gute Freundin hatte, die immer für einen da war! Gereizt warf ich das Handy neben Rudi auf den Beifahrersitz.

Welcher Idiot hatte sich eigentlich diese Ampelschaltung einfallen lassen? Grüne Welle war offenbar ein Fremdwort für ihn. Zu allem Überfluss läutete jetzt auch noch mein Handy.

"Rudi, nimm ab", knurrte ich. "Ich kann nicht."

Aber anstatt abzunehmen, döste Rudi weiter vor sich hin. War ja wieder mal typisch. Alles musste man selbst machen. Auf der Suche nach meinem Handy tastete ich mit der rechten Hand auf dem Beifahrersitz herum. Wo war es denn nur? Ich hatte es doch vorhin ... War es am Ende vom Sitz gerutscht? Ich warf einen raschen Blick hinüber. Na

255

großartig! Da lag es, im Fußraum! Ich beugte mich seitlich vor und hangelte danach, um …

"Verdammter Mist!"

Kräftig stieg ich auf die Bremse. Zu spät. Es gab einen fürchterlichen Rumms und ich hörte Glas splittern. Himmeldonnerwetter noch mal, wieso musste der Trottel vor mir stehenbleiben? Die Ampel war doch erst orange! Ich würgte den Motor ab, sprang aus dem Auto und stieß einen entsetzten Schrei aus, als ich Fridolins Schnauze ansah: Sie glich einer verbeulten Blechdose.

Der Fahrer des scheinbar nagelneuen BMWs vor mir, ein Mann um die Fünfzig mit einer Wampe, als wäre er im zwanzigsten Monat mit Fünflingen schwanger, war ebenfalls ausgestiegen. Er überschüttete mich erbost mit einem Wortschwall und faselte irgendetwas von Polizei und Frau am Steuer.

"Halte einfach die Klappe, du Blödmann!", tobte ich los. "Hast du den Führerschein im Mülleimer gefunden oder bist du farbenblind? Bei *Rot* muss man stehenbleiben, du Hornochse, nicht bei Orange! Die Verkehrsregeln gelten sogar für Gehirnamputierte mit Bonzenschlitten."

Der BMW–Fahrer packte mich am Arm, zerrte mich zu seinem Auto, schnappte sich sein Handy und rief die Polizei. Auch das noch!

Zweieinhalb Stunden später ließ ich mich, mit restlos ruinierten Nerven, einem dicken Bußgeld, einer ebenso dicken Rechnung des Abschleppwagens für *Fridolin* und einer Anzeige wegen Beleidigung auf meine Couch fallen. Schuld daran waren nur dieser Vollidiot mit seinem BMW und Ricco. Und natürlich Rudi, weil er nicht an dieses vermaledeite Handy ging.

Apropos … Wer hatte vorhin eigentlich bei mir angerufen?

"Natürlich!", schnaubte ich nach einem Blick aufs

Display. "Wieso wundert mich das nicht?"

Auf meinen Rückruf konnte er jedenfalls warten, bis die Hölle einfror und der Teufel Halleluja sang. Nur seinetwegen war dieses ganze Desaster passiert!

Während ich noch damit beschäftigt war, Signore molto oberblödi zu verwünschen, bimmelte mein Handy erneut. Sollte er es wagen, mich noch einmal zu belästigen? Nein, tat er nicht, diesmal war es Caro.

"Was wolltest du denn vorhin?", fragte sie und fügte entschuldigend hinzu: "Tut mir leid, dass ich dich angeraunzt habe. Aber Sonntagmorgen um diese Zeit bin ich noch nicht zu Schwätzchen aufgelegt."

"Ricco ist ein Vollidiot!", fauchte ich ins Telefon.

Caro stöhnte auf.

"Und nur, um mir das zu sagen, wirfst du mich aus dem Bett? Du bist wirklich bescheuert, Julchen."

"Er hat Fridolin auf dem Gewissen."

Meine Freundin stutzte und fing dann schallend an zu lachen.

"Och, nun sag bloß, er hat dein feuerrotes Spielmobil wieder beleidigt?", spöttelte sie.

"Viel schlimmer", knurrte ich düster. "Ich brauche jetzt unbedingt eine Abkühlung, bevor ich explodiere. Lass uns baden gehen, dann erzähle ich dir die ganze Geschichte."

"Gute Idee, das Wetter ist traumhaft. Wer fährt?"

"Du. Mein Fridolin liegt auf der Intensivstation. Drück mir die Daumen, dass er durchkommt."

37

"Das darf doch nicht wahr sein!", stieß ich verärgert aus, als Caro mich am Abend vor meiner Wohnung absetzte.

"Jetzt fängt dieser Trottel auch noch an, mich zu verfolgen!"

"Wen meinst du?"

Ich deutete mit dem Kinn auf die andere Straßenseite.

"Der silberne Alfa dort drüben gehört Signore molto oberblödi. Himmel noch mal, wieso beeilt er sich nicht mit seinem dämlichen Hotel, damit er mir endlich aus den Augen kommt?"

"Bloß nicht, denn sonst darf ich mir den ganzen Tag dein Geheule anhören. Und jetzt geh schon, deine Sahnetorte wartet", spöttelte Caro glucksend. "Du gibst mir rechtzeitig Bescheid, ja?"

"Wegen?"

"Na, welche Farbe die Kleider für die Brautjungfern haben sollen."

"Dumme Pute!", brummte ich, stieg aus und stürmte ohne links und rechts zu sehen auf die Haustür zu. Vielleicht hatte er nicht aufgepasst und ... Pustekuchen!

"Julia, warte bitte!", hörte ich hinter mir Ricco rufen und hastige Schritte auf dem Asphalt.

Widerwillig blieb ich stehen. Jetzt davonzulaufen war völlig sinnlos. Ich kannte ihn inzwischen nur zu gut, um zu wissen, dass er ohnehin nicht aufgeben würde, bis er mir ein dämliches Gespräch ans Knie schrauben konnte.

"Was willst du denn schon wieder?", herrschte ich ihn an.

"Auf jeden Fall nicht warten, bis du irgendwann mal Zeit hast. Wieso bist du einfach gefahren?"

"Weil ich was vorhatte."

"Aha. Und wieso bist du so sauer auf mich? Habe ich dir irgendetwas getan?"

"Du hast ..." Ein Blick in seine schwarzen, fragenden Augen und mein Zorn auf ihn war urplötzlich weggeweht. Ganz neutral und ehrlich betrachtet, war der Crash mit meinem Auto nicht seine Schuld, sondern ausschließlich meine eigene Blödheit. Niemand hatte mich schließlich gezwungen, im Fußraum herumzufummeln anstatt auf die

Straße zu achten.

"Entschuldige", hörte ich mich selbst murmeln. "Es ist nicht deinetwegen. Ich bin heute früh Stevie Wonder hinten draufgefahren, mein Auto ist vermutlich Schrott, Ärger mit der Polizei hatte ich auch und obendrein hat mich dieser hirnverbrannte Idiot auch noch angezeigt."

Ricco fing an zu grinsen.

"Wieso das denn?"

Ich druckste etwas herum.

"Wegen Beleidigung", gab ich dann kleinlaut zu.

Er lachte schallend auf.

"Das kann ich mir bei dir absolut nicht vorstellen."

"Ja, ist ja gut", maulte ich missmutig. "Wer den Schaden hat, spottet jeder Beschreibung. Ich weiß."

Mit zwei Fingern streichelte er mir leicht über die Wange.

"Lass uns essen gehen. Ich warte hier schon seit einer Ewigkeit auf dich."

Die Idee war grundsätzlich nicht übel. Tierischen Hunger hatte ich durchaus, doch meine Arme und Beine fühlten sich vom Schwimmen an, als würden Betonblöcke daran hängen. Andererseits war es völlig blödsinnig und vor allem überflüssig, mit ihm auszugehen. Je mehr Zeit ich mit ihm verbrachte, umso wahrscheinlicher war es, dass ich mich an ihn gewöhnen würde. Je mehr ich mich an ihn gewöhnte, umso größer war die Gefahr, dass es mir hundsmiserabel ging, wenn er nach Italien zog. Wozu also sollte ich dieses Risiko eingehen, wenn ich jetzt schon wusste, dass ich ihn verlieren und nie wieder sehen würde?

"Nein, ich ... Ich habe schon etwas anderes vor", schwindelte ich daher.

Er schüttelte entschieden den Kopf.

"Nein, hast du nicht. Also?"

Na toll! Ich hatte auch schon mal besser gelogen.

"Ich kann wirklich nicht", versuchte ich mich

herauszuwinden, ohne ihn anzusehen. "Ich muss noch ..."

Lieber Gott, die Zeiten Julias, der Lügenbaroness, waren wohl unwiderruflich vorbei. Mir fiel nämlich partout nichts ein, was ich müssen könnte.

"Was musst du?", hakte er nach, während der Anflug eines Grinsens um seine Mundwinkel zuckte.

"Ich komme eben vom Baden und muss noch Duschen und Haare waschen", antwortete ich lahm.

"Gut, ich warte."

"Nein, das dauert viel zu lange", wehrte ich schwach ab.

"Bei diesen Haaren höchstens zehn Minuten. Ich warte."

"Ich war gestern erst beim Friseur!"

"Wirklich? Ich hatte auf Rasenmäher getippt."

Aus Gewohnheit wollte ich ihm bei diesem haarigen Thema widersprechen, ließ es aber bleiben, denn im Grunde hatte er absolut recht.

"Gefönt und gestylt sehen sie auf jeden Fall nicht mehr nach Wasserratte aus und das kann dauern."

"Wie gesagt, ich warte."

Das konnte doch nicht wahr sein! Wieso gab er nicht endlich auf, stieg in seine Karre und verschwand einfach?

"Und wie gesagt, ich komme nicht mit", beharrte ich trotzig.

"Carissima", schmeichelte er und setzte dieses ganz spezielle Lächeln auf, das sogar den Nordpol zum Schmelzen bringen konnte. "Ich warte seit mindestens zwei Stunden auf dich, und Sandro will heute unbedingt bei seinem Freund übernachten. Wir beide gehen in Ruhe essen und danach ..." Er zwinkerte mir zu. "Wir könnten da weitermachen, wo wir heute Morgen aufgehört haben."

Lieber Himmel, auch das noch! Musste er mich unbedingt daran erinnern? Wie sollte ich bei diesem Vorschlag standhaft bleiben können?

"Also gut", brummte ich. "Aber nur, weil ich einen Bärenhunger habe. Bilde dir deshalb bloß nichts ein."

"Natürlich nicht", spöttelte er und ging lachend zu seinem Auto. "Ich warte, Carissima. Beeil dich!"

Gewöhnlich brauchte ich höchstens eine Viertelstunde, um ausgehfertig zu sein. Früher zumindest, zu den Zeiten, als ich noch wie Rambo im Einsatz herumlief, wie Ricco sich immer ausdrückte. Damit war nun aber Schluss, ein für alle Mal - von dem kleinen Ausrutscher gestern Abend abgesehen. Ein bisschen mehr Zeit würde ich ab sofort schon investieren müssen.

Vor allem heute, denn der neue Haarschnitt war nur für diesen dämlichen und völlig unfähigen Hairstylisten aus der City pflegeleicht. Je mehr Schaum, Wachs und Haarspray ich verwendete, umso schlimmer wurde es. Aus dem Spiegel starrte mich zwar keine Wasserratte mehr an, dafür aber wieder das räudige Wiesel nach einem Stromschlag. Irgendwann gab ich sämtliche Stylingversuche auf, denn besser wurde es absolut nicht.

Anschließend holte ich das Beutelchen mit den ganzen Malutensilien aus meiner Nachttischschublade, das ich mir inzwischen mit Caros Hilfe zugelegt hatte. Dank ihrer zahlreichen Tipps und ein wenig Übung war ich nun sogar in der Lage, ein halbwegs vernünftiges und dezentes Make-up zustande zu bringen. Nach einer Weile und jeder Menge Pinselei fand ich mein Spiegelbild gar nicht übel und das neue Sommerkleidchen, in das ich schlüpfte, saß nicht nur hervorragend, sondern ... Nun ja, ich fühlte mich wohl darin und fand das Gesamtpaket ziemlich gelungen - von dieser Nichtfrisur mal abgesehen.

Doch nicht nur ich war von meiner neuen Aufmachung angetan. Auch Ricco schien sie zu gefallen, seinem überrascht-begeisterten Blick und dem leisen Pfiff nach zu schließen.

"Wow, du siehst umwerfend aus. Beinahe hätte ich dich

nicht erkannt. Dass ich das noch erleben darf ..."

Na also! Ging doch! Ich grinste höchst zufrieden in mich hinein.

"Und was hat mich verraten?"

"Dein ständiger Begleiter", antwortete Ricco schmunzelnd und deutete auf Rudi, der selbstverständlich wie immer über meiner Schulter hing. "Andiamo! Gehen wir."

38

Ich bereute es ganz und gar nicht, mitgegangen zu sein. Der Abend war - so wie der damals bei Francesca - einfach sagenhaft. Wir verstanden und amüsierten uns prächtig und alles deutete darauf hin, dass wir uns auf der Zielgeraden befanden.

So süffig der Rotwein beim Essen auch schmeckte, ich riss mich zusammen. Ein Glas musste genügen, denn was auch immer der Abend noch bringen würde, dieses Mal wollte ich es nüchtern und nicht im Delirium erleben.

Ricco warf einen Blick auf seine Armbanduhr.

"Kurz nach neun. Gehen wir noch irgendwohin oder soll ich dich nach Hause fahren?"

Bitte was? Sagte er vorher nicht, dass wir dort weitermachen könnten, wo wir am Morgen dank der kleinen Kröte aufhörten?

"Also hör mal!", rief ich empört aus. "Wenn du schon Ausgang hast, dann sollten wir das ausnutzen. Lass uns noch irgendetwas unternehmen."

"Va bene. Ich habe eine Idee", sagte er mit einem absolut unergründlichen Lächeln und sah sich nach dem Kellner um.

Plötzlich stutzte er. "Sag mal, sitzt da drüben nicht Carmens Mann in Begleitung?"

Neugierig drehte ich mich um. Tatsächlich! Das saß er, der Aktienhai. Ohne Carmen, dafür in trauter Zweisamkeit mit einer nicht unattraktiven Frau.

"Ja, das ist Christian", raunte ich ihm zu. "Unglaublich, oder? Sie sehen sich kaum und betrügen sich ständig. Was für eine Ehe! Und da soll noch einer behaupten, es gäbe keine männlichen Schlampen."

"Oh doch, die gibt es", sagte Ricco mit Nachdruck. "Ich bin sogar mit einer verwandt."

Lieber Himmel! Konnte mein Hirn nicht einmal das Denken anfangen, *bevor* ich zu schnattern anfing? In Gedanken verpasste ich mir blitzschnell ein paar satte Ohrfeigen. Ich war wieder einmal mit Anlauf ins Fettnäpfchen gesprungen.

"Tut mir leid", murmelte ich verlegen. "Ich wollte wirklich nicht -"

"Schon gut", winkte er kurz ab.

In diesem Moment marschierte Christians Begleiterin an uns vorbei, scheinbar auf dem Weg zur Toilette. Mir zuckte eine Idee durch den Kopf.

"Warte mal", sagte ich leise zu Ricco. "Ich will ihm nur schnell Hallo sagen."

Bevor er antworten konnte, sprang ich auf und ging hinüber. Ein paar Minuten später kam ich zurück, ein triumphierendes Grinsen auf dem Gesicht und setzte mich wieder auf meinen Platz.

"So, mein Schatz, jetzt halte dich gut fest. Das ist nämlich der absolute Hammer. Weißt du, wer das da drüben ist?"

"Sicher, das ist Christian, Carmens Mann."

"Von wegen! Christian ist *nicht* Carmens Mann und er handelt auch nicht mit *Aktien*, sondern mit *Dates.*"

"Eh?" Ricco starrte mich verständnislos an.

"Christian ist ein professioneller Begleiter", klärte ich ihn auf. "Diese Giftnatter hat ihn für den einen Abend gemietet oder wie man das nennt. Und mir wirft sie vor, ich wäre eine Lügnerin."

"Davvero? Questa poi", antwortete Ricco mit einem spöttischen Grinsen im Gesicht.

"Lieber Himmel", stöhnte ich auf und zischte ihm zu: "Wann wirst du es endlich mal begreifen, Ricco? *Ich kann kein Italienisch!* Also -"

"Sprich gefälligst Deutsch, ich weiß", sagte er mit einem Augenzwinkern. "Ich bin nur überrascht. Wie kann sie dich nur derart anlügen? Übrigens, verdient er gut damit?"

Bitte was? Mir klappte die Kinnlade herunter. Hatte ich eben richtig gehört?

"Sag mal, hast du keine anderen Sorgen?", raunzte ich ihn an.

Ricco zuckte gelassen mit den Schultern.

"Ich dachte nur. Mit schönen Frauen essen gehen und dafür bezahlt werden, das würde mir auch gefallen."

Das durfte doch nicht wahr sein! Meine Augen schossen Giftpfeile auf ihn ab.

"War nicht ernst gemeint", schob er rasch nach. "Ich warte lieber stundenlang vor deinem Haus auf dich, um -"

"Du bist *zu* großzügig", antwortete ich spitz. "Moment! Ich habe eine hervorragende Idee."

"Bitte nicht", stöhnte Ricco auf. "Das gibt nur wieder Ärger."

"Blödsinn", wischte ich seinen Einwand zur Seite. "Diesem Biest zahle ich es heim. Darauf kannst du dich verlassen wie auf den nächsten Sonnenaufgang."

Noch einmal ging ich hinüber zu Christian, dessen Begleitung noch nicht zurückgekehrt war, und tuschelte kurz mit ihm.

"So, alles klar. Die Giftnatter kann etwas erleben", sagte

ich so zufrieden wie eine Maus im Käseladen zu Ricco, als ich mich wieder zu ihm setzte.

"Was hast du vor?", fragte er ziemlich skeptisch nach.

"Och, nicht viel", schwindelte ich. "Wir haben uns nur zum Essen verabredet."

"Du hast *was?*" In seiner Stimme schwang eine gehörige Portion Eifersucht mit, wenn mich nicht alles täuschte. "Na dann viel Spaß dabei."

"Doch nicht wir zwei alleine", korrigierte ich hastig. Diesen tödlich beleidigten Blick, den er soeben aufsetzte, kannte ich an ihm nur zu gut. "Hör mir zu! Wir gehen noch einmal alle vier zusammen aus: Christian, die Schlange, du und ich. Zufrieden?"

Er antwortete nicht.

"Wir waren schon einmal alle vier, erinnerst du dich?"

"Ja."

"Ach Ricco!", ächzte ich. "Bitte hör auf, die beleidigte Leberwurst zu spielen. Es gibt überhaupt keinen Grund dafür. Du weißt doch selbst gut genug, was dieses intrigante Biest für Spielchen abgezogen hat. Nicht nur mit mir, sondern mit dir genauso, und dafür soll sie büßen!"

"Und?", brummte er. "Was weiter?"

"Wir haben Folgendes ausgemacht: Ich rufe sie an und verabrede mich mit ihr zum Essen. Nur sie und ich. Was ich ihr aber nicht sage, ist, dass Christian und du später dazu stoßen."

"Und was hast du davon?"

"Nun stell dich doch nicht so an! Dieses intrigante Biest wollte mir erneut die Sahnetorte klauen, nur diesmal -"

"Hattest du sie denn schon?", fragte Ricco, während der Anflug eines Grinsens über sein Gesicht huschte.

"Was?"

"Die Sahnetorte."

Himmel noch mal! Mein Mundwerk war ein weiteres Mal schneller als mein Hirn gewesen.

"Na ja ..." Ich räusperte mich etwas verlegen. "Zumindest einen Krümel davon. Glaube ich."

Ricco legte ein paar Geldscheine zu der Rechnung in das Ledermäppchen, das uns der Ober vorhin auf den Tisch legte, stand auf und setzte wieder dieses ganz spezielle Lächeln auf.

"Ich hoffe, der Krümel hat geschmeckt. Und nun komm, gehen wir."

39

Am Montagnachmittag schleuderte ich entnervt den Schwamm in die Ecke. Schluss damit! Mir war das heute alles zu viel. Der Kunde, dessen langweilig-weißen Wohnzimmerwänden mein Kollege und ich einen hellgelben, wolkig-verwischten Anstrich verpassen sollten, musste eben warten oder sollte seinen Kram alleine machen!

Die Sonne brannte seit dem Morgen unablässig vom wolkenlosen, tiefblauen Himmel, und das Thermometer hatte mittlerweile die 30-Grad-Marke überschritten. Durch die riesigen Südfenster strömte Backofenluft herein. Sie zu schließen, war unmöglich, denn ansonsten drohte uns mit Sicherheit der Erstickungstod. Die Rollläden herabzulassen schied ebenfalls aus, wenn wir nicht im Dunkeln malern wollten. Ganz egal, wie wir es auch anstellten, das Arbeiten war so gut wie unmöglich.

"Das kann er vergessen, Rainer", brummte ich missmutig. "Wie soll ich nass in nass wischen, wenn die Farbe schon im Eimer trocknet?"

"Nun reiß dich zusammen, du alte Jammerliese", schimpfte mein Kollege lachend. "Morgen Nachmittag kommt der Fußbodenleger und will das Laminat einbauen. Bis dahin müssen wir fertig sein, Julchen!"

Rainer war ein paar Jahre älter als ich und so etwas wie der große Bruder, den ich nie hatte. Inzwischen arbeiteten wir schon über zwei Jahre als Team. So gern ich mit ihm zusammenarbeitete und so gern ich ihn auch mochte, heute ging er mir tierisch auf die Nerven mit seiner Arbeitswut.

"Das ist mir doch schnurz!", brauste ich auf. "Selbst wenn morgen der Papst persönlich käme, du siehst doch selbst, dass es nicht geht! Außerdem ist es widerlich heiß hier drinnen. Mir ist schon ganz blöd im Kopf davon." Wütend verpasste ich dem Farbeimer einen Tritt. "Ich habe die Nase gestrichen voll."

Rainer warf einen Blick auf das Wandstück, an dem ich gerade gearbeitet hatte und fing an zu grinsen. "Ich denke, wir sollten für heute wirklich Schluss machen. Bei deiner Gewitterlaune, die du den ganzen Tag schon hast ... Man sieht sie sogar an der Wand. Was ist los, Julia? Hat dich wieder einmal ein Kerl geärgert?"

"Hör bloß auf!", knurrte ich und wischte mir mit dem Unterarm den Schweiß von der Stirn. "Ich bin mir nicht mal sicher, ob er überhaupt einer ist."

"Was heißt das denn?"

"Entweder ist er schwul oder impotent oder beides."

"Oh Mann", stöhnte Rainer auf. "Wieso suchst du dir zur Abwechslung nicht mal ein unkompliziertes und pflegeleichtes Exemplar?"

"Wie denn? Du bist ja schon vergeben", flachste ich.

"Sei froh. Ich schnarche fürchterlich, behauptet meine Frau jedenfalls."

"Solange du es erst *hinterher* machst und nicht schon mittendrin", brummte ich und stemmte die Hände in die Hüften. "Apropos, folgende Situation: Du hast sturmfreie Bude und bist mit einer Frau ganz alleine zu Hause. Was
267

würdest du tun, Raini?"

"Gar nichts", antwortete er ohne zu zögern. "Meine Frau würde mich umbringen."

Ich verdrehte die Augen.

"Wenn du Single wärst, meine ich. Was würdest du tun? Du bist doch auch ein Kerl, also sag schon."

Rainer legte seinen Schwamm zur Seite und drückte den Deckel auf den Farbeimer.

"Kommt darauf an", sagte er schließlich.

"Auf was?"

"Auf die Frau."

"Du meinst, ob sie dich anmacht?"

"Das auch. Aber beim ersten Date -"

"Ist es nicht", unterbrach ich ihn ungeduldig. "Ihr kennt euch schon länger und wart ein paar Mal zusammen weg. Aber diesmal ist es das *erste* Mal, dass ihr ganz alleine seid. Keiner stört, ihr wart schön beim Essen, alles passt und die Luft brennt. Also, was würdest du tun?"

"Julchen, du weißt doch, ich bin ein Gentleman."

Ich stöhnte laut auf.

"Ich glaube eher, du bist der gleiche Idiot wie er."

"*Das* ist es also." Rainer lachte auf. "Armes Julchen, hat er dich einfach abblitzen lassen?"

"Himmeldonnerwetter noch mal, ihr seid doch alle nicht ganz richtig im Kopf", schimpfte ich los. "Die ganze Zeit tönt ihr lauthals herum, wie toll ihr alle seid und spielt einem Signore molto potente vor, aber wenn es darauf ankommt, knickt ihr alle ein wie ein Zahnstocher. Pah, Männer!"

Rainer konnte sich vor Lachen gar nicht mehr beruhigen.

"Ist doch so!" Entrüstet sah ich ihn an. "Oder willst du etwa das Gegenteil behaupten?"

"Du bist einfach herrlich, Julchen", japste er. "Ich weiß zwar nicht, was bei euch beiden bislang so abgelaufen ist, aber wenn ich dich so reden höre ... Hast du schon mal daran gedacht, dass du ihn vielleicht mit deinem losen Mundwerk verschreckt haben könntest? Der arme Kerl hat vermutlich nur die absolute Panik bekommen."

"Mann, bist du doof", knurrte ich. "Wir leben doch nicht mehr im Mittelalter. Blöde Sprüche reißen können Frauen inzwischen auch."

"*Du* ganz bestimmt, Julchen." Rainer versuchte, tief durchzuatmen. "Lass es doch einfach mal ruhiger angehen. Anstatt ständig die Keule zu schwingen und auf Emanze zu machen, versuche es mal mit der sanften und charmanten Tour. Frauen sollen so etwas angeblich können, habe ich gehört. Und wer weiß? Vielleicht knickt sein Zahnstocher beim nächsten Mal nicht ein", gluckste er.

"Besten Dank auch für den Tipp", maulte ich. "Ihr seid doch alle nicht normal."

"Lieber Gott, wie soll man es euch Weibern auch recht machen." Rainer seufzte theatralisch auf. "Geht euch einer gleich an die Wäsche, ist er ein Schwein. Tut er es nicht, ist er ein Idiot."

"Mann, ihr seid doch echt farbenblind! Wenn die Ampel auf Grün steht, darf man fahren. Ganz einfach."

"Ach, und er hat also gebremst? Dumm gelaufen. Und ich dachte heute Morgen noch, du hast deine Tage, weil du so gereizt bist."

"Ach sei still und lass uns zusammenpacken. Ich will nach Hause, unter die Dusche, und dann verkrieche ich mich in meinen Kühlschrank, bevor ich einen Hitzschlag bekomme."

Wieso hatte ich dumme Nuss mit dem Thema überhaupt angefangen? Eine Krähe hackte der anderen ohnehin kein Auge aus und obendrein hielt Rainer mich jetzt bestimmt für sexsüchtig.

40

Noch bevor ich mich zu Hause unter die Dusche stellte, rief ich Carmen an und verabredete mich mit ihr für Freitagabend im *Castello Barocco* zum Essen. Die Klapperschlange schien sich sogar darauf zu freuen. Sicher schwirrten in ihrem Spatzenhirn schon wieder Tausende von Bosheiten und intriganten Ideen herum, mit denen sie mich piesacken wollte.

Kaum legte ich auf, gab ich Christian noch kurz Bescheid und weihte ihn in alles detailliert ein. Zu meinem Glück hatte er an dem Abend erst um zehn einen Termin, vorher Zeit und würde sich deshalb ganz privat mit mir treffen dank meiner Überredungskünste. Weitere Kosten wegen der Giftnatter brauchte ich nämlich wirklich nicht. Zum Schluss klingelte ich noch bei Signore molto impotente durch.

"Ciao Ricco. Wie sieht es Freitagabend bei dir aus? Hast du Zeit?", fragte ich ihn in Hochstimmung.

"Freitagabend? Nein."

"Nein?" Das durfte doch wohl nicht wahr sein! "Wieso denn nicht?"

"Ich bin verabredet."

"Mit wem?", hakte ich argwöhnisch nach.

"Verrate ich nicht."

"Mit wem, Ricco!"

"Mit einer Frau."

Ich schnappte nach Luft. Das war doch unglaublich! Und er traute sich auch noch, mir das ganz direkt zu sagen?

"Schön für dich", sagte ich frostig. "Na dann viel Spaß. Bis irgendwann mal."

Ich wollte gerade auflegen, als ich Riccos schallendes Gelächter hörte.

"Du scheinst dich ja schon tierisch darauf zu freuen", keifte ich ins Telefon.

"Julia, was ist los?"

"Nichts, alles bestens. Wie gesagt, viel Spaß bei deinem Date."

"Julia, warte!"

"Was?", knurrte ich böse.

"Ich habe kein Date, nur einen Verkaufstermin."

"Mit einer *Frau*?"

"Ja", antwortete er schlicht. "Auch Frauen kaufen Immobilien."

"Am *Freitagabend*?"

"Sie ist berufstätig und kann vorher nicht."

"Wie passend", sagte ich spitz. "Dann könnt ihr ja anschließend noch feiern gehen."

"Könnten wir, aber sie ist nicht mein Typ."

"Ach, läuft sie auch wie Rambo im Kampfanzug durch die Gegend?", höhnte ich.

Ricco lachte auf.

"Nein, das nicht, aber bei ihr merkt man auch nur an der Stimme, dass sie eine Frau ist."

Auch nur? Wäre er vor mir gestanden, ich hätte ihm ohne zu zögern ein paar kräftige Ohrfeigen verpasst. Was für ein unverschämter Mensch! Wozu hatte ich mir diese ganzen bescheuerten Kleidchen zugelegt und mir unter Gefahr von Leib und Leben diese Gesichtsmalkünste angeeignet? Nur weil er zu dämlich war zu kapieren, dass ich sehr wohl eine Frau war, brauchte er mich nicht zu beleidigen!

"Das heißt?", hakte ich mühsam beherrscht nach.

"Streichholzkurze Haare und dunkle Hosenanzüge, alles viel zu maskulin. Absolut nicht mein Fall. Wieso fragst du?"

Hosenanzüge trug ich zwar nicht, aber die Haare ... *Das* war es also, wieso neulich Abend nichts lief. Mit meiner Das-räudige-Wiesel-lebt-noch-Frisur war ich ihm wohl auch *viel zu maskulin* und somit *absolut nicht sein Fall*! Gut zu wissen.

271

"Besten Dank auch", pampte ich ihn an.

"Madonna mia, was ist denn jetzt schon wieder passiert?" Ricco klang überrascht.

"Nichts."

"Carissima! Was ist los? Du klingst auf einmal so -"

"Alles bestens. Ich hatte nur fast vergessen, dass du auf langmähnige, aufgestylte Tussen wie Carmen stehst", fauchte ich ihn an. "Na los, schnapp sie dir doch endlich. Sie wartet nur auf dich."

"Merda!", stöhnte Ricco auf. "Julia, ich habe nicht -"

"Spar dir dein Gesülze."

"Ich habe nicht dich gemeint", versuchte er nochmals einzulenken.

"Natürlich nicht", höhnte ich. "Immerhin trage ich ja keine Hosenanzüge. Weißt du was? Du kannst mich mal!"

Ich legte auf, bevor er antworten konnte und schleuderte wutentbrannt mein Handy aufs Bett. Wie dämlich war ich eigentlich, dass es mir nicht gleich aufgefallen war? Gestern geriet er keineswegs in Panik, wie Rainer vermutete. Ricco hatte nur einfach keinen Bock auf mich! Das war alles. Selbst wenn ich mich ihm splitternackt auf den Bauch gebunden hätte, wäre er vermutlich schlagartig eingeschlafen.

Ich war scheinbar immer noch *das beste Impotenzmittel aller Zeiten*, wie Carmen einmal sagte. Und dabei hatte ich eigens für Signore molto oberblödi fast eine Stunde im Bad vertrödelt und dieses dämliche Kleid angezogen. All das war absolut sinnlos, denn auch mit einer rosa Schleife um den Hals blieb eine Kröte eben eine Kröte.

Knapp eine Stunde später lud ich meinen ganzen Frust bei Caro ab. Als ich ihr vorhin eine Nachricht aufs Handy schickte mit den brandaktuellen Neuigkeiten, rief sie kurz darauf zurück. Sie schlug vor, dass sie die geplante Paukerei zusammen mit einer Kommilitonin ausfallen lassen würde, weil das Wetter für diesen langweiligen Kram viel zu schön war. Sie wollte sich stattdessen lieber mit mir im *Santorio* treffen.

"Ich hasse ihn!", beendete ich meinen endlosen Bericht, während dem Caro immer wieder den Kopf schüttelte.

"Ist dir denn nicht früher aufgefallen, dass er -"

"Ein Vollidiot ist?", ergänzte ich gehässig. "Doch, schon am ersten Tag. Lässt sich im Supermarkt anquatschen und macht so einen Zirkus mit. So einer kann doch nicht normal sein."

"Das ist jetzt auch egal. Er hat also klipp und klar gesagt, dass er nichts von dir will?"

"Direkt gesagt hat er es nicht, aber darauf läuft es hinaus."

Caro stocherte nachdenklich in den Resten ihres Eisbechers herum.

"Irgendwie kommt es mir komisch vor, Julchen. Schau dich doch mal an. Der Typ Mann, auf den du normalerweise abfährst, ist groß, blond und blauäugig, und trotzdem hast du dich in Ricco verknallt."

"Blödsinn."

"Nein, ist es nicht", widersprach mir Caro mit Nachdruck. "Das weißt du selbst doch am besten. Die Julia, die ich kenne, würde niemals aufgeben. Du bist vielleicht nicht sein Standardbeuteschema, aber er steht auf dich und das nicht wenig. Also schnapp ihn dir! Im Grunde ist es doch ganz einfach: Mach dich hübsch, benimm dich nicht wie die Axt im Walde, und vor allem gib deinen Haaren endlich mal eine Chance."

Ich schnaubte verächtlich auf.

"Glaubst du allen Ernstes, dass ich mich seinetwegen in einen Minirock zwänge und mich zum Gespött der ganzen Stadt mache? Niemals! Was meine Haare betrifft, hasse ich sie doch selbst und weiß, dass sie übelst aussehen. Ich war ja auch ein verdammt leichtgläubiger Idiot, der diesen ganzen Pfuschern alles abgenommen hat. Doch selbst mit der tollsten Frisur würde es auch nichts ändern, Caro. Bis meine Haare auch nur halb so lang sind wie seine, sitzt er schon längst in seinem Hotel in Italien. Also vergiss es."

"Hey, von Minirock hat er nichts gesagt", korrigierte Caro mich. "Geh einfach mal zu einem richtigen Friseur, der auch -"

"Na klar. Bitte einmal länger schneiden", höhnte ich.

"Ach Julchen!", stöhnte meine Freundin auf. "Sagte ich dir nicht schon vor Ewigkeiten, dass du für diesen Look langsam zu alt wirst? Mit fünfzehn mag so etwas noch ganz witzig aussehen, aber nicht mehr mit *dreißig*!"

"Besten Dank auch. Und da willst du mir vorhalten, ich ginge nur nach Äußerlichkeiten."

"Wer jammert mir denn ununterbrochen die Ohren voll, dass er als alte Jungfer sterben wird?", stichelte Caro ungerührt weiter. "Wenn du darauf keine Lust hast, dann würde ich schleunigst etwas dagegen tun. Also, reden wir mal Tacheles: Wie viel Kohle hast du diesen Monat noch auf deinem Konto?"

"Wieso?", fragte ich verwirrt. "Soll ich Ricco etwa bestechen, dass er mit mir -"

"Ach Quatsch, du Dussel!", gluckste Caro. "Der neue Freund meiner Schwester ist Friseur. Kai kann dir mit Sicherheit helfen. Er hat sich auf Problemfälle wie dich spezialisiert, sagt er. Das kostet allerdings eine Kleinigkeit."

"Na klasse! Diese Höllenbrut schafft es tatsächlich noch, dass ich unter der Brücke ende."

"Ricco?"

"Nein, Carmen! Sie ist doch an allem schuld."

Caro rollte mit den Augen.

"Was hat sie denn mit deinen Haaren zu tun? Na ja, auch egal. Hast du nun noch ein paar Kröten oder nicht?"

"Ja, sicher, aber ..." Der alte Trotzkopf in mir erwachte. "Wenn Signore molto oberblödi mich nicht so nimmt, wie

274

ich bin, soll er es lassen. Außerdem nerven mich lange Haare."

"*Lange* Haare nerven dich?", stieß Caro verblüfft aus. "Und ich dachte immer, deine Wieselfrisur nervt?"

"Ja, schon gut", brummte ich missmutig. "Ende der haarigen Debatte."

"Wie du meinst. Ich dachte ja nur, weil du ihn plötzlich unbedingt haben willst." Sie sah kurz auf ihre Armbanduhr und stand auf. "Überleg es dir, Julchen. Ich muss los und noch ein bisschen pauken. Wir schreiben bald Klausuren. Bis dann."

"Ja, bis dann, du alte Streberin."

Nachdenklich bestellte ich mir noch einen Cappuccino. Gestern Abend hatte ich mich aufgehübscht und in eines der neuen Kleidchen gehüllt. Sogar mein loses Mundwerk hielt ich den ganzen Abend weitestgehend unter Kontrolle. Was brachte es mir am Ende ein? Rein gar nichts. Wir tranken bei Signore molto oberblödi noch eine Flasche Rotwein, knutschten etwas auf der Couch herum und das war es dann schon. Nein, ich musste es langsam einsehen: Er fuhr einfach nicht auf mich ab!

Ich konnte es drehen und wenden, wie ich wollte. So wie Carmen würde ich niemals aussehen, auch nicht mit noch so viel Verkleidung und Schnickschnack. *Unheimlich sexy*, hatte Ricco diese Schlange mal bezeichnet. Davon war ich wohl Lichtjahre und Galaxien entfernt. Bestenfalls wirkte ich auf ihn unheimlich, aber *sexy* mit Sicherheit nicht. Daran würden auch noch so lange Haare nichts ändern.

Andererseits, was hatte ich schon zu verlieren? Sah ich mit dieser asymmetrischen, missglückten Frisur ohnehin aus wie ein räudiges Wiesel, schlimmer konnte es somit nicht werden. Seufzend holte ich mein Handy aus Rudi und rief Caro an.

"Also gut, ich habe es mir überlegt", überfiel ich sie
275

sofort. "Gib mir mal die Nummer von diesem komischen Friseur."

"Ach schau mal an", flötete Caro ins Telefon. "Willst du nun doch -"

"Ich tue es nur meinetwegen", behauptete ich trotzig. "Ricco kann mir gestohlen bleiben!"

41

Tatsächlich bekam ich schon am Donnerstagmorgen einen Termin in Kais Haarstudio, und zwar bei ihm höchstpersönlich. Das Timing war perfekt, sollte doch am Freitag das erneute Abendessen mit der Giftnatter sein. Ihr würden mit Sicherheit die Augen aus dem Kopf fallen. Hoffte ich jedenfalls.

Mein Kollege Rainer, den ich am Mittwoch von meinem haarigen Plan erzählte, sah mich völlig perplex an.

"Du willst *was*? Und das alles wegen eines Kerls? Julchen, was um alles in der Welt ist denn mit dir passiert?"

"Blödsinn, Raini. Mit ihm hat das gar nichts zu tun", wehrte ich rasch ab. "Mich nervt diese Nichtfrisur einfach. Das ist alles."

"Deine Nase wächst schon wieder, Pinocchio!", tadelte er mich. "Er steht auf *langhaarige* Frauen, gib es zu."

"So ein Quatsch! Ich ... Ich wollte immer schon lange Haare haben."

"Alles klar. Deshalb legst du dich wöchentlich unter den Rasenmäher."

"Den blöden Spruch habe ich von ihm auch schon tausend Mal gehört", platzte es aus mir heraus.

"Wusste ich doch, woher der Wind weht." Rainer schüttelte schmunzelnd den Kopf. "Lieber Gott, Julchen, das muss ja ein wahnsinnig toller Hecht sein, wenn du dir gleich lange Haare andrehen lässt."

"Das tue ich nur meinetwegen!", beharrte ich energisch. "Ich mache mich doch nicht wegen eines Kerls zum Affen!"

"Ist doch klar", spöttelte Rainer. "Wie konnte ich nur auf so eine verrückte Idee kommen?"

Zuhause fielen mir beim Abendessen wieder Rainers Worte ein. Ricco mochte vielleicht ein toller Hecht sein. Manchmal und irgendwie. Allerdings schwamm er nicht in *meinem* Teich herum. Noch nicht. Doch das ließ sich möglicherweise ändern. Einen allerletzten Versuch konnte ich ja wagen.

Um mich in die richtige Stimmung zu bringen, setzte ich mich anschließend entspannt auf die Couch und schloss die Augen.

"Ich bin unwiderstehlich. Ich bin sexy. Ich bin genau das, was du willst", murmelte ich unzählige Male wie eine Beschwörungsformel vor mich hin. Dann schnappte ich mir mein Handy und rief Ricco an, der gleich nach dem ersten Klingelton abnahm.

"Hi Ricco, wie geht es dir?", flötete ich.

"Julia!" Er klang ziemlich überrascht. "Alles paletti. Und bei dir?"

Die *sanfte* Tour, hatte Rainer gesagt. Okay, das konnte ich auch. Hoffte ich jedenfalls.

"Danke, alles bestens. Übrigens, wegen gestern ... Ricco, ich wollte -"

"Genau, du wolltest gestern doch noch vorbeikommen."

"Vorbeikommen? Wieso?", fragte ich irritiert nach. Hatte ich irgendetwas verpasst?

"Ich dachte nur ... wegen deines Angebots."

"Welches *Angebot*?"

"Du sagtest doch, ich kann dich mal. Dazu musst du allerdings herkommen. Durchs Telefon geht das nicht."

277

Seine Stimme triefte derart vor Spott, dass ich bis zu den Knöcheln darin versank. Klick. Der Groschen war gefallen.

"Tut mir leid", sagte ich zerknirscht. "Ich habe mich wohl voll daneben benommen."

Er zögerte einen Moment, dann meinte er:

"War meine Schuld. Ich habe dich geärgert. Übrigens, steht das Angebot noch?"

Auch ohne ihn zu sehen, wusste ich genau, dass ihm wieder dieses breite, unverschämte Grinsen im Gesicht stand, bei dem es mir jedes Mal in den Fingern zu jucken begann. Doch dieses Mal würde ich seinen Kommentar einfach überhören. Wie Rainer sagte: Die *sanfte* Tour!

"Wenn du Freitagabend mitgehst?", säuselte ich.

"Zu diesem Essen mit Carmen? Ich würde ja, Julia, nur leider habe ich ausgerechnet Freitagabend diesen Termin."

"Um wie viel Uhr?"

"Halb sieben."

"Dann klappt es also doch. Ich treffe mich mit der Schlange nämlich um acht. Wenn du um halb neun im *Castello Barocco* auftauchst, wäre es perfekt. Um diese Zeit kommt Christian auch. Bitte bitte, Ricco, sag ja."

Ich hörte ihn leise lachen.

"Wenn du mich so lieb darum bittest, Carissima, wie kann ich da widerstehen?"

Sollte noch einer behaupten, ich konnte nicht anders! Das konnte ich sehr wohl.

"Super! Ich freue mich schon." Angestrengt horchte ich ins Telefon. Hatte er etwa aufgelegt? "Ricco, bist du noch da?"

"Ja, äh ... Ist mit dir alles in Ordnung, Julia?"

"Sicher doch. Mir geht es bestens. Wieso fragst du?"

"Ach, nur so. Also gegen halb neun im *Castello Barocco*."

"Schön!" Ich war begeistert und schwelgte schon in Vorfreude. Mein Plan, Carmen betreffend, würde garantiert aufgehen. Blieb somit nur noch eines zu klären. "Sag mal

278

Schatz, Sandro kann nicht zufällig bei deiner Tante übernachten? Ich dachte, wir könnten danach ..."

Ich brach absichtlich ab, denn das sollte er sich mal hübsch selbst überlegen, was wir danach tun konnten. Vielleicht fiel ihm dieses Mal etwas mehr ein als neulich.

"Das klingt gut. Bei dir oder bei mir?"

"Das darfst du dir aussuchen", schnurrte ich. Mir war es absolut egal, wohin wir nach dem Abendessen gingen, solange es nicht nur wieder viel Blabla geben würde.

"Dazu müsste ich deine Wohnung kennen. Ich kenne aber nur deine Haustür."

"Dann komm einfach her", schlug ich vor. "Ich bin zu Hause."

"Gut, ich bin gleich da. *Mit* Sandro allerdings. Geht das?"

"Klar geht das", log ich. Auf den Pimpf hätte ich liebend gerne verzichten können. "Ach, nur mal so, rein aus Neugier: Was findest du eigentlich so toll an langen Haaren?"

So sehr ich mich bemühte, diese Frage möglichst beiläufig klingen zu lassen, brannte mir die Antwort trotzdem auf den Nägeln. Das musste unbedingt geklärt werden, bevor ich diesem Friseur morgen ein kleines Vermögen in den Rachen stopfte.

Ricco lachte auf.

"Keine Ahnung, lange Haare machen mich eben an. Aber es kommt auf die Frau an, nicht auf die Haare", schob er hastig nach.

Na klar! Er log auch schon besser.

"Alles klar, ist auch nicht so wichtig", schwindelte ich. "Bis wann kommst du?"

"Ich muss noch unter die Dusche, dann fahren wir los. Va bene?"

"Schön. Bis dann, Schatz."

Schatz? Schon wieder! Was war nur auf einmal mit mir los? Ein *Schatz* oder Ähnliches war mir bislang noch nie über

279

die Lippen gekommen, weder bei Ricco noch bei einem der Vollpfosten vor ihm. Egal, darüber konnte ich mir ein anderes Mal den Kopf zerbrechen. Mir blieb nämlich lediglich noch eine knappe halbe Stunde, bis er da war.

Mit ein paar hektischen Handgriffen schaffte ich etwas Ordnung, sprang ebenfalls kurz unter die Dusche, legte mit aufgeregt-zittrigen Händen etwas Make-up auf und zerrte eines meiner neuen Sommerkleider aus dem Schrank. Als ich schon fast darin steckte, hielt ich inne. Das war doch alles absoluter Blödsinn! Der Pimpf kam schließlich mit. Sofern ich ihn nicht ins Bad sperrte, was Ricco sicher nicht gefallen würde, waren alle Verführungskünste sinnlos wie ein Knoten im Ohr.

Kurzentschlossen hing ich das *hübsche Kleidchen* zurück und schlüpfte in stinknormale, kurze Jeans und ein T-Shirt mit Comicaufdruck. Das schien mir der goldene Mittelweg zu sein und in Gegenwart der kleinen Kröte am unverfänglichsten. Außerdem vermied ich dadurch, dass Signore molto selbstverliebt sich am Ende noch einbildete, ich hätte mich nur seinetwegen aufgerüscht oder wollte ihn beeindrucken. Er konnte ja nicht ahnen (und sollte es auch nicht), dass ich mir genau das für Freitagabend aufsparte.

42

Dank der Hitzewelle, die über der Stadt lag, waren sämtliche Fenster in Kais Salon geöffnet und auch die Eingangstür stand weit offen. Doch leider regte sich kein Lüftchen und die Hitze marschierte unbarmherzig ins Innere des Ladens. Mir lief unter dem schwarzen Frisierumhang bereits der Schweiß in Bächen herab und von dem ständigen Gefummle und Geziepe an meinen

Haaren bekam ich allmählich nagende Kopfschmerzen. Immer wieder verfluchte ich mich selbst wegen dieser bescheuerten Idee, aus meinem räudigen Wieselfell so etwas Ähnliches wie eine normale Haarpracht machen zu lassen. Und natürlich verfluchte ich auch Ricco. Immerhin tat ich mir - um wirklich ehrlich zu sein - diese Höllenaktion ja nur seiner bescheuerten Vorliebe für lange Haare an.

Kais Mitarbeiterinnen versorgten mich laufend mit Mineralwasser und Kaffee. Das war natürlich sehr aufmerksam von ihnen und sicher auch lieb gemeint. Der unangenehme Nebeneffekt dabei war, dass meine Blase kurz vorm Platzen stand und ein Ende dieser Marathonsitzung einfach nicht absehbar war.

Ungeduldig klopfte ich mit dem Fuß auf die Stütze, griff nach einer der Klatschzeitschriften vor mir, die ich mittlerweile schon auswendig kannte und fächerte mir damit Luft zu. Im Geiste sah ich schon die Schlagzeilen vor mir: *Qualvoller Tod im Friseursalon – Kundin erstickt unbemerkt unter Umhang.*

"Aufhören", ächzte ich schließlich. "Nimm das Ding hier endlich ab. Ich verende gleich."

Kai, völlig auf seine Arbeit konzentriert, warf mir über den großen Wandspiegel vor mir einen erstaunten Blick zu.

"Wir sind aber noch nicht fertig."

"Das ist mir schnurz! Ich halte es nicht mehr aus und außerdem muss ich ganz dringend aufs Klo."

"Geht klar", willigte Kai verständnisvoll ein und nahm mir den Umhang ab. "Machen wir zehn Minuten Pause und dann geht es weiter. Okay?"

"Wie lange dauert das denn noch?", jammerte ich und stemmte mich mühselig aus dem Stuhl hoch. Durch die Saunatemperaturen unter dem Umhang waren vermutlich sämtliche Knochen meines Körpers inzwischen aufgeweicht. So fühlte es sich zumindest an.

"Nur noch ein paar Haarteile und dann die

Längenanpassung oder den Schnitt. Dauert nicht mehr lange. Höchstens noch eine Stunde."

Ich stöhnte auf. Eine volle Stunde weiteres Martyrium! Das würde ich nicht überleben. Lieber Gott, wie bescheuert war ich eigentlich, mir bei dieser Affenhitze so etwas anzutun und das auch noch freiwillig?

Rund zehn Minuten später ließ ich mich wieder auf den Stuhl plumpsen. Wenigstens in der Toilette, die auf der schattigen Seite des Gebäudes lag, war es angenehm kühl gewesen. Minutenlang ließ ich mir dort eiskaltes Wasser über die Unterarme laufen. Nur zu gerne hätte ich mir die Klamotten vom Leib gerissen und mich splitternackt auf den glänzenden, schneeweißen Fliesen gewälzt. Das Risiko, dabei entdeckt zu werden, wollte ich jedoch nicht eingehen.

Zum Glück hielt Kai Wort. Beinahe jedenfalls. Eineinhalb Stunden später durfte ich das fertige Resultat im Spiegel betrachten. Lieber Gott, war das wirklich ich? Das Wieselfell war verschwunden und nun umrahmten jede Menge Haare, *lange* Haare, mein Gesicht. Mir gefiel zwar durchaus, was ich sah und an jedem anderen Tag wäre ich vermutlich in Begeisterungsstürme ausgebrochen. Doch bei dieser Hitze und nach stundenlanger Tortur war ich derart ausgelaugt, dass ich nur noch nach Hause, unter die Dusche und dann auf die Couch wollte zum Erholen. Ich nahm meine letzte Kraft zusammen, lobte Kai überschwänglich und heuchelte Entzücken.

Mit letzter Kraft schleppte ich mich aus dem Salon. Auf dem Weg zum Parkhaus schüttelte ich ein paar Mal vorsichtig den Kopf, doch meine Befürchtung, dass die ganze Pracht sich lösen und zu Boden fallen würde, bestätigte sich gottlob nicht. Das hätte mir gerade noch gefehlt, nach allem, was ich den ganzen Vormittag über mich ergehen ließ.

Bei jedem Lufthauch und jeder Bewegung kitzelten die langen Strähnen meine Schultern und Arme. Kein Wunder, endeten sie doch etwa eine Handbreit oberhalb der Hüfte. Ein seltsames Gefühl nach all den Jahren meiner luftig-leichten Rasenmäherfrisur. Mochte ich mit den neuen Haaren nun auf jeden Fall wie eine Frau aussehen, stand ich nun trotz allem vor zwei großen Problemen: Wie sollte ich mit diesem Fellmantel diese Temperaturen überleben? Und vor allem: Wie um alles in der Welt sollte ich damit arbeiten, ohne dass die ganze Mähne ständig in den Farbeimer hing? Ach egal. Darum würde ich mich später kümmern. Im Augenblick war mir das Denken sogar zu anstrengend. Ich wollte nur noch nach Hause und mich abkühlen!

Eines konnte ich aber jetzt schon mit Sicherheit sagen. Sollte Signore molto oberblödi nur einen dämlichen Spruch wegen meiner Frisur loslassen, nur einen einzigen, dann würde ich ihn ohne Reue und schlechtes Gewissen den Hals umdrehen.

43

Trotz meiner Marathonsitzung beim Friseur war heute Donnerstag und damit stand Abendessen beim Italiener mit Caro auf dem Plan. Wenn das mal nicht die ideale Gelegenheit war, die neue Julia zu präsentieren! Ich war gespannt auf das Gesicht meiner Freundin und gab mir deshalb umso mehr Mühe mit dem ganzen Make-up-Kram.

Als ich endlich fertig war, kam ich mir vor wie eine dieser perfekt gestylten Schauspielerinnen, die gleich über den roten Teppich laufen mussten. Dabei kam mir eine Idee. Ein Blick auf meine Wanduhr verriet mir, dass mir noch genügend Zeit blieb, bevor ich mich mit Caro treffen würde.

Also stöckelte ich in meinen Pumps vor der Spiegeltür meines Kleiderschranks hin und her und versuchte mich am typischen Hüftschwung dieser Giftnatter. Einfach war etwas anderes, denn diese ungewohnten, relativ hohen Absätze waren immer noch ein riesiges Problem für mich nach all den Jahren der Turnschuhe. Doch mein Kampfgeist trieb mich an und siehe da: Nach einer Weile knickte ich nicht mehr bei jedem Schritt mit den Schuhen um und mein Hüftschwung war akzeptabel. Vielleicht war er nicht so perfekt wie der von Carmen, doch ich war auch nicht sie. Gott sei Dank. Etwas später beherrschte ich sogar ihre standardmäßige Kopfdrehung, mit der sie sich ihre schlecht gefärbte Lockenmähne immer aus dem Gesicht schüttelte.

Jede Wette, dieser hinterlistigen Natter würden morgen die Augen aus dem Kopf fallen. Und ich würde auf jeden Fall dafür sorgen, dass sie an ihrem eigenen Gift erstickte!

Mein Fridolin lag leider immer noch auf der Intensivstation der Autowerkstatt, auch wenn es ihm inzwischen langsam besser ging. Bis die Reparatur an seiner Schnauze jedoch abgeschlossen war, würde es noch etwas dauern und bis dahin war ich zum S–Bahn fahren verdammt. Dank des bescheuerten Fahrplans kam ich einiges zu früh beim Italiener an und blieb wartend vor dem Eingang stehen. Als Caro endlich auftauchte, marschierte sie schnurstracks an mir vorbei und hinein ins Restaurant. Sollte sie mich am Ende gar nicht erkannt haben? Zufrieden vor mich hin schmunzelnd folgte ich ihr.

Sie hatte bereits an unserem üblichen Tisch neben dem Fenster Platz genommen. Mit meinem einstudierten Hüftschwung stöckelte ich auf sie zu und blieb neben ihr stehen.

"Entschuldigung, kennen wir uns nicht?", gurrte ich und warf mit einer leichten Kopfdrehung lässig meine Haarpracht über die Schulter.

"Nein, ich ... Oh mein Gott!" Caro blieb vor Verblüffung der Mund offen stehen. "Das gibt es doch nicht. Julchen!"

"Na klar, wer denn sonst, du dummes Huhn", gluckste ich. "Überrascht?"

"Das ist gar kein Ausdruck. Ich bin einfach sprachlos", stammelte sie. "Du siehst unglaublich aus!"

"Gehe ich jetzt als Mädchen durch?", fragte ich kichernd und setzte mich zu ihr.

Caro lachte auf.

"Wer jetzt noch das Gegenteil behauptet, muss blind und doof sein. Glaub mir, Ricco wird die Spucke wegbleiben, wenn er dich so sieht."

"Meinst du?"

"Auf jeden Fall!", antwortete sie entschieden. "Wenn er jetzt nicht anbeißt, ist bei ihm Hopfen und Malz verloren."

"In dem Fall ziehe ich wieder meinen Kampfanzug und die Springerstiefel an und verpasse ihm damit so einen Tritt in seinen Hintern, dass er bis zum Mond fliegt." Ich zwinkerte ihr zu. "Übrigens, er war gestern Abend noch bei mir, leider mit dem Pimpf."

"Und?"

"Der Abend war richtig nett, nur leider war die kleine Kröte anwesend und in meinem riesigen Penthouse ..." Ich zuckte bedauernd mit den Schultern. "Ende vom Lied war, dass es lediglich ein Gute–Nacht–Küsschen gab, und das war schon alles."

"Na, immerhin etwas", versuchte Caro mich zu trösten.

"Ich weiß. Wir machen unheimliche Fortschritte", alberte ich herum. "Glaub mir, morgen bringen mich keine zehn Pferde dazu, auch nur einen Schluck Wein zu trinken. Jedenfalls nicht, bevor Signore molto impotente mir bewiesen hat, dass er auch noch etwas anderes kann, als doofe Sprüche zu reißen. Übrigens, gilt das Angebot noch?", fragte ich mit unschuldigem Augenaufschlag.

Caro sah mich irritiert an.

285

"Welches Angebot?"

"Du weißt schon."

Ich zeichnete mit den Fingern ein kleines Viereck in die Luft. Als sie noch nicht begriff, was ich wollte, deutete ich auf ihre Handtasche und flüsterte ihr über den Tisch hinweg zu:

"Die Lümmeltüte! Oder hast du sie schon verbraucht?"

"Ach *das* meinst du", ächzte sie und begann, von einem Ohr zum anderen grinsend, in ihrem Täschchen herumzukramen. Unter der flachen Hand verborgen schob sie mir das Ding zu. "Hier bitte, sogar mit Erdbeergeschmack. Du musst also nur noch den Prosecco kaltstellen."

44

"Und? Wie sehe ich aus?", wollte ich gut gelaunt wissen und drehte ich mich im Kreis, sodass meine langen Haare herumflogen.

"Wie die Königin der Nacht höchstpersönlich." Caro zwinkerte mir lachend zu. "Ich bin immer noch völlig von der Rolle. Was die richtige Frisur doch alles ausmacht. Glaub mir, ich hätte nie gedacht, dass aus dir doch noch einmal ein weibliches Wesen wird."

"Also bitte!", tadelte ich Caro in gespielter Entrüstung, reckte das Kinn in die Höhe und deutete mit den Händen auf mich: "Bei diesem Prachtbody? Mal ganz im Ernst. Glaubst du wirklich, dass ich so -"

"Natürlich", versicherte mir Caro postwendend. "Süße, du siehst aus wie Julia O'Hara in der Neuverfilmung von *Im Winde verweht*. Ich garantiere dir: Heute Nacht wird Ricco Butler dein ergebener Diener sein."

"Dein Wort in Gottes Gehörgang", murmelte ich und schlüpfte mit einem tiefen Seufzer in meine brandneuen Pumps.

Zum gefühlt hundertsten Mal begutachtete ich mich kritisch in der Spiegeltür meines Kleiderschranks. Besser ging es wirklich nicht. Meine Haare sahen einfach nur bombastisch aus und das Kleid aus nachtblauer Seide mit körpernahem Oberteil und wadenlangem, weit schwingenden Rockteil machte eine gute Figur.

Ich war mittags schnell an der Boutique vom letzten Mal vorbeigefahren, um mir das ultimative Outfit zu holen. Diesmal wollte ich ja nicht nur Carmen übertrumpfen, sondern vor allem Ricco positiv überraschen. Als ich dieses Kleid sah, musste ich einfach zuschlagen. Zum Glück war es bereits kräftig im Preis reduziert, denn der Originalpreis hätte mich vermutlich nach dem Haarmarathon ruiniert. Eigentlich war es ziemlich schlicht gehalten, ohne jeglichen Firlefanz. Langweilig war es aber keineswegs dank des sündhaft tiefen Rückenausschnittes und des genauso sündhaft langen Schlitzes vorne.

So bescheuert es auch klang, ich war von mir selbst hingerissen. Seit gestern hatte ich mich ein ums andere Mal gefragt, wieso ich nicht schon vor Jahren auf die Idee kam, meinen Stil komplett zu verändern. Ich durfte gar nicht daran denken, was in diesem Fall alles hätte passieren können und welche Chancen mir vielleicht entgangen waren.

Meine Hände waren trotz der Hitze hier drinnen eiskalt und feucht und mir klopfte das Herz bis zum Hals. So nervös war ich bislang nur ein einziges Mal gewesen und das war, als ich nach durchzechter Nacht mit einem fürchterlichen Kater und einem Restalkohol von mindestens zwei Promille zu meiner Gesellenprüfung angetreten war. Trotzdem hatte ich sie bestanden, sogar mit der Gesamtnote *Gut*!

Was konnte mir also heute schon passieren?

Ich sagte mir immer wieder, dass die ganze Aufregung eigentlich für die Katz war. Trotzdem flehte ich alle Götter des Universums an, dass ich mich weder bekleckerte noch mit den ungewohnt hohen Absätzen umknickte oder mich damit sogar im Rock verhedderte. Trotz meiner zahlreichen Probeläufe mit diesen hochhackigen Folterinstrumenten fühlte ich mich darin immer noch unsicher und das ziemliche lange Kleid erleichterte mir die Sache auch nicht gerade.

Hektisch rannte ich zwischen der Spiegeltür und dem Badspiegel hin und her, bis Caro schallend anfing zu lachen.

"Nun beruhige dich doch endlich, Julchen! Du bist nicht Mary Stuart, die gleich auf dem Schafott hingerichtet werden soll! Es ist nur ein Abendessen, bei dem du nichts anderes zu tun hast, als Carmen bis aufs Blut zu blamieren und Ricco zu verführen. Das wird doch nicht so schwer sein, oder?"

"Hast du eine Ahnung", seufzte ich. "Fahren wir?"

"In Gottes Namen, ja, wir fahren, damit du endlich Ruhe gibst, auch wenn wir noch alle Zeit der Welt haben", stöhnte Caro und stemmte sich von meiner Couch hoch. "Ich wäre *zu gern* dabei, um dich in Aktion zu sehen ... und vor allem Carmens dämliches Gesicht!"

45

Vor dem Eingang des *Castello Barocco* blieb ich kurz stehen und atmete nochmals ganz tief durch. Dann gab ich mir einen Ruck und ging schnurstracks durch das Lokal und hinaus auf die Terrasse im Hinterhof. Carmen saß schon am Tisch, ein Glas Prosecco vor sich, natürlich aufgetakelt wie immer.

"Hallo Carmen", begrüßte ich sie fröhlich, wusste ich doch, dass der Abend für sie mehr als peinlich enden würde. "Ich dachte schon, ich bin zu früh dran."

Herablassend lächelte ich auf sie hinab. Volltreffer! Meine Überraschung war geglückt, dem fassungslosen Blick Carmens nach zu schließen.

"Julia, du ...", stammelte sie, bevor ihr der Mund offen stehen blieb.

Richtig ladylike nahm ich auf dem Stuhl ihr gegenüber Platz. Prompt rutschte mein Kleid vorne auseinander und bot freie Sicht auf meine frisch epilierten Beine. Grazil schlug ich sie übereinander und strich mir die Haare mit einer gut einstudierten Handbewegung aus dem Gesicht. Caro wäre stolz auf mich gewesen, hätte sie mich gesehen. Schließlich musste ich unter ihren strengen Blick all das oft genug zu Hause üben.

"Geht es dir nicht gut, Carmen?"

Auch wenn die Schlange unablässig Giftpfeile aus ihren funkelnden Augen auf mich abschoss, setzte sie ein Lächeln auf und säuselte in ihren standardmäßigen, zuckersüßen Tonfall:

"Alles bestens, Julchen. Ich musste nur zweimal hinsehen. Du siehst heute so anders aus."

Was sie konnte, konnte ich inzwischen auch.

"Ach weißt du, Liebes, die ewige Kletterei in die Altkleidercontainer war mir auf Dauer doch zu anstrengend. Deshalb war ich gestern noch beim Roten Kreuz. Die hatten gerade die neue Sommerkollektion bekommen und die Frisur gab es gratis bei Abnahme von zwei Kleidern. Ich *musste* einfach zuschlagen." Ich ließ meinen Blick auffällig über sie wandern. "Das weißt du aber sicher selbst, denn wie ich sehe, hast du das rote genommen."

Carmen schnappte entrüstet nach Luft.

"Das Kleid ist von Jil Sander!"

"Ach, hat sie nun doch ihren Kleiderschrank entrümpelt? Sieh mal an, du und Secondhand, hätte ich nie gedacht. So kann man sich täuschen. Und sonst, Carmelita? Ist irgendetwas Aufregendes bei dir passiert?"

Mit äußerster Genugtuung stellte ich fest, dass die Natter vor Wut schäumte. Dank langjähriger Erfahrung im Heucheln überspielte sie es jedoch gekonnt und fing an, mir den neuesten Klatsch zu erzählen. Mich interessierte absolut nichts davon, doch das war die einfachste Art, die Zeit zu überbrücken, bis die beiden Männer auftauchen würden.

Wenn Carmen nämlich einmal das Schnattern anfing, dann ohne Punkt und Komma. Verstohlen schielte ich mehrmals auf die Uhr über der Theke. Noch fünfzehn Minuten! Ich hoffte inbrünstig, dass ich ihr sinnloses Geplapper bis dahin überleben würde, ohne einen Hörsturz zu erleiden.

"Ach übrigens", hakte ich flugs ein, als Carmen doch einmal Luft holen musste. "Wie geht es eigentlich deinem Mann?"

"Hervorragend. Wieso fragst du?"

"Nur so", winkte ich mit einem harmlosen Lächeln ab. "Ist er immer noch so viel unterwegs? Ich kann mir das ziemlich öde vorstellen, ständig alleine zu Hause herumzusitzen."

Carmen zuckte gelassen mit den Schultern.

"Er arbeitet eben viel."

"Der Arme kann einem richtig leidtun", heuchelte ich. "Andererseits muss die Kasse ja ganz schön klingeln, wenn er so viel arbeitet und Unmengen Aktien verkauft."

"Oh ja. Auf jeden Fall", bestätigte Carmen rasch.

"Großartig." Ein weiterer Blick auf die Uhr verriet mir, dass Christian und Ricco gleich kommen würden. Ich konnte also ein wenig zulegen. "Ich hätte ja nie gedacht, dass du dich einmal mit einem einzigen Mann begnügen würdest, bei dem Verschleiß, den du früher hattest. Ganz unter uns, Carmelita, ist dir das eigentlich nicht zu langweilig?"

Für einen Moment blitzte sie mich bitterböse an, setzte dann ihre hochnäsige Miene auf und spöttelte:

"Du wirst ja leider nie in den Genuss kommen. Nimm es mir nicht übel, Liebes, aber auch die beste Verkleidung macht aus einem Esel kein Rennpferd." Carmens Lächeln der Marke Zuckerschock kam wieder zum Einsatz. "Hast du mal wieder etwas von Ricco gehört?"

Nun waren wir endlich beim Thema und die Klapperschlange rasselte. Ganz leise, aber unüberhörbar.

"Von Ricco?", fragte ich lang gezogen, um Zeit zu gewinnen. Es war genau halb neun. Eigentlich musste er jeden Moment kommen, denn pünktlich war er immer. Ich drehte mich etwas zur Seite, um den Durchgang vom Restaurant zur Terrasse besser im Auge zu haben.

"Hat er sich schon bei dir gemeldet oder spricht er immer noch nicht mit dir?" Sie seufzte theatralisch auf und heuchelte Bedauern. "Ich hatte ihn so oft gebeten und beinahe schon gebettelt, dass er dich anrufen soll. Mehr konnte ich beim besten Willen nicht mehr tun. Was muss er doch sauer auf dich sein, wenn er sich nicht meldet."

Na endlich, da kam er ja!

Ich zuckte mit den Schultern und sagte gelassen:

"Möglich, Carmelita, aber am besten fragen wir ihn gleich selbst."

"Wieso?", platzte es aus ihr heraus.

Beinahe hätte ich losgelacht, denn selbst eine Horde Schafe schaute noch intelligenter drein als Carmen in diesem Augenblick. Als Ricco dann auf einmal neben unserem Tisch stand, fielen ihr beinahe die Augen aus dem Kopf.

"Ricco, mein Schatz!", begrüßte ich ihn erfreut, sprang

291

auf und hauchte ihm ein Küsschen auf die Wange. "Schön, dass du doch noch kommen konntest."

Da war es, sein ganz spezielles Gletscher–Schmelz–Lächeln, auf das ich gehofft hatte. Das neue Kleid, mein stundenlanges Styling und vor allem die ganze Tortur gestern hatten sich absolut gelohnt. Im Gegensatz zu Carmen fing er sich jedoch erstaunlich rasch.

"Ciao Carissima. Du siehst hinreißend aus." In seiner Stimme schwang ehrliche Begeisterung mit. Er nahm mich kurz in die Arme und drückte mir links und rechts ein Küsschen auf die Wange. Carmen bedachte er mit einem höflichen Lächeln, als er sich zwischen uns setzte. "Ciao Carmen. Lange nichts mehr gehört von dir. Böse auf mich?"

Die Giftnatter schüttelte völlig fassungslos den Kopf. Ihre Augen sprühten Funken, als ihr Blick zwischen mir und Ricco hin und her wanderte. Damit hatte diese grässliche Intrigantin wohl nicht gerechnet.

"Fehlt dir irgendetwas, Carmelita? Du siehst plötzlich so blass aus", spöttelte ich. "Es stört dich doch hoffentlich nicht, dass Ricco uns Gesellschaft leistet?"

"Nein, wieso auch?", antwortete Carmen so eisig, dass sie in Sekunden das komplette Mittelmeer gefrieren lassen konnte. "Du hattest nur nichts davon erwähnt, denn sonst hätte ich -"

"Was hättest du?", säuselte ich und ahmte ihren widerlichen, zuckersüßen Tonfall nach. "Dir schnell noch ein paar klitzekleine Lügen in deinem armen, kranken Spatzenhirn ausgedacht? Oder noch ein paar winzige Tricks mehr, um mir Ricco auszuspannen?"

Von der ganzen Heuchelei der letzten halben Stunde war mir inzwischen beinahe übel. Genug davon! Mein Lächeln verschwand auf Knopfdruck.

"Du niederträchtige, hinterhältige und abscheuliche Intrigantin!", zischte ich sie hasserfüllt an.

Carmen schien davon keineswegs beeindruckt, sondern

höhnte:

"Ach Julchen, du warst immer schon ein schlechter Verlierer, der -"

"Dann kucken wir mal, ob du ein besserer Verlierer bist. Dein Spielchen ist nämlich vorbei und, wie du siehst, gibt es diesmal keine Lorbeeren für dich."

"Wovon sprichst du überhaupt, du dumme Gans?", stieß Carmen verächtlich hervor. "Dein Friseur hat dir wohl beim Föhnen den Rest deines Gehirns weggeblasen. Trotz deiner falschen Mähne und des billigen Fummels bleibst du ein Loser. Aus einer Kaulquappe wird eben nie ein Schwan."

"An deiner Stelle würde ich mir die blöden Sprüche schenken und lieber aufpassen, dass ich dir deinen verlogenen Schwanenhals nicht ganz langsam umdrehe!"

"Nicht doch, Carissima." Ricco nahm meine Hand in seine und tätschelte sie. "Carmen hat sicher nur einiges falsch verstanden, so wie auf deiner Party."

Bitte was? Nahm er dieses Biest etwa noch in Schutz?

"Das mit dem Haus in Italien und allem anderen", fuhr er fort. "Da hat sie wohl versehentlich ein paar Dinge durcheinander gewürfelt."

"Versehentlich?", ächzte ich und starrte ihn empört an. War er denn nun übergeschnappt? "Das war doch alles Absicht!"

"Das glaube ich nicht. Sicher hat Carmen nur vergessen, mir auszurichten, dass ich dich anrufen sollte. Das kann doch jedem passieren."

"Wie bitte?", fauchte ich fassungslos. Wieso fiel er mir jetzt in den Rücken? "Sie hat das doch von Anfang an geplant! Jedes Mal hat sie mir den Mann ausgespannt!"

"Du hättest dir eben einfach einen aussuchen sollen, der zu dir passt, Julchen", höhnte Carmen und warf mir einen verächtlichen Blick zu. "Einen Penner zum Beispiel. Alles andere war doch unnütze Vergeudung. Ich habe den armen Kerlen lediglich einen Gefallen damit getan. Abgesehen

293

davon hätte sich keiner derart schnell umstimmen lassen, wenn sie auch nur das geringste Interesse an dir gehabt hätten."

Wäre Ricco in diesem Moment nicht neben mir gesessen, hätte ich mich ohne zu zögern auf diese Giftspritze gestürzt und ihr den Hals umgedreht.

Carmen deutete mit dem Kinn auf Ricco.

"Und der hier, der kapiert es sicher auch noch, was du für ein Fehlgriff bist."

Ich schnappte nach Luft und wollte ihr gerade ein paar ganz und gar nicht nette Dinge um die Ohren klatschten, da ertönte plötzlich neben uns ein gut gelauntes

"Hallo zusammen."

Christian war endlich aufgetaucht, ging um den Tisch herum auf Carmen zu und drückte ihr zur Begrüßung ein Küsschen auf die Wange.

"Tut mir leid, mein Schatz, dass ich dich habe warten lassen. Es hat etwas gedauert. Ihr wisst ja, die Geschäfte", entschuldigte er sich lächelnd, setzte sich neben Carmen und zwinkerte mir dabei verstohlen zu.

Die Schlange war zusammengezuckt und starrte ihn völlig entgeistert an. Jetzt konnte der Spaß endlich richtig losgehen.

"Ist das nicht wunderbar, Carmelita?", fragte ich sie mit einem zufriedenen Grinsen auf dem Gesicht. Diese Überraschung war mir geglückt. "Nachdem du ständig jammerst, dass ihr euch so selten seht, wollte ich dir etwas Gutes tun und habe auch deinen Göttergatten eingeladen. Wir haben ihn neulich zufällig getroffen", erklärte ich ihr und wandte dann mich an Christian: "Bei einem Geschäftsessen mit einer deiner Kundinnen, richtig?"

Schadenfroh registrierte ich, dass Carmens Gesicht die Farbe eines Feuerhydranten annahm und legte sofort nach. Genüsslich rieb ich ihr jede Einzelheit der Intrige mit Ricco unter die Nase, angefangen bei meiner Geburtstagsparty bis hin zu seinem Urlaub. Nur leider reagierte sie überhaupt nicht so, wie ich es gehofft hatte. Während meines ganzen Vortrags saß sie scheinbar gelangweilt zurückgelehnt in ihrem Stuhl und betrachtete ihre perfekt manikürten, langen Fingernägel.

"Du hast sicher nicht geglaubt, dass ich dir einen Strich durch die Rechnung mache, oder?", fragte ich sie abschließend und höhnte: "Kein Wunder, du warst ja schon in der Schule zu dämlich zum Rechnen."

Carmen ignorierte meinen Kommentar erneut und setzte ihr Lächeln Marke Zuckerschock auf.

"Ich habe immer bekommen, was ich wollte und daran wird sich auch nie etwas ändern. Du dagegen warst immer schon ein Versager auf der ganzen Linie und auch daran wird sich nie etwas ändern."

Das durfte doch nicht wahr sein! Sie blieb die Ruhe in Person. Wollte mir dieses ekelhafte Biest etwa den ganzen Triumph ruinieren?

"Julia, ist das dein Handy, das da bimmelt?", fragte Ricco dazwischen.

Genervt kramte ich in meiner Handtasche herum. Wer um alles in der Welt musste ausgerechnet jetzt bei mir anrufen?

"Ja?", meldete ich mich knapp.

"Kannst du gerade reden?", fragte Caro mich hastig.

"Nein, warte." Ich sprang auf und ging ein paar Schritte weg vom Tisch. Was auch immer Caro wollte, Carmen ging das nichts an. "Was ist denn?"

"Ich war gerade in der Agentur. Martina hat mich ganz verwundert gefragt, wieso du dich mit einem unserer Begleiter verabredest, wenn du doch einen Freund hast? Sie hat dich neulich nämlich mit Ricco gesehen. Nun sag bloß, dass -"

"Moment!", unterbrach ich sie rasch. "Willst du damit sagen, Christian arbeitet für deine Agentur?"

"Klar tut er das." Caro lachte auf. "Unser Sunnyboy ist ziemlich begehrt und ständig im Voraus ausgebucht."

In diesem Moment fiel es mir wie Schuppen von den Augen. Die ganze Zeit über hatte ich mir den Kopf darüber zerbrochen, woher ich Christian kannte.

"Lieber Himmel, Caro!", ächzte ich. "Deshalb kam er mir so bekannt vor. Als ich mir damals die Fotos bei euch angekuckt habe, hätte ich ja fast ihn genommen. Leider war er ausgebucht und nur Florian übrig. Das gibt es doch nicht!"

"Das dachte ich mir auch", gluckste Caro. "Als Martina mir erzählte, du gingst heute Abend mit Christian zum Essen, wusste ich genau, wer angeblich Carmens Ehemann ist."

Ich stutzte. Sagte Christian mir nicht, er träfe sich rein privat mit mir, ohne Agentur und Kosten für mich?

"Woher weiß Martina das eigentlich? Wir treffen uns doch -"

"Ja, ich weiß", unterbrach sie mich rasch. "Er hat ihr wohl gegenüber bei einem Schwätzchen deinen Namen erwähnt und sie hat sich an dich erinnert. Ich habe Martina also kurz aufgeklärt, weshalb du heute Abend mit Christian unterwegs bist. Sie hat sich gekringelt vor Lachen und weißt du, was sie mir bei der Gelegenheit über Carmen erzählt hat?"

"Ich verstehe langsam gar nichts mehr. Wieso erzählst du Martina davon, und wer ist das überhaupt?"

"Ach Julchen!", schimpfte Caro. "Ihr kennt euch doch noch von der Schule. Sag bloß, du erinnerst du dich nicht mehr an sie? Martina war damals eine Klasse über uns. Über sie bin ich doch an den Job in der Agentur gekommen."

Ich überlegte kurz.

"Ich kenne keine Martina", brummte ich dann.

"Doch, kennst du schon. Sie wohnte bei mir in der Straße. Ihr Bruder war doch so in dich verknallt, weißt du nicht mehr?"

"*Er* in *mich*?", fragte ich ungläubig. "Also daran würde ich mich sicher erinnern. Wieso ist nichts daraus geworden?"

Caro kicherte los.

"Er hat fürchterlich gelispelt. Du hast damals gesagt, du gehst nicht mit einem Kerl, der sich beim Sprechen fast die Zunge abbeißt und obendrein noch Magnus heißt. Weißt du denn nicht mehr?"

"Ach du Schande", ächzte ich. Der Groschen war gefallen. "Hör bloß auf, der Typ ging mir fürchterlich auf den Geist. Und Martina ... War das die Pummelige mit den fuchsroten Haaren?"

"Na bitte, dein Hirn funktioniert also doch noch", antwortete meine Freundin trocken. "Martina würdest du heute nicht mehr erkennen. Weißt du, was sie mir erzählt hat?"

"Caro, ich -"

"Nein, hör zu. Martinas Schwester arbeitet im *La Donna*. Das ist diese sündhaft teure Boutique in der City. Weißt du, wer dort noch arbeitet oder vielmehr gearbeitet hat?"

"Nein. Wer?", hakte ich ungeduldig nach. Konnte Caro mir den neuesten Klatsch nicht später erzählen, wenn ich wieder zu Hause war?

"Unsere herzallerliebste Freundin Carmen. Hörst du mir jetzt endlich zu?"

"Ich bin ganz Ohr. Schieß los."

Minuten später kehrte ich mit einem höchst zufriedenen Lächeln an unseren Tisch zurück.

"Entschuldigt, dass es so lange gedauert hat. War wichtig. Ach Carmelita, was ich dich schon lange einmal fragen wollte: Wo haben dein Mann und du euch eigentlich kennengelernt?"

"Ich wüsste nicht, was dich das angeht", antwortete Carmen patzig. "Das sind doch ganz private Dinge."

297

"Ach wirklich? Sonst plauderst du doch auch immer so gern über *ganz private Dinge*, besonders über die von anderen. Aber gut, wenn du nicht willst, kein Problem ... Ist das Kleid hier auch von *La Donna*?", fragte ich mit einem entwaffnenden Lächeln.

Volltreffer! Carmen zuckte unmerklich zusammen.

"Woher willst denn ausgerechnet du *La Donna* kennen?", konterte sie. "Deine Stammboutique heißt doch höchstens KiK, wenn du dir das überhaupt leisten kannst."

"Tja, weißt du, ich *bezahle* eben meine Klamotten und klaue sie nicht, so wie du. Also wirklich, Carmen, ich bin entsetzt. Christian verdient doch als Aktienhändler so hervorragend, dass ihm für dich nichts zu teuer ist und du nicht mal arbeiten musst. Oder liegt es vielleicht daran, dass deine Chefin keinen Wert mehr auf eine Zusammenarbeit mit dir legt?"

Carmen schnellte so abrupt hoch, dass ihr Stuhl dabei umfiel. Die Schlange wollte die Flucht antreten! Das kam ja gar nicht infrage. Blitzschnell schnappte ich nach ihrer Mähne und riss sie daran zurück.

"Hiergeblieben, du verlogenes Aas", zischte ich ihr leise zu. "Und jetzt setz dich sofort wieder hin, sonst kannst du etwas erleben."

Carmen warf mir einen tödlichen Blick zu, tat aber dann schweigend, wozu ich sie aufgefordert hatte.

"Du kleines mieses Luder, was glaubst du eigentlich, wer du bist?", giftete sie mich an.

"Zumindest keine Betrügerin, die sich mit fremden Federn schmückt."

"Ach nein?", höhnte Carmen. "Und wie war das dann mit deinem angeblichen Ehemann?"

"Eine kleine Schwindelei", antwortete ich lässig. "Immerhin ging Ricco mit mir aus, ohne dass ich ihn dafür bezahlen musste. Du hattest ja wohl weniger Glück, Carmelita. Oder warum sonst hast du dir Christian aus der

Begleitservice–Agentur geholt?"

Carmen rutschte auf ihrem Stuhl hin und her, verzog aber keine Miene, als sie fragte:

"Wie kommst du denn auf so einen Schwachsinn?"

"Tu doch nicht so scheinheilig! Christian sitzt direkt neben dir. Wir können ihn ja fragen, oder was meinst du?"

"Mit wem ich zum Essen gehe, ist doch wohl meine Sache."

"Huch, ich vergaß beinahe: Du *genießt* ja dein Leben, richtig?", spöttelte ich. "Du investierst dein ganzes Geld in Partys und Schickimicki–Kneipen in der Hoffnung, einen Typen aufzureißen, den du ausnehmen kannst wie eine Weihnachtsgans. Das mit dem Achtzigjährigen letztens ging ja leider schief, oder? Wieso konntest du nicht einfach warten, bis er sein Testament geändert hat, bevor du mit ihm ins Bett gesprungen bist? Na ja, jeder Mistkäfer hat mehr Grips als du."

"Du spinnst doch total!", zischelte die Natter, während sie ständig die Gesichtsfarbe wechselte.

Nun hatte ich sie genau dort, wo ich sie haben wollte und ich genoss jede einzelne Sekunde meines Triumphes. Das Beste hatte ich mir allerdings für den Schluss aufgehoben. Ich lachte hämisch auf, bevor ich fortfuhr:

"Mich willst du als Hochstaplerin und Lügnerin hinstellen? Du hast es gerade nötig! Die großartige Carmen, der die ganze Männerwelt zu Füßen liegt: Eine kleine, unbedeutende Verkäuferin in einem Klamottenladen, bis ihre Chefin sie hochkant gefeuert hat. Wie dummdreist muss man sein, um sich dort Klamotten auszuleihen und sie am nächsten Tag getragen wieder zurückzuhängen? Oder sie zu behalten und zu behaupten, dass Kunden sie geklaut hätten? Oder die Preisschildchen auf einen höheren Preis abzuändern und die Differenz selbst zu kassieren?"

"Was fällt dir ein, derartige Lügen über mich zu verbreiten?", keifte Carmen wutschnaubend.

299

"Lügen?" Ich schüttelte lachend den Kopf. "Na klar. Das war eine andere Carmen de la Rossa, die bei Elke gearbeitet hat, oder? Übrigens, schönen Gruß von Martina, Elkes Schwester und Christians Chefin! Und was war mit Ricco? Wolltest du ihn dir nur unter den Nagel reißen, weil ich mich für ihn interessierte? Oder dachtest du, er wäre eine gute Partie und du könntest auf seine Kosten nach Italien in Urlaub fahren und dort shoppen gehen?"

"Du widerliche Mistkröte!", zischte Carmen. "Du bist doch nur neidisch, weil du es nie zu irgendetwas bringen wirst. Klar ging das mit dem alten Sack schief. Wie sollte ich auch ahnen, dass er sofort den Löffel abgibt, wenn er mir einmal an die Titten fassen darf?" Überrascht stellte ich fest, dass Carmens übliche, vornehme Ausdrucksweise nun auf Knopfdruck verschwunden war. "Und der hier ..." Sie deutete auf Ricco. "Der interessiert mich nicht die Bohne. Niedrigstes Niveau, ohne jegliche Klasse. Mehr als eine langweilige Fünf–Minuten–Nummer bringt er ohnehin nicht zustande, falls er es überhaupt so lange durchhält. So einer wie er ist für dich mehr als ausreichend." Carmen stand auf und schob ihr hochgerutschtes Kleid ein Stückchen nach unten. "Und sie lebten primitiv bis an ihr Ende auf der Müllkippe. Schönen Abend noch."

Sie klemmte sich ihre Clutch unter den Arm, schüttelte energisch ihre Lockenmähne aus dem Gesicht und stolzierte hocherhobenen Hauptes in Richtung Ausgang.

Diese Höllenbrut wollte sich einfach aus dem Staub machen. So war das nicht geplant!

"Lass mich sofort los", knurrte ich Ricco an, der mich gerade noch am Arm erwischte und festhielt, bevor ich aufspringen und Carmen hinterherlaufen konnte. "Ich drehe ihr den Kragen um, dieser arroganten -"

"Nein, wirst du nicht", sagte er scharf. "Setz dich!"

"Hast du nicht gehört, was sie -"

"Doch, habe ich."

"Und das willst du dir gefallen lassen?"

"Setz dich hin, Julia, und zwar sofort! Es ist genug."

"Nein, ist es nicht!", beharrte ich. "Diese Schlange -"

Ich zuckte erschrocken zusammen, als er mit der flachen Hand auf den Tisch schlug.

"Al diavolo! Hör endlich auf damit oder ich fahre nach Hause. So benehmen sich die Kinder bei Sandro im Kindergarten. Du hast, was du wolltest, also Schuss mit diesem Zickentheater!", raunzte er mich verhalten an.

Das durfte doch nicht wahr sein! Dieses Mal hatte ich endlich die Gelegenheit, es Carmen heimzuzahlen, sie einmal so richtig bloßzustellen und zu blamieren. Mein Rachedurst war allerdings nach den unzähligen Gemeinheiten, die ich mir von ihr bislang gefallen lassen musste, noch nicht vollständig gestillt. Doch ein Blick auf Ricco und in seine Funken sprühenden Augen reichte aus und ich wusste, dass er es zweifelsohne todernst meinte.

Obwohl es mir absolut gegen den Strich ging, musste ich es einsehen: Egal was ich dieser durchtriebenen Ausgeburt der Hölle noch an den Kopf knallen oder antun würde, sie würde zweifelsfrei immer das letzte Wort haben, wie eh und je. Schweigend setzte ich mich auf meinen Stuhl, stützte die Ellbogen auf den Tisch und legte das Kinn mürrisch in die Handflächen.

Ricco nickte kurz, zufrieden wie mir schien, und griff nach meiner Zigarettenschachtel.

"Hol dir gefälligst selbst welche", pampte ich ihn an.

Mitten in der Bewegung hielt er abrupt inne und ließ die Schachtel fallen wie glühende Kohlen. Er murmelte irgendetwas auf Italienisch vor sich hin, sprang auf und marschierte schnurstracks durch den Verbindungsbogen von der Terrasse zum Restaurant.

Lieber Himmel, war Signore molto Sensibelchen etwa schon wieder eingeschnappt?

"Was ist denn nun los?", fragte Christian verwundert, der

301

uns bislang schweigend zusah. "Holt er sich selbst Zigaretten oder fährt er nach Hause?",

"Frag mich etwas Leichteres", brummte ich genervt. "Das macht er doch jedes Mal so. Ich verstehe kein Wort Italienisch und das weiß er ganz genau."

"Mein Italienisch ist auch nicht besser als deines", gab er zu. "Ich fragte nur, weil der Automat vor den Toiletten steht, die sind aber rechts."

"Und?"

"Ricco bog nach links ab, Richtung Ausgang."

Oh nein! Er würde doch nicht wirklich fahren? Lieber Gott, das fehlte mir gerade noch, dass Ricco tödlich beleidigt abrauschte.

"Warte, ich komme gleich wieder."

Ich schnellte aus meinem Stuhl hoch und spurtete los. Im Restaurant konnte ich Ricco nirgends entdecken. Er würde doch nicht wirklich … Entsetzt steuerte ich die Eingangstür an, riss sie auf und prallte dort beinahe mit ihm zusammen.

"Nicht so stürmisch, Carissima", sagte er mit dem Anflug eines Grinsens. "Das reicht später auch noch."

"Wo warst du?"

"Im Auto."

"Wieso?"

Ricco hielt mir zwinkernd seine Zigaretten unter die Nase.

"Meine Schachtel holen, diavoletta. Darf ich wenigstens dein Feuerzeug benutzen oder soll ich mir Streichhölzer an der Theke holen? Ich habe meines nämlich zu Hause vergessen."

46

"Und nun?", fragte ich später, während ich Ricco zu seinem Auto folgte. "Gerade mal zehn vorbei."

"Zeit, um ins Bett zu gehen."

Diese Idee fand ich absolut nicht übel, immerhin hatte ich doch Erdbeeren im Tütchen bei mir.

"Okay, fahren wir", antwortete ich zufrieden und blieb wartend vor der Beifahrertür seines Alfas stehen. Scheinbar kapierte er endlich, was Sache war.

"Wir? Bist du nicht mit deinem Hustenbonbon da?"

Ich verneinte, ohne auf die Beleidigung von Fridolin einzugehen.

"Va bene. Dann setze ich dich zuerst an deiner Wohnung ab."

Bitte was? War er jetzt übergeschnappt? Ich hatte die ganze nervenaufreibende und schweißtreibende Endlosprozedur bei Kai gestern doch nicht veranstaltet, um heute ungeküsst und unbefummelt alleine schlafen zu gehen!

"Und dann?", hakte ich fassungslos nach.

"Dann fahre ich nach Hause und gehe ins Bett. Sandro ist nicht da, das muss ich ausnutzen. Endlich mal ausschlafen!"

Ich musste mich verhört haben oder er *war* übergeschnappt! Andere Möglichkeiten gab es nicht.

"Das ist jetzt nicht dein Ernst, oder?"

Ricco sah mich an, ohne eine Miene zu verziehen.

"Wieso? Du wolltest doch auch ins Bett."

Mir klappte die Kinnlade herunter. Er war nicht nur übergeschnappt, sondern noch dazu dumm wie Knäckebrot.

"Ja, aber ...", stammelte ich, während es anfing, in mir zu brodeln. "Du willst doch nicht wirklich schlafen gehen?"

"Wieso nicht?"

"Weil ... Ricco, wieso hast du Sandro eigentlich zu deiner Tante gebracht?"

"Weil ich nicht wusste, wie lange das Essen mit Carmen dauert."

"Und das war der einzige Grund?"

"Ja. Du hast doch gesagt, ich soll ihn hinbringen."

Jetzt war es eindeutig genug und bei mir vorbei mit jeglicher Selbstbeherrschung.

"Ja, Himmeldonnerwetter noch mal!", donnerte ich los, außer mir vor Zorn. "Klar habe ich das gesagt, aber doch nicht, damit du um zehn schlafen gehst!"

"Weshalb denn sonst?", fragte Ricco und sah mich derart naiv an, dass es mich in den Fingern zu jucken begann.

"Weil ich dachte, dass wir danach noch etwas unternehmen könnten."

"Und was?"

Ich winkte ab. Es war hoffnungslos. Jedes weitere Wort war überflüssig. Selbst in einem Stall voller Hornochsen würde ich mehr Intelligenz finden.

"Vergiss es", knurrte ich. "Fahr mich einfach nach Hause."

"Wenn du vorher noch unbedingt irgendwo hingehen willst ..." Er zuckte mit den Schultern. Unschuldslamm in Reinkultur.

"*Nach Hause.* Nur noch *nach Hause.* Kapiert?"

"Julia, wir können gerne noch -"

"Ach, du kannst mich mal!", fauchte ich wutschnaubend, drehte ich mich um und stöckelte davon in Richtung S-Bahn-Station.

Hinter mir ertönte italienisches Gebrabbel. Ohne mich umzudrehen, ging ich weiter. Der Abend, auf den ich mich so gefreut hatte, war restlos verdorben. Zuerst diese überhebliche Giftnatter, die mir meinen Triumph beinahe ruinierte und dann diese Pleite mit Ricco.

Ich hörte hastige Schritte hinter mir und wirbelte herum, als mich plötzlich jemand am Arm packte.

"Was willst *du* denn noch?"

"Komm, lass uns fahren", schlug Signore molto oberblödi vor. "Mit diesen Schuhen kommst du sowieso nicht heil nach Hause."

Das wusste ich selbst, fühlten sich diese Mörderteile inzwischen an wie Schraubstöcke. Wenn ich sie auszog, konnte ich vermutlich die Zehen einzeln herausschütteln.

"Carissima, bitte!"

Ich schüttelte grob seine Hand ab und wollte schon aufbrausen. In letzter Sekunde überlegte ich es mir anders, aus purem Eigennutz, und folgte ihm schweigend zum Auto. Mir taten jetzt bereits meine Füße höllisch weh und ich wollte nichts anderes, als diese dämlichen Folterinstrumente endlich auszuziehen. Nur auf eines hatte ich absolut keine Lust mehr, nämlich weiter mit ihm herumzudiskutieren. Bei ihm war eindeutig Hopfen und Malz verloren.

47

Die ganze Fahrt über sprachen wir beide nicht ein einziges Wort, nur ab und zu streifte mich ein kurzer Seitenblick Riccos. Mich kostete es Unmengen an Willenskraft, um nicht dank des rasenden Zorns, der in mir wütete, auf ihn einzuschlagen. Dieser Mann war alles andere als normal! Wie konnte sich jemand derart dämlich und ignorant anstellen?

Während ich mir darüber den Kopf zerbrach, beschlich mich ein ungutes Gefühl. Was, wenn er gar nicht der Bescheuerte war, sondern ich? Schließlich bildete ich mir doch bislang ein, dass Ricco in Liebe, Lust und Leidenschaft zu mir entflammen würde, sobald ich mein Outfit und vor allem meine Frisur änderte. Was aber, wenn ich ihn trotzdem genauso wenig interessierte wie die Straßenlaterne, an der wir eben vorbeifuhren?

Auch mit der besten Verkleidung wird aus einem Esel kein Rennpferd, giftete Carmen vorhin herum. Ja, es wurde Zeit, eines einzusehen: Ich war immer schon der langweilige Esel gewesen und würde es für alle Zeit bleiben. Ricco stand einfach nicht auf mich und daran würden auch noch so hübsche Kleidchen oder lange Haare nichts ändern.

Der ganze Zorn in mir verpuffte mit einem Mal und machte tiefster Enttäuschung Platz. Lieber Himmel, wie dämlich war ich doch gewesen!

Ich schreckte erst aus meinen trübsinnigen Gedanken auf, als Ricco mich anstupste und sagte:

"Wir sind da."

Während ich an dem Türöffner zog, sah ich dabei automatisch durchs Seitenfenster.

"Wenn mich nicht alles täuscht, wohnst *du* hier", murmelte ich. "Aber kein Problem, den Rest kann ich laufen."

"Lass uns doch bei mir noch einen Kaffee trinken", schlug er vor. "Wenn du allerdings lieber sofort nach Hause willst, fahre ich dich selbstverständlich."

"Meinetwegen", brummte ich. Müde war ich ohnehin noch nicht. Ob ich nun eine halbe Stunde früher oder später zu Hause war und Caro von meinem missglückten Triumph in jeder Hinsicht erzählen konnte, spielte keinerlei Rolle. Sie sagte ja vorhin am Telefon zu mir, dass ich sie unbedingt anrufen sollte, egal um welche Uhrzeit.

Missmutig rührte ich kurz darauf in meiner Kaffeetasse herum. Wie war ich nur auf die schwachsinnige Idee gekommen, dass er mich in meiner Aufmachung genauso toll und sexy finden würde wie Carmen oder eine dieser anderen aufgetakelten und eingebildeten Schnepfen? Es war doch mehr als logisch, dass aus einer Kaulquappe niemals ein Schwan werden würde, wie Carmen behauptete, sondern höchstens ein Frosch. Und genau das war ich: ein kleiner, hässlicher, langweiliger und quakender Frosch. Nichts weiter.

Ich spürte Riccos Blick auf mir ruhen und sah auf. Er saß mir gegenüber auf der großen Couch, entspannt zurückgelehnt, die Arme rechts und links auf der Lehne ausgebreitet. Ein amüsiertes Schmunzeln umspielte seine Lippen.

Das reichte aus, um mich explodieren zu lassen.

"Was findest du so komisch?"

Erstaunt schüttelte er den Kopf.

 "Ich habe nichts gesagt."

"Musst du auch nicht. Los, spuck es aus!"

"Falls ich es dir noch nicht gesagt habe, Julia: Du siehst toll aus, einfach umwerfend."

Diese Aussage brachte mich völlig aus dem Konzept, denn mit so etwas hatte ich nun überhaupt nicht gerechnet.

"Bitte was?", stammelte ich irritiert.

"Davvero, Julia." Er verdrehte genüsslich die Augen und küsste sich die Fingerspitzen. "Einfach der Wahnsinn. Verrate mir bitte eines: Wie hast du es geschafft, dass deine Haare so schnell so lang werden?"

"Was ein bisschen Dünger doch ausmachen kann", spöttelte ich.

"Stören sie dich nicht beim Manöver?"

Himmeldonnerwetter noch mal, ging das schon wieder los! Er konnte seine dämlichen Sprüche einfach nicht lassen.

"Nein, absolut nicht!", antwortete ich spitz. "Ich habe damit erst heute Morgen einen im Nahkampf erdrosselt."

"Kannst du das denn?"

"Was?"

Aus seinem Schmunzeln war inzwischen ein breites Grinsen geworden.

"Nahkampf."

Gütiger Himmel, wieso gab ich mich nur mit so einem Volltrottel ab?

"Ja, kann ich. Stell dir vor."

"Was hat er denn angestellt?"

"Er hat genauso blöd daher gequatscht wie du."

Gespieltes Entsetzen stand in seinem Gesicht.

"Madonna mia, da muss ich wohl aufpassen, oder?"

"Unbedingt", knurrte ich.

Ricco schüttelte, erneut grinsend, den Kopf und meinte dann:

"Weißt du, was mich interessieren würde?"

"Nein."

"Der Rückenausschnitt deines Kleides ist unheimlich tief und der Schlitz vorne ziemlich hoch. Trägst du eigentlich etwas darunter?"

Ich schnappte nach Luft. Das war doch die Krönung!

"Sag mal, tickst du eigentlich noch ganz?"

"Nun sag schon."

"Das geht dich einen feuchten Kehricht an!"

"Ich tippe mal auf schwarzen Spitzentanga, eh?"

Hörte ich eben richtig? Woher zum Teufel wusste er das denn? Fassungslos starrte ich ihn an und plötzlich machte es Klick. Sein Blick ruhte nämlich auf ... *Ach du lieber Himmel!* Wie peinlich war das denn? Mit hochrotem Kopf schlug ich die Beine übereinander. Völlig in trüben Gedanken versunken hatte ich mich aus alter Gewohnheit breitbeinig in den Sessel gefläzt. Dass Ricco dank des dämlichen Schlitzes im Kleid entsprechende Einblicke bekam, daran dachte ich natürlich keine Sekunde!

"Und du? Boxershorts?", pampte ich zurück.

"Komm her und sieh nach."

"Das hättest du wohl gerne, wie?"

"Certo. Ich stehe auf Frauen, die sich einfach nehmen, was sie wollen."

"Woher willst *du* denn wissen, was *ich* will?"

Er zuckte mit den Schultern und meinte lässig:

"Als ich dich in deinem neuen Outfit sah, dachte ich, ich wüsste es."

"Ach, du glaubst also, all das hätte ich *deinetwegen* getan?", höhnte ich. "Lieber Himmel, was musst du von dir überzeugt sein."

Sein unverschämtes Grinsen verschwand auf Knopfdruck. Schweigend sah er mich eine Weile an und murmelte dann irgendetwas auf Italienisch.

"Was brabbelst du da?", knurrte ich ihn an.

"Nichts weiter. Es ist nur schade, weil du am Telefon ... Ach vergiss es", winkte er ab. "Ich habe mich wohl getäuscht. Soll ich dich nach Hause fahren?"

Das war ja wieder mal typisch. Signore molto oberblödi war tödlich beleidigt.

Ich wollte schon Ja sagen, doch mich überfiel das ungute Gefühl, dass das die falscheste aller Antworten sein würde.

"Noch nicht", sagte ich daher. "Zuerst sprich Klartext mit mir. Was habe ich neulich am Telefon?"

"Du hast ..." Ricco brach ab und schien zu grübeln. "Egal. Vergiss es", sagte er schließlich, blickte kurz auf die Wanduhr und stand auf. "Allora! Du solltest jetzt gehen."

Mit verschlossener Miene ging er an mir vorbei hinaus in den Flur.

Völlig perplex starrte ich ihm nach. Er warf mich tatsächlich aus dem Haus? Dass er ziemlich schnell eingeschnappt war, wusste ich ja. Dazu brauchte es nicht viel. Doch mit so einer Reaktion hätte ich bei ihm nicht gerechnet, niemals.

Mit dem untrüglichen Gefühl, einmal mehr einen riesigen Haufen Bockmist fabriziert zu haben, stand ich auf.

309

Sollte es nun wirklich auf diese Art enden?

Als ich in die Diele hinausging, sah ich ihn abwartend neben der weit geöffneten Haustür stehen.

"Ricco, ich -"

"Schönen Abend noch, Julia", sagte er eisig. "Leb wohl."

48

Ich kannte Ricco inzwischen gut genug um zu wissen, dass ich mir jedes weitere Wort schenken konnte, sobald er eingeschnappt war. Dass mich sein Rauswurf trotzdem zutiefst schockierte, wollte ich mir jedoch nicht anmerken lassen. Falls er dachte, dass ich mich nun winselnd und mit eingezogenem Schwanz wie ein geprügelter Hund davonschlich, täuschte er sich ganz gewaltig!

Mit hocherhobener Nase stolzierte ich an ihm vorbei, grußlos, ohne ihn auch nur eines weiteren Blickes zu würdigen. Wenn es jemanden gab, der allen Grund dazu hatte, beleidigt zu sein, dann doch wohl ich! Er ließ mich hochkant abblitzen und der Rauswurf war das Sahnehäubchen obenauf. Das war mehr als genug.

Wie ferngesteuert marschierte ich in Gedanken versunken die Straße entlang. Ich war tatsächlich zu dämlich, einen Mann zu verführen und daran würde sich den Rest meines Lebens nichts, aber auch rein gar nichts ändern. Ich war und blieb ein hoffnungsloser Fall und ein Versager auf der ganzen Linie.

Irgendwo in meinem Hinterkopf erklang plötzlich Carmens Hohngelächter. So sehr ich diese Giftnatter auch hasste und verabscheute, eines musste ich ihr zugestehen: Sie fackelte nicht lange, sondern nahm sich einfach das, was sie haben wollte und ...

Moment mal! Ich blieb wie angewurzelt stehen. Das war es doch! Lieber Gott, wie dämlich und begriffsstutzig war ich eigentlich? Noch deutlicher hätte es Ricco wirklich nicht sagen können.

Ich machte kehrt und rannte, so schnell es mit diesen elenden Pumps und meinen tierisch schmerzenden Füßen ging, den ganzen Weg zurück. Vor Riccos Haus angekommen hielt ich inne. Das durfte doch nicht wahr sein! Seine Haustür stand sperrangelweit offen, er lehnte lässig im Türrahmen und grinste mir breit entgegen.

"Na also, ich wusste es doch." In seiner Stimme schwang eine gehörige Portion Genugtuung mit.

"Was?", fragte ich total perplex, während ich langsam auf ihn zuging und die Treppen hochstieg.

"Dass du zurückkommst." Er trat beiseite und ließ mich durch. "Komm rein."

Das ließ ich mir nicht zweimal sagen. Besonders ausgeklügelt mochte mein Plan sicher nicht sein, den ich mir während des Fußmarsches hierher zurechtgebogen hatte. Kein Wunder auch, denn viel Zeit blieb mir dafür nicht. Zur Not würde ich einfach improvisieren.

Ich steuerte zielstrebig die große Couch an und ließ mich auf die weichen Polster plumpsen. Rasch kickte ich die Schuhe von mir und legte die Beine hoch. Was für eine göttliche Wohltat! Ein, zwei Sekunden genoss ich dieses herrliche Gefühl, dann wurde es Zeit, mir das zu holen, was ich haben wollte.

Wie war das noch in der Dessouswerbung neulich? Ja, genau! Ich drehte mich etwas seitlich, streckte die Beine lang aus, knickte sie leicht ab und zog eines etwas an. Das Model in dem Spot trug zwar kein Kleid, doch das sollte mich nicht aufhalten. Immerhin hatte meines einen sündhaften langen Schlitz vorne, der durch meine Herumrutscherei aufgesprungen war und meine Beine bis

311

zu den Oberschenkeln freilegte. Das sollte reichen!

"Wie konntest du das wissen, wo ich selbst es nicht mal wusste?", hakte ich nach und registrierte nebenbei, dass auf dem Tisch eine volle, bereits entkorkte Flasche Rotwein und zwei unbenutzte Gläser standen.

Ricco schenkte ein und nahm dann mir schräg gegenüber auf dem Sessel Platz, auf dem ich vorher saß.

"Sagen wir mal so: Ich hoffte zumindest, dass du zurückkommst", gab er schlicht zu.

"Wieso denn? Du hast mich doch rausgeworfen", brummte ich, griff nach meinem Glas und nahm einen großen Schluck daraus, bevor ich es wieder auf den Tisch stellte. Vielleicht benahm ich mich in leicht beschwipstem Zustand nicht so dämlich wie nüchtern!

"Du hättest ja nicht gehen müssen."

"Sondern?", säuselte ich. Nun würde ich richtig loslegen! Langsam wickelte ich mir eine Haarsträhne um den Finger und sah ihn herausfordernd an, während ich mir mit der Zungenspitze langsam über die Lippen leckte. Sollte noch einer behaupten, Fernsehen bildete nicht.

Ricco räusperte sich kurz, holte sich ebenfalls sein Glas und setzte es erst wieder ab, als es leer war. Ansonsten zeigte er auf meine Verführungskünste keinerlei Reaktion. Das gab es doch nicht! Jeder andere an seiner Stelle hätte inzwischen ohne zu zögern losgelegt.

"Sondern?", wiederholte ich und bewegte die Beine etwas, damit das Kleid noch ein Stückchen höher rutschte. Nun bot es sicherlich schon äußerst unzüchtige Einblicke.

"Ich weiß nicht", antwortete er und unterstrich dies noch mit einem kurzen Schulterzucken. "Du klangst neulich am Telefon so, als ob du etwas Besseres wüsstest."

Er saß immer noch unbeweglich, ganz lässig zurückgelehnt, die Hände im Nacken verschränkt.

Das untere Bein, auf dem ich die ganze Zeit schon lag, drohte einzuschlafen. Es half alles nichts, ich musste meine

312

schöne Pose ändern. Blitzschnell kramte ich in sämtlichen Gehirnschubladen herum, in denen sich auch nur ansatzweise Erinnerungen an spezielle TV-Werbung oder irgendwelche Schmachtfetzen verstecken konnten und wurde tatsächlich fündig.

Im Zeitlupentempo zog ich zuerst das eine, dann das andere Bein an und stand anschließend langsam auf, um uns nachzuschenken. Da Ricco mir genau gegenüber saß, bot ich ihm damit weitere Einblicke, denn zwangsläufig musste ich mich herabbeugen. Als ich die Flasche zurück auf den Tisch stellte, lief ein Tropfen Wein den Flaschenhals hinunter. Mit dem Finger fing ich ihn auf, leckte ihn dort langsam ab und sah Ricco dabei tief in die Augen.

Allmählich nagte es ziemlich an mir, dass Ricco auch darauf in keiner Weise reagierte. Unglaublich! Er, der sonst immer große Sprüche vom Stapel ließ, sollte am Ende zu feige sein, um endlich loszulegen? Lieber Gott, das konnte ... Nein, das *durfte* einfach nicht wahr sein. Er war doch Italiener! Wo bitte versteckte sich dieses viel gepriesene südländische Temperament? Nichts war davon zu entdecken.

Oder lag es daran, dass er noch zu nüchtern war? Nun gut, das ließ sich ändern. Notfalls würde ich ihn eben abfüllen. Auffordernd hielt ich ihm sein Glas entgegen.

"Hier."

Er streckte eine Hand aus, ließ sie gleich wieder sinken, seufzte kurz auf und meinte:

"Zu weit weg."

Also nun war genug! Obendrein gingen mir langsam die Einfälle aus. Wenn meine letzte Idee, die mir noch im Hinterkopf herumschwirrte, auch nicht half, dann gab ich es auf. Mit seinem Weinglas in der Hand ging ich um den Tisch herum und stellte mich breitbeinig über seine lang ausgestreckten Beine. Erneut hielt ich ihm sein Glas entgegen und wühlte dabei mit der anderen Hand ziemlich

313

aufreizend in meiner langen Mähne herum.

Kaum zu glauben, jetzt endlich kam Leben in ihn! Er nahm mir das Glas ab, nippte einmal kurz und stellte es dann neben sich auf den Fliesenboden.

"Wie lange willst du noch so weitermachen?", fragte er mich mit dem Anflug eines Grinsens.

"Womit denn?", fragte ich mit gekonntem Unschuldsblick.

"Du weißt genau, was ich meine, Julia."

"Absolut nicht." Ich legte den Kopf etwas schief, sodass mir die Haare ins Gesicht fielen. "Wovon sprichst du?"

"Von deinem Anmachspielchen."

Ein dreifach Halleluja! Ganz doof und blind war er offenbar doch nicht.

"Tue ich das denn?", hakte ich scheinheilig nach.

"Oh ja, mehr, als erlaubt ist."

"Tatsächlich?" Ganz langsam leckte ich mir mit der Zungenspitze über die Lippen.

"Was willst du, Julia?"

Bitte was? Diese Frage war wie eine eiskalte Dusche. Meine ganze Hoffnung war beim Teufel.

"Was ich *will*?", stieß ich entrüstet aus. "Himmeldonnerwetter noch mal, bist du schwul oder einfach nur blöd?"

Ricco lachte lauthals auf.

"Sonst bist du auch nicht so schüchtern", sagte er und zwinkerte mir zu. "Nimm dir doch endlich, was du willst. Ich werde mich auch ganz bestimmt nicht wehren."

49

Geraume Zeit später, als Ricco und ich noch kuschelnd

im Bett lagen, geisterten mir erneut zwei Dinge durch den Kopf, die mich ständig beschäftigten. Eine bessere Gelegenheit als jetzt gab es nicht, um sie zu klären.

"Ricco, du bist mir noch ein paar Antworten schuldig."

"Habe ich mich vorhin so undeutlich ausgedrückt?"

Mir kam unwillkürlich ein Lachen aus.

"Oh nein, das war sehr deutlich. Ich meinte etwas anderes. Wieso hast du eigentlich beim Essen mit der Giftnatter plötzlich Partei für *sie* ergriffen? Du wusstest doch genauso gut wie ich, dass sie uns beiden Lügen erzählt hat, um uns gegeneinander aufzuhetzen. Und dann sitzt du am Tisch und verteidigst sie auch noch."

"Das habe ich doch gar nicht. Ich -"

"Oh doch!", beharrte ich. "Du hast laut und deutlich verkündet, dieses hinterhältige Biest hätte wohl irgendetwas falsch verstanden bei eurem Telefonat. Wenn das heißt, du hättest sie *nicht* verteidigt, dann weiß ich auch nicht."

"Ach das meinst du." Ricco lachte leise auf. "Das war Absicht."

"Bitte was?", ächzte ich. "Du hast allen Ernstes -"

"Bevor du mir jetzt die Leviten lesen willst", unterbrach er mich rasch. "Lass es mich dir erklären. Ich dachte mir, ich gebe ihr ein bisschen recht, damit sie denkt, ich wäre auf ihrer Seite. Hintergrund davon war aber nur, weil ich davon ausging, sie würde dann noch ein paar Dinge sagen, mit denen sie sich und ihre Beweggründe selbst verrät. Das war wohl falsch von mir gedacht."

Ich rutschte ein Stückchen zur Seite, stützte mich auf dem Ellbogen ab und sah auf Signore molto doofi stirnrunzelnd herab.

"Soll das die viel gepriesene männliche Logik sein? Sorry, aber auf so bescheuerte Ideen käme nicht mal die Dümmste aller Frauen. Ricco, diese intrigante, verlogene Schlange lügt selbst dann noch weiter, wenn man ihr den

315

Beweis dafür schwarz auf weiß vor die Nase hält." Ich schnaubte verächtlich auf. "Als wenn diese Satansbrut auch nur einmal im Leben zugeben würde, dass sie wieder intrigiert hat."

Ricco zog mich an sich und drückte mir ein Küsschen auf die Stirn.

"Sei nicht böse, Carissima. Ich habe sie einfach falsch eingeschätzt. Beim nächsten Mal bin ich lieber still. Va bene?"

"Das rate ich dir auf jeden Fall", antwortete ich kichernd und kniff ihn kräftig in die Seite.

Wir balgten uns eine Weile lachend im Bett, bis mir die zweite Sache wieder einfiel, die ich noch geklärt haben wollte.

"Weißt du, was mich noch interessieren würde? Das frage ich mich nämlich schon von Anfang an. Als ich dich damals im Supermarkt angequatscht und dir die Geschichte mit dem Abendessen erzählt habe, wieso hast du mitgemacht?"

Ricco lachte leise auf.

"Nur der Ordnung halber, Julia: Nicht *du* hast *mich* angequatscht, sondern ich dich."

"Ach was, *ich* habe doch -"

"No, Julia. Du bist vor dem Weinregal gestanden und ich habe dich gefragt, ob ich dir helfen kann. Erinnerst du dich?"

"Schon, aber ..." Ich ließ die Szene im Supermarkt nochmals geistig Revue passieren und es stimmte tatsächlich! "Willst du damit etwa sagen, dass -"

"Genau das! Ich habe dich vorher oft genug beim Einkaufen gesehen und die ganze Zeit auf irgendeine Gelegenheit gewartet, damit ich dich ansprechen kann. Und das war sie eben", erklärte er mir schmunzelnd.

"Nein, das glaube ich jetzt nicht", ächzte ich fassungslos. "*Du* wolltest *mich* anquatschen? Wieso das denn?"

"Na ja, du hattest irgendetwas an dir." Er pikste mich

316

leicht in die Seite. "Vielleicht wollte ich nur herausfinden, was hinter deiner Rambo–Aufmachung steckt?"

"Und wieso hast du bei diesem Blödsinn mitgemacht?"

"Wieso nicht? So konnte ich dich wenigstens kennenlernen. Ich wäre auch zum Fenster streichen oder Staubsaugen mit gekommen."

Nun war ich absolut perplex. Nicht mal im Traum wäre ich auf die Idee gekommen, dass er mich kennenlernen wollte. Die Schlange hätte vermutlich Gift und Galle gespuckt, wenn sie das eben gehört hätte: Es gab tatsächlich einen Mann, der sich für mich - das beste Impotenzmittel aller Zeiten - interessierte und mich ansprach, und das sogar mit voller Absicht!

"Wenn das stimmt", sagte ich leicht zweifelnd. "Dann begreife ich jedoch nicht, wieso du dich ständig so benommen hast, als würde ich dich nicht die Bohne interessieren."

"Das stimmt nicht, Julia", widersprach er mir, ohne zu zögern. "Das stimmt absolut nicht. Ich habe dich doch ständig angerufen oder eingeladen. Du hast mir einen Korb nach dem anderen gegeben und ich hatte immer das Gefühl, dass ich dir furchtbar auf die Nerven gehe."

"Ich weiß", murmelte ich verlegen. "Ich habe mich unmöglich benommen."

"Ganz genau." Auf seinem Gesicht breitete sich dieses freche, unverschämte Grinsen aus, bei dem es mich jedes Mal in den Fingern juckte. "Du hattest nur Glück, dass ich hartnäckig bin. Riesiges Glück sogar."

"Lieber Gott, heute ist wohl Tag der Selbstverliebtheit oder bildest du dir immer ein, der absolute Volltreffer zu sein?", spöttelte ich.

"Mille grazie", brummte Ricco und knipste sein Grinsen einfach aus. Er schob mich von sich, schwang sich aus dem Bett und sammelte seine auf dem Boden herumliegenden Klamotten zusammen. Dann verließ er, ohne ein weiteres

317

Wort, das Schlafzimmer. Kurz darauf hörte ich das leise Plätschern der Dusche.

Himmeldonnerwetter noch mal! Ich hätte mich ohrfeigen können. Warum um alles in der Welt konnte ich nicht *ein einziges Mal* meine dämliche Klappe unter Kontrolle halten? Wieder hatte ich es geschafft: Er war totbeleidigt. Na großartig!

Stinksauer auf mich selbst sprang ich ebenfalls aus dem Bett, zog mich an und lief hinunter ins Wohnzimmer. Bis er herunterkam, musste mir irgendetwas einfallen. Grübelnd tigerte ich auf und ab, schenkte mir den kläglichen Rest aus der Weinflasche in mein Glas ein und stürzte es auf einmal hinunter. Aus seiner Schachtel, die auf dem Tisch herumlag, fischte ich mir eine Zigarette, zündete sie an und nahm hastig einen tiefen Zug. Was trieb er denn um Himmels willen so lange im Bad?

Rauchend marschierte ich hinüber zum Fenster und sah hinaus, konnte jedoch außer tiefdunkler Nacht nichts entdecken. Ich zog ein letztes Mal an meiner Zigarette, ging zurück zum Tisch und drückte sie im Aschenbecher aus.

Hinter mir ertönte unvermittelt ein lautstarker italienischer Ausruf. Ich zuckte zusammen und wirbelte herum. Da stand er, mein Romeo, den ich nicht hatte kommen hören, die Arme seitlich in die Hüften gestemmt. Er trug nur Jeans, von seinen feuchten Haaren perlten Wassertropfen herab und liefen über seinen nackten Oberkörper. Er sprach kein Wort, sondern sah mich nur mit einem unergründlichen Blick an.

"Ricco, ich -"

"Ich will nichts hören, Julia. Kein Wort."

"Aber ich -"

"Ich sagte: Nein!"

"Ricco, ich -"

"Hältst du wohl endlich mal die Klappe?", donnerte er so urplötzlich los, dass ich erneut zusammenzuckte. "Und jetzt

318

hörst du mir zu, va bene?"

So sauer und so temperamentvoll hatte ich ihn noch nie erlebt, deshalb nickte ich nur hastig und verkniff mir jeden Ton.

"Es reicht, Julia und ich meine es todernst", knurrte er. "Mir gehen deine blöden Sprüche langsam ganz gewaltig auf den Nerv, die ich mir seit Monaten anhören darf. Wenn du auf Zicke machen willst und nur einen Idioten suchst, den du ständig anpöbeln kannst, dann verschwinde, und zwar sofort. Oder du benimmst dich endlich mal wie die Frau, die es wert ist, dass ich ihr monatelang wie ein kleiner Hund nachgelaufen bin. Du hast die Wahl."

Puh ... Das war mehr als deutlich und zu überlegen gab es für mich nichts.

"Ich nehme das Zweite und werde künftig ganz brav sein, aber -"

"Julia, ich meine es wirklich ernst!"

Daran zweifelte ich keine Sekunde, seiner entschlossenen Miene nach.

"Das tue ich auch, Ricco", sagte ich hastig. "Ich bemühe mich, so gut es geht. Versprochen. Aber -"

"Was *aber*?"

"Ricco, ich -"

"Maledetto, was heißt *aber*?"

"Ich weiß nicht, ob ich es von heute auf morgen schaffe", gab ich kleinlaut zu. "Mein Mundwerk plappert manchmal von ganz alleine los."

"Dir wird nichts anderes übrig bleiben, Diavoletta. Entweder das oder ich gehe dann *sofort* nach Italien zurück, und zwar alleine."

"Und was ist mit Sandro?", hörte ich mich schnattern.

Ricco riss die Hände in die Luft und ließ einen ganzen Stapel italienischer Flüche los. Das vermutete ich zumindest, seiner Miene nach zu schließen.

"Du sagtest doch, alleine", schob ich vorsichtig nach.

"Al diavolo, Julia! Sandro ist mein Sohn. Natürlich nehme ich ihn mit. Aber dich nicht! Capisci?"

Ja, das hatte ich kapiert und diesmal musste er mir sein italienisches Gebrabbel auch nicht übersetzen. Dass *capisci* nämlich so viel wie *Hast du das kapiert?* bedeutete, wusste ich inzwischen. Neugierig, wie ich war, fragte ich unseren Ober danach, als ich mit Caro letztens bei unserem Lieblingsitaliener war. Sich ein bisschen weiterzubilden, konnte sicher nicht schaden.

"Du würdest mich also mitnehmen?", vergewisserte ich mich zaghaft.

"Wenn du dich endlich mal normal benimmst, dann ja."

"Obwohl ich dämliche Sprüche loslasse und herumzicke?"

"Das wirst du dir abgewöhnen. Ich habe dein Wort."

Mist! Aus der Sache kam ich nicht mehr heraus und die winzige Hoffnung, dass er mein unüberlegt und vorschnell gegebenes Versprechen vielleicht vergessen würde, zerschlug sich exakt in diesem Moment. Ich nickte schwach.

"Auch wenn ich kein Italienisch kann?"

"Dann lernst du es eben."

"Das ist aber nicht so leicht und ich werde sicher -"

"Ich habe Deutsch gelernt, also wirst du auch Italienisch lernen."

"Ich habe aber dort keine Arbeit."

Ricco zuckte mit den Schultern.

"Na und? Du hast genug damit zu tun, das Hotel innen und außen zu streichen."

"Und wenn ich damit fertig bin?"

"Julia!"

Allmählich klang er etwas ungeduldig. Das hätte mir Warnung genug sein sollen.

"Und wenn ich gar nicht nach Italien will?", hörte ich mich allerdings prompt fragen und verwünschte mich im selben Moment bis in die nächste Steinzeit und darüber hinaus. Schon wieder plapperte mein wahnsinniges Mundwerk von ganz alleine los und noch dazu Schwachsinn ohnegleichen!

Ricco warf den Kopf in den Nacken und holte tief Luft. Dann drehte er sich abrupt um, stürmte aus dem Zimmer und warf dabei die Tür hinter sich derart ins Schloss, dass die Fensterscheiben klirrten.

Gab es eigentlich irgendeine Kreatur auf Erden, die mich an Blödheit übertraf?

"Oh Gott, nein!", stöhnte ich, rannte ihm hinterher und riss die Wohnzimmertür auf. Dort prallte ich mit Ricco zusammen, der scheinbar gerade wieder hereinkommen wollte.

"Ricco, es tut mir leid", stieß ich schnell hervor.

"Jetzt ist Schluss", knurrte er, packte mich am Arm und zog mich hinter sich her zur Couch. An den Schultern drückte er mich hinunter auf die Sitzfläche. Ohne mich loszulassen, blieb er so stehen und sah mich mit seinen funkelnden, nachtschwarzen Augen durchdringend an. "Nur eine Frage noch, Julia, bevor ich dich aus dem Haus werfe, also überlege dir gut, was du sagst. *Was willst du eigentlich*?"

Um diese Frage zu beantworten, brauchte ich weder gut noch überhaupt nachdenken. Ich wusste es auch so, denn dies war die letzte Chance für Romeo und Julia und somit allerhöchste Zeit, es auch zuzugeben.

"Ich will dich", antwortete ich schlicht, verschränkte meine Hände in seinem Nacken und drückte ihm ein Küsschen auf die Wange. "Ich bezweifle zwar zutiefst, dass ich dumme Nuss in der Lage bin, italienisch zu lernen, aber eines weiß ich tausendprozentig: Ihr zwei werdet ohne mich nirgendwohin hinziehen. Capisci?"

www.saraleafuentes.de